国家社科基金西部项目

艺术的终结与
当代中国文艺理论建设

张冰 ◎ 著

中国社会科学出版社

图书在版编目(CIP)数据

艺术的终结与当代中国文艺理论建设/张冰著.—北京：中国社会科学出版社，2021.7
ISBN 978-7-5203-8207-6

Ⅰ.①艺… Ⅱ.①张… Ⅲ.①文艺理论—研究—中国—当代 Ⅳ.①I206.7

中国版本图书馆 CIP 数据核字（2021）第 059115 号

出 版 人	赵剑英
责任编辑	郭晓鸿
特约编辑	杜若佳
责任校对	师敏革
责任印制	戴 宽

出　　版	中国社会科学出版社
社　　址	北京鼓楼西大街甲 158 号
邮　　编	100720
网　　址	http://www.csspw.cn
发 行 部	010-84083685
门 市 部	010-84029450
经　　销	新华书店及其他书店
印　　刷	北京明恒达印务有限公司
装　　订	廊坊市广阳区广增装订厂
版　　次	2021 年 7 月第 1 版
印　　次	2021 年 7 月第 1 次印刷
开　　本	710×1000　1/16
印　　张	24.5
插　　页	2
字　　数	342 千字
定　　价	138.00 元

凡购买中国社会科学出版社图书，如有质量问题请与本社营销中心联系调换
电话：010-84083683
版权所有　侵权必究

目 录

导论 …………………………………………………………（1）

上 编

引论 …………………………………………………………（9）

第一章 艺术终结命题产生的西方语境 ……………………（22）
  第一节 犹太—基督教传统与西方知识界终结情结的形成 ……（22）
  第二节 20世纪世界的风云格局与西方知识界的
          终结情结效应 ………………………………………（27）
  第三节 艺术实践领域对艺术理论的冲击和挑战 ……………（34）

第二章 艺术终结命题的哲学维度谱系 ……………………（40）
  第一节 从哲学看艺术 ………………………………………（40）
  第二节 黑格尔：艺术对于现代人来说已经是过去的事 ………（47）
  第三节 丹托：艺术的终结 …………………………………（66）
  第四节 丹托对黑格尔哲学的继承与超越 …………………（82）

第三章 艺术终结命题的技术维度谱系 ……………………（94）
  第一节 技术的定义与技术哲学的兴起 ……………………（95）

— 1 —

第二节　马克思：资本主义生产与艺术相敌对 …………… （104）
　第三节　本雅明：迎向灵光消逝的时代 …………………… （114）
　第四节　麦克卢汉：理解媒介 ……………………………… （129）

第四章　日常生活审美化谱系 ………………………………… （140）
　第一节　审美现代性视野中的"日常生活" ………………… （140）
　第二节　列斐伏尔：日常生活批判 ………………………… （147）
　第三节　鲍德里亚：艺术的阴谋 …………………………… （157）
　第四节　韦尔施：超越美学与日常生活审美化 …………… （168）

下　编

引论 …………………………………………………………………… （185）

第一章　艺术终结命题在中国旅行的时代语境 ……………… （201）
　第一节　新时期以来中国社会转型扫描 …………………… （202）
　第二节　市民社会新格局的形成与大众文化的勃兴 ……… （211）

第二章　当代文学转型与文学的终结 ………………………… （224）
　第一节　90年代文学转型状况扫描 ………………………… （225）
　第二节　知识界对文学转型的及时回应 …………………… （239）
　第三节　网络文学的勃兴与文学的终结 …………………… （258）

第三章　日常生活审美化的中国式呈现 ……………………… （276）
　第一节　何谓"日常生活审美化" …………………………… （276）
　第二节　日常生活审美化与审美文化、文化研究 ………… （288）
　第三节　日常生活审美化与文艺学危机 …………………… （301）
　第四节　日常生活审美化与美学的复兴 …………………… （315）

第四章 艺术实践领域与艺术的终结 …………………（328）
　第一节 艺术实践领域对艺术终结命题回应状况分析 ………（329）
　第二节 中国画危机论 …………………………………………（341）
　第三节 市场化对艺术观念的冲击 ……………………………（356）

结语 ………………………………………………………………（367）
后记 ………………………………………………………………（382）

导　论

　　本书是对当下学界普遍关注的命题之一——艺术终结命题——的考察。这种考察基于对该命题在中国的旅行状况的扫描，彰显中国当下的文艺理论建设的吁求和努力，进而以这种讨论参与到当下的文艺理论建设中去。

　　谈到理论的旅行，这似乎并不是一个很新的话题。然而不可否认，这个话题又颇为复杂，表述清楚不是一件容易的事。萨义德在《旅行中的理论》一文中，提到理论旅行的几个基本步骤：

　　　　第一，需要有一个源点或者类似源点的东西，即观念赖以在其中生发并进入话语的一系列发轫的境况。第二，当观念从以前某一点移向它将在其中重新凸显的另一时空时，需要有一段横向距离，一条穿过形形色色语境压力的途径。第三，需要具备一系列条件——姑且可以把它们称之为接受条件，或者，作为接受的必然部分，把它们称之为各种抵抗条件——然后，这一系列条件再去面对这种移植过来的理论或观念，使之可能引进或者得到容忍，而无论它看起来可能多么的不相容。第四，现在全部（或者部分）得到容纳（或者融合）的观念，就在一个新的时空里由它的新用途、新位置使之发生某种程度的改变了。①

萨义德试图告诉我们的是，一个理论的旅行，至少需要具备三个基本条件：理论发生的源点，接受理论的不同于理论发生的新时空，接受理论的特殊语境。他还明确指出，一个经历了旅行的理论，一定会有所改变或者说变形。

接着他提出的这几个基本条件，我们还有继续要补充的东西。不仅理论的接受，而且理论的产生，也有其具体的土壤，也是在特定的时间和地点，面对特殊的问题和境遇而提出的特殊命题。因此，就一般的理论而言，由于它产生的具体性，都有一定的适用范围和局限。并且，也并非所有的理论都可以有旅行的经历。只有那些被历史和时代证明了的、真正具有价值、能够推动思想界向前和有一定生长性的理论才能够有旅行的殊荣。理论的旅行，可以从一个人到另一个人，可以从一个时代到另一个时代，也可以从一个国度到另一个国度。而决定这一点的，是后者，即接受这一理论的那个个人、那个时代或者那个国家的具体境况。坦率地说，就是旅行的终点站是否觉得这个理论对它有意义，是否能为其所用，而这种为我所用的立场与意图也在一定程度上会改变理论在其源点时的初衷。萨义德乐观地认为，在新的语境、新的时空，理论因其新的意图和新的位置而具有了新的意义。

在前面我们所引述的那段文字中，萨义德用了一个颇耐人寻味的语词——"抵抗"。接受条件，在某种程度上居然等同于"抵抗条件"。一个理论能够从源点来到接受地，居然是在"抵抗"的状况下实现的。这一抵抗确实应有着非常重要的意义，也有着让人费解的地方。从其文本来推究，萨义德所说的"抵抗"，应该是在强调接受的状态。在对一个理论的接受过程中，接受地的人们并不是消极被动地将其容纳，而是

---

① ［美］爱德华·W. 萨义德：《世界·文本·批评家》，李自修译，生活·读书·新知三联书店2009年版，第401页。

有着自己的条件，甚至可以说，接受者是在主动选择中接受。他们接纳一个理论中的部分内容，同时也删除掉很多部分。即使是接受了全部理论，也不是被动地全盘接受，而是在主动选择中试图改变移植来的理论。我们认为，除此之外，"抵抗"还应该有另外一层意思。每一种理论都有其产生的土壤，都与产生它的语境有直接关联。而当它被移植到另外一种土壤和语境的时候，它势必会出现与之不相容的东西。所以，在某种程度上也会出现这种不相容部分与接受地之间的对抗。当然，接受地会根据自己的实际情况和需求，通过增删和改变，从而使之可以被吸纳入接受地的思想域，正如萨义德所说的："无论它看起来可能多么地不相容"，都能够得到"引进或者得到容忍"。

在萨义德看来，源点的理论与在接受地的理论有着质的不同，对于前者，他称为"理论"，而对于后者，他则称为"批判意识"。"理论"具有时间性，它是对某一时间内的现实的回应。因此，对它的领会只能放到它所产生的具体时间和情境中来完成。然而对它的考量却是由此后的理论来完成的。所以萨义德把这种此后的理论称为"批判意识"。从萨义德的行文中，我们似乎感到他更为重视批判意识，批判意识决定了理论的价值和意义。在他看来，批判意识不仅能够完成考量理论的任务，并且能够显示出诸种情境的差异。因为不同的情境会有着完全不同的考量。萨义德还认为，这种考量并不是最重要的，最重要的在于，批判意识以抵抗的方式，将理论的适用度进行拓展，使之具有更多的价值和意义。"我甚至想说批评家的工作就是对理论提出抵抗，使它向着历史现实、向着人类需要和利益开放，彰显这些从释义领域之外或刚刚超出这领域的日常现实中汲取出来的具体事例，而这一领域又必然由每一种理论事先标志出来，事后再由它确定界限的。"[1] 萨义德的话似乎在暗示，每一种理论的移植都是在一种抵抗的行为中实现的。接受地的思

---

[1] ［美］爱德华·W. 萨义德：《世界·文本·批评家》，李自修译，生活·读书·新知三联书店 2009 年版，第 423—424 页。

想界或者说批评家的工作就是抵抗理论产生的具体语境，从而使其超越语境的限制，对更大的领域开放。

如果是这样，理论的移植就有着非常重要的意义，因为在移植的过程中，理论获得了更大的生长空间，发挥了更大的作用。也许萨义德的观点有着需要商榷的地方。因为一种理论，离开了它的发生语境，并没有他所认定的那样乐观。根据经验知道，并不是所有的理论被移植到另外一个时空就必然会发生破茧成蝶式的升华，必然向上一路，有了更大的适用空间。也许恰恰相反，移植中的增删或许会戕害到理论的精华部分，从而或者使其等而下之，或者加速了它的消逝。但无论怎样，萨义德指出了理论在其旅行的过程中并不是一成不变的，而其意义正在于这种改变。因此，一种理论的引进，也许重要的不是对其进行语境的还原，而是如何主动地改变它，使之对接受地产生积极的影响。

对于中国学界而言，艺术的终结命题是21世纪之初从西方传来的舶来品，其源点是欧美。将近300年前，黑格尔在他的美学讲演中就提到："就它的最高的职能来说，艺术对于我们现代人已是过去的事了。因此，它也已丧失了真正的真实和生命。"[①] 很多学者认为黑格尔的这一观点表明了他是艺术终结论调的第一人。还有的学者主张，瓦萨里在13世纪撰写的《意大利艺苑名人传·中世纪的反叛》才是艺术终结论的滥觞，因为在这部著作中，瓦萨里几次提到艺术的衰落问题。然而仅就当下知识界普遍讨论的艺术终结命题而言，它发生于20世纪80年代。1984年，美国著名学者丹托以"艺术的终结"为论文题目，阐发了对20世纪60年代以来艺术状况的看法。随后，贝里尔·朗（Berel Lang）将其作为主题文章编辑在自己的编著《艺术之死》（*The Death of Art*）中，在这本编著中，朗还邀请了多位学者对这一主题做出回应。由于朗用"艺术之死"这种有些骇人听闻的标题作为这一命题的关键

---

① ［德］黑格尔：《美学》第一卷，朱光潜译，载《朱光潜全集》第十三卷，安徽教育出版社1990年版，第14页。

词，从而引起世界范围内的关注。丹托的观点也由此迅速地传遍世界，引起了全球范围内知识界对这一话题的讨论。

实际上，从朗用"艺术之死"来指代丹托的"艺术的终结"观点之时，对艺术终结的讨论就偏离了丹托的初衷。这也就是在接下来的近20年光阴里，丹托不断地再解释自己思想的具体指向的非常重要的原因。因为如果他的艺术的终结是指艺术死亡，那么对此观点的认同者实际上相当寥寥，正如丹托自己所说，最初他提出艺术终结时，很多人"充满了敌意"①，因为更多的人同朗一样，将这一观点误解为死亡。

然而，无论是由于误读，还是由于丹托的话确实有些危言耸听，从20世纪80年代起，艺术的终结受到了全世界学者的普遍关注。在这种终结情结的语境下，学者们很容易从终结的视角对一些学者的观点做出解释。由此这些学者的思想从终结视角获得了新的阐释，并共同构成了艺术终结命题的和声部②。可以说，从丹托的《艺术的终结》这篇论文被贝里尔·朗编录在《艺术之死》一书中开始，艺术终结命题就开始了它的旅行。此后，学者们的讨论都是在丹托思想及其理论氛围的影响下出现的。但是，当我们把中国看作一个地理区域，而将西方整体看作是另一个地理区域时，从一个中国视角来看，我们可以把西方所有艺术终结命题的讨论都看作是来自源点的东西，而把中国本土看作这一命题旅行的终点站，即接收地。这种做法虽然会在一定程度上遮蔽丹托思想在西方当代知识界所具有的开拓性意义，但却更加符合中国当下对艺术终结命题的讨论状况。所以本书拟将丹托、黑格尔、本雅明、波德里亚（也译作鲍德里亚）、麦克卢汉等众多学者的思想视作一个整体，共同

---

① ［美］阿瑟·A. 丹托：《艺术的终结之后——当代艺术与历史的界限》，王春辰译，江苏人民出版社2007年版，第6页。

② 例如，道格拉斯·凯尔纳（Douglas Kellner）1994年编辑的《波德里亚：一个批判性文本》一书中，有学者从终结的角度来研究波德里亚。雷纳·罗什里兹（Rainer Rochlitz）1996年出版的专著《艺术的剥夺：本雅明的哲学》中专设一节，从艺术终结的角度来讨论本雅明的思想等。

作为目前中国学界艺术终结命题的理论源点，考察它们在中国知识界所激起的思想浪花，并且也试图借此来审视中国学者的"抵抗"，以及在抵抗中对中国本土文艺理论和美学建设的贡献。

因此，本书的基本框架是：总体分为上、下两编，上编讨论在源点的艺术终结命题，这部分意在还原，努力回到学者们思想的语境，探究他们的本意与其思想的基本内涵；下编则把目光转回中国，考察中国学者对此命题的吸纳、转化，重在讨论这种转化背后的语境差异以及本土知识生产的努力。

上 编

引　论

　　进入 21 世纪以来，引起西方学者广泛讨论的艺术的终结命题得到了中国知识界的青睐。学者们持续的聚讼为本书的思考提供了基础。我们发现，国内学者在引介和分析艺术的终结时，接受的学源背景并不相同，某种程度上带来了讨论的各说各话的局面。这种局面，从消极的角度来看，会为学者们彼此间的对话设置障碍；从积极的层面来看，则是各种对艺术的终结的讨论，彼此补充，共同丰富和拓展了该命题的内涵和价值。而这种情形引发了本书上编试图完成的核心任务：对艺术的终结的诸知识谱系的梳理。通过这种爬梳，找寻目前学界的知识兴奋点，从而为该命题讨论的走向纵深，以及了解当下中国美学和文艺理论的价值诉求等提供参考。但在梳理具体的知识谱系之前，首先需要弄清楚的是有关艺术的终结的基本内涵，以及我们在怎样的范围内对这些基础性知识进行梳理。

一　艺术史、艺术的进步和终结

　　艺术的终结能否成立，其前提是艺术是否有一个历史。如果有，这一历史处于怎样的情形，它才会出现终结？这是一个很难回答的问题。历史长河中曾出现了无数艺术家和艺术品，他们和它们是封闭的独立个体,还是开放性的总处于历史中间点的人和对象?如果是前者,就不存在一个艺术的历史。因为,作为独立自足体,艺术家和作品自身就构成了一个闭合世界,他们和它们没有继承前人前作,也不会对他人他作产生影响。而如果没有艺术的历史,那自然就不存在艺术的终结问题。但这种观点很难被人们认同。一个艺术家不可能生活于真空之中,他会继承前人的创作经验,也会对后人产生影响。如果我们从这个角度审视艺术,那么艺术就具有一个历史。只是这是怎样的一个历史?不同的艺术史家会给出不同的答案。

单纯从历史观的维度来看,有循环观,有线性观。中国封建王朝的兴废更替,大致属于循环观。从夏商西周的奴隶制到春秋末期封建制的出现,大致属于线性历史观。后者又进一步分成调性线性观、退行观和进步观。调性线性观,更多地体现出的是变化,缺少明确可寻的规律。退行观则是以过去某一点为最高阶段,把历史解释成降幂式发展。进步观则预设了一个发展目标,其实现指针指向未来。这种观念以对目标的实现程度为判断标准。用一个图示来标示,它更像是一条由低到高的矢量线段,越接近目标,就越高级或越发达。在这三种线性观中,只有进步观存在终结问题。这是因为只有它设定了一个目标,也暗示了目标完成的那个终点。进步观确立于19世纪。当时,生物进化论逐渐被人文社会科学领域接纳,用来解释人类和社会现象。艺术史的写作也受到这股历史哲学潮流的影响。19世纪以来,进步史观成为构建艺术史的主要方式。

艺术是一种特殊的人类现象。对它的进步历史的考察,一般可以有两个维度:外部与内部。外部主要是指从时代的政治、经济、宗教等社会状况来立论。"目前大部分的艺术史,哪怕是最简明的艺术史,都把被认为是解释艺术家的创作行为的经济、社会或宗教环境放在首要位置。人们竟然承认这种过时的观点,它曾经启迪了斯塔尔男爵夫人,后来被黑格尔、泰纳发展,马克思主义使它成为直至今天的不可逾越的信条。人们断言，艺术仅仅是一种'副现象'。它完全取决于艺术家当时的境况。"① 这种解释艺术发展的思路是把艺术的进步和繁荣看作社会进步的伴随现象。具体说来就是随着社会的变迁和社会生活的改变，艺术的内容和形式也随之变化。由于社会生活中的这种变动一直处于上升阶段，因此带来艺术的内容与形式也一直随之上升。社会带给艺术的影响，可以从终结视角来描述的主要有两方面：其一，社会的发展，会对艺术产生新的需求，从而带来社会不再需要的艺术样式的消亡；其二，受社会变动的支配，艺术的发展会出现被迫中断的现象。例如欧洲文化史上出现的野蛮人入侵，瓦萨里在《意大利艺苑名人传》中就曾提到伦巴底人对意大利的占领，破坏了大量的当地艺术，在这种特殊情况下，艺术可能会出现因人为破坏带来一片萧条的情况。但是这种萧条并不能引起艺术终结或者消亡的哲学焦虑。当我们从一个相对广泛的意义来看待艺术与社会生活的关系，认为前者是对后者的反映的时候，那么我们是在表明，艺术是社会的折射，我们将在艺术中发现和反思我们的生活世界。从这个角度来说，只要艺术还是以某种特殊的方式将生活呈现给我们，也就是说，无论在哪一种社会，只要有一类东西，它们构成一个特殊的集合，并能够唤起我们对生活的感觉，或者显示出生活，再或者能够让我们看到理想的生活，那么这种东西就可以叫作艺术。如果是这样，那么艺术将伴随人类始终，只要人类不消亡，它就会永远存在下去，不会有消亡的征兆，更不会真的死亡。

因此，这种对艺术进步以及终结的设定，并不是我们所要考察的主要对象。因为，这种情况下的艺术，仅仅是社会生活或直接或间接的反映，进步的主要是社会生活的某些方面，其自身很难说存在进步。因此我们一般更习惯于从内部变化来审视艺术的进步。从艺术的内部因素来看，大体可以有两个方面，一个是从其存在方式来看，另一个则是把艺术的发展看作某种艺术观念的内部推进。从其存在方式来看，艺术属于

---

① ［法］雅克·蒂利耶：《艺术的历史》，郭昌京译，百花文艺出版社2009年版，第3页。

人工制品，因此它与技术有着十分密切的联系，或者可以这样说，艺术首先是技术。当新的技术出现了，在旧的技术基础上形成的艺术必然衰落，被以新技术为基础的新艺术取代。在笔者的童年时代，看的是连环画，读的是儿童读物《新少年》，《新少年》封底上的丁丁与宁宁的故事，是我们那一代人的记忆。如今的孩子很少再看这些东西了，他们更熟悉的是电脑游戏、网络文学以及铺天盖地的图像冲击。我们不能简单地说只有看连环画、读《新少年》的童年才是美好的童年，而另外的则不是。同样地，我们不能简单地认为，传统的印刷时代的小说才是文学，而今天网络上很多的小说就不是文学。并且，随着科技的发展，人们更多地从互联网上获取信息、娱乐以及消遣，这也是一种发展趋势。在这种语境下，以印刷为主要技术手段的文学必然会出现衰落的迹象。正是在这个层面上，艺术的终结才变得非常有意义。

而当我们把艺术看作一种观念的时候，由于观念自身的内部推进，由此也会带来很多艺术样式的衰落，出现新的样式。例如，中国古代文学中，大家普遍认同一个观点，即从汉魏六朝到唐代是格律诗这种文学样式逐渐走向成熟的阶段，到了唐代，经过"永明体"等对诗歌规律的探索和总结，唐代新体诗已经非常成熟。但在这种情况下，却出现了词，这种有着长短句式变化的诗体结构更自由，更富于变化，也更适于歌唱。从格律诗到词，是诗体内部的演进。这样一种文学演进观念暗含了人们对艺术发展的几个基本预设。第一，艺术的进步表现在，它有一个发展的目标，并且它每一次的变化都指向这一目标。第二，在艺术总体史中，往往符合艺术发展目标的部分获得更多关注，而其他部分将被忽略。例如文学史常论唐诗宋词元曲和明清小说，把它们作为每个时代文学繁荣的标志，而实际上，自唐代以后，诗歌的创作一直保持了很高的水平，宋诗一向与唐诗抗礼，明清的诗歌从技法上也不弱于唐，但如今人们更为熟悉的却是唐诗，文学史上对唐诗也是浓墨重彩。出现这种情况，与我们的理论预设有关。对于一种历史的构建，我们倾向于把握前进的方向，更重视对独领风骚现象的关注，这虽然会使我们更清楚地把握住文学发展的突出的历史脉络，但同时也会带来一定的弊端，给人一种唐宋后无诗的错觉。很显然，这是这种理论预设牺牲掉的部分；第三，正是这种预设的历史观念，即从艺术内部来考察艺术的发展的观念，使任何一种艺术门类都经历了一个由低到高的过程，并在其抵达历史制高点后消失于历史之中。这种观念预设为我们讨论艺术的终结提供了理由。

"所有艺术的这种种'死法'，都表明一个意思：艺术是存在于历史之内的。它有着内在的'进步'，没有这种进步，就谈不上什么'终结'。"① 我们通过条分缕析，试图想说明的正是这一点：艺术的终结，主要是艺术的进步史观构建带来的结果，没有艺术的进步，就不会有终结的问题。而这种进步，属于一种"内在的"进步，是艺术被设定为某种观念及其进步带来的结果。更进一步而言，艺术只有被设定为具有一个内在的进步史，它才会出现终结的话题。这种结论似乎有着浓郁的黑格尔主义意味，有趣的是，艺术的终结最初引起知识界的关注，也是由黑格尔发起的。

二　"艺术的终结"的当代含义

在讨论了艺术发展的内外部因素，以及审视艺术的多种角度所带来的如此众多的有关终结可能涉及的情况之后，我们需要归结一下，到目前为止，学界所关注的"终结"一词究竟具体所指为何，分歧又在哪里？本书将结合目前讨论艺术终结的诸多观点，尝试归结出它的主要含义，从而为我们下一步的讨论打下基础。

在我们看来，"终结"一词涉及的第一个含义是指"死亡""消亡"，

---

①　张冰：《丹托的艺术终结观研究》，高建平先生"序"，中国社会科学出版社2012年版，第20页。

因此,"艺术的终结"这一术语直观地是指艺术的死亡或消亡。1984年,丹托在《艺术的终结》一文中,提出了艺术有未来,但我们的艺术却没有未来,进而指出我们的艺术终结了的观点。随后贝里尔·朗(Berel Lang)编写了一本论文集,命名为《艺术之死》(The Death of Art)。丹托的论文成为该书的主题文章。尽管丹托多次表明,他无论是在《艺术的终结》一文中,还是在此后众多的文章和著作中,他所说的终结都不是指死亡。但是,与朗一样,无论是在美国境内,还是在境外,都有很多学者根据"the end of art"的字面意义直接将其与艺术的死亡相连。丹托曾说:"当我开始演讲论述艺术的终结时,我的观众通常是艺术家,一开始充满了敌意。"① 艺术家们之所以"充满敌意",最重要的原因就在于他们是从"死亡"的角度来理解艺术的终结。实际的情况是这样:无论是丹托,还是黑格尔,这两位提出艺术的终结的代表性人物,所持观点都不是指艺术的死亡,因此,从死亡的角度来理解他们的观点肯定是错误的,没有理解他们的哲学意图。但是,这并不意味着知识界不能从死亡的角度来理解"终结"。从字义来看,汉语中的"终结"本有死亡之义,而英文中的"end"一词也有一项义项为"death"。所以,从艺术死亡的角度来理解艺术的终结是成立的。本书因此将这一含义放在了艺术的终结的义项之中。但是,在接下来的论述中,采用的方式则是将两者分开。当指艺术的死亡时,将会直书,但提到艺术的终结时,则都不是指艺术的死亡。这种做法一则是为了明确下文的讨论,二则也是表明本书的态度,即笔者并不主张从死亡维度来理解艺术的终结。

艺术的终结的含义之二是指艺术的衰落。艺术的衰落一般会有多种情况,需要根据具体情况来具体分析。瓦萨里应该算是较早的一位提出艺术终结的人。在《意大利艺苑名人传·中世纪的反叛》中,瓦萨里

---

① [美]阿瑟·C. 丹托:《艺术的终结之后》,王春辰译,江苏人民出版社2007年版,第6页。

写道："在伦巴底人统治意大利之前、统治期间及之后,艺术每况愈下,直至衰败的谷底。艺术之缺乏审美性和拙劣不堪的情况,可以从罗马圣彼得大教堂门上的拜占庭风格人像得到印证。"① 他所说的艺术的"每况愈下"和"衰败",第一层意思说的是社会动荡带来艺术的衰落。罗马艺术本来非常繁荣,但由于战乱频仍,大批艺术品不是被毁坏就是被掠夺,从而带来了罗马艺术的衰败。他所说的艺术的衰落第二层意思是指:由于战争,很多的野蛮人,例如伦巴底人,占据了意大利,但文化上的落后所带来的局限,使他们制造出来的艺术品粗俗而拙劣,相对于之前的罗马艺术的繁荣,这是一种衰落。瓦萨里理解的艺术衰落,主要根据的是艺术与社会的关系,战乱以及文化的落后等都可能导致艺术的倒退。这种对艺术衰落的理解,不是我们思考的重心。正如前文指出的,我们关注的艺术的终结源于艺术内部,是其自身的进步带来目标的实现,从而出现终结的问题。

艺术衰落的第二种内涵是指某些艺术样式的繁荣只能在历史的某个阶段,当历史行进到下一个阶段时,就会有新的艺术样式的繁荣。而在新的历史阶段,在前一个阶段繁荣的艺术门类就走向了衰落。马克思在《〈政治经济学批判〉导言》中说:"在艺术本身领域内,某些有重大意义的艺术形式只有在艺术发展的不发达阶段才是可能的。""阿基里斯能够与铅弹和火药并存吗?或者《伊利亚特》能够同活字盘甚至印刷术并存吗?随着印刷机的出现,歌谣、传说和诗神缪斯岂不是必然要绝迹,因而史诗的必要条件岂不是要消失吗?"② 他的这些观点表明:每一种艺术样式的存在都具有历史性,有其存在的必要条件,当其必要条件消失了的时候,它就会走向衰落。马克思所理解的必要条件在此可以具体化为与艺术发展相关的技术的发展水平。某些艺术样式的繁

---

① [意]乔尔乔·瓦萨里:《意大利艺苑名人传·中世纪的反叛》,刘耀春译,湖北美术出版社、长江文艺出版社2003年版,第31页。

② 《马克思恩格斯选集》第二卷,人民出版社1995年版,第28页。

荣，基于当时不发达的技术发展条件，而随着后者水平的提升，反而会走向衰落。

艺术的终结的第三种用法是指一种艺术观念不再适应艺术实践的发展，或者说某些艺术观念逐渐被抛弃。以再现观念为例。再现观是西方占据统治地位的艺术观念，波兰美学家塔基科维奇把它称作"大理论"。一直到20世纪50年代之前，这种观念都有着非常重要的地位。它的基本观点是强调艺术再现现实的逼真性，在二维平面上表现三维空间效果。这种观点在19世纪中后期受到了挑战。这主要是由于照相技术的发明。某种程度上我们可以说，照相术的发明，与艺术的再现诉求有直接关系。但反过来，照相术也给艺术带来了冲击。长时间以来，艺术所追求的逼真效果，以及通过这种效果来获得的自身合法性，在照相技术出现后变得尴尬。这种地位的尴尬迫使艺术对自身的定位转向，另辟蹊径。于是经过一段时间的过渡，再现观念在艺术领域逐渐弱化，而新的艺术观念，如表现观、形式观等兴起。当然，照相术的发明，只是再现观式微原因中的一种。先锋艺术的反叛，新艺术手段和新媒介的出现等，诸多因素的合力，才最终促成了再现观念的退场。到目前为止，具有代表性的艺术观念，如再现观、审美理论、表现论和形式观等，都不再具有统治性，艺术开始进入多元化时代。但这同时也意味着曾经风云一时、独领风骚的艺术观念，其解释力量都被削弱了，都出现了不同程度的式微。正如很多分析美学家们所主张的，艺术无法被定义，因为艺术是一个开放的观念。它不断地创新，不断地打破既有的艺术观念。而那些既有的艺术观念，由于对新的艺术实践不再具有很强的解释力而被逐渐抛弃掉，从而带来这些既有艺术观念的终结。

艺术的终结的第四种用法是指艺术的哲学化。这种观念的代表人物是黑格尔和丹托。他们都把艺术的本质看作哲学，艺术的发展历程，就是对自身本质的寻找。当艺术意识到自己的哲学本质时，它的历史使命完成，终结就成为它的宿命。把艺术的本质视为一种哲学，并不是自黑格尔始。早在柏拉图的著作里，就已经出现了这种倾向。在柏拉图看来，有四类人可以获得真理：哲学家、热恋中的男女、神谕者和灵感诗人。灵感诗人与哲学家和热恋中的人获得真理的方式不同，后者的方式是通过回忆，在一定的契机下，哲学家和热恋中人回忆起在理想世界生活的情形，从而意识到现实世界的虚幻。灵感诗人则是另外一种方式："凡是高明的诗人，无论在史诗或抒情诗方面，都不是凭技艺来做成他们的优美的诗歌，而是因为他们得到灵感，有神力凭附着。"① 这也就是说，灵感诗人与神谕者一样，是通过神灵凭附，替神代言，直接达到真理的呈现。柏拉图的这种诗与真理的观念，被后世继承。例如亚里士多德，尽管他对柏拉图的思想多有继承性批驳，但对于诗，他也认为诗描写的是普遍的事，比历史更富于哲学意味。到了18世纪，艺术的哲学化倾向更加明显。文杜里对这种倾向做过精彩的描述。他说："夏夫兹伯里在他对新古典主义探讨的结论中，理解了艺术家的创造个性。他结束了模仿的概念，并设想出一种哲学式的艺术批评……维科考虑的是诗的历史的问题，他把诗意的逻辑和科学的逻辑加以区分，并把只是启蒙的作用归功于艺术。最后是鲍姆加顿……他把艺术看作是知识生动灵活的样式，虽然这一样式先于或不同于科学的知识。"② 在这些观点中，艺术都被赋予了哲学形式，或者与哲学同义，或者变成一种准哲学。但西方艺术观念中的哲学化倾向并不必然指向艺术终结。在柏拉图那里，艺术没有终结的危机，因为在他的视野中，没有一个历史发展观。黑格尔与丹托之所以得出了艺术终结的结论，一方面是他们接受了艺术哲学化这一传统，另一方面，他们也为艺术设定了一个发展的历史。在他们那里，艺术的历史是艺术自我认识和教育的历史，其归宿是哲学。

---

① ［古希腊］柏拉图：《文艺对话集》，朱光潜译，载《朱光潜全集》第12卷，安徽教育出版社1991年版，第9页。

② ［意］文杜里：《西方艺术批评史》，迟柯译，江苏教育出版社2005年版，第89页。

艺术的终结的第五种用法是指日常生活审美化。这方面的代表有鲍德里亚、韦尔施等人。他们对这一命题的理解存在差异。总体说来，我们可以把日常生活审美化看作由两个命题组成：一则为艺术和审美向生活延伸，带来审美的日常生活化趋势；另一则是生活向艺术生成，带来日常生活的审美化倾向。这里面包含了两种视角，一种是从艺术和审美出发，另一种则是从日常生活出发。相比较而言，韦尔施是立足于前者，他所主张的日常生活审美化，是审美理论向现实的扩张，对现实的构建；鲍德里亚是立足于后者，他关注的是日常生活在消费社会的符号操控下的质变，符号逻辑使日常生活虚拟化，从而向审美生成。需要强调的是，日常生活审美化的先在条件是日常生活与审美、艺术的二元划分，分属两个泾渭分明的领域。这一哲学构建在柏拉图那里隐约可见，到了18、19世纪现代美学确立之时，得到了强化。

三 本编的选择标准

上文中，我们主要结合的是到目前为止对"终结"的不同理解，来解释这一话题作为一个短语的不同解读，从而从字义上明确这一命题可能涉及的语义。实际上，在接下来的讨论中，我们还是需要回到当下的艺术语境之中，回到艺术的历史来讨论。到目前为止，艺术的终结命题也一直是作为一个复合命题，被学术界广泛讨论。刘悦笛在《艺术终结与现代性的终结》一文中，对西方学者对艺术的终结命题的讨论做过介绍："'艺术史终结'观念始于德国艺术史家汉斯·贝尔廷（Hans Belting）1984年的专著《艺术史终结了吗？》；'作者之死'观念，始于法国结构主义者罗兰·巴特1968年的《作者之死》；'审美经验的终结'观念始于舒斯特曼1997年的《审美经验的终结》一文；'美学理论的终结'观念，始于美国学者伯林特1991年的专著《艺术与介入》。如此看来，艺术'终结'包括了五种样态：'艺术'终结、

'艺术史'终结、'艺术家之死'、'审美经验'的终结和'艺术理论'的终结。"① 他的这种介绍主要是从近些年西方学者的关注点出发所作的归结。除此之外，从更广阔的历史背景进入，还可以得出另外一些理解。我们这里主要是指现代主义兴起后，艺术的变迁所带来的直接后果。自19世纪80年代起，随着现代主义兴起，带来整个社会文化和思想语境的变迁，由此出现了艺术观念和实践等方面的深刻变化，进而带来了对艺术终结讨论的一些指向，例如架上绘画的终结、再现观念的终结、审美的终结、艺术与审美联姻关系的终结等。

众多的艺术的终结的指向，背后存在着不同的现实和理论关切。当我们进行知识谱系梳理时，将依据哪些标准进行选择？毕竟在一本书中，想把一切尽收眼底是很难完成的任务。我们的构想是，不从具体的命题指向出发，即不从这一命题目前流行的各个子命题出发，而是回到艺术及其观念的内部，从审视艺术的不同视角出发。这种选择，应该可以使我们更清楚地意识到艺术如果受到冲击，出现危机，或者发生重大变迁，可能的方向有哪些。由此，我们可以更好地理解艺术的观念构建，到目前为止它可能的困境所在。

西方哲学传统是一种二元论传统。现象与本质、相与共相、个别与一般、特殊与普遍，这些基本的对立范畴，构成了哲学家们思考世界的起点。把这种传统具体化在对艺术的思考中，我们就可以发现，两千多年来，艺术一直徘徊于日常生活与哲学之间。哲学家们根据不同的价值诉求，不断在日常生活与哲学之间拉扯着艺术。柏拉图，把艺术（灵感诗）看作理式的借尸还魂，因此，艺术的本质是真理，是哲学。黑格尔主张艺术是理念的感性显现，因此，就其本质而言，它是绝对精神，是哲学的低级形式。而德国浪漫派更是把艺术看作最高的哲学。与之反方向，席勒把近代社会与古希腊的天空看作对立的两端，认为古希腊时代的生活是审美的生活、艺术的生活。20世纪的杜威认为，日常生活具有

---

① 刘悦笛：《艺术终结与现代性的终结》，《艺术百家》2007年第4期。

审美性，艺术与生活之间保持着连续性。杜尚等先锋艺术家们甚至提出，日常生活本身就是艺术品。当杜尚从生活中随意拾取"现成品"，衣架、空气、自行车轮、凳子等，他在践行着自己的艺术主张。两种方向，既是哲学家和艺术家们的选择，同时也是艺术观念从构建之初中间位置的设定所出现的、必然的非此即彼的结果。也就是说，尽管从美学史的发展状况来看，美学家们选择了不同的道路，或者把艺术派给了真理和哲学，或者把它派给生活，但实际上是，二元对立的哲学思维本身，已经先在地预定了艺术可能发展的方向，哲学或日常生活，二者只能居其一。因此，当设定艺术有一个历史，推展它的长度，最终抵达的终点，或者是日常生活，或者是哲学。这也是对艺术的终结理解的两种基本思路。

除此之外，对艺术的终结的理解，还可以有另外一种思路。例如一条线段，两端分别是哲学和日常生活，中间是艺术，艺术可以向两端的任何一端发展，从而发展到终点，除此之外，还可以求诸自身，把那一个点转化成一条线。这就涉及对艺术的双重性的理解。从艺术品本体论来看，它是作为一个物而存在。这个物与技术息息相关。可以这样说，艺术首先是技术，其次才是艺术。无论是从词源学，还是从艺术的历史发展，这一点都没有争议。艺术成为艺术，确立自身的独立性，最初的任务就是从技术中分化出来。因此，技术的发展和变迁，直接决定了或者说体现于艺术的发展。当技术更新之时，应该也是基于旧的技术形成的艺术的终结之日。由此，我们发现，对艺术的终结的理解，就其立论逻辑而言，至少存在着三个维度：哲学维度、日常生活维度和技术维度。这将成为本编的论述中心。

此处，还有三个问题需要交代。首先，自80年代以来，汉斯·贝尔廷提出的艺术史的终结的观点，也曾引起知识界普遍的关注，这是对艺术终结命题史学维度的考察。在本编中，我们无意对其思想进行考察。这样做的理由是：贝尔廷所思考的，主要还是艺术史的写作方法问题，虽然他也考虑到了艺术的当代变迁，但整体而言，他的重点还是在于如何写作艺术史。他的基本问题是，大多数的艺术家已经离我们远去，他们保留下来的痕迹，如作品或创作经验谈等方面的资料很少，在这种情况下，如何写作可靠的艺术史？瓦萨里是幸运者，因为他写作的是当代史，但同时他也设立了艺术史的写作规范。然而，处于当代的我们如何书写过去？他由此提出艺术史写作方式的新变化。很显然，他的关注点与我们所要讨论的话题之间有一定距离。因此，在我们的谱系梳理中，不会选取与其相关的内容。其次，尽管本书主要从三个维度来对艺术终结的知识谱系进行清理，但这并不意味着我们只认同这三个维度得出的终结观念。在我们看来，艺术的终结本来就是一个多声部变奏曲，因此，有关它的诸种理解，都有其存在的合理性。再次，从目前的选择来看，对于艺术的终结，我们是从非常宽泛的意义上来定义的。如果把从古到今的西方哲学家和美学家有关观点一一陈列分析，既不可能，也无法突出重点和当下性。本文选取的标准有三：一是以西方公认的艺术终结论者为探究的对象，这样，黑格尔、丹托等人的论述会进入我们的视野；二是以目前中国学界普遍关注的观点为主，这种选择会使本书论述更有现实针对性，以此为准的，本雅明、鲍德里亚、韦尔施等人的相关思想也成为本书研究的重要对象；三是目前中国学界重视不多，但与艺术终结论的立论基础大有关联的人和观点，对其评述，会拓展国内知识界对此话题讨论的视野，这些观点也是本书试图重点研究的内容，如马克思的艺术生产观、麦克卢汉的媒介理论以及列斐伏尔的日常生活观。

　　至此，我们的基本构思已经成型。在下文当中，我们将依据艺术终结讨论的哲学维度、技术维度和日常生活审美化维度，把我们所选取出来的哲学家、美学家或学者们的相关观点作详细评析，希望借此能够厘清这一命题的来龙去脉，整理出它们的意义。在我们看来，对诸多学者观点的介绍，既需要回到他们各自的现实或理论关切的语境，还原他们各自思考的重心，同时也需要依据目前中国学界的理论旨趣，发掘他们这些思考的总体价值。

第一章 艺术终结命题产生的西方语境

从某种角度来说，西方思想界普遍有终结情结，每当社会或者思想本身出现大的动荡或变革时，西方知识分子习惯性地倾向于用终结来开始他们的讨论或提出终结的问题。这与整个西方的文化语境有关。本章将从艺术终结命题产生的宏观语境，即西方思想的基督教末世观的形成，以及微观语境，即理论领域与艺术实践的突出转向等方面来做出解释。

第一节 犹太—基督教传统与西方知识界终结情结的形成

时间观念的形成，不同文化有着不同的结论，这来自各民族对时间的不同体验。自然界中的一些现象，例如月圆月缺、日出日落、春夏秋冬的四季交替，支持着时间的循环观念。而我们的生命事实——出生、成长、成熟、衰老、死亡，又支持着时间的线性观念。考察不同文化的时间观念，有论者指出，可以考察各民族的创世神话，在创世神话中，隐藏着对时间最初的感受。欧美的思想家们，作为两希文明的后裔，他们对时间的思考，也与这两种文化息息相关。早在《圣经·创世记》神话之前，古希腊的哲学家们就已经开始了对时间的思考。

"最流行的是亚里士多德的定义（《物理学》，第4章第11节219b1）：'时间是有关之前和之后的运动的量化量度。'斯多亚学派认为，时间是世上运动的'间隔'。"① 从这里我们可以发现，古希腊的哲学家们对时间的思考，是一种科学度量观念。这种对时间审视的科学主义传统，最终与犹太——基督教文化合流，形成了西方思想界的时间观。

在《时间的故事》中，作者指出："犹太经书在基督教界和伊斯兰教界的威信，确保了现代世界最活跃和最广布的文明继承并伸张线性时间模式。"② 这也就是说，基督教文化传统秉持的是线性时间观，因此浸淫在基督教氛围中的欧美知识界，线性时间观占据主流。这种线性时间观念可以从创世纪神话中得到解释。"艺术家们很早就发现，阐明创世纪过程那最初的六天，最好的办法是采用人们或许会称之为'连环画'的形式。……这些图片的节奏所依据的预设是，当我们从一幅画转到另一幅画时，时间在推进。如果图片的顺序被打乱，叙述将不再有任何意义。这里也有一种隐约的评价，即随着一天转入下一天，发生了某种推进。这暗示着创造人类是上帝最后和最好的行动。这些图片可能很简单，但它们掩藏着一整片涉及西方时间观念的理解——事件如何在时间中运动和发展；时间本身如何随着不同的行动而像是在前行；一个事件如何看上去像是出自此前的事件，诸如此类。因为一切存在都是上帝意志的显示，所以没有无原因的存在。"③ 在这段论述中，我们能够知道，在创世纪神话中，暗示出进步观中很多重要因素：事件在时间中推进；事件在时间的先后中存在因果联系；后出现的事物会好于前出现的事物；存在事件发展的最终原因等。最终原因具有双重意义，它既是事物发展的动力，也是事物发展的目标。由此，一种时间或事件叙述的目的论出现了。

---

① ［英］克里斯滕·利平科特、翁贝托·艾柯、贡布里希等：《时间的故事》，刘研、袁野译，中央编译出版社2010年版，第12页。
② 同上书，第368页。
③ 同上书，第23—24页。

除了从《圣经·创世记》进入对时间的解释外,《圣经》里其他的地方也显示出更为复杂的时间意识。旧约和新约是圣经的组成部分,对于它们的不同理解,形成了犹太教和基督教的多种派别。而实际上,对于时间观念的理解,旧约与新约也存在着很大差异。在旧约中,故事或者说事件的叙述模式基本上是:上帝对某个人做出承诺,然后这个人服从并执行上帝的指示,最后上帝兑现承诺。例如上帝对亚伯兰说:"你要离开本地、本族和父家,往我所要指示你的地去。我必叫你成为大国。我必赐福给你,叫你的名字为大。"此后亚伯兰遵从了上帝的指示,上帝也兑现了承诺,赐给他后裔,又赐给他"从埃及河直到幼发拉底大河之地"。在这种许诺—执行—兑现承诺的过程中,时间是围绕着上帝的意志展开的,是上帝兑现承诺、在时间中展现自身的过程。在这种时间体验中,实际上缺少进步意味,只是上帝不断地许诺和兑现承诺,一个承诺叙事结束,下一个承诺叙事开始,时间既有一定的延展性,又循环往复。但在这一历程中形成的时间感受,主要还是线性的,它有着过去—现在—未来的发展维度。过去上帝许诺,当下人类执行,而未来是上帝兑现承诺。在这种思路中,时间作为上帝意志的延展而获得意义,而上帝也因此进入到时间中,具有自己的结构性,并成为推动时间绵延背后的目的和最终因素。

但是,在新约中,时间观念发生了改变。在旧约中,上帝总是在寻找代理人,其意志是通过代理人的执行而得到实现。而在新约中,耶稣基督具有另外一种意味。"圣子是惟一的,是至高的神的儿子。他是上帝生出来的第一个,并优先于一切被创造的事物。"[1] 在旧约中,上帝的意志通过人类来显现;而在新约中,他把自己的儿子派到人间,这个在天堂中坐在上帝右边的上帝之子执行着上帝的意志。他不仅是代理人,同时也与上帝一体,他的意志就是上帝的意志。这带来了新约叙事与旧约之间一个显著的不同:它不再是旧约中不断地许诺和兑现承诺的

---

[1] Eric Osborn, *The Beginning of Christian Philosophy*, Cambridge University Press, 1981, p. 167.

过程，而是一以贯之的基督事件。在这一线性的时间链条中，新约设定了末日审判，同时也就设定了一个时间的终点。末日审判是一个非常复杂，至今令神学家们聚讼不休的问题。奥古斯丁在《上帝之城》里对末日审判是这样描述的："基督会从天上降临，审判活人与死人。这就是我们所谓的末日，上帝审判的日子，也就是最后的时间。"[①] 由此，旧约里隐约的循环时间观念消失掉了，一个有着终点的时间观念出现了。

在这种时间观念里，对"当下"的理解也变得与旧约不同。在旧约里，当下就是对上帝意志的执行和服从，希望在未来。而在新约中，当下则是通向末日审判的途中。在末日审判这个终极审判中，俗世的人们将会升到天堂还是降到地狱，取决于当下他们的行为。并且由于末日审判距离我们并不遥远，从而又会给当下的人们带来一种末日气息的紧张感。"按照福音的记载，耶稣基督所宣讲的'天国'，是富有浓厚的末世气息，他宣布着：'悔改吧！天国临近了'。"[②] 在这种思路里，"当下"应该是一种临近末日的时间，因为临近，所以给人一种紧迫感，但末日又没有完全来到，所以这里的"当下"带给人的时间感，就一方面是没有达到目标，另一方面又是离目标并不遥远，也就是一种"已经—尚未"的时间心理体验。

新约中的末世观念带来了终结情结。这个终结是一个时间点，在它之前，是人们在俗世的所有行为累积而成的时间线段，在它之后，便是天堂与地狱的分野，在那里，没有俗世中的时间观念，因而也就不再有历史。因此终结所在的时间点标志了俗世的结束，也标志了新约式叙事的终结。并且在末日来临那一日，即终结的那一天，并不是死亡，而是复活和新生，是所有活人与死人都要参与的审判。也就是说，在审判的那一日，死者会复活。复活和新生是基督教中两个非常重要的观念。复

[①] ［古罗马］奥古斯丁：《上帝之城》，王晓朝译，道风书社2003年版，第158页。
[②] 张春申：《基督信仰中的末世论》，基督教上海教区光启会2004年版，第18页。

活具有两种含义：一种是灵魂的复活，一种是肉身的复活。灵魂的复活由于信上帝，肉身的复活则由于在审判中获得不朽。相应地，新生也具有这两方面的内涵，即笃信上帝所获得的灵魂新生以及肉身因为不朽而获得的更新。这种新生与复活的达成很大部分与末日直接相关，是时间的终结处方可以实现的东西。因此，基督教中的末日或者说终结观，并不是指通俗意义上的末日，即对灾难或者毁灭的一种描述，而饱含着一种希望，一种乐观主义。末日并不指向死亡，而是不朽；不是定格在那里，而是将开始新的篇章。

从旧约赋予时间以意义和延展的维度，到新约中出现终结观念，以及赋予终结观念以复活和新生的意味，西方文化中的终结观已经初露端倪。不仅如此，无论是新约还是旧约，其时间观有一点是一致的：俗世的芸芸众生在时间中的延续是为了完成上帝的意志，后者是人类行为的最终目的，这意味着时间的延续隐含目的指向，因其目的而具有意义。"犹太人以及犹太人之后的基督徒引进了一个崭新的因素，假设历史进程不断向一个目标前进——历史中的目的论。历史因此获得了意义和目的，但代价是失去了其世俗特性。达到了历史的目标也就自然地意味着历史的终结……这就是中世纪的历史观。"[1] 在这种历史观中，暗示了进步的维度和价值判断：接近上帝目的的那一个时间点将高于此前距离上帝目的较远的那一个时间。尤其是在新约中，这种进步意味更为明显。谈到基督来到人间，圣经中用的语词是"降临"，而谈到人类的未来，用的语词则是"升入"。这种从俗世到天堂的过程是由降到升的过程，也就意味着，时间中含有价值判断，有相对高级与低级的区分。

由以上我们对犹太——基督教中时间观念的考察可以知道，终结应该是这样的一种观念：在一个时间的动态流程中，以一个目标为前进的方向，当实现目标的时候，就是此一阶段叙事的完成，进而意味着这一

---

[1] ［英］E. H. 卡尔：《历史是什么？》，陈恒译，商务印书馆2007年版，第214页。

段历史的结束。但这并不等于说终结之后将是一片虚无，而是进入另一种叙事。并且新约中也提供了一种进入这另一种叙事的可能模式：超越历史，获得摆脱时空限制的自由。对西方知识界的终结观念需要在这种文化语境与内涵指向中来理解。

犹太——基督教对西方知识界的强烈影响怎样评价都不过分。尽管到了启蒙主义时期，进步观中的历史目的论被作了世俗化理解，这一目的不再是神学目的，而是理性。但是，对终结观念的理解模式并没有发生太大的改变。由于宗教意识对西方世界的人们的日常生活的全面渗透，从而带来了西方知识界讨论问题时的思维定势。每当社会或者思想出现重大变动的时候，他们往往会从末世或者终结的角度来立论，即使没有像黑格尔、丹托或者福山等人那样明确地提出终结的观念，但在具体论述中，这种终结情结还是会非常自然地显现。

还需要提及的是，西方知识界在思想领域的各个方面提出终结问题时，很多学者又会将终结一词作通俗理解，即从毁灭、灾难、死亡以及宿命论角度来理解，与受宗教意识影响的终结观念相结合，在保持了上述我们总结的终结内涵的同时，又因此多了些许悲观主义色彩。

第二节 20世纪世界的风云格局与西方知识界的终结情结效应

20世纪世界的政治形势非常复杂，先是俄国"十月革命"的胜利、两次世界大战，随后的冷战格局，到柏林墙倒塌、苏联解体，整个世界一直处于波谲云诡的变幻之中。生活在这个时代的人们，上一个五十年直面的是世界性战争所带来的死亡和苦难，下一个五十年是生活在时刻担忧核战争爆发以及人类毁灭的恐惧之中。这种现实的灾难与无法预知的恐惧将人们从19世纪所信仰的社会进步观的乐观主义中惊醒过来，一种浓重的悲观主义情绪笼罩于整个知识界。福山曾在《历史的终结与最后之人》第一章开篇即言："20世纪，稳妥地来说，使我们所有人都陷入深深的历史悲观主义之中。"①

从历史观来看，20世纪的学者普遍开始放弃社会进化论。前文中我们曾经提到，19世纪是进化论的世纪。从达尔文的生物进化论到斯宾塞的社会进化论，很多学者都在讨论今世胜过往世的理论依据和发展规律。卡尔在他的《历史是什么?》一书中对那个时代对进步的信仰做过描述："阿克顿在1896年有关《剑桥近代史》计划的报告中把历史当作是'一种进步的科学'，……丹尼尔……毫不怀疑地认为'未来的时代将表明，不会有什么可以限制人对自然资源控制的能力，也不会有什么可以限制人的为人类福祉利用这些资源的智慧'。"② 卡尔还引用伯特兰·罗素的话，说自己是在"那种乐观主义得到最充分展现的气氛中长大的"，然而这种情况在20世纪则很快发生了逆转。卡尔介绍说："1920年，当伯瑞撰写他那本《进步的观念》时，尽管他仍旧把进步描述成'西方文明生机勃勃的、处支配地位的思想'，但一种比较忧郁的气氛已经盛行……自此以后，进步的论调便沉寂下去……进步的假设已遭人们废弃。西方的衰落已经成为家喻户晓之词，以致不再需要加上引号。"③ 卡尔的描述给我们提供了很多关于20世纪初期有关进步观的一些信息。第一，与19世纪不同，到了20世纪，由于第一次世界大战以及俄国十月革命的胜利带给西方世界的恐惧感，西方世界开始逐渐放弃进步的观念；第二，20世纪反对进步的声音使进步的假设逐渐遭到废弃。之所以强调第二点，是因为本文所要讨论的很多学者，正是在这种思想语境下开始讨论艺术的终结命题的。他们的讨论既有其激进性，同时又有着一定的保守性。这种双重性正与进步观在20世纪被思想界普

---

① Francis Fukuyama, *The End of History and the Last Man*, The Free Press, 1992, p.3.
② ［英］E. H. 卡尔：《历史是什么?》，陈恒译，商务印书馆2007年版，第215页。
③ 同上书，第217页。

遍质疑和抛弃有关。但是，从知识界具体的表现来看，虽然20世纪风云变幻的复杂局势令众多学者放弃了进步观的乐观主义，然而他们并没有因此就放弃从线性历史或者说发展的角度来思考问题。只不过他们不再是从发展的中间阶段来思考和肯定当下，而更倾向于把当下定位为发展的终点，从而展开了对传统文化的整体反思和否定。这种运思思路，与对终结的通俗理解相结合，就在一定程度上使终结问题的讨论充溢着一种悲观主义情绪。

20世纪以来世界的风云变幻，反映在政治、思想、文化和人的精神等各个方面。抛弃进步观，宣扬末世论；反思传统，否定它的合法性——某种程度上是整个思想界的趋势。本书虽然集中讨论的是艺术和美学领域的艺术的终结，但对它的理解需要在20世纪的整个终结氛围中来阐释。可以这样说，20世纪的上空被强烈的末世和终结气息一直笼罩。尤其是到了20世纪的最后20年，这种气息伴随着世纪末的到来、千年的即将结束等而更加浓重。例如，在80年代，丹托提出了"艺术的终结"，在90年代，亨廷顿提出了"西方的衰落"，而福山提出了"历史的终结"。

而在哲学领域，20世纪一直就弥漫着一种终结气息。美国学者劳伦斯·卡弘（Lawrence Cahoone）在描述20世纪的哲学时说道："虽然哲学一直受到怀疑，但是在20世纪，哲学却受到了来自哲学家的一连串史无前例的指责。引人注目的是，本世纪一些最重要的哲学运动——语言分析哲学、逻辑实证主义、存在主义、现象学、马克思主义（从某种意义上说）、实用主义，以及如今所说的'后现代主义'——都认为20世纪之前的大部分哲学普遍表现出一些严重的错误认识。最深刻的攻击并非来自一些边缘性的怪人，而是来自本世纪第一流的哲学家，如维特根斯坦和海德格尔，他们认为西方哲学是一种错误、一种病态或幻觉的历史，通常所理解的哲学已经或应该终结。"[①] 这段话基本上描

---

① ［美］劳伦斯·卡弘：《哲学的终结》，冯克利译，江苏人民出版社2001年版，第4页。

述出了 20 世纪哲学的基本状况。20 世纪，对传统哲学进行反思和抨击的，不是边缘的、个别的哲学人，而是主流的、最重要的那些哲学家们。引文中所提到的派别差不多是 20 世纪哲学领域中引领潮流的派别，所提及的哲学家差不多是 20 世纪哲学界风云际会中最杰出的代表。尽管这些哲学家进入思考的视角不同，例如维特根斯坦从语言哲学，海德格尔从存在论，对传统哲学进行反思，但他们所指责的对象则是一致的，即都认为传统哲学奠基的基础和追求的目标存在错误。整体而言，传统哲学属于认识论范畴，它追求何者为真以及为何为真的问题。并且它把这种追求看作高于其他各学科的、最基础的，同时也是最高的目标。相对于传统哲学的基础主义，20 世纪的哲学是反基础主义或非基础主义的，甚至可以说是反哲学的。因为，它们普遍建立在一种相对主义的观念之上。无论是把这种相对主义建立在个体之上的主观相对主义，还是建立在社会、语境等基础之上的客观相对主义，总体而言，20 世纪哲学反对传统哲学的宏大叙事。

劳伦斯·卡弘提到了西方知情意的传统划分，在他看来，知情意三分传统带来了知识的三大领域，即认识论、实践和审美的划分。在这种划分中，传统哲学属于认识论领域。但这种强势的认识论不断扩张，渗透进实践和审美领域。这是西方哲学的显著特征之一。20 世纪的哲学试图超越认识论传统，将哲学引向新的发展道路。在这种知情意三分格局和思维定式中，走出认识论，哲学家们还有两条路可以选择，或者实践或者审美。例如，马克思和杜威都认为哲学的价值在于对社会的改造，这是将哲学导向了实践领域，导向了善。尼采认为，哲学的基础是具有创造性的，是美学的，这是将哲学导向了美。这种超越了认识论传统，将哲学引向新路径的做法，带来了传统哲学某种意义上的终结。表面上看来，如今的哲学，已不再讨论传统哲学的基本问题，发现了新的兴趣点，并通过否定传统哲学的方式，放弃了传统哲学。但更深层次的关键节点在于，传统哲学对哲学自身的规定，即对真的终极探索，转向了对审美、对善的追求，这在一定程度上意味着，哲学已经逐渐被伦理学和美学取代。这才是哲学终结的当代含义。哲学界的这种选择，必然会影响到整个知识界。毕竟，思想、政治、文化以及艺术理论、美学等彼此之间存在着千丝万缕的联系。而哲学一贯地对知识界具有引领作用，它的转向必然会带来相关领域例如美学和艺术领域的变化。我们强调这一点，试图想说明：一方面，20世纪的哲学，本身就处于终结的阴霾之中，属于20世纪终结论的一部分；但另一方面，又由于它与美学、艺术之间的紧密联系，它的终结气息也必然会对后者产生深刻影响。

在文化领域，早在第一次世界大战结束前后，德国历史学家奥斯瓦尔德·斯宾格勒提出了"西方的没落"。他所言的西方，与我们目前约定俗成的概念并不完全相同。在《西方的没落》第二卷中，他把文化大体分成八种：埃及文化、印度文化、巴比伦文化、中国文化、古典文化、阿拉伯文化、墨西哥文化以及西方文化。西方文化的象征符号是与魔鬼订下契约的浮士德，因此又可以称作浮士德文化。这种文化是目前掌控世界的主流文化。在他看来，文化最终走向文明，它仿佛一个生命体，有其出现、生长、成熟和衰落的过程。到目前为止，除西方文化之外的七种文化，都已经衰落，不再具有自己的心灵，"不再有自己所固有的历史。他们充其量只能在一种外来文化的历史中获得某种意义，从而成为历史的对象"[1]。而西方文化，也正在走向衰落。从政治的角度来看，他认为衰落的标志是强人政治的出现。抛开他的具体观点，我们可以从该书出版的时代来体会其思想意义。《西方的没落》第一卷出版于1918年，第二卷出版于1922年，正值一战结束。战争带给人的创伤和整个西方社会的悲观主义情绪在对这一观点的理解以及与之共鸣中得到释放。在第十一章"国家与历史"的结尾，斯宾格勒写道："与已形

---

[1] [德] 奥斯瓦尔德·斯宾格勒：《西方的没落》第二卷，吴琼译，上海三联书店2006年版，第44页。

成的国家一起，高级历史也倦怠地躺下来睡觉了。人又变成植物，依附于泥土，默默无言，恒久不变……古老的世界城市就位于乡土的当中，那是一种熄灭了的心灵的空洞容器，在那里经年累月穴居的是一种无历史的人类……只有随着宏大历史的终结，神圣的、静默的存在才会重新出现。这是一出在其无目标的方面堪称高尚的戏剧，其高尚和无目标就像星球的运行、地球的自转、地球表面上的陆地同海洋以及冰河同原始森林的交错。我们可以为之惊异，我们可以为之哀叹——但它就在那里。"[1] 从这段话中我们可以发现，斯宾格勒对历史终结的断言、对西方文明的衰落的论证以及字里行间流露出的宁静的感伤足以抚慰受到战争伤害的善良者的心灵。

与斯宾格勒有异曲同工之妙的是20世纪最后几年的美国政治学方面的学者塞缪尔·亨廷顿。在《文明的冲突与世界秩序的重建》一书中，他也提出了西方衰落的观点。他指出，相对于其他文明，西方文明出现了两幅画面。第一幅认为，西方处于压倒性的优势地位，苏联的解体使世界正在被西方主要国家的利益和观点塑造。但是，另一幅画面则与第一幅大不相同。"那是一个衰落的文明，相对于其他文明而言，西方在世界政治、经济和军事领域的力量正在下降。西方在冷战中获胜带来的不是胜利，而是衰竭。"[2] 亨廷顿详细描述了西方社会在领土、人口、经济产值、军事力量等方面的对比，从而得出结论说，尽管在21世纪的前几十年，西方文明仍然是强大的文明，但是，"西方主宰天下的时代正在终结。与此同时，西方的衰落和其他权力中心的兴起正在促进全球本土化和非西方文化的复兴过程"。[3]

不难发现斯宾格勒与亨廷顿哲学立场的区别。前者黑格尔主义色彩

---

[1] [德] 奥斯瓦尔德·斯宾格勒：《西方的没落》第二卷，吴琼译，上海三联书店2006年版，第410页。

[2] [美] 塞缪尔·亨廷顿：《文明的冲突与世界秩序的重建》，周琪、刘绯等译，新华出版社2010年版，第62页。

[3] 同上书，第71页。

非常明显，后者美国本土哲学观念"多元文化论"的意味更浓。尽管前者也认为存在着多种文明，但在西方文明占据主导地位的最近几百年，它们都已经终结。而后者试图想表明的，则是一元的西方文化的独秀时代即将终结，未来的世界将会是几个主要文明的核心国家来组成。亨廷顿对未来社会的预测是："100年之后，将不会再有能够行使类似权力的政治家小集团；任何这样的集团将不是由3个西方人组成，而是由世界7个或8个主要文明的核心国家的领导人所组成。邓小平、中曾根康弘、英迪拉·甘地、叶利钦、霍梅尼和苏哈托的继承者将对抗里根、撒切尔夫人、密特朗和科尔的继承者。"① 无论他的预言能否成真，但他至少表明了世界正在向多极化方向发展。

与亨廷顿差不多同时，弗朗西斯·福山提出了"历史的终结"的观点。这一观点是在1988—1989年之间，福山受邀在芝加哥大学做演讲时提出的。后来这一观点整理成文章发表于1989年夏季的《国家利益》(*The National Interest*)杂志上，由此而被人们熟知。对他的这一观点理解的关键之处，是对"历史"的领会。"然而，我所认为走向终结的，并不是事件，甚至重大事件的发生，而是指历史：在这里，历史可以理解成对一切时代一切人的经验而言的、独立的、连续的、进步的过程。"② 这一连续的进步过程，据他所言，来自黑格尔和马克思对"历史"的定位。在他看来，黑格尔与马克思对历史的理解具有一致性，他们都没有把历史看作一个闭合系统，而是认为它将在获得理想的社会形式时终结。或者说，历史终结处，是目标实现之处，而不是死亡之处。福山继承了这种解释历史的思路，但对历史赋予了不同的内容。黑格尔把历史定位为精神的历史，终结处是自由状态的出现；马克思把历史定位为阶级斗争的历史，终结处是无阶级的共产主义社会；福山把历

---

① [美]塞缪尔·亨廷顿：《文明的冲突与世界秩序的重建》，周琪、刘绯等译，新华出版社2010年版，第71页。
② Francis Fukuyama, *The End of History and the Last Man*, The Free Press, 1992, p. XII.

史理解成自由民主的历史,终结处是稳定的民主自由的来临。在他看来,这一目标的实现,其推动力是现代自然科学。正是现代自然科学所创造的财富以及对人类社会和生活的改变,使全球逐渐趋同,走向自由民主。他的观点很明显具有局限性。在《历史的终结与最后之人》的扉页上,乔治·威尔(George F. Will)指出:"福山做的是到目前为止不可能的事:他使华盛顿思考。在这本摧枯拉朽的著作里,他的主题是,在历史之流中美国的地位,美国的思想。"① 把美国的思想视为普世的世界性思想,把美国论证成历史发展的终点——福山的确是黑格尔的追随者。从进步观在 20 世纪被否定的状况来看,福山是一位保守主义者,他还在坚持进步的历史观念。但他所提出的历史的终结并不能等闲视之。在他演讲《历史的终结》之时,正在柏林墙坍塌之时,罗马尼亚正在经历着巨变,两年后苏联解体,某种程度上,这是他观点获得支持的土壤,也是很多学者认为他的观点发人深省的魅力所在。

经过以上简单的扫描,我们能够清楚地意识到,终结情结,不是单纯地出现于艺术和美学领域之中,而是 20 世纪知识界的普遍氛围。从基础的哲学理念到价值观念的选择,从思想界到政治领域,终结似乎成了人们思考和论证问题的起点。在这个时代,人们似乎更喜欢先大喊一声:"终结了!"随后才娓娓道来自己的观点。20 世纪 80 年代以来的艺术的终结的讨论,需要在这种语境下考察。

第三节 艺术实践领域对艺术理论的冲击和挑战

20 世纪,关于艺术终结命题的讨论,从其自身的微观环境来看,是艺术实践与理论领域错位所带来的危机。一般说来,理论与其解释的现实之间,并不是简单的同步对应关系。有的时候,是现实先行一步,理论滞后;有的时候,正与之相反,理论先行,现实在理论的推动和启

---

① Francis Fukuyama, *The End of History and the Last Man*, on the cover page.

发下出现新的现象。种种情况的发生，反映出的是理论与实践领域之间复杂多变的互动关系。这种互动致使二者之间常常出现错位。尤其是在艺术领域，这种现象会更加明显。这主要是因为，艺术作为人灵性的精华，由人的性情所铸，本源上的观念性、创造性，使它对观念和理论的依附性更大。

贡布里希在《艺术发展史——艺术的故事》一书的开篇曾经提到过艺术的一个复杂现象："现实中根本没有艺术这种东西，只有艺术家而已。所谓的艺术家，以前是用有色土在洞窟的石壁上大略画个野牛的形状；现在的一些则是购买颜料，为招贴设计广告画；过去也好，现在也好，艺术家做其他许多工作。只是我们要牢牢记住，用于不同时期、不同的地方，艺术这个名称所指的事物会大不相同，只要我们心中明白根本没有大写的艺术其物，那么把上述工作统统叫做艺术倒也无妨。"[①] 贡布里希的这段话非常有名。在这段话里，他表达了这样一种思想，即统一的、可以用大写的"艺术"（Art）冠名的东西并不存在，艺术不过是艺术家创造出来的东西。并且，艺术家创造出来的东西缺少统一性，不同的时代，艺术家们会创造出完全不同的东西。原始先民在洞穴里画野牛，在陶制品上刻条鱼，当代的艺术家画广告牌，在衬衫上画个骷髅之类，甚至什么都不画，只是把一些颜料随意地泼洒在画布上——这些行为完全不同，制造出来的作品也形态各异，但是，贡布里希认为，它们都可以被称为艺术。然而，这种对艺术的划分法具有一种危险，那就是这种冠名的合法性。贡布里希简单地滑过了这个问题，在他看来，把这些大不相同的事物，"统统叫做艺术倒也无妨"。但是如果不滑过这个问题，坚持对它进行论辩，就像维特根斯坦那样，或者艺术的发展已经达到了这样一个阶段——这个问题已经无法滑过的时候，艺术界以及艺术理论界又将做出怎样的反应呢？这实际上就是艺

---

① ［英］E. H. 贡布里希：《艺术发展史——艺术的故事》，范景中等译，天津人民美术出版社1988年版，第4页。

术的终结命题提出的内在语境。

从艺术实践的发展情况来看,19世纪80年代以来,艺术经历了前所未有的变迁。艺术史家雅克·蒂利耶说:"无论人们诋毁这个时期还是满怀激情地重新发现它,1880—1970年属于艺术空前繁荣的时期。""然而这个时代没有一刻尽善尽美和止步不前。一切都在骚动,一切都在变化,一切总是被重新质疑。没有哪家学说不是刚刚提出就马上遭到反驳的。""这个时期的创造者大多带有几分醉态,这并不令人吃惊。……这种眩晕催生了不惜代价寻求创新。甚至,在那些最不自信的人中,出现了面对大量杰作时的极度反感,否定任何可能显得是一种传统的需要。'主义'层出不穷且相互抵消。艺术家,越来越是孤家寡人,必须完全承受自己的想法和自己的职业生涯。"① 蒂利耶差不多描述出了这一时段艺术发展的基本特色和困惑。一方面,在这个时代,艺术的确空前繁荣,这种繁荣可以从艺术家的被崇拜程度、创作出来的艺术品的售卖天价以及艺术市场的空前盛况等方面来得到证实;另一方面,一切都在骚动,一切都在变化,各种"主义"层出不穷。19世纪80年代是后期印象主义独领风骚,20世纪甫一开始,新原始主义、野兽派崭露头角,随后表现主义、未来主义、达达主义、立体主义、超现实主义等纷纷登场。在面对这些纷繁复杂的艺术现象时,人们感到犹豫和踌躇,这一切的变化让人吃惊和不适应。正如蒂利耶所言,面对很多的杰作,人们的反应是反感。这种反感的背后,是固有的知识体系对现实的无法接纳,是艺术实践与艺术理论之间不同步关系所产生的必然结果。

在令人眼花缭乱的20世纪艺术现象当中,杜尚是一位不能不提到的人物。这位搅乱了艺术界,留下自己的艺术行为和作品供理论界争论不休的优雅绅士,最终选择了去下国际象棋。1917年,他在一件市场里买来的小便器上签上了化名和日期,准备拿到他和一群朋友创立的美国"独立艺术家协会"举办的艺术展上展览,然而最终被协会退回,

---

① [法]雅克·蒂利耶:《艺术的历史》,郭昌京译,百花文艺出版社2009年版,第490页。

拒绝参展。这就是著名的《泉》事件。这一件艺术品从被拒绝到被接受的过程，是艺术理论发生变迁、人们的艺术欣赏期待视野变化的标志性事件。以杜尚为代表的那些艺术家被称为先锋派。他们的先锋意义在于，颠覆了艺术中的两大传统：再现传统和审美传统。以《泉》为例，它不是对生活的再现或模仿，而就是生活的一部分，或者说就是生活本身；它不能够从审美的角度来审视（尽管目前仍有学者坚持从审美观点来解释），因为它本身是反审美的。一个小便器，对它的审视，极易引起人的生理不适，如果坚持从审美的角度来解释它，会存在很多理论困境。毕竟，审美的潜台词是带给人精神愉悦。丹托对从审美的角度来审视《泉》的学者们做过批驳，认为把它看作"有点像曲线变化优美并白得耀眼的泰姬陵那样的审美对象来看待是天真的"。[①] 实际上，《泉》与审美无关。杜尚的观点在后来的先锋派艺术家那里得到了继承。例如美国艺术家罗伯特·莫里斯曾于1963年"在公证人面前签署了如下的文件：'撤销审美的声明：罗伯特·莫里斯，作为A展览会中《祈祷》金属雕塑的作者，声明撤销该作品的所有审美特质，并宣告自即日起，该作品不具有这种特质和内容。'"[②] 先锋派对传统艺术观念的颠覆，除了再现观念和审美理论的核心理念外，还包括对属于这一传统观念以及伴随着这些观念诞生的一些基础理论的颠覆。例如对博物馆体制的颠覆，对艺术创造观念的颠覆，对艺术形成过程的颠覆，对艺术品呈现形态的颠覆，对艺术家观念的颠覆等。这些颠覆行为是极端而彻底的，有着强大的冲击力。它迫使艺术理论正视实践领域的这些变迁，必须拿出应对这些质疑和挑战的方案。

当艺术理论界还在坚持着再现观和审美理论的时候，艺术实践领域已经大踏步地向前发展了，借用贡布里希的话来说，艺术家们又做了一些其他工作。并且这些工作直接针对的正是传统的艺术观念，试图颠

[①] ［美］丹托：《艺术的终结》，欧阳英译，江苏人民出版社2005年版，第17页。
[②] 朱狄：《当代西方艺术哲学》，人民出版社1994年版，第57页。

覆它们的有效性。这带来一个结果，即像贡布里希曾经认为的那样，把这些不一样的东西毫不质疑地统统归为艺术的情况已经不现实，理论必须寻找新的话语资源，来对这种现象作出回应。由此，如何回应，就变得非常重要。艺术的终结命题因此而诞生。从这个角度来说，这一命题不是消极意义的，它并不是在宣布艺术的死亡，而是在应对艺术实践的突破性发展。所以，在这一命题中，建设性向度才是根本性的。

需要补充的是，杜尚的艺术史意义具有双重性，这在一定程度上带来了先锋派艺术自身的矛盾性。首先，杜尚的出现是对传统的颠覆。1917年，《泉》被拒绝是意料之中的事。它的被拒绝正表明传统理论对它的无能，它无法被纳入后者的解释体系中。而从另一个角度来看，那个时候，在传统的艺术理论与《泉》之间，人们选择信任前者。其次，在20世纪五六十年代，杜尚的创作获得了理论界的肯定，他的《泉》也被堂而皇之地摆在了世界上最著名的艺术博物馆之中。这种承认意味着先锋艺术理念获得了思想界和大众的认可，同时也意味着人们不再拘泥于甚或放弃了传统艺术理论。但历史的吊诡在于，当先锋派艺术获得认可之时，实际上也是它自身终结之日。这是因为，杜尚等人的创作，总体而言，其价值在于反传统、反美学和反艺术，在于与传统之间的这种对抗的革命姿态，但一旦获得体制认可，重新被纳入艺术领域，它们的革命性也就消失了。因此，20世纪60年代，被艺术界普遍认为是艺术终结的时间节点。这种终结实际上包含着双重含义：传统艺术观念的终结和先锋艺术观念的终结。这种双重性既是目前艺术终结讨论的语境，同时也是它的困境所在。传统的艺术观念，由于先锋艺术的胡闹，已经式微；而先锋艺术的革命理念，又由于体制对它的消解，也无法成为目前艺术讨论的体系化基础。在这种情况下，理论如何从困境中突围，重建自身的权威性，就是当下亟须解决的任务。从这个立场来看，艺术的终结，是对当下理论危机境遇的提醒，也是对艺术实践的理论归结。

　　当然,在接下来的谱系梳理中,我们还需要意识到,艺术的终结,就其自身语境而言,是当下艺术理论与实践二者发展错位所带来的命名危机。但是,讨论艺术终结命题的哲学家和美学家们,却并不完全是基于对这一危机的思考。从黑格尔、马克思到鲍德里亚、丹托、韦尔施,不同的知识领域,不同的思考语境,决定了他们不可能都是面对艺术现实来运思,他们都有着各自的考察对象和重心。但无论是从哪个视角,最终他们都提出或暗示了艺术终结的话题,都注意到了艺术在他们各自所属的时代的变迁。而对于我们的考察而言,正是他们从不同角度提出了对终结命题的多重理解,才为我们时代艺术困境的解决提供了更丰富宽广的思路。

第二章　艺术终结命题的哲学维度谱系

从知识考古的角度来看，艺术终结命题的提出，最初是由哲学领域发起的。1828 年，黑格尔在美学演讲中说："艺术对于我们现代人已经是过去的事了。"① 这一观点后来引起了学者的普遍关注。但客观而言，这种关注起初主要还是对黑格尔本人美学体系的关注，是其哲学和美学思想研究的重要组成部分，本身并不含有对现实的艺术命运和未来的担忧。但一百多年以后，当历史的指针指到了 1984 年的时候，美国的一位哲学家，阿瑟·丹托在其同名文章《艺术的终结》中，再次将这一命题抛了出来。由于 20 世纪艺术领域所发生的巨大变化，他的这一论点唤醒了整个知识界内心深处的焦虑，因此引起了长时间的聚讼。又由于丹托的论述充满了浓郁的黑格尔主义色彩，从而使黑格尔的预言再次进入今天的文化视野，并被赋予新的内涵。

第一节　从哲学看艺术

"从哲学看艺术"，是当代美国美学家马戈里斯所编的一本书的名字（*Philosophy Looks at Arts*）的直译，借用于此，一是为了表明本节所

---

① ［德］黑格尔：《美学》第 1 卷，朱光潜译，载《朱光潜全集》第 13 卷，安徽教育出版社 1990 年版，第 14 页。

要讲述的内容，即探讨哲学与艺术的关系；二是为了强调，从哲学看艺术，是以哲学为参照系和判断立场对艺术的审视，因此二者并不是平等的对话关系。

当我们讨论哲学与艺术的关系时，何谓哲学是一个不能不澄清的问题。在《牛津哲学词典》中关于"哲学"的词条是这样解释的："哲学（古希腊语意为知识之爱或者智慧之爱），是对世界以及我们所思所想的范畴，如心灵、物质、理性、证明、真理等，最一般意义上的和抽象属性的研究。在哲学中，我们探寻世界本身的概念成为研究的主题。某一学科的哲学，如历史、物理或法律，并不是去追问历史的、物理的或法律的问题，而是去研究结构这种思考的概念，去研究展开它们的基础和假设。在这一意义上，哲学即为当某一实践形成自我意识时所发生的。"[1] 这是我们非常熟悉的对哲学的规定。这一词条指出了对哲学的两种较为常用的用法：一是指对最一般性的范畴和世界的思考；二是指某一具体学科的哲学，如历史哲学、自然哲学以及我们正在讨论的艺术哲学等。除此之外，本书在此需要补充第三种用法，它也是本书中的一个关键词，属于艺术终结的具体指向之一。20世纪很多学者愿意用艺术已经成为一种哲学来描述当下艺术的突出特质。这种用法的"哲学"并不是指学科或门类哲学，也不是指最一般意义上的范畴研究，而是指一种理论化、概念化倾向。相对于前两种用法，这种对哲学一词的使用是引申意义上的，是根据哲学本义所具有的一些特征来描述另外一种对象，是在艺术领域中的特殊用法。将这种用法与前两种用法区别开来，有利于我们对艺术终结问题的理解，不会将20世纪艺术的哲学化倾向误读为当代艺术已经发展成为一种本义上的哲学。

哲学与艺术关系的讨论由来已久。荷兰学者穆尔说："哲学和艺术之间的对话历史悠久，在西方文化传统里，这种对话的开端与哲学一并

---

[1] ［英］Simen Blackburn 编：《牛津哲学词典（英文）》，上海外语教育出版社2000年版，第286页。

而生。在前苏格拉底时期，柏拉图、亚里士多德的作品里，我们可以发现一些饶有趣味的关于艺术的思辨，而他们的后继者也经常探讨这一主题。"①穆尔的这段话指出了西方哲学中的一个基本事实。自哲学发轫期起，艺术问题一直是哲学关注的对象，是其重要构成部分。但反观之，又可以发现，苏格拉底、柏拉图、亚里士多德等人，都是以其哲学思想名世，研究旨趣距离艺术实践领域比较遥远。这是西方思想文化传统中一个非常重要的现象，即哲学关注的艺术与实践领域正在发生的艺术之间存在距离，不可等同视之。当然，也不能忽略的文化事实是，类似于柏拉图、亚里士多德等哲学家，对西方文化思想界有着巨大而深远的影响。他们对艺术的一些观点和看法，会对实践领域产生强大的影响力，使艺术家们在创作的过程中，自觉不自觉地遵循他们的观念思考和制作。同时，哲学家们为了自己理论的解释效力，往往也会在一定程度上关注实践领域艺术的发展。然而即便如此，艺术哲学与艺术实践之间一直存在隔膜，二者往往以不同的轨迹各自发展。

在这种情形下，从哲学角度审视艺术，在西方逐渐形成了属于自己的传统。对很多哲学家来说，关注艺术，并不一定意味着他们对艺术有多么浓厚的兴趣，或者有着身体力行的实践经验，而是为了自己哲学体系的完整。这是因为，自柏拉图以来，就存在着哲学体系中包含艺术问题思考的传统，这种传统某种程度上成为一种无意识习惯，一种心理定势，使哲学家们自觉地把对艺术的关注看作其思想体系的有机组成部分，缺之不可。并且，由于这些哲学家们对艺术的思考往往是基于自己理论体系的完整，而不是对艺术实践的洞悉体察，因此，他们对艺术的理解一般是其哲学逻辑的理论推演。用费希纳的话来说，这是一种自上而下的美学。

这种传统带来了一个必然的结果，即哲学与艺术之间并没有形成平

---

① [荷兰]约斯·德·穆尔：《后现代艺术与哲学的浪漫之欲》，徐洛译，武汉大学出版社2010年版，第3页。

等的对话关系。哲学总是在一定程度上压制着艺术。约斯·德·穆尔在指出哲学与艺术之间对话关系历史久远之后，接着补充道："然而，不管是在何种层次上研究这一主题（指哲学对艺术的思辨性思考——引者注）的人们很快都会注意到，这种对话并不一定显示了真正对话的特征。哲学家们常常怀有一种自负，他们要对艺术做出定论。"① 换句话说，是哲学在规定着艺术，而不是二者的互动和沟通。这必然会带来以哲学特质作为参照系来评判和阐释艺术的倾向。艺术的价值和意义将由哲学来判定。这种思考艺术的思路自然存在其局限性，但它却也构成了西方规定艺术的传统典范方式。

翻开西方美学史，艺术俨然哲学的对立物。哲学是抽象，艺术则是具象；哲学是理性光辉的显现，艺术则是感性，诉诸人的感官。并且这种对立的背后还隐含着价值判断：理性与抽象高于感性和具象。因为只有前者才意味着普遍性，所以是真理。这些观念我们并不陌生。早在柏拉图那里，他就已经从这几个方面来定位艺术，对艺术的指控也由此拉开序幕。当柏拉图认为艺术仅仅是幻象，与真理隔着三层，只是诉诸人的感官，迎合人性低劣的情欲部分时，他既发现了艺术的特质，又从哲学和理性的角度对这种特质进行了谴责。怀特海曾经说过，后世学者所有的研究都是在为柏拉图做注脚。无论这一观点具有怎样的夸大其词的成分，但在艺术哲学中，确实存在着这种倾向。从亚里士多德开始，哲学家们就在不断地想方设法回答柏拉图对艺术的责难。当亚里士多德说："诗是一种比历史更富哲学性、更严肃的艺术，因为诗倾向于表现带普遍性的事，而历史却倾向于记载具体事件"②，他试图为艺术辩护，指出艺术具有真理性。这种真理性超过了历史事件和现实的偶然性，成为对普遍的表现。并且他在比较中明确指出，艺术比历史更接近哲学。

---

① ［荷兰］约斯·德·穆尔：《后现代艺术与哲学的浪漫之欲》，徐洛译，武汉大学出版社2010年版，第3页。
② ［古希腊］亚里士多德：《诗学》，陈中梅译，商务印书馆2003年版，第81页。

亚里士多德的这一做法体现了对艺术辩护可能的一种路向，即把艺术向哲学拉近，认为它是一种类似于哲学的东西。

当代哲学家丹托在总结哲学与艺术的关系时，认为整个西方艺术观念发展的历史，是哲学对艺术剥夺的历史。他用了政治意味强烈的"剥夺"一词来描述二者之间的关系，并明确指出自己的这种选择是有所指的。他说："我自己的观点，我想在这篇文章中展开的观点是，它并不是来自于历史知识，而是来自于一种哲学信念。"① 这表明，他是用这一语词来强调这种剥夺的有意为之的特征，强调哲学对艺术的压迫不是基于艺术事实，而是基于一种哲学理念。在他看来，这种剥夺缘起于柏拉图。在柏拉图那里，存在着对艺术的矛盾观点。一方面，柏拉图认为艺术是无用的，因为它距离真理很远，是影子的影子、模仿的模仿；但另一方面，柏拉图又认为，艺术是危险的，因为它能够煽动人的情欲，培养人的"感伤癖"和"哀怜癖"。丹托分析指出，这两种观念实际上存在着因果关系，即艺术是危险的，所以为了消除这种危险，必须把艺术构建成是无用的。因此，艺术的无用不是事实，而是一种有意识的行为。根据丹托使用的"剥夺"一词，我们可以认为，这种构建实际上有着政治意义上的蓄谋意味。

以此为基点，丹托从新的角度重新解读了西方的艺术史。在他看来，西方哲学界发起过两次对艺术的剥夺活动。"自从这种复杂的侵犯（哲学已知或会知的一次深刻的胜利）产生以来，哲学史就时而选择分析性的努力，来使艺术昙花一现，并消除它的危险；时而选择通过把艺术所为看作与哲学本身所为相同（只是略显笨拙而已），来使艺术得到某种程度的合法性。"② 这两种剥夺主要以西方哲学中的两大传统为代表：康德主义传统和黑格尔主义传统。康德认为艺术是无利害的。无利

---

① Arthur Danto, *The Philosophical Disenfranchisement of Art*, Columbia University Press, 2005, p.4.
② [美] 丹托：《艺术的终结》，欧阳英译，江苏人民出版社2005年版，第8—9页。

害的对立面是利害。在现实生活中，无论是生理欲求，还是道德欲求，都是有利害的，都对对象的实存表示出兴趣（利害），但艺术是无利害的，它是静观的，"它对于一个对象的存有是不关心的，而只是把对象的性状和愉快及不愉快的情感相对照"①。康德通过这种划分为现代美学立法，指出审美的无利害性。但丹托的重点并不在此，他通过分析康德的思想发现，康德在有意识地将艺术从现实中剥离出去，使之真正成为无用的东西，从而消除它的危险性。这是对艺术剥夺的一种方式。即康德通过将艺术与生活二分，从而将艺术从现实生活中赶了出去——一个不存在于现实中的事物，自然不会对现实产生危险。黑格尔的哲学在一定程度上是为了解决康德的二元分裂问题的，因此后者构成了黑格尔哲学的潜在对话对象。他坚持用理念一元论来解释世界，也包括对艺术的解释。在他看来，艺术是理念的感性显现。"我们已经把美称为美的理念，意思是说，美本身应该理解为理念，而且应该理解为一种确定形式的理念，即理想。一般说来，理念不是别的，就是概念，概念所代表的实在，以及这二者的统一。"② 由于黑格尔将美学的研究范围规定为艺术，或者说美的艺术，因此，在他那里，美与艺术在一定程度上同义。美本身被理解成理念，也就意味着艺术被理解成理念。而理念是概念及其代表的实在的统一体，艺术作为理念的一种，同样也是一个概念及其所代表的实在的统一体而已。从这个角度来说，艺术就与哲学结下了缘分，因为哲学是概念，而艺术的内涵中也包含有概念的因素。但黑格尔又认为，"艺术作品所处的地位是介乎直接的感性事物与观念性的思想之间的。它还不是纯粹的思想，但是尽管依旧是感性，它却不复是单纯的物质存在，象石头、植物和有机生命那样。艺术作品中的感性事物本身就同时是一种

---

① ［德］康德：《判断力批判》，邓晓芒译，人民出版社2002年版，第44页。
② ［德］黑格尔：《美学》第1卷，朱光潜译，载《朱光潜全集》第13卷，安徽教育出版社1990年版，第130页。

观念性的东西，但是它又不象思想的那种观念性，因为它还作为外在事物而呈现出来"。① 这与哲学不同。哲学是已经实现了自我认识的概念，因此已经剔除了它在自我认识的过程中否定自身的感性，成为纯粹的概念。黑格尔的这种理解，一方面指出了艺术是哲学的一种表现形式，因为它本来就是一种理念，但另一方面他的理解又暗示出艺术低于哲学，因为它还有感性成分存在。因此，艺术并不是哲学，它仅仅是一种准哲学。黑格尔的这种将艺术向哲学拉近的思路，与亚里士多德是一致的。

丹托认为，哲学为艺术提供了两种定位，它要么被构建成与现实无涉，要么被看作低哲学一等的，然而这两种定位都是对艺术的侵犯和贬低。抛开丹托的价值判断，我们发现了另外一个问题：有意也好，无意也罢，当哲学贬低和压制艺术的时候，会引起艺术家在思考和创作艺术的过程中另外一种思路的出现，即反驳这种侵犯和贬低，重新确立艺术的价值。但由于艺术观念又是哲学建构的，因此这种反弹的路向一定程度上又是被哲学规定了的。具体言之，当哲学将艺术看作感性的，或者是准哲学的，对艺术的重新界定应该做的，就是证明艺术不是感性、不是准哲学。那么它可能是什么？当西方哲学的二元论传统已经将感性与理性构建成一对对立的范畴时，艺术不选择感性作为本质时，理性自然地浮出了逻辑的水面，成为艺术发展的可能选择。同理，艺术的准哲学观念仍然是以哲学为参照系，当艺术试图拒绝准哲学定位的时候，哲学的路向也将成为它的一种必然选择，也就是说，当艺术不再是一种准哲学时，那么它可能是什么？是哲学。这是很自然的一种逻辑运思思路。

我们希望通过对艺术史观念发展特点及线索的这种观照，为目前西方艺术状况提供理论上的解释，并进而得出我们的主张。在本书看来，西方艺术的终结的出现，某种程度上是其哲学建构所引发的必然结果，

---

① [德]黑格尔：《美学》第1卷，朱光潜译，载《朱光潜全集》第13卷，安徽教育出版社1990年版，第46页。

是艺术试图超越哲学对它的构建，同时又摆脱不掉哲学操控它的梦魇的症候表现。

第二节 黑格尔：艺术对于现代人来说已经是过去的事

黑格尔对艺术有着超凡的鉴赏力。翻开他的《美学》，其中对很多艺术作品精当而深邃的评析，已经被历史证明了是那些作品的典范性阐释。甚而这部理论性极强的艺术哲学著作，也被世人看作艺术批评和艺术史著作，有一些学者甚至提出他是现代艺术史之父[①]。黑格尔本人也对艺术特别关注，戏院、博物馆是他经常光顾流连的地方。然而，有趣的是，在他并不漫长的人生中，他对艺术的分析差不多只是出现在他后期的思想著作中。虽然在出版于1807年的《精神现象学》中他已经提到"艺术"，但此时他对艺术基本上还谈不到哲学意义上的关注，艺术是被放在宗教下面来考察的，换句话说，只是作为宗教的一种形式，即古希腊时代的宗教形式来考察的。而这里的艺术，也与现代艺术观念关系不大，尽管在《精神现象学》"艺术宗教"一节中，他也涉及了对史诗、悲剧和喜剧等的分析，但当时他主要还是把它们作为古希腊宗教形式的表征来理解。从整个论述来看，他基本上是从"人工制品"的角度来理解此时他所使用的艺术这一语词的，因此，《精神现象学》中提及的艺术概念充其量也只是一个广义的艺术概念而已。1817年，黑格尔的《哲学全书》出版，在其中的第三部分"精神哲学"中，他将艺术单独列了出来，作为绝对精神的一种表现形式来阐述。由于这一部分在全书占据的篇幅很小，只是从556节到563节，因此还是一个纲要性的描述。这些思想后来在1828年到1830年的美学讲演中得到了充分展

---

① Frederick Beiser, *Hegel*, Routledge, 2005, p. 282. John Steinfort Kendey 在他的著作《黑格尔美学》中也认为黑格尔开辟了艺术批评的新时代（见 John Steinfort Kendey, *Hegel's Aesthetics*, S. C. Griggs and Company, 1885, p. Ⅴ）。

开。我们对黑格尔美学的分析主要的依据也恰好是这两种著作。

一 黑格尔艺术的终结命题的诞生

黑格尔对艺术的思考是以他整个的哲学体系为基石的。根据法国哲学家科耶夫的分析①，黑格尔的哲学体系曾经发生过一些变化。最初他对自己哲学体系的设计是以精神现象学为其整个哲学的导论，以逻辑学统摄自然哲学和精神哲学。自然哲学和精神哲学彼此间是一种平行结构的关系。但最终在体现他整个哲学框架的《哲学全书》中，他的哲学体系衍变成了有着先后顺序的逻辑学、自然哲学和精神哲学三个部分。理念在逻辑学中意识到自我认识的完成需要通过外化来实现，从而促成了自然哲学的出现，而理念在外化的过程中又意识到自我认识的实现只能是回归自身，在自身中反思，这种意识又推动了精神哲学的出现。在精神哲学中，理念通过从主观精神、客观精神到绝对精神的辩证发展，实现了自我认识的历程。在这一有着时间顺序的完备体系中，自然哲学和精神哲学的平行结构被打破，精神现象学也不再是整个体系的导论，而成为精神哲学中"主观精神"的一部分。并且，在这一体系的前后变化中，还有一个地方值得我们注意，那就是在《精神现象学》中处于宗教之下，作为宗教的一部分的艺术被单独提取出来，与宗教、哲学并立，成为绝对精神的三种表现形式之一。而对艺术的理解，也由《精神现象学》中宽泛意义上的"艺术"转变为严格被划归为"美的艺术"的艺术概念。这种理解上的变化可能是现代艺术观念在形成期时的某种表征，但更可能是黑格尔本人思想成熟的标志。对我们而言，这种转变为我们讨论他的艺术哲学提供了可靠的基础。

《精神哲学》共分为三个部分，主观精神、客观精神和绝对精神。

---

① [法]亚历山大·科耶夫：《黑格尔导读》，姜志辉译，译林出版社2005年版，"预备性注释"部分。

艺术作为绝对精神的第一种表现形式，它是承接着第二个部分客观精神的。这种位置也就意味着它自身存在着自然外化的部分，借此与客观精神相对接；同时它还以绝对精神为内核，从而进入后者的领域，成为绝对精神家族中的一员。这种特殊位置的设定揭示了艺术在精神哲学中的桥梁作用，同时也在一定程度上规定了黑格尔对艺术思考的路向。从接下来的分析中也能够发现，黑格尔正是从这种桥梁性思路来开始自己对艺术的阐释的。

在《精神哲学》的第三部分，黑格尔指出：

> 当绝对这个意识第一次有其形状时，它的直接性就在艺术中产生出有限性因素。也就是说，一方面，绝对意识分解成普通的外在存在的作品，以及分解成产生这一作品的主体，这个主体沉思和崇拜作品。但是，另一方面，它是一种具体的沉思，是绝对精神作为理想的含蓄的心理图画，在这一理想中，或在这主体精神产生的具体形状中，它的自然直接性，只是理念的一种符号，为表达理念而为充满活力的精神所改变，以至于这形状显示理念，并只显示它：这就是美的形式或形状。[①]

这段话差不多包含了黑格尔对艺术的基本定位，也是他后来在美学讲演中展开自己的艺术哲学思想的种子。

首先，在黑格尔看来，艺术是绝对精神开始展示自身的第一种形式，是绝对精神第一次有了形状时所呈现出来的东西。这种理解一方面使绝对精神有了定在，成为我们可以捕捉的事物。另一方面，更为重要的是，它决定了艺术的特质，使之成为一种有形体的存在。而又由于形体本身并不是绝对精神的本质构成，因此艺术虽然属于绝对精神，但却

[①] Hegel, *Philosophy of Mind*, translated by William Wallace, http://www.blackmask.com, p. 67；适当参照了中译本《精神哲学》，韦卓民译，华中师范大学出版社2006年版，第138页。

被分解为两个部分,一部分是可以直观的形体,另一部分则是内容,即落实为绝对精神的理念。这种二合一成为黑格尔所理解的艺术的本质。在《美学》中,黑格尔更为明确地将这种二合一的艺术本质描绘成"在艺术里,感性的东西是经过心灵化了,而心灵的东西也借感性化而显现出来了"①这种水乳交融的状态。

其次,这段话还透露出,黑格尔实际上更强调从形式和直观性的角度来理解艺术与其他事物相比的特殊规定性。由于有形体,因此直接性是艺术的突出特征之一,这种特征使之能够直接诉诸人的感官,并被直观。并且,这种直接性还包含了艺术是一种形式的意味,正如黑格尔所说的,艺术只是理念的符号而已。再者,他还补充道,艺术显示并只显示理念。这也就是说,在艺术中,理念是支配性因素,为了达到与理念的契合,实现理念的目的,形式将由绝对精神的发展状况来决定,体现出的是绝对精神和理念在特定阶段的发展,艺术形态的呈现与后者保持着时间上的同步性。但问题的关键在于,理念贯穿于整个世界的发展,绝对精神又贯穿于艺术、宗教和哲学,因此,虽然理念和绝对精神作为艺术的内核,支配了艺术的存在和发展,但它们毕竟不是艺术所独有的东西。所以,最能够体现出艺术质的规定性的,其实是其形式,是艺术的形式使之与宗教、哲学分别开来。

再次,黑格尔在本段的第一句话中就指出,绝对精神在第一次有其形体时,有限性也就出现了。在黑格尔哲学中,有限是与无限相对的范畴,是无限的否定物。无限并不是一个抽象的存在,它的无界定性是通过有限达到的,即无限通过否定与自身同一。而对有限的理解必须以无限为前提和依据。当理念发展的终结点是完成自我认识,达到自由,实现无限时,那么,有限某种程度上就有了一种过渡性,这种过渡性成为有限相对于无限的局限性。具体落实在黑格尔的这段论述中,这种局限

---

① [德]黑格尔:《美学》第1卷,朱光潜译,载《朱光潜全集》第13卷,安徽教育出版社1990年版,第47页。

性主要体现在如下两个方面。第一，此时的绝对精神是有其自身的局限性的，它本身就置身于朦胧的状态，对自己的主观内在性特质没有清醒的意识。正如黑格尔所说，"在如此诸多的单一形状中，'绝对'精神是不能被清楚显现的"①，这并不是因为艺术或者艺术家技巧方面的问题，而是受绝对精神自身发展阶段所限。第二，这一点局限由前一点而来。由于绝对精神对自己本质的认识还处于模糊状态，还没有意识到自己的主观性本质，因此根据黑格尔辩证法，它必须经历外化来思考自身这一阶段。这种外化意味着它需要借助于外在的有形体的东西来走上通往认识自我的道路。而当其在外化的过程中逐渐意识到了自己的主观性本质，即它意识到自己实际上需要回到自身，通过自我反思才能够实现对自我本质的认识。即当绝对精神达到这种自我意识时，它就会逐步超越借助具体形体来思考自我的阶段。

并且，黑格尔对绝对精神的这种有限性的强调，其背后还暗含了另外一层意思，即从绝对精神的发展辩证法来看，艺术从其出现伊始，就是有局限性的。这种局限性具体体现在它的有形体方面。在前文的分析中，我们指出，艺术的特殊性所在，恰恰是因为它的形式，正是由于这一点，使之与同属于绝对精神的宗教和哲学区别开来，确立自身的独特性。但是，也正是因为这一点，导致了它终有一天被超越的宿命。在这个地方，我们能够感受到黑格尔辩证法的吊诡：具体的形象一方面是艺术的质的规定性，是其之所以为艺术的依据；另一方面，从绝对精神的发展辩证法来看，具体的形象又是艺术作为绝对精神的致命伤，是其必然被新的绝对精神形式所超越的这一不可逃避的宿命的根源所在。

在黑格尔的这种设定中，接下来的问题在于，艺术如果被超越，那么实现超越的绝对精神又将走向何方？被绝对精神发展所超越的艺术又

---

① Hegel, *Philosophy of Mind*, translated by William Wallace, http://www.blackmask.com, p. 67.

将展示出怎样的存在状态？这都是黑格尔必须回答的问题。

关于第一个问题，黑格尔回答说，艺术将被宗教超越。"当形状和知识的直接性和感性特质被废弃的时候，上帝，就其内容而言，就是自然和精神的基本而真实的精神。然而从形式来看，他首先呈现给意识的是一种心理表象。一方面，这些半图画式的表象赋予其诸内容要素以独立的存在，使它们互为假定，成为前后相继的现象；它还使它们的关系成为依据有限的反思范畴的一系列事件。但是，另一方面，这种有限表象的形式也将会在对一个精神的信仰中和对虔敬的奉献中被克服和弃置。"① 在这段对宗教的描述中，黑格尔指出了艺术与宗教的区别和联系，同时还指出了宗教也终将被绝对精神所抛弃的命运。艺术与宗教的区别性特质主要在于艺术的感性和直接性。此外二者的内容也有差别。尽管都是绝对精神，但宗教的内容是上帝。这个上帝是绝对精神发展到宗教阶段的具体体现者，它与绝对精神"同出而异名"。宗教的表现形式是一种表象。黑格尔特地对此表象作了限定，即"心理的"表象。这种界定意味着，与艺术的外在的、感性的形式不同，宗教阶段的绝对精神（上帝）虽然也涉及"形""象"，借用它们来表现自身，但是这种"形""象"是心理的，即主观的、内在的，因此，与艺术不同，宗教已经是绝对精神"向内转"的阶段了。但是，二者之间还是存在着一定的联系，即二者都还无法完全地抛弃"形"和"象"来思考和认识绝对精神。这一点构成了艺术与宗教之间的关联，使前者顺利地向后者过渡。查尔斯·泰勒在解释二者之间的区别和联系时，也注意到了这一点。他说："表象（vorstellung）是一种更加内在的意识形式。在某种意义上，表象（vorstellung）内在化了在艺术中以感性形式得到具体化的东西。"② 他的这种表达也是在强调宗教所指代的绝对精神是更为内

---

① Hegel, *Philosophy of Mind*, translated by William Wallace, http：//www.blackmask.com, p. 70.

② ［加］查尔斯·泰勒：《黑格尔》，张国清、朱进东译，译林出版社2009年版，第657页。

在化的这一事实。但黑格尔又认为，宗教并不是理念发展的终点和顶点，因为在宗教阶段，理念仍然需要借助上帝这一形象来思考自己，虽然这一形象是内在化的，但这种内在化是"具体的个别性和主体性"[①]的东西，仍然需要借助"形"来思考，而不是普遍的、内在的思维自身的自反思、自认识。而后者正是黑格尔所理解的哲学的特质。当绝对精神实现用自身来思考自身，思维既是其思考的中介，又是它自己的时候，哲学取代宗教而成为绝对精神的表现形式，同时精神的历史也就行到了自己的终点。

关于第二个问题，黑格尔说："就它的最高的职能来说，艺术对于我们现代人已是过去的事了。因此，它也丧失了真正的真实和生命，已不复能维持它从前的在现实中的必需和崇高地位，毋宁说，它已转移到我们的观念世界里去了。"[②] 他在这段话中所传达出的信息引起后世学者旷日持久的聚讼，这一点，我们将在下文中给予专门分析。在这里我们想着重分析的是他对他所处时代的艺术存在状况的定位。黑格尔认为，艺术的辉煌时代是古希腊时期，艺术的黄金时代是中世纪晚期，即文艺复兴时期。换句话说，从古希腊到文艺复兴，艺术正当其时，与精神的发展同步。在那一段时间，艺术体现着时代精神，履行着精神的最高职责，享有崇高的地位。但在黑格尔所生活的时代，由于"偏重理性的文化迫使"人们"无论在意志方面还是判断方面，都仅仅抓住一些普泛观点，来应付个别情境"[③]，这也就意味着，黑格尔将自己所生活的时代定位为哲学的时代，是以抽象的、以普遍性、主观性为特征的思维来思考精神的时代，因此这个时代的主导精神是哲学。在这样的一个时代，黑格尔指出，艺术处于相对不利的地位。这个

---

① Hegel, *Philosophy of Mind*, translated by William Wallace, http://www.blackmask.com, p. 70.
② [德]黑格尔：《美学》第1卷，朱光潜译，载《朱光潜全集》第13卷，安徽教育出版社1990年版，第14页。
③ 同上书，第13页。

时候，艺术也发生了很大的变化，用黑格尔的话来说，就是艺术已经被"引入歧途"。这是因为，第一，"真实对感性的东西""不再那样亲善"①，不再崇拜和沉思作品；第二，艺术家受到周围理性氛围的影响，把过多的抽象思想放到了作品里面，这带来了艺术的理论化倾向。很显然，这种倾向与黑格尔本人所规定的艺术的本质是相抵牾的。"艺术兴趣和艺术创作通常所更需要的却是一种生气"②，这种生气赋予艺术品以生命。

当黑格尔从他的哲学构建出发，指出在他所生活的时代，艺术已经成为过去的事，不再具有崇高地位，不再是时代精神的体现。尤其是在《美学》的结尾，黑格尔明确提出，艺术的最后一种类型（即浪漫型艺术）解体时，有关艺术的终结的话题便由此产生了。

二 黑格尔艺术的终结命题引发的聚讼

当黑格尔在美学讲演中，根据自己的哲学辩证法，推导出他所生活的时代是哲学占据主导精神的时代，艺术对于他们那一代的人来说，已经是过去的事了的时候，他应该没有想到，这一观点，在将近100年后，居然引起了后学们旷日持久的争论。

对于黑格尔的艺术的终结，从文献研究的具体情况可以知道，在19世纪，并没有引起人们太多的注意。出版于1885年的英文版《黑格尔美学》，是黑格尔美学的一个节选本，并带有导读。在导读中，翻译者仅仅提到黑格尔对艺术的未来有些沮丧，但实际上他并不重视黑格尔这个命题，在他所选择的黑格尔原文中，没有后世学者经常提到的那些段落，他更多的是把注意力放在黑格尔对艺术美与自然美、艺术与科学

---

① ［德］黑格尔:《美学》第1卷，朱光潜译，载《朱光潜全集》第13卷，安徽教育出版社1990年版，第13页。
② 同上书，第14页。

之间关系等观点上①。但当历史又向前行进了100年后，1985年，彼特·怀斯（Beat Wyss）在《黑格尔的艺术史和现代性批判》中，思路的构建则完全不同。在第一部分，他把黑格尔论述的三种艺术类型即象征型艺术、古典型艺术和浪漫型艺术，对应于艺术的清晨、正午和夜晚；在第二部分，他是以关键词来组织行文，列举的四个关键词分别为：衰退（degeneration）、衰落（decline）、中心的失去（loss of the centre）和堕落（decadence）②。这表明，他基本上是以当下所理解的艺术的终结命题的指向为纲来结构全书的。除了怀斯外，其他作者也都把黑格尔的这一思想当作一个非常重要的问题来关注。例如泰勒，在其著名的研究黑格尔思想的著作《黑格尔》中，对其艺术思想部分的关注、对艺术的终结的解释也是重点之一。这种变化表明，在黑格尔去世100多年以后，随着艺术发生的巨大变化，黑格尔的这一命题被发掘出来，用于解释当代艺术的状况，并且也因为当下艺术状况的巨大变化，而迫使学界从前人那里寻找资源。

当我们寻找这一命题聚讼的滥觞时会发现，早在克罗齐的著作中，争论就已经开始了。在1902年出版的《美学原理》中，克罗齐写道："人们有时从艺术与哲学、宗教鼎立这个看法推出艺术的不朽，因为艺术和她的姊妹都属于绝对心灵的范围。有时人们认为宗教是可朽的，可以化为哲学，因此又宣告了艺术的可朽，甚至已死或临死。"③ 克罗齐在这段话中提出了对于艺术的两种看法：一种是以谢林为代表的浪漫派观点，即认为艺术是哲学的极致，是哲学的最高表现；一种是黑格尔的观点，即认为艺术将被哲学所取代。克罗齐对这两种观点都不以为然。在他看来，艺术是心灵的表现，它只与人的情感、意志有关，本身并不存在线性发展的问题。因此他接着说："这问题对于我们没有意义，因

---

① John Steinfort Kendey, *Hegel's Aesthetics*, S. C. Griggs and Company, 1885, p. 6.
② Beat Wyss, *Hegel's Art History and the Critique of Modernity*, translated by Caroline Dobson Saltzwedel, Cambridge University Press, 1999.
③ ［意］克罗齐：《美学原理 美学纲要》，朱光潜译，外国文学出版社1983年版，第76页。

为艺术的功能既是心灵的一个必要阶段,问艺术是否被消灭,犹如问感受和理智能否消灭,是一样的无稽。"① 但是,尽管他否定了这个问题,认为追问艺术朽与不朽非常滑稽,可吊诡的是,他在否定的同时却也等于提出了这一问题,即存在着对艺术消亡与否的争论。并且,在他将浪漫派与黑格尔的观点进行并置时,在一定程度上也就等于指出了论争中存在的两种相对立的观点。只不过后来这一争论具体演变成对黑格尔本人思想的争论,变成对黑格尔是主张艺术朽还是不朽的问题的争论。

这种演变并不遥远。当克罗齐在这个地方还以一种肯定的口吻指出,黑格尔对艺术朽或不朽的争论所持的观点是可朽时,他其实已经成为后来的这一旷日持久的聚讼的一方,即他将黑格尔的这一命题理解为死亡。这充分地体现在他的著作中,他使用了"已死"和"临死"这两个词语。也就是说,他认为黑格尔的艺术的终结的观点是指艺术之死。后世很多学者都持与此类似的观点,认为黑格尔主张艺术之死,他对艺术的前途是悲观的。例如朱光潜在《美学》一书的注释中说:"他(指黑格尔)对于近代资产阶级文艺的评价是不高的,对它的前途也是悲观的。"② 弗雷德里克·贝瑟尔(Frederick Beiser)也认为,黑格尔的《美学》是对艺术的攻击,他认为艺术没有未来。贝瑟尔还把自己对黑格尔美学这一部分的讨论命名为"艺术之死"(Death of Art)③。此外,克罗齐的这种理解在一定程度上又是振聋发聩的,使已经长时间习惯于把艺术作为精神生活必需品的人们一下子惊觉起来,感到了焦虑。尤其是 20 世纪之后,艺术实践领域对艺术观念所发起的冲击,更是增加了这种焦虑感和恐慌感。为了消除这种恐慌,又有一大批学者不断地回到黑格尔,阐释他的这一观点的具体内涵,否定它与艺术之死的关联。由

---

① [意] 克罗齐:《美学原理 美学纲要》,朱光潜译,外国文学出版社 1983 年版,第 76 页。
② [德] 黑格尔:《美学》第 1 卷,朱光潜译,载《朱光潜全集》第 13 卷,安徽教育出版社 1990 年版,第 240 页页下注。
③ Frederick Beiser, *Hegel*, Routledge, 2005, p. 298.

此，有关艺术终结命题的黑格尔主义线索聚讼得以形成。

就克罗齐的本意而言，他对黑格尔的这一观点的关注，主要还是为了说明自己的哲学，表明从自己的哲学出发，类似于艺术的进步、艺术的终结等观念不能成立。但客观的效果却是，他引起了后世学者对黑格尔这一话题的关注，尽管这种关注与艺术实践领域发生的巨大变化关系更大。

鲍桑葵是较早对克罗齐式黑格尔艺术终结论的回应者。在他看来，克罗齐误译了黑格尔的"Auflosung"（终结）一词，在黑格尔的《美学》中，通篇找不到对艺术死亡的论述。他说："克罗齐反复口头引证的'艺术之死'这一句子，并没有出现在黑格尔600多页的《美学讲演录》中，我确信它也没有出现在他的其他著作的任何地方。这可以表明术语'Auflosung'被误译了。"[①] 这也就是说，他反对将黑格尔的艺术终结命题理解成艺术之死。

鲍桑葵是典型的黑格尔主义的信徒。在《美学史》的"结束语"中，他重点讨论的也是艺术的前途。由于这部分论述中黑格尔主义色彩非常浓重，我们既可以将其看作他本人对艺术未来的思考，也可以看作是他对黑格尔的艺术的终结的理解和阐释。首先，他认为黑格尔主张的艺术的终结是一种门类艺术的终结，是不适应时代发展要求的艺术的消亡。他说："当年，阿里斯托芬曾经攻击欧里庇得斯，认为具有高贵意义的诗歌艺术已经一去不复返了。今天，我们的最优秀人物的感受也和当年阿里斯托芬的感受相仿。在米开朗基罗逝世以后，一位文艺复兴时代的批评家也可能有同样的感受，而且还更有道理。"[②] 在这段话的背后，我们发现，鲍桑葵认为艺术的终结实际上是指某种门类或者类型的艺术的死亡。无论是阿里斯托芬所感慨的，还是米开朗基罗所代表的，

[①] Massimo Iiritano, "*Death or Dissolution? Corce and Bosanquet on the 'Auflosung der Kunst'*", in *Bradley Studies*, Volume 7, Issue 2, Autumn 2001, p. 197.

[②] ［英］鲍桑葵：《美学史》，张今译，广西师范大学出版社2001年版，第374页。

都是某种类型的艺术，而不是作为整体的艺术。这一点在鲍桑葵的如下话语中可以得到更为清楚地揭示："首先有必要睁开我们的眼睛，去看一看各门艺术目前的情况，去调查一下在各门艺术中哪些是生气勃勃的，哪些门类在目前条件下是死亡了的，或者处于生机停顿的状态。"①并且，鲍桑葵还对黑格尔的历史循环观表示认同。阿里斯托芬和米开朗基罗从黑格尔式的艺术类型分类的角度来看，分属于不同的艺术类型阶段，前者属于古典型，后者属于浪漫型，在每一阶段内，艺术都发生了一次由建筑到诗歌的发展。很明显，阿里斯托芬处于古典型艺术的末期，所以他感慨的是诗歌时代的一去不复返，米开朗基罗虽然晚于阿里斯托芬1000年左右，但他的艺术史价值却集中体现在位于浪漫型艺术早期的雕刻上。这种既有线性发展又有循环往复是黑格尔式历史观的突出特色。其次，鲍桑葵也认为当下的条件是不利于艺术发展的。一方面，这种不利在于时代环境已经变得越来越理性化，人们需要的是更深刻的共鸣；另一方面，这种不利条件还由于现代人越来越多地使用机器。鲍桑葵说："我们将越来越多地使用印刷机和机器。造型艺术将永远不可能再是教育各国人民的主要工具。"② 造型艺术某种程度上主要依靠的是手工制作，到了机器时代，它们必然不再是占据主流地位的艺术样式。机器的出现，并没有提供有利于它们发展的条件。并且，在这个地方我们还发现，鲍桑葵对黑格尔的观点是有所发展的。黑格尔虽然也提到了近代社会不利于艺术的发展，但他主要谈的是近代社会越来越理性化的环境，它与艺术的感性特质之间的冲突，他并没有发现机器时代对艺术的伤害。这也许与他所生活的时代，机器的作用还没有在学理上被人们更多地重视有关，或者也许与他过于关注理念的推衍，从而有意地忽略现实状况有关。但到了鲍桑葵的时代，机器对社会的重大决定意义已经是不争的事实，因此，他能够从这一角度对黑格尔的理论作出

---

① [英] 鲍桑葵：《美学史》，张今译，广西师范大学出版社2001年版，第371页。
② 同上书，第374页。

补充。他的这一观点实际上与马克思所认为的资本主义时代,机器化生产对艺术是不利的这一观点恰好是一致的。再次,鲍桑葵还指出,在他所生活的时代,占据主流的艺术门类是长篇小说。他说:"近代生活条件在许多方面都十分不利于各门造型艺术。长篇小说(或者说市民叙事诗)则特别适合于近代生活条件。对长篇小说,必须从这个角度来加以考虑。"① 这个地方,实际上鲍桑葵又填补了黑格尔在《美学》中的空白。黑格尔只是指出了在近代,艺术是过去的事,但他并没有指出,到了思考占据主导精神的近代,艺术还将怎样存在。鲍桑葵指出,适合这种生存条件的是长篇小说。言外之意,长篇小说能够更好地体现人类的思考。无论这种观点合理与否,都是对黑格尔《美学》的一种补充说明。并且也证实了无论是他所理解的黑格尔的观点还是他本人所持的观点,艺术的终结都不是指艺术的死亡。与鲍桑葵持相同观点的学者也很多。例如海德格尔在谈到黑格尔的艺术终结命题时说,"我们已经看到了很多新的艺术品和艺术运动的兴起,黑格尔从来没有否定这种可能性"。②

对于黑格尔艺术终结命题的争论,一直延续到现在。尤其是到了20世纪80年代以后,美国学者丹托再次挑起了这个话题,更是让学者们不断地回到黑格尔,阐释其艺术终结命题对当下的意义。到目前为止,还经常可以在国内外的学术杂志上看到有关他这一命题的争论。基本上这些争论与克罗齐和鲍桑葵之争一样,都是围绕着黑格尔这一命题是否是指艺术之死展开,从而相应地探究他对艺术未来的态度是乐观还是悲观的问题。对于这些争论,相对而言,国内学者薛华先生总结得非常中肯:"其实黑格尔关于艺术终结的学说和悲观主义没有内在联系,正如它和乐观主义没有内在联系一样,因为它在体系上讲的是另外一种

---

① [英]鲍桑葵:《美学史》,张今译,广西师范大学出版社2001年版,第372页。
② Martin Heidegger, *Poetry, Language, Thought*, translated by Albert Hofstadter, New York, Harper and Row, 1971, p. 80.

东西。如果引用原文是说明问题的简单方法，我们最好重复黑格尔的话：'我们诚然可以希望艺术还将会蒸蒸日上，并使自身完善起来，但是艺术形式已不再是精神的最高需要了。'这句话在内容提法上，在口气以至语法形式上，都是很考究的。黑格尔断然肯定艺术形式作为人类的最高需要已经过去了。另一方面他尽管作了限定，但并没有否定艺术继续存在和发展的可能，而只是否定艺术继续作为人类最高精神需要的可能。因此艺术的终结意味着它作为真理最高表现形式的终结，艺术的过去性意味着它作为民族最高的精神需要成为过去，当然也历史地意味在整整一个时代如希腊英雄时代所达到的高峰成为过去，达到终结。"[①]这也就是说，黑格尔的艺术终结命题仅仅是其哲学体系的自然推衍，与艺术的命运无关，当然也谈不到他本人对艺术或悲观或乐观的态度。因此，最近几十年有关黑格尔这一命题的争论，仅仅是借前人之思想，发今人之幽情而已。当下的艺术终结命题与黑格尔本人思想并没有像我们想象的那么接近。

三 当代视野中的黑格尔艺术终结观

当黑格尔指出艺术终将被宗教所取代时，他从其哲学体系出发，指出了对艺术的终结的第一种意义指向。但是，细读黑格尔的著作，尤其是以当下正在热烈讨论的艺术的终结命题为视点反观他的思想，可以发现，在他的著作中，还能够找到很多艺术终结命题内涵指向的线索。

首先，黑格尔指出，他生活的时代是不利于艺术的发展的。这一观点在上一部分中，我们已经从他的哲学体系的宏大分析推演出发，做出了解释。即黑格尔将他所生活的时代定位为哲学时代，是绝对精神发展的最高级，也是最后一个阶段。在这个阶段，人们的需求变得越来越理

[①] 薛华：《黑格尔与艺术难题》，中国法制出版社2008年版，第28—29页。

性化，"思考和反省已经比美的艺术飞得更高了"①，在一个理性化时代，时代旨趣是不利于艺术固有的感性本质的发展和生存的，因为这一时代的人们更需要的是哲学，而不是艺术。除了这种理解，实际上在《美学》的第一卷，黑格尔还给出了另外一种解释。虽然这种解释也结合着理念和绝对精神的发展，但他把这种理念的体现者具体地落实在当时整个社会的"教育、科学、宗教乃至于财政、司法、家庭生活以及其它类似现象的'情况'"②，用黑格尔的术语来说，就是"一般的世界情况"上，从而将他的艺术观念带入到一个在我们看来更广阔的天地中来分析，即从艺术和社会之间关系的角度来思考艺术存在的状态。

借助文学作品，黑格尔对他所生活的时代和古希腊时期作了比较，从而指出他所生活的市民社会实际上与艺术的存在是格格不入的，因此不利于艺术的发展。他是通过引入"艺术理想"这一概念来完成自己的分析的。所谓的艺术理想，"就是统一，不仅是形式的外在的统一，而且是内容本身固有的统一，这种本身统一是有实体性的自由自在的状态"，就是"理想所特有的那种独立自足，静穆和沐神福的状态"。③ 黑格尔在这一概念中，赋予了很多自己的哲学信念，其中特别突出的便是他对"独立自足性"的理解。根据他的分析，我们可以知道，他所说的独立自足性，是指"个性与普遍性的统一"④。而所谓的个性，或者说主体性是指某个具体的人，所谓的普遍性并不仅仅是指抽象，而且是指一般的世界状况，只不过他的哲学中的一般世界状况最终并不是完全落实在具体的社会生活之中，而是落实在类似于正义、公正、道德等观念上。在黑格尔看来，普遍性与实体如果没有获得定在，那么就还没有获得主体性，因而不是独立自足的，而个性若未以普遍

---

① ［德］黑格尔：《美学》第1卷，朱光潜译，载《朱光潜全集》第13卷，安徽教育出版社1990年版，第13页。
② 同上书，第220页。
③ 同上。
④ 同上书，第221页。

性为其意蕴，则也构不成独立自足，因此二者交融才是独立自足的完整理解。

为了进一步澄清自己的观点，黑格尔以古希腊时代的艺术与他所处时代的艺术进行了比较，指出这两个时代具体体现理想的性格方面的质的区别。"英雄时代的个人也很少和他所隶属于那个伦理的社会整体分割开来，他意识到自己与那整体处于实体性的统一。我们现代人却不然，我们根据现时流行的观念，把自己看作有私人目的和关系的私人，和上述整体的目的分割开来。"① 黑格尔用英雄时代来指称古希腊时期。在这一阶段，性格是个性与普遍性的统一。他指出这种统一，或者说独立自足性就在于：其一，此时的人物性格都具有自己的独立性和自由性，例如阿喀琉斯，他虽然与阿伽门农之间是君臣关系，但他是自由的，他可以自由地表达自己的意见，可以参与特洛伊战争，也可以不参加，他完全可以由自己的意志来决定自己的行为；其二，这种统一还表现在人物性格的所有行为都需要自己负责，自己为自己立法。例如俄狄浦斯，当他了解到自己犯了不可饶恕的弑父娶母的罪行时，选择了自我放逐，虽然这一罪行是他在不了解的情况下犯下的，但他依然选择负责，并且不是外在强加给他的惩罚，而是自己惩罚自己。但是到了现代，即黑格尔所生活的时代，这种统一完全被打破，普遍性成为人物性格外在的东西，而个体意味着私人，二者已经分离。在现代，人不再是自己为自己立法，而是外在的法律、道德对人进行评判，人们犯错的时候，不再是把责任自己承担起来，而是推给外在的环境等。这些都表明人不再是一个独立自足的整体。

黑格尔的这些想法，试图通过自己的方式，解释市民社会与古希腊时代的区别，也许还试图用这种方式捍卫他所崇拜的艺术史家温克尔曼对古希腊艺术的理解和定位。但在他的这些想法中，我们看到了

---

① ［德］黑格尔：《美学》第1卷，朱光潜译，载《朱光潜全集》第13卷，安徽教育出版社1990年版，第231页。

另外一种东西，那就是，黑格尔实际上通过这种方式指出，现代人和现代艺术都已经必然地处于一种分裂之中。对于现代人来说，普遍性处于具体的人之外，不再与人合而为一，因此人处于分裂之中。艺术同样如此。当艺术理想是个性与普遍性的统一时，现代社会所能够提供给人的却是分裂，它必然地与艺术的本性发生冲突，因此，在现代，艺术不可能再达到理想境地。理想只能是过去的事了。这是对现代社会不利于艺术的另外一种发人深省的理解。在这种观点中，我们仿佛看到了席勒的影子。

其次，黑格尔的整个艺术观念，从今天的艺术终结立场来审视的话，会发现他解释出了一个非常重要的问题，那就是美与艺术联姻所存在的困境，同时也暗示出了二者之间关系解体的可能性。美学作为一门学科诞生于18世纪中叶，与之同步的是现代艺术观念的诞生。当法国学者巴图将音乐、诗歌、绘画、舞蹈、雕塑和建筑、论辩术放到一起，为它们冠以一个共同的名称"美的艺术"（the fine arts）时，他为它们可以放在一起、成为一个家族找到的理由就是，它们都是对美的模仿。对于美是什么，学界至今并没有给出一个完美的答案。但一般来说，有几个主要特征则是大家所公认的，如美一定是感性的，是形象的，具有直观性等。而把美和艺术联系在一起，似乎是自其诞生之日起就很少被人从学理上质疑的一种组合，艺术必然是美的集中体现。但是，当历史行进到20世纪，尤其是以杜尚为代表的先锋艺术，强烈抨击将美和艺术看作一体的做法，致力于二者的分离。杜尚最著名的作品之一《泉》就是一件从市场上买回来的小便器。丹托曾经对这一作品评价道：如果把它当作"有点像曲线变化优美并白得耀眼的泰姬陵那样的审美对象来看待是天真的"[1]。这也就是说，这一作品实际上是不能够用审美的眼光来审视的，它与美无关。20世纪五六十年代之后，以杜尚为代表的作品逐渐得到知识界的承认，正式进入

---

[1] ［美］丹托：《艺术的终结》，欧阳英译，江苏人民出版社2005年版，第17页。

了艺术的殿堂，这也在一定程度上意味着美与艺术的分离被世人接受。尽管这种分离是一个非常复杂的问题，杜尚仅仅是一个标志，在对这一问题的具体诠释上，还有很多的环节需要解释，但这并不是我们必须完成的任务。我们的着重点在于，在艺术的终结这一命题构成中，美与艺术的分离也是其中重要的一个部分，而黑格尔的美学应该说是较早地预示出了这种趋势的哲学。

还是先回到黑格尔宏大的哲学体系。在他看来，艺术的本质是理念，它通过形象，即感性直观来显现理念，来试图达到对理念自我的认识。感性和形象都是18世纪以来对美理解的题中之义。这一观点似乎可以转换成另一种说辞，即艺术是通过美来显现理念。但是，艺术的本质毕竟是理念，理念终将超越感性的束缚，走向更高的阶段，而对于艺术本身来说，它也终将超越感性，走向另外的方向，例如更为理性化和哲学化的道路。这也就是说，美与艺术浑然一体的关系只是艺术发展的某一个阶段的产物，并不是一种必然的联系。黑格尔的美学为二者之间关系松绑的可能性提供了学理基础。可以说，这也是到了20世纪，黑格尔的艺术哲学能够明确地参与进来，进入20世纪美学建构的一个非常重要的方面。熟悉20世纪的艺术史就能够发现，以杜尚等为代表的先锋派艺术正是走在当初黑格尔所规定的路上——放弃艺术的感性特质，剥离艺术与美的关系，将艺术转变成一种思考。

再次，在黑格尔的论述中，我们还可以发现，他实际上还暗示出了艺术终结的另外一种意味，即某种门类的艺术的终结。在黑格尔那里，他把作为复数的艺术进行了内部排序，依据是它们所体现出的理念的发展程度。从大的方面来看，他把艺术分成了三个阶段：象征型阶段、古典型和浪漫型阶段。这三个阶段意味着理念在不断地向更高阶段发展，因此，当理念发展到古典型阶段时，象征型艺术便终结了。同理，当艺术发展到浪漫型阶段时，古典型艺术也便终结了。从小的方面，即艺术的内部构成来看，黑格尔将建筑、雕刻、绘画、音乐、诗歌，排成一个依据理念发展而成的序列。他说："建筑，外在的艺术；雕刻，客观的艺术；绘画、音乐和诗，主体的艺术。"① 从他的这种描述可以知道，建筑是外在于理念，还没有被理念所渗透的艺术。雕刻则是在建筑所建立的庙宇中，将神灌注于那些无生命的物质堆，并以个性方式显现。从绘画始，艺术开始脱离物质，所以与雕刻更多地借用客观物质不同，绘画是平面性的。而到了诗歌，艺术则完全从感性因素中解脱出来，隶属于观念。从这个排列顺序来看，在巴图那里被并列的艺术门类都具有了时间性，因而会发生被后出现的艺术门类取代的情形。例如，当理念发展到雕刻阶段时，建筑就在一定程度上不再成为最高职责的承担者，用黑格尔的话说，就会成为过去的事。而从我们今天艺术终结的立场来看，这也就意味着某种艺术门类的终结。

最后，实际上，在黑格尔那里，还暗含着另外一种艺术的终结的指向，那便是艺术史的终结。在本部分的引言中，我们曾指出，很多学者把黑格尔看作现代艺术史之父。他的《美学》三大卷，从艺术的本质谈起，再到艺术基本类型和题材的划分，直到每一种艺术类型内部诸艺术门类的发展，最终是浪漫型艺术的解体。并且黑格尔在这种解释中，参照了艺术的现实发展，从古印度、埃及的建筑讲起，一直讨论到他所生活的时代和国度。可以说，这部著作完全可以从艺术史的角度来审视。黑格尔认为，艺术发展到浪漫型艺术时，就走向了解体，转到绝对精神的更高的形式，即宗教，我们可以从另外一个维度来理解他的这一观点。即，在艺术时代，艺术是最高精神的承担者，负责着最高职能，根据理念在其内部的发展，形成了一种艺术史。但是当理念发展到宗教阶段，艺术不再承担着最高职能，这个时候，艺术史的书写必然要转换写作方式，不能够再根据理念的发展程度来书写。这可以说是一种艺术史的终结，而另一种艺术史书写模式的开端。

---

① ［德］黑格尔：《美学》第 1 卷，朱光潜译，载《朱光潜全集》第 13 卷，安徽教育出版社 1990 年版，第 108 页。

从今天回过头来看，黑格尔对艺术的终结的理解，为后世学者提供了无限灵感。在这其中，丹托是最重要的一位。他借黑格尔的艺术终结观，为当代艺术的阐释做出了别具一格的努力。

第三节 丹托：艺术的终结

20世纪80年代，绵延于整个欧美知识界的艺术终结命题的讨论，实际上与一个人有关，这便是美国当代著名哲学家和艺术评论家阿瑟·丹托。1983年，丹托写了一篇供研讨会讨论当代艺术界状况的短文，后被约翰·博格尔（John Berger）把它和其他人的文章收集在一起，以"攻击艺术"为标题发表在当时的一家新闻媒体上。后来，丹托又受邀做有关艺术未来方面的演讲，在讲演的原有基础上，他又做了些修改和扩充，成文后以《艺术的终结》（The End of Art）这一名称收录在贝里尔·朗（Berel Lang）1984年编辑出版的《艺术之死》（The Death of Art）一书中，并作为那本书的主题文章。从这些情况可以知道，这篇文章的形成过程有些复杂。而先是以"攻击艺术"为标题，随后又作为"艺术之死"的主题文章，这些醒目的题目也会对理解他的这一文章构成影响。实际的情况也确实如此。在很长一段时间里，知识界普遍认为，丹托的艺术的终结是对艺术的攻击，他宣布的是艺术的死亡。

然而，这种解读却一直遭到丹托的反对。他多次强调，他所说的艺术的终结并不是指艺术的死亡，从死亡的角度来理解是对他的误读。那么，他究竟说的是什么？他为什么要这样说？又由于在他的论述中，他不断地提到黑格尔，引以为自己的学术知音，并不断地借用黑格尔的思想来阐发自己的观点，从而将后者带入当代的知识视野。那么他的理论真的仅仅是黑格尔哲学的当代版本吗？他的艺术终结观与黑格尔的哲学之间究竟有何区别和联系？他的艺术哲学的有效边界在哪里？我们如何面对和评价他的观点？这些问题都将是我们在接下来的行文中需要解决的。

一　理论化倾向与多元化特征：丹托对当代艺术的认知

20世纪，是艺术发生翻天覆地变化的时代：美与艺术分离；架上绘画终结；视觉性淡化；再现理论被抛弃；审美理论被质疑；艺术与生活鸿沟的消弭等。这些变化带给人眼花缭乱的感觉。如何做出解释，是艺术实践向哲学界提出的强力挑战。不同的哲学家会对这些变化有不同感受，并根据自己的感受来做出理论上的回应。对于丹托而言，20世纪的艺术，让他印象深刻的是理论化倾向和多元化格局。

进入丹托视野中的艺术理论化倾向，主要包括两个方面。第一个方面是，自杜尚以来的先锋艺术越来越以反视觉和观念化作为自己艺术创作的价值取向。视觉化是传统艺术理论的核心要素。自柏拉图起，哲学界一直有种观点，即认为艺术制造的是一种视觉幻象。柏拉图否定艺术的主要理由就基于它的视觉性。到了康德等现代美学观念确立之时，艺术的审美维度得到彰显，但它仍然是以视觉性为前提。当历史行进到20世纪第二个十年以后，以杜尚为代表的先锋艺术开始对这一传统观念发起挑战。到目前为止，杜尚虽然获得了艺术界的广泛认可，但对其作品的诠释，仍然在困扰着今天的艺术哲学界。他的现成品制作，总是游走在艺术与非艺术的边缘。他的《泉》虽然已堂而皇之地进入博物馆，但有关它的争议一直存在。就总体而言，杜尚的创作，其价值的突出方面就在于对传统理论的颠覆。当传统的艺术理论和美学将视觉快感构建成艺术的独特魅力，并被几百年来的大众认同到无意识的程度时，杜尚所要做的，恰恰是打破这种思维定势，让人们意识到艺术可能有的另一种表达方式，尝试新的艺术边界。艺术史学者金·莱文在《后现代转型》中对杜尚带来的艺术创作方向的改变有过一段中肯的评价："早在军械库画展之前，他（指杜尚）就抛弃了架上绘画，开始思考艺术的本质问题,……他已经摇身变成为一位炼金术士,把艺术从一重境界嬗变入另一重境界,经过净化升华,把它从视觉形象转变为思维,沿着一条充满艰险的、变物质为能量的道路,谨慎地改造着艺术。"① 莱文总结杜尚的贡献具体包括两个方面:一方面,他改变了艺术沿着视觉化方向发展的道路;另一方面,他又提供了新的发展可能性,即将创作活动转变成对艺术本质的思考方式,从而走上理论化道路。在莱文总结的基础上,我们想进一步指出,杜尚的反视觉实质是反审美和反再现,其反艺术策略是以传统的再现说和审美论为依托,正是由于这一点,才使他的创作及作品具有强烈的理论色彩和哲学价值,才使先锋艺术的理论化倾向成为可能。这也意味着,缺少传统的艺术理论,他及其作品的艺术史意义将无所附丽。

理论化倾向带给丹托深刻印象的第二个方面则是,自现代艺术开始,不仅艺术本身在抛弃视觉形象,走向理论化,同时,一件艺术品的成立,也越来越依赖于理论。这种依赖体现在两方面:其一是如在前文中提到的,杜尚作品的成立,是以传统艺术理论为依托,因此,现代先锋艺术的价值,需要通过与传统理论的反继承关系才能得到解释;其二则是新艺术品出现,需要新的艺术理论为其开路,只有接受了新的理论,才能够理解那些新作品。丹托强调的是第二种。他将自19世纪最后二三十年一直到20世纪60年代的现代艺术描述为"宣言时代",他说:"宣言的时代的关键是,把它认为是属于哲学的东西带到了艺术生产的核心。接受一种艺术是艺术,就意味着接受了赋予这种艺术以权力的哲学,而哲学本身在于一种对艺术的真理的规定性定义。"② 这段话可以有双重理解:一则它体现了丹托对艺术的理论化倾向的敏感,他将这种理论化描述为"哲学";二则可以使我们发现,丹托认为,每一种

---

① [美] 金·莱文:《后现代的转型》,常宁生、邢莉、李宏编译,江苏教育出版社2006年版,第16页。
② [美] 阿瑟·丹托:《艺术的终结之后》,王春辰译,江苏人民出版社2007年版,第33页。

艺术风格的接受，同时也意味着对它背后理论支撑的哲学的理解和认同。并且，一种艺术风格之所以被认为是艺术，即被赋予艺术品的权力，需要哲学。换句话说，宣言时代的艺术，其成立依赖于理论。让我们回到艺术史事实，也可以发现，丹托描述的实际上是现代主义艺术最为突出的特点，即每种艺术派别出现时都伴随着理论。每一种风格都会提出自己对艺术本质的理解，只有依据风格艺术家们的理论，才能理解他们的作品。这种现象带来一个重要的问题，即理论，或者说对艺术本质的宣言参与了艺术品确立的过程。这对于20世纪的艺术来说，是一个非常重要的面向：一件艺术品的构成，不仅仅是实际存在的物品，并且还需要加上对它的理解。正如观念艺术家索尔·勒维特所说："思想已经变成了制造艺术的机器"[1]，或用我们的话说，现代艺术的创造与成立，理论都起到了非常重要的作用，它参与了先锋艺术品的确立过程，使艺术品的存在，不再仅仅是物本身，而是物品和理论的结合体。

从某种程度上来说，多元化是后现代思想语汇中的关键词之一。丹托对现代艺术的感知的另一个重要方面，也可以用这个语词来描述。在他众多的著作和论文中，从发表于1984年的《艺术的终结》，到出版于21世纪的《美的滥用》，"多元化""多元主义""多元文化"等词语的使用越来越频繁，可知当下社会和文化中的多元化现象给他留下深刻的印象。何谓多元化？威廉·詹姆士在《多元的宇宙》一书中，用非常简洁的语言对"一元"和"多元"作了精彩的解释。"经验主义是指用部分解释整体的这种习惯，而理性主义是指用整体来解释部分的习惯。这样理性主义就保持和一元论在性质上相似的一些关系，因为整体性与联合性（union）相一致，而经验主义则倾向于多元论的一些见解。"[2] 这也就是说，一元论是以整体解释部分，而多元论则是以部分

---

[1] Joseph Kosuth, "Art after Philosophy", http://www.ubu.com/papers/kosuth_philosophy.html, p.4.

[2] ［美］威廉·詹姆士：《多元的宇宙》，吴棠译，商务印书馆1999年版，第3—4页。

解释整体。相较而言，一元论存在的弊端在于取消部分的合法性，而多元论则有将部分或个体泛化成普遍的弊病。但如果我们意识到多元论存在的盲区，并将其转换成以部分解释部分的话，庶几更加符合当下对多元化的解读。这个词语最近30年在思想界各个领域被频繁使用，折射出当下社会的价值取向，即对个体或部分的尊重以及宏大叙事的解体。丹托的思想成长成熟于斯，受该流行观念的影响是很自然的事。但是，他又毕竟是一位有着强烈原创意识的哲学家，因此，在他的视野中，多元化也被赋予了特定内涵，成为他艺术哲学的关节点。

进入丹托视野中的多元化，首先被解释成艺术风格的多样化。他说："现代主义的概念不仅仅是一种风格时期的名称。"① 在他的著作中，他差不多提到了现代主义所包含的各种风格。他把它们看成一个整体，统称为现代主义艺术。以此为基点，他把现代之前的艺术称为前现代主义艺术，而把现代之后的艺术称为后现代艺术。后现代艺术是指艺术终结之后的艺术，因此又被称为后历史艺术。丹托非常强调前现代艺术与现代艺术之间的区别。在他看来，前现代艺术虽然也存在着形态上的变化，但他把它们叫作"样式"（Manner）而不是"风格"（Style）。他认为，样式和风格的区别在于，样式主义仅仅是在色彩或者情绪等方面有变化，但并没有改变艺术的模仿本质，艺术创造活动仍然是在传统的再现本质内打转，因此它们属于同一种风格，即模仿。但风格主义不同，它不再是样式主义的延续，而是一种断裂。它的标志就在于艺术从此进入自意识阶段。"它标志着上升到一个新的意识层次，是作为一种非连续性反映在绘画中的，差不多好像强调模仿的再现变得不再重要，而对再现的手段和方法进行反思倒重要了起来。"② 丹托曾经在他的论文《艺术的哲学剥夺》（*The Philosophical Disenfranchisement of Art*）中指出，从柏拉图时代到19世纪80年代，艺术一直处于被哲学剥夺的状

---

① ［美］阿瑟·丹托：《艺术的终结之后》，王春辰译，江苏人民出版社2007年版，第10页。
② 同上。

态，因此还没有形成自我意识，也就是说，还没有开始有意识地对自身的本质进行思考。这些观点有助于我们对他的这段话的理解。很显然，艺术被剥夺的时期，就是他在后来的《艺术的终结之后》一书中所说的前现代主义时期。在这一时段内，艺术只有一种风格，即模仿。由于受到哲学的剥夺，它对自身没有反思，即还没有对艺术的再现本质进行反思。而现代主义艺术则完全不同。现代主义虽然紧随前现代之后，但二者在时间上却存在着断裂，分属于艺术发展的不同阶段。在这一阶段，艺术开始自我反思。在尝试认识自我本质的过程中，它形成了多种风格。这也就意味着这些风格其实是艺术本质的多种表现形式。并且，这一点还表明，由于各种风格的背后都是对艺术本质的诠释，也都有着不同的宣言作为确立自身的理论支撑，因此，这种风格的多样化又意味着理论化倾向的多样化。

不仅如此，在丹托的视野中，多元化还意味着一种包容性，这种包容性用他的话来说，就是"一切都可以"。"一切都可以，用我从黑格尔借用来的话说，不再有'历史的界限'。""一切都可以的含义是指所有的形式都是我们的形式。""它尤其意味着艺术家完全可以挪用过去的艺术的诸多形式。"[①] 所谓的"一切都可以"，就是指艺术已经发展到了这样一个阶段，在这个阶段，无须再问某个东西是不是艺术品，因为已经没有什么不可以成为艺术品，关键的是如何解释。除此之外，丹托在此还强调了这种包容性是历史界限消失所带来的自由。在这种没有历史束缚的天空下，艺术家可以采取所有存在过的艺术形式和风格，如原始的洞穴岩画、巴洛克的肖像画、立体派的风景画，甚至中国古代的水墨山水画等，但这并不是穿越回到过去，而就是我们的形式。丹托强调，这是只有在我们这个时代，才可能有的多样化形式。某种程度上，它甚至是一种挪用，但却只有在我们这个时代，才能够出现挪用后还是艺术的局面。这些都是他对艺术多元化状况的深层次解读。

[①] [美] 阿瑟·丹托：《艺术的终结之后》，王春辰译，江苏人民出版社2007年版，第215页。

丹托对20世纪艺术的认知,即理论化倾向和多元化形态,可以说是20世纪艺术最为明显的两大特征。他对它们进行关注,就捕捉到了20世纪艺术活动的脉搏。这也能够解释为什么他的思想在最近几十年受到关注,并具有持久影响力这一现象。从他整个思想来看,这两大特征基本上是他所要解释的20世纪艺术的核心内容,它们既是他艺术哲学的出发点,同时也是其归宿。大家所熟知的他的艺术的终结命题需要在这种框架下来诠释。他本人也坦承:"20世纪60年代是各种风格的大爆发,关于它们的争论,我觉得——这是我最初谈论'艺术的终结'的基础。"① 从他的艺术哲学的著述来看,我们可以认为,理论化倾向是他的艺术终结命题的具体指向,而风格的多元化是艺术终结的直接后果。

二 理论化倾向的转化与艺术终结指向的确立

丹托对于20世纪艺术理论化取向的回应和解释,主要体现在他的艺术终结命题的指向定位上。在他看来,所谓艺术的终结,就是艺术最终成为一种哲学。哲学与理论化,从语义上来看,并不是一回事。但在丹托这里,通过一系列的论证,他将二者模糊地混同在了一起,并把艺术成为哲学发挥成理论化倾向的极致表现,从而把他对理论化倾向的认知转化成自己思想的主要构成部分。在这里,关键点在于他对哲学的独特理解。

丹托在其著作中对"哲学"一词的使用大体包含以下三个方面。第一,学科分类意义上的,例如黑格尔历史哲学、哲学与科学的区分等,这是我们通常意义上对哲学的理解。第二,理论化,例如丹托指出:"艺术终结之前的艺术史的最后时代,在这个时代里,艺术家和思想者勉勉强强地确定了艺术的哲学真理。"② 艺术终结之前的艺术史时代,是丹托所谓的宣言时代,在这个时代,最明显的特征是理论化态势

---

① [美]阿瑟·丹托:《艺术的终结之后》,王春辰译,江苏人民出版社2007年版,第16页。
② 同上书,第32页。

的出现，丹托在此选用的语词是"哲学真理"。可见他是从理论化的角度来使用哲学一词。第三，感觉上不可区分原理，这是他所认为的真正的哲学。

感觉上不可区分原理，是丹托对哲学的独特理解，同时也是我们理解其艺术终结命题的关键，需要对此作出详细解释。在他众多的著作中，丹托常常会提到类似如下的一段话："所有的哲学问题都具有那样的形式：两个外表上分辨不清的东西可以属于不同的、事实上非常不同的哲学范畴。最著名的例子在《笛卡尔第一沉思录》中作为先导开启了现代哲学时代的一个范畴，他发现梦与苏醒的经验没有内在的标志可以将之分开。康德试图解释道德行为与完全类似道德行为但只符合道德原则的行为之间的差异。我认为，海德格尔证明了真正的生活与非真正的生活之间没有外在的差异，无论真实性与非真实性之间的差异可能有多大。这个列表可以延伸到哲学的各个边界。"[①] 这段话体现出他对哲学的特殊规定和思考，也是他认为艺术是一种哲学的主要依据。

在这段话中，我们发现，首先，丹托提出了新的哲学提问方式。我们惯常的提问方式是："哲学是什么？"但他的提问方式则是："哲学出现的标志是什么？"提问方式的改变，很自然地使他对"哲学"一词的使用超越学科分类意义，走向自己的理解方式。其次，他所谓哲学出现的标志，是"两个表面上分辨不清的东西，却分属于不同的哲学范畴"这一特定形式的出现。这也就意味着，无论在哪一个领域，只要出现了这一形式，那么就意味着出现了真正的哲学形式，使其自身成为一个哲学问题。这一特定形式，学界一般将之称为"感觉上的不可区分原理"。再次，丹托有意将这一原理作为哲学的普遍形式，并试图用它来重构西方哲学史。因为，从笛卡尔、康德到海德格尔，这是史的线索。他指出，虽然处于不同的历史时期，但他们都在做这种感觉上无法分辨的对象之间的区分工作。

---

① [美]阿瑟·丹托：《艺术的终结之后》，王春辰译，江苏人民出版社2007年版，第39页。

丹托这一原理提出的背后，有着很深的学术渊源。从哲学溯源学来看，它与维特根斯坦和古德曼的思想都有关，具体讨论时，丹托常常提到这两位哲学家的思想。但真正给他以灵感，促使他从此维度思考哲学形式的，却来自艺术实践领域。上文我们提到，以杜尚为代表的先锋艺术给丹托留下了深刻印象。尤其是杜尚的《泉》，这一与市场上售卖的小便器没有视觉差别的艺术品开启了他很多思考。但是，真正促使他走上艺术哲学道路，试图对艺术的当代状况做出哲学解释的却是波普艺术家沃霍尔的《布里洛盒子》。1964年，丹托在《哲学杂志》上发表了那篇著名的《艺术界》(The Artworld)。这是他艺术哲学方面的第一篇论文，专为那一年上半年斯泰堡（Stable）画廊展出的《布里洛盒子》所作。沃霍尔的《布里洛盒子》和超市中布里洛牌洗涤用品的包装箱，从外观上来看没有区别。这一作品触发了他开始试图从感觉上不可区分原理的角度来解释艺术问题。丹托有很深的"布里洛盒子情结"，在他众多著述中，他频繁提到这部作品，甚至他有一本书的名字就叫作《超越布里洛盒子》(Beyond the Brillo Box)。在他的触发下，很多当代艺术哲学家，例如迪基、艾尔雅维奇、卡特等都对此作品有所关注。客观而言，在写作《艺术界》时，丹托还没有有意识地将这种现象提升到作为一种原理的高度，也没有有意识地将其作为自己整个艺术哲学的基础，这种意识是在80年代确立的。1981年，在《普通物品的变容》(The Transfiguration of the Commonplace) 一书中，感觉上不可区分原理才被明确提出。此后，在他众多艺术哲学著作中，这一原理贯穿始终。特别是1989年，他出版《与世界的联系》一书时，已经把这一原理泛化成整个哲学的普遍性问题。在那里，他再一次提到笛卡尔等哲学家们是对外观无法辨别的事物做区分后，接着说道："当然，正是在这儿，在根本不同却又在其他方面无法区分的世界之间，它——哲学开始了。"[1]这表明，丹托已经把一个在艺术哲学领域内发现的现象，转变成一个哲

---

[1] Arthur Danto, *The Connections to World*, University of California Press, 1989, p. 13.

学基本问题,成为哲学发生的标志了。

尽管在丹托的著作中,有着对哲学的这三种理解,但他所主张的艺术的终结意指艺术成为一种哲学时,他所言的哲学是第三种含义上的哲学,即感觉上不可区分原理在艺术中的出现。至于哲学其他两种含义,相较而言,学科分类意义上的哲学,他并不关心。而理论化,在他那里出现两种情况:一方面,他是把理论化作为哲学的同义词来使用,这就是我们所指出的哲学的第二种用法;另一方面,当把哲学理解成感觉上不可区分原理时,他又将理论化视为通往哲学的必由之路,艺术必须首先选择理论化方向,沿着这一方向发展的终端,才是真正哲学的出现。这种处理表明:丹托一方面通过模糊二者之间的语义差别,将二者混同成一个问题;另一方面,他也是在用"哲学"这一语词内涵中强烈的理论色彩来明确和强化理论化走向,从而将这种倾向推向极致发展。澄清了在丹托思想中哲学的独特理解后,我们继续分析它如何被规定为艺术终结命题的核心内涵。

国内外很多学者曾经指出,丹托的艺术哲学与黑格尔思想之间有着继承关系。黑格尔把艺术的本质定位为哲学,把艺术的历史看作是艺术本质探索史。艺术的发展,就是一个精神与感性形式博弈,并逐渐压倒和超越后者,使艺术越来越理性化的过程。丹托接受了这些思想。在他看来,"在艺术的本质和历史之间有着内在关联。历史终结于自我意识的出现,或者更好的说法是,有关自我的知识的出现"。[1] 这意味着,艺术的历史是艺术本质展开的历史,而它的终点,则止于对自我本质认识的获得。由此,艺术的历史,就是艺术自我反思的哲学史。丹托接着分析道:"艺术的历史重要性因此就在于这一事实,即它使艺术哲学变得可能和重要。"[2] 艺术的存在,并不是一个自在的孤立体,而是为了

---

[1] Arthur Danto, *The Philosophical Disenfranchisement of Art*, Columbia University Press, 1986, p.107.

[2] Ibid., p.111.

探索自身。这种探索,作为对自我本质的反思,性质上属于哲学。因此,它的历史重要性就在于验证艺术哲学的可能性。由此,丹托就将艺术在时间中的延展与其目标联系在一起,艺术并不是没有方向的任意呈现,而是围绕着它的终极目标尽情发展,它的每一次进步都是为了靠近它的哲学本质。在从学理上把艺术发展的终结点规定为哲学的同时,丹托还把目光转回到艺术实践领域,用艺术的实际发展来检验自己理论的合法性。他指出:"最近的艺术品展示了另一个特点,那就是对象接近于零,而理论接近于无限,以至于实际上最终一切只是理论,艺术在关于自身的纯粹思考的耀眼光芒中最终被蒸发了,留下来的,只是作为它自身的理论意识的东西。"① 如果根据黑格尔对艺术的理解,即艺术是哲学(精神)与感性形式相加之和,那么,丹托所指出的,当艺术的感性特质在自身纯粹的思考中被蒸发掉,剩下的只是它自身的理论意识时,实际上艺术本身就成了哲学。

当感性被蒸发掉,而艺术本身只剩下哲学的时候,丹托的理解与黑格尔的思想之间在此出现疏离,体现出他本人的独特思想气质。黑格尔认为,精神最终从艺术中撤离,走向更高级的、更为适合精神表现自身的形式,即宗教和哲学。但显然丹托并不这样认为。他论证的结果是,艺术的终结,只是在其自身之内,哲学不是从艺术中撤离,而就是艺术自身的发展形式。他曾经对自己的艺术终结命题做过强调式总结:"我的理论……首先,它也是根植于艺术的哲学理论中,或讲得更好一点,是根植于一种关于艺术本质的正确哲学问题是什么的理论。……当艺术的哲学本质作为一个问题产生于艺术史自身内部的时候。但是这里存在着差异,尽管我只能在此处概括地说一下:我的思想是,艺术的终结在于走向艺术的真实哲学本质的意识。"② 从这段话我们能够清楚地看到,

---

① Arthur Danto, *The Philosophical Disenfranchisement of Art*, Columbia University Press, 1986, p. 111.
② [美]阿瑟·丹托:《艺术的终结之后》,王春辰译,江苏人民出版社2007年版,第33—34页。

他强调了艺术的哲学本质产生于艺术的内部，是艺术历史发展的必然结果。也就是说，哲学，并不像黑格尔的精神那样，首先作为一个外来者进入艺术中，通过艺术来显现和展开自身，而是由艺术自身发展而来，它不是一个外来者，而就是艺术它自己。但是，艺术与哲学，在惯常理解中，毕竟分属于两个完全不同的领域，为了使自己观点合理化，丹托为哲学提供了独特理解，即我们上文中所着重分析的感觉上不可区分原理，他认为这才是"艺术的真实哲学本质的意识"的表现形式。下面的这段话有助于我们对他的这一观点的确认。"在我看来，艺术真正本质是什么的问题——相对于艺术表面上或非本质是什么——是提出哲学问题的错误形式，我在有关艺术终结的各类文章中所提出的观点致力于提出这一问题的真正形式是什么。如我所见，这一问题的形式是：当一件艺术品与另一件非艺术品之间，从视觉上没有区别时，那么是什么使它们具有差别？"[1]

从以上分析中我们可以发现，实际上，丹托认为，真正的哲学问题是"感觉上不可区分原理式"提问方式的出现与回答，而艺术的终结，终结点就在于艺术中出现了感觉上不可区分原理式的哲学形式，通过这种规定，他将艺术的本质证定为哲学。并且这一本质不是黑格尔式的外在赋予，而是艺术自身的必然生成。应该说，20世纪艺术的理论化倾向在带给他深深的触动的同时，也使他比一般的学者走得更远。因为，虽然很多学者发现艺术中出现了理论化倾向，但并没有因此就认为艺术与理论已经混成一体。但丹托却通过理论推衍，将哲学变成了艺术内在发展的目标，成为艺术的本质。所以有学者认为，丹托指出从柏拉图、康德、黑格尔等一直到19世纪80年代，艺术一直处于被哲学的剥夺之中，但实际上，他的著作才是哲学对艺术的彻底剥夺。

---

[1] Arthur Danto, *After the End of Art*, Princeton University Press, 1997, p.35.

三 艺术的终结与多元化格局的形成

作为当代艺术的重要特征之一，多元化态势也是丹托艺术的终结要解释的内容。他为 20 世纪 60 年代之后艺术领域出现的多元化格局，找到的深层原因是艺术的终结。由于受到黑格尔主义的影响，以及终结本有的进步维度，因此，丹托对艺术中多元化局面形成原因的解释，也主要从历史和时间的角度着眼。在他看来，艺术的终结，带来的效果是对时间性的取消，以及对黑格尔主义意义上的历史束缚的摆脱，由此才有了艺术多元化局面。所以，艺术的终结，带来的并不是艺术创作的停顿或死亡，而是艺术的多元化。

丹托对艺术的终结的分析，实际上是将其视为一个复合命题。它包含了到目前为止理论界普遍认为的有关终结的诸种内涵，例如再现模式的终结、审美的终结、架上绘画的终结、艺术确定性的消失等，同时丹托还赋予它很多独特解释。在这些解释中，我们详细讨论过的艺术成为一种哲学是核心指向。围绕着它，丹托还提出了其他几种含义。笔者在《丹托的艺术终结观研究》中曾指出，它们至少包括如下五种：哲学对艺术剥夺的终结、艺术成为哲学、发展和进步可能性的耗尽、历史意义的终结和叙事模式的终结[①]。在本部分中，我们将关注他对发展和进步可能性的耗尽和历史意义的终结这两个维度的论述，借此来考察他对多元化局面形成的分析。

丹托认为，艺术只有在现代主义时期，也就是他所说的宣言时代才开始具有历史，并且这种历史是黑格尔主义的，艺术的自我认识和反思的内部发展史。这种观点意味着艺术被设定为一个类似于生命体的东西，以完成对自我的认识为目标，不断向前发展。在这种自我探索的过程中，艺术产生了意义，具有了进步性。这种历史意义就在于，艺术只

---

① 张冰：《丹托的艺术终结观研究》，中国社会科学出版社 2012 年版，第五章。

能在它发展的特定阶段，提出它在那一阶段对艺术本质的理解，它不可能超越自身的发展阶段提出自己的本质问题。例如，杜尚的《泉》如果早出现100年，那么它一定不是艺术品。而从另外一个方面来看，某物如果是艺术品，那么它只能出现在艺术这个概念发展到可以将之视为艺术的特定历史阶段。"'布里洛盒子'不可能早于赋予它意义的东西。"① 反之，每一种艺术风格所指向的物品成为艺术品，同时也标志了艺术概念的发展程度。例如，透视法的出现是与艺术的再现观相匹配；立体派绘画只有在立体派的艺术观念出现时才可以被视为艺术。艺术品不是一个静止的摆放在那里的单纯真实的物，而是艺术概念的发展尺度，这是艺术独特的发展历史赋予它的价值和意义。

而这种进步性则在于，整个艺术史的发展，就是对艺术本质认识的进步史。从早期印象派到波普艺术，种种艺术风格并非毫无联系，而是前后相继地对艺术哲学本质的探索。它们共同构成艺术发展的链条。这种进步意味着，后出现的艺术风格比先出现的艺术风格，更接近于艺术的哲学本质。同时，这种进步性还给艺术风格带来特殊性。首先，每种艺术风格，在它标志历史发展方向之时，可以否定先出现的风格所确定的艺术本质的合法性。因为只有它在这一特定时刻代表了艺术的前进方向。丹托说："每一种运动都受到一种哲学的艺术的真实的观念的驱使，艺术本质上是 X，而非 X 的一切东西都不是——或本质上不是——艺术。"② 这也就是说，在一个有着历史方向的链条中，每一种运动的出现都意味着这种风格占据了历史的制高点，代表了艺术本质发展的方向，而在这个时候，它们有理由对此前所有的对艺术本质的规定，即此前所有的艺术风格的探索表示否定。其次，在这种进步史中，后出现的艺术风格所代表的观念比先出现的艺术观念有更大包容性，因为它需要把更多的艺术品囊括在自己的定义之内。具体说来，处于历史线索中的

---

① [美] 阿瑟·丹托：《美的滥用》，王春辰译，江苏人民出版社2007年版，第1页。
② [美] 阿瑟·丹托：《艺术的终结之后》，王春辰译，江苏人民出版社2007年版，第31页。

每一种艺术风格,它所包含的艺术品都是 n+1 形式, n 代表已经被确定为艺术品的集合,1 则代表新的艺术风格所推出的新艺术品。因此,相对于先前出现的艺术风格和观念(n),后出现的总是具有更大的包容性(n+1)。

随着艺术完成自我认识,达到其哲学本质之时,这种艺术的历史和进步观念便终结了。"当艺术家不断向一个又一个艺术边界进攻时,发现艺术边界全都被攻克了,所以,艺术本质的哲学问题正是艺术之中产生的某种问题。"[①] 也就是说,当艺术自身出现哲学的生动形式,即感觉上不可区分原理式提问出现时,艺术就终结了,因为它已经完成对自己哲学本质的认识。但在走向这一终结的过程中,艺术曾经有过发展和进步,产生过属于自己的内在历史意义。而随着艺术的终结,随着艺术自我认识目标的实现,这种进步的可能性和历史意义不再存在。

丹托希望借这种观点说明,随着艺术的终结,多元化的时代来临了。所以,多元化虽然意指我们上文提出的多样化和"什么都可以",但丹托想做的是解释,即解释它何以可能。他提供的理由是艺术终结了。本来,艺术的多元化,从其内容构成来看,是现代主义的诸种风格。但是,如果处于现代主义时期,那么这些风格就存在产生的时间,因此,必然有着时间上的先后。而多元化的存在状态又是指它们成为并置的东西,从时间先后的存在转成一种空间式共生。为了达到这一目的,丹托设置了艺术终结的时间点,取消了现代主义诸风格的时间性,将它们移植到历史之外,从而使多元化的存在状态成为可能。

在丹托看来,艺术终结于 20 世纪 60 年代,在那个时候,出现了沃霍尔的《布里洛盒子》,这一作品以生动的哲学形式,宣告了艺术的终结。因为它已经在外观上与超市中的包装箱看不出差别。这一终结也同时意味着艺术从此没有了发展方向,它的自我认识已经完成。"人们一定觉得 20 世纪 70 年代是历史迷失了方向的 10 年,它之所以迷失了方

[①] [美]阿瑟·丹托:《艺术的终结之后》,王春辰译,江苏人民出版社 2007 年版,第 17 页。

向，是因为没有出现任何可以辨别方向的东西……接着，人们渐渐明白，缺少方向性正是新时期的突出特征。"① 由于艺术已经终结，它没有了历史发展的方向，此时采用任何一种风格来创作都可以，所有的风格都存在着同样的合理性，因此才什么都可以。丹托说，"艺术已经终结的一个标志就是，不再有一种具有决定性的风格的客观结构，或者，如果你愿意，应该有一种在其中什么都行的客观历史结构。如果什么都行，那么，就没有什么会受到历史的管制；一件东西可以说是和另一件东西一样好的。在我看来，那就是后历史艺术的客观条件。"②

需要指出的是，丹托所说的多元化，其相对应的哲学语词并不是"一元"。也就是说，他虽然主张多元化，但并不是一个反本质主义者。丹托说过，"我勇敢地宣布我自己是一个艺术哲学的本质主义者，虽然实际上，在当代世界的辩论秩序中，'本质主义者'一词具有最消极的意义"③。他所说的辩论秩序是指20世纪50年代之后，受维特根斯坦、韦兹等哲学家影响，艺术哲学中出现了一股强劲的反本质主义浪潮。但正是在这一浪潮中，丹托坚持为艺术下定义，认为艺术有本质。他的多元化，正如我们多次强调的，仅指风格多样，但在其背后，"存在一种超历史的本质，遍及所有地方，总是同一性质"④。艺术风格可以多元化，但它们的背后，还是存有亘古不变的本质，它仿佛一条串珠线，成为可以将所有风格串在一起的东西。并且丹托还认为，各种风格都是对艺术本质的探索，在艺术的发展进步史中，它们存在着先后顺序，但在艺术终结之后，历史和时间性被取消了，从外观上来看，各种风格都可以合理的存在，不再受到历史的攻讦，但实际的情况是，它们共同构成艺术的本质。丹托曾指出："只有当艺术史终结之时，艺术哲学才能出现。之所以是这样，是因为直到那个时候，哲学才能够获得建构理论所

---

① ［美］阿瑟·丹托：《艺术的终结之后》，王春辰译，江苏人民出版社2007年版，第16页。
② 同上书，第47页。
③ 同上书，第209页。
④ 同上书，第31页。

需的全部作品。"① 这表明，艺术的终结是多元化可以出现的前提条件，再者，多元化并不仅仅意味着诸种艺术风格共生共存，更是艺术本质全面展示的必然要求，因为后者是它们相加之和。只有艺术实现了多元化共生，才意味着艺术本质的边界被全部充满，艺术哲学才可以出现。

第四节 丹托对黑格尔哲学的继承与超越

丹托在艺术哲学著作中，常常提到一个人的名字，那便是黑格尔。而从他对艺术的终结的论证和分析中也可以看出，他受黑格尔哲学的影响颇深。并且，这种影响还带来了一个非常重要的方面，即丹托通过自己的哲学观念将150多年前的黑格尔带入当下的知识视野中，并为发掘出他更多的价值和意义提供可能。诚然，黑格尔的思想本就处于艺术终结命题讨论的历史链条之中，而且还是其中最重要的环节之一，因为从溯源学上来看，他是从哲学上最早明确提出这一命题的人。再者，他赋予艺术终结的具体内涵也与当下正在讨论的话题有一定联系。然而，正如在上文中我们通过讨论得出的，他所说的艺术的终结与目前正在讨论的话题之间存在的差异远远大于它们之间的联系，二者不能等同视之。他的思想能够参与到当下的讨论中来，前文中鲍桑葵的话语转换起到了非常重要的作用，论及当代，则丹托起到的作用也十分关键。当代的艺术终结命题，虽然是在一种普遍的终结氛围中被提出来的，但明确地提出这一话题并引起整个知识界重视的人却是丹托，而他所采用的方法，则是博采众家，尤其是通过不断地回到黑格尔和发掘后者思想的当代价值，来达到他解释当代艺术的目的。在这一过程中，他自然地将黑格尔的思想带到当下语境中来，并做出了自己的发展。依托于丹托的艺术哲学，我们来考察他对黑格尔思想的继承和突破，一方面可以借此来体会他的思想游走于传统与现代之间的那种复杂性；另一方面，也可以借此

---

① Arthur Danto, *The Abuse of Beauty*, Carus Publishing Company, 2003, p. XVIII.

来更深层次地理解丹托和黑格尔对艺术终结命题的思考。

一 丹托对黑格尔哲学的继承

丹托从黑格尔那里继承来的东西，最明显体现在两个方面：一是对黑格尔历史观的接纳；二是对艺术终极发展目标为哲学的设定。由于这两个因素，我们才有意识地把丹托和黑格尔放在一起来讨论，主张他们对艺术终结命题的思考都是从哲学的角度来论证的。与此同时，我们还应该注意到，由于两位哲学家生活的时代相差一个半世纪，在这段时间，艺术和哲学都发生了很大变化，因此，虽然结论和论证的思路都有相通之处，但他们面对的哲学问题和现实语境迥然不同。最明显的差别在于，黑格尔对艺术的定位是其哲学体系的推衍，与艺术现实有很大距离，而丹托则是从艺术现实情境出发，是对当下艺术困境的应对。

黑格尔的历史观是一种以对生命的反思而得来的历史观。虽属于线性进步观，但又有其自身特殊性。相对而言，一般进步观的内容指向中包含着进化，因此强调事物从低到高的过程，并往往暗示出当下是历史的制高点，它由过去的低级阶段发展而来，而未来会是对当下的超越。这种线性观淡化终结的问题，而更强调持续不断的进步。黑格尔以生命作喻的历史观虽然也有进步的维度，但这种进步注定有其终点。它仿佛一粒种子，有着发展可能性，它的最终发展目标就是实现这些可能性。在这一过程中，进步维度出现，但当所有可能性都实现了的时候，也就是该事物终结之时。很显然，这种历史观脱胎于亚里士多德的"四因说"。如果说，进步观念近似于从一个端点出发，向某一方向延伸的一条射线的话，那么，黑格尔所持的历史观则是一个矢量线段，有其出发点，也有其终结点。

除与一般进步观有所区别外，黑格尔的历史观还有两个突出特点。

第一，他认为一切历史都是思想的历史。他指出："我们所订立的最普通的定义是，'历史哲学'只不过是历史的思想的考察罢了。'思想'确是人类必不可少的一种东西，人类之所以异于禽兽者以此。"① 这也就是说，思想是历史的基本内容，所谓的历史，只不过是思想的历史。并且这段话还表明，历史仅仅是人类的专属品。自然没有历史，因为动物没有思想。黑格尔还认为，对于人类来说，所有的行为都来自思想，是思想决定了行为，所以单纯描述人类的行为只是原始的历史学编撰方式，真正的历史哲学应关注的是人类的思想。柯林伍德在评述黑格尔的历史观时说道："既然一切历史都是思想的历史而且展现为理性的自我发展，所以历史过程在根本上便是一个逻辑过程。可以说，历史的转化就是逻辑的转化被置之于一个时间的标尺上。历史只不过是一种逻辑，在这里逻辑的先后关系并不是被变成为一种时间的先后关系所取代，反而是被它所丰富和加强了。因此历史中所出现的那些发展从来都不是偶然的，它们都是必然的。"② 历史被构建成一种逻辑，时间不再是构成历史的关键因素，而是丰富和加强逻辑的手段，是证明逻辑必然性的必要条件。在这种历史观念中，时间是逻辑的附庸以及在时间中的存在并不是偶然而是必然的这些观点都被丹托所接纳，成为他解决自己面临问题的手段。

第二，黑格尔为历史发展设定了特定目标，即对自由的探索。"自由"在黑格尔那里，存在多重含义。贝瑟尔曾经指出："黑格尔把自由看作是法的基础，精神的实质和历史的目的。"③ 也就是说，黑格尔对自由的理解，有政治层面的，有哲学层面的，还有历史哲学层面的。他还指出，自由的具体内涵主要包括三个方面：自治、独立自足性和自我规定④。这三个方面之间有着非常紧密的关系。一个自治的事物，自然

---

① [德]黑格尔：《历史哲学》，王造时译，上海书店出版社2001年版，第8页。
② [英]柯林伍德：《历史的观念》，何兆武、张文杰译，商务印书馆1997年版，第177页。
③ Frederick Beiser, *Hegel*, Routledge, 2005, p.197.
④ Ibid..

是独立自足、自我管理和自我规定的。本部分主要从历史哲学的角度来审视这一概念。在《历史哲学》的结尾,黑格尔谈到了历史的目的。"一直到现在,意识已经出现了。这些就是形式的主要因素,在这种形式中,'自由'这个原则实现了它自己;因为'世界历史'不过是'自由的概念'的发展。"① 在这里,自由和精神的自我意识被联系在了一起。当精神具有了自我意识,就是自由的出现,当其实现了对自我的认识,那么就实现了自由。由此,黑格尔认为,历史不过是自由概念展开和完成的过程。世界历史的进程,无非自由探索自身的历程。当历史完成了自身,就是它终结之时,同时这一点又是自由充分表征自我之时。黑格尔通过这种方式将历史的目的与他那个时代哲学精神的关键词语——自由——联系在了一起。这种对自由的期盼对后世的知识界产生了重要影响。尤其是对美学和艺术领域,审美与自由的关系一直是现代美学的核心命题之一。在这种思想传统中,丹托也没有例外,对自由的思索也是其艺术哲学的非常重要的面向。

丹托与黑格尔的学术缘分,主要体现在他的艺术哲学著作中。因此,他借助黑格尔的思想,思考的并不是"世界历史"的变迁,而是艺术的发展。在他的著作中,他把从黑格尔那里获得的历史观限定在了艺术领域,将黑格尔哲学中的思想即"精神"置换成了"艺术"这一概念。在这种置换中,他把历史的内容是思想的观点贯彻其中,将艺术设定成一种可以自我运动和自我认识的"精神",它以认识自我为目的。这种定位,就将艺术变成了一种可发展自身的思想,它的历史也不是时间性的自然史,而是对自身的反思。这恰好迎合了当下艺术发展中的理论化倾向,对解释后者非常有利。但另一方面,由于丹托缩小了"精神"的范围,只是将其局限在艺术领域内,因此,他对艺术的理解与黑格尔就存在差异。在黑格尔那里,精神是艺术本质中的他者,因此艺术的本质被设定在艺术之外。艺术只是作为绝对精神发展的过渡阶

---

① [德]黑格尔:《历史哲学》,王造时译,上海书店出版社2001年版,第450页。

段，终将被更高阶段的宗教和哲学取代。精神并不会终结于艺术中。艺术的终结并不是把自身终结掉，而是不再承担精神发展自身的历史使命。但在丹托的思想中，艺术的运动是其自我探索。它也不是过渡性事物，最终不是被哲学所取代，而是自身产生出哲学形式，成为哲学。也就是说，它终结于自身之内。

在黑格尔那里，历史，用比较具象化的语言来描述的话，是一条矢量线段，始于东方，终于日耳曼世界。在丹托的思想中，艺术的历史也是一条矢量线段，正如上文中一再指明的，它始于19世纪80年代，终于20世纪60年代。在这一时间段内，艺术开始自我探索，成为自己的"教育小说"，当实现自我认识之时，也就是艺术终结之日。在黑格尔的哲学中，这一条线段被赋予了多种意义，其中之一是对自由的探索。线段终结点，就是自由探索完成之时。日耳曼世界是一个完全自由的国度。在丹托的笔下，这条线段也与艺术的自由联系在一起。他喜欢引用黑格尔对自由的描述："这种三部分的分期几乎不可思议地对应于黑格尔的惊人的政治叙事，在这种叙事中，首先只有一个人是自由的，然后只有一些人是自由的，接着最后，在他自己的时代，人人都自由了。在我们的叙事里，首先只有模仿是艺术，然后几种东西是艺术，但每一个都试图消灭它的竞争者，接着最后，显而易见的是没有了任何的风格限制或哲学限制。没有艺术品必须体现的特殊方式。我应该说，这就是当前宏大叙事中的最后时刻，这就是故事的终结。"[①] 在这里可以看出，丹托继承了黑格尔的历史是探索自由的历程的基本立场，将艺术的自由比附于后者的政治学意义上的自由。并且，根据文本还可以发现，丹托所理解的自由实际上包含着两种含义，第一种是历史赋予的自由，而第二种则是摆脱了历史束缚而获得的自由。在模仿占据艺术本质的主流观念，或者说它代表了艺术发展的方向时，只有模仿艺术是自由的，这种艺术的自由是历史所赋予它

---

① [美]阿瑟·A. 丹托：《艺术的终结之后》，王春辰译，江苏人民出版社2007年版，第51页。

的，在这一阶段，模仿艺术可以自由地否定艺术的其他可能性。但到了没有风格和哲学的限制，所有风格都被认为是艺术的时候，丹托认为，这也是一种自由，只是这种自由存在的前提是艺术已经没有了发展的历史，即所谓的艺术终结之后或者说艺术的后历史时期。这是他所理解的第二种艺术自由。由于将自由分成了两种，因此，丹托对自由的理解与黑格尔之间又出现了不同。在黑格尔那里，自由的三个阶段是连续体，它们共同构成自由的自我探索的完整历程。但在丹托这里，两种自由的含义之间存在时间上的断裂。前者属于艺术的历史时期，后者则属于艺术的后历史时期，中间的断裂点是艺术终结的标志性时刻。同时这还意味着，在黑格尔那里，自由的完成是历史的完成，二者同步进行，而在丹托这里，历史的完成是第二种自由实现的前提条件，后者是在前者完成之后才可能出现的东西。对两种自由的划分，体现出丹托在历史观念上与黑格尔的差异。

二 丹托对黑格尔哲学的超越

高建平先生曾经指出，"与福山相比，丹托接受的黑格尔的终结观，更多的受到了马克思，而不是科耶夫的影响"。[①] 黑格尔关注的历史，是精神的自我探索史，他的历史具有终结点，正如我们前面一再强调的，那条线段有终结点。但马克思发展了他的观点。在马克思和恩格斯那里，他们是立足于历史的终结之后，即共产主义社会，来审视整个人类发展史的，这相对于黑格尔而言，多了一个时间维度，即终结之后。丹托同样如此。他说过："在两种情况下——历史的终结与艺术的终结——在这两个术语的两个意义中，有两种自由状态。在马克思和恩格斯的画面中，人类自由地成为他们想成为的人，他们摆脱了某些历史痛苦，这些痛苦注定了在任何特定阶段，都有一种真实与非真实的存在

---

① 张冰：《丹托的艺术终结观研究》，中国社会科学出版社2012年版，第17页。

方式，前者指未来，后者指过去。在艺术终结后，艺术家同样自由地可以成为他们想成为的任何人——自由地做任何事或做一切事。"① 丹托所说的马克思、恩格斯所谓的"人类自由地成为他们想成为的人"指的是，在共产主义阶段，人们可以"随自己的心愿上午干这事，下午干那事，上午打猎，下午捕鱼，傍晚从事畜牧，晚饭后从事批判，但并不因此就使我成为一个猎人、渔夫、牧人或者批判者"。② 马克思、恩格斯在此指的是历史终结之后社会分工的取消，但丹托站在艺术哲学立场理解出来的却是艺术自由。这种自由主要是指艺术家可以自由地尝试各种风格，不再有历史的限制。很明显，这种自由实质是多元化的自由。这里再次体现出丹托对多元化的关注。

由于接受了马克思对黑格尔的历史观念的改造，丹托对时间的处理，就具有了与黑格尔的思想不同的地方。黑格尔的历史观到终结处便戛然而止，他并不考虑一个事物终结之后的状况。换句话说，在黑格尔那里，没有历史的终结之后的视域，终结点是他思考的最后边界。他对世界历史的思考是如此，对艺术的思考也是如此。他从来没有对艺术终结之后的艺术进行关注。但丹托不同，他虽然思考的是历史本身，但其立足点却与马克思一样，是历史终结之后。因此，在他这里，艺术的发展虽然是一条矢量线段，但这一线段的深层基础是黑格尔时间观中所没有的时间断裂性。在这条线段发生点之前，并不是没有艺术，而是艺术的史前阶段，在这条线段终结点之后，也并不是没有艺术，而是艺术的后历史阶段。尽管丹托在著作中坦言，他所要研究的艺术实践是从19世纪最后30年到20世纪60年代，但他正处于的时间段却是他自己所设定的后历史时期，因此，他是站在所谓的后历史时期来审视艺术本质发展的那一条线段。

丹托的这种历史时间观，除了受马克思影响之外，也与他本人的历

---

① ［美］阿瑟·A. 丹托：《艺术的终结之后》，王春辰译，江苏人民出版社2007年版，第49页。
② 《马克思恩格斯全集》第3卷，人民出版社1960年版，第37页。

史哲学信念相关。我们重点研究的是他的艺术哲学，实际上在历史哲学方面，知识界也普遍认为，丹托曾做出杰出贡献。他的《历史的哲学分析》一书，以及后来增补再版的《叙述与认识》，已经成为历史哲学方面的经典文献。他曾经在访谈中总结了自己对历史的理解："我的最重要的观念当然是'叙事句'了。一个叙述句所描述的是以晚近的某一事件作为参照的一个事件。""一个叙述句是根据未来去描述过去的。"①将历史变成一个叙述句，是丹托历史哲学的特点，也是其局限性。但他确实指明了，历史意义的获得是回溯性质的。而我们对历史的解释，也只能是滞后性的。例如，对于艺术的终结，虽然它终结于20世纪60年代，但在当时人们是意识不到的，意识到这个问题是在80年代，当人们回溯性思考时，才发现在60年代已经出现了重大变化。因此，丹托虽然认为他的哲学解释的是自19世纪最后30年到20世纪60年代间的艺术发展，但更准确的表述应该是，丹托是根据这一时段产生的艺术在80年代时的存在状态，来思考和理解它们的历史意义。而这才带来丹托与黑格尔的历史观念的巨大不同。同时，这种历史时间的处理还带来了丹托思想的复杂性：一方面，他是在思考和解释从19世纪七八十年代到20世纪60年代的艺术发展，但另一方面，他的立足点却是在20世纪80年代之后，他是以此为参照系来解释此前艺术的发展和变化的，因此，他的艺术哲学实际上透视出的又是80年代的艺术现实。

不同的历史时间观以及不同的历史价值诉求，带来了他与黑格尔非常不同的时空转换思路：黑格尔是将空间转换成时间，即将空间上同时并存的东方与西方，如中国、印度、法国和普鲁士等，转换成了时间性的，中国的明天是普鲁士，普鲁士的过去形态就是中国。而丹托要做的，恰与之相反。他注意到了艺术中的各种风格，如达达主

---

① ［美］阿瑟·丹托、刘悦笛：《从分析哲学、历史叙事到分析美学——关于哲学、美学前沿问题的对话》，《学术月刊》2008年第11期。

义、未来主义、野兽派等有生的时间，但他要做的是，如何取消这种时间性。也就是说，他要做的，是如何将时间性的风格变成空间性的存在。

在黑格尔哲学中，自由与哲学某种程度上是一体的，哲学既是精神探索的终点，同时也是自由实现的表征。从起点到终点，这是黑格尔勾勒的历史线条。因此，自由，哲学，思想、精神等在黑格尔那里，都是统一在一起的。在历史中展开的是精神，是思想，是自由，也是哲学。丹托在他的艺术哲学中，把这些观点统统吸收过来，并挪用了黑格尔的论证思路和基本结论，把在黑格尔那里的哲学推衍变成了艺术现实的理论诠释，从而使后者的思想重放光彩。但在这种继承的思路中，又会体现出丹托自己思想的特色，那就是，他实际上是通过回到过去来解决当下问题，因此使他在当下思想语境中具有了鲜明个性，即在美国哲学思想明显占据主流的时代，他把目光返回到欧洲，当当代哲学思想大放异彩之时，他选择了回归传统。

三　丹托对黑格尔哲学的分析美学改造

然而，丹托并不是简单地回到黑格尔，而是根据当代情境对黑格尔思想的化用。在前文中，我们分析了他对黑格尔自由思想的继承，转而通过马克思主义式解读，把黑格尔的自由思想变成了多元化这一明显带有美国本土特征以及当代特色的哲学理念。此处，我们还将探究他借用黑格尔的历史观来对当代艺术哲学中的主要潮流——反本质主义的回驳。自20世纪50年代起，艺术哲学领域一直是反本质主义占据思想的主潮。其代表人物莫里斯·韦兹（Morris Weitz）在论文《理论在美学中的作用》中表达了一种观念，即艺术是一个开放的观念。各艺术门类形成一个家族，它们之间的关系仅仅是家族间相似的关系，艺术没有本质，因此无法定义。他的理由是："艺术的扩展、进取的性质，它的不断变化和新的创造，造成逻辑上不可能保证有某一系列具有决定意义的特性。"① 在这里，他提出了艺术没有本质的理由：即艺术在不断地创新和扩容，不断地有新的艺术品进入艺术世界，因此无法从逻辑上保证艺术具有确定的特质。而这句话的言外之意，就是对艺术本质的追问是不符合逻辑的事件。他的观点是对维特根斯坦美学思想的发挥。在《哲学研究》中，维特根斯坦曾经指出，艺术像游戏一样没有本质。韦兹则通过艺术观念的发展历史来证明，在整个艺术史之中，任何定义都没有办法满足将所有的艺术品都包括在内的要求，因此，都不是充分的定义。由于维特根斯坦在20世纪哲学界的重要地位，他及其后学如韦兹等人的观点在20世纪后半期具有非常强大的影响，以至于从那时起一直到目前，反本质主义一直是哲学的主流取向。从他们的论述和质疑中可以看出，反本质主义者为定义艺术所设定的艺术难题是：各艺术品在外观上的相异性。因此，摆在丹托面前的问题就是，如何解决艺术品外观的相异性，并坚持本质主义立场。

丹托说，"思考本质有两种方式：参照一个术语代表的一组事物，或者参照这个术语暗含的一组属性：用过去的说法即内涵与外延，其中，术语的意义是给定的"。② 如果参照一组事物，那么就是根据术语的外延，而参照术语暗含的一组属性，则是根据它的内涵。丹托认为，他的贡献就在于排除了外延对艺术本质的干扰。这也就等于指出，他的定义不是参照各种艺术品，而是根据艺术的内涵，即其内在属性。这种选择使丹托规避掉了维特根斯坦和韦兹的责难，因为他们对艺术定义的思路是不同的，后者从艺术品外观相异性的角度来考察艺术，参照的是艺术的外延。表面上看来，丹托考察艺术的方式是分析美学的当行本色，因为从一个术语的内涵和外延的角度来描述，是分析美学和分析哲

---

① Morris Weitz, "The Role of Theory in Aesthetics", in Dabney Townsend's, *Aesthetics*, Peking University Press, 2002, p. 303.
② [美] 阿瑟·丹托：《艺术的终结之后》，王春辰译，江苏人民出版社2007年版，第210页。

学惯用的考察问题的方法,即从语义学和逻辑学角度对基本概念做出澄清。但从丹托的整个论证思路来看,他实际上是回到了黑格尔,采用的是与黑格尔的历史观平行的处理方式。这也就是为什么丹托在说完术语的内涵和外延问题之后,马上就提到了黑格尔。

丹托认为,黑格尔的历史观可以解决韦兹和维特根斯坦为代表的反本质主义者们对定义艺术的责难。"我发现美学史上只有黑格尔掌握了艺术概念的复杂性——他几乎对一组艺术品的异质性进行了先验的解释,因为他和多数的哲学家不一样,他具有一种主体的历史观,而不是一种永恒主义观。在他的图式里,象征艺术一定与古典艺术看起来不同,也不同于浪漫艺术。"[①] 丹托在这里指出了自己对黑格尔历史观的兴趣所在,即后者的历史观既保证了定义的可能性,又解决了艺术品异质性的难题。黑格尔的历史观是一种主体历史观,这种主体性同时带来一种内在性,它的优越性在于,它可以将历史从对外在存在的解释转变成对主体内在的探寻,从而摆脱外在存在对主体的干扰。因此,尽管艺术可以分成象征型、古典型和浪漫型,都有着不同的外显,但它们都只是艺术的外在存在,其本质仿佛一条红线,贯穿其中。丹托接受了这种历史观。在他看来,艺术品外观虽然存在着各种差异,但是这并不能够成为艺术不可定义的理由,因为这种差异仅仅是外在的,它是艺术的外延,并不是艺术内涵的构成性因素。柯林伍德在分析黑格尔的历史观时也说,"历史包括经验的事件,这些事件是思想外在的表现"[②]。这也就是说,经验事件是思想的外显,历史必然地需要包含它们,但同样重要的是,它们仅仅是外显,并不是思想本身。回到丹托的艺术哲学,诸多艺术风格和样式以及艺术品多样的外观呈现,只是艺术概念的外在表现或者说外延,艺术虽然需要通过它们来显现自身,但它们却并不能够成为艺术的内涵。

---

① [美] 阿瑟·丹托:《艺术的终结之后》,王春辰译,江苏人民出版社2007年版,第211页。
② [英] 柯林伍德:《历史的观念》,何兆武、张文杰译,商务印书馆1997年版,第178页。

通过借鉴黑格尔，丹托将艺术的外延排除在艺术的本质之外，而将内涵作为本质所可能有的全部内容。这样，他就将艺术的外延做了降格处理。艺术的本质只与内涵有关，而与外延无关。这与传统逻辑学所认为的一个术语的本质是由内涵和外延两个方面构成的观念不同。但正是这种降格处理，使丹托成功地论证了在艺术本质的讨论中，外观的异质性并不具有重要性，从而解决了反本质主义者所提出的质疑。并且，丹托还借鉴了黑格尔的时间对逻辑的依附关系的处理方式。在他看来，艺术的内涵是没有时间性的，只有其外延才有时间性。外延的时间性，依据的是内涵展开的具体情形，但无论外延具有怎样的形态，它都由内涵来决定。内涵仿佛贯穿于具有时间性的外延中的一条红线，决定了艺术外延的具体表征。

化用黑格尔，同时又与分析美学相联系，丹托的思想体现出游走于传统与现代的鲜明特色。回到黑格尔，是为了解释当下艺术领域的问题，是把黑格尔的思想作当代转换和解读。在这种继承与发展中，他实现了对当代艺术理论困局的阐释。

第三章 艺术终结命题的技术维度谱系

从本体论的角度来看，艺术是一种人工制品，它与技术之间有着难以分割的联系。从字源学意义上来看，艺术一词是从技术中分化出来的。从现实归属来看，艺术是技术发展的衍生效应物。从艺术实践的发展情况来看，技术的变迁，往往会带来艺术领域的巨大变化。因此，从技术角度来审视艺术，有着天然的合理性。但是，正是由于技术与艺术的这种紧密关系，因此，整个艺术观念的形成史，从某种意义上来说，恰是艺术观念从技术中独立和分离出来的历史。在现代艺术观念形成后的一段时间，知识界很少讨论艺术与技术的关系。但在最近几十年，从技术角度来审视艺术的话题重新被提了起来，这与技术在社会中的作用凸显直接相关。

从国内相关讨论来看，从技术角度来审视艺术终结命题是理论界比较重视的部分。在这些讨论中，学者们常常提到的有马克思、本雅明等，因此在本章中，我们将设专节来逐一讨论他们对艺术终结的理解。除此之外，我们还想介绍一下麦克卢汉对艺术终结问题的思考。虽然他主要是作为传媒学方面的大师而被学界广泛传诵，但在对媒介的思考中，他也对艺术的发展、终结提出了很多卓见，值得我们关注。通过对这些观点的梳理，庶几使我们了解从技术角度审视艺术命运的可能视野。

第一节 技术的定义与技术哲学的兴起

从技术的角度来审视艺术,是艺术理论中的重要内容之一。但是,"技术"究竟是指什么?它与艺术是怎样的一种关系?为什么在艺术已经从技术中分离出来的时代,学者们又从技术的角度来重新审视艺术?这些问题在我们进入具体的谱系梳理之前,需要做相应的交代。

一 "技术"概念的澄清

从一个概念的角度来说,"技术"很难定义清楚。在《技术哲学指南》一书的"导论"中,作者明确指出:"'技术'涉及很多不同的概念和现象,因此这一术语不大可能给出一个可以被广泛理解的清晰定义。"[1] 这种涵盖的广泛性和模糊性使定义它成为一件不容易完成的任务,也为我们接下来的讨论设置了很多障碍。为了使讨论可以进行,此处我们试图通过对一些定义的介绍和综合,来达到对它的大体了解。

在当下特别流行的一本讨论技术的书籍《技术元素》中,作者凯文·凯利从知识考古的角度对"技术"做了描述。"'技艺'(techne)是古希腊人用来形容给事物以形状的动作的词,例如用陶土制作罐子、用木头制作桌子。这有些像我们所说的'手工艺'(craft),尽管其含义远远大于简单的手工劳动。这是一门带有创造活动的手工活,它更像是一门艺术……手工艺人的'技艺'不仅反映了他们双手的工作,而且也反映出了他们的才智。这些才智中属于艺术家的那一部分精神在陶土中呼吸着。"[2] 从凯利的溯源中,我们能够知道,技术最初是人类赋

---

[1] Jan Kyrre Berg Olsen, *A Companion to the Philosophy of Technology*, Blackwell Publishing Ltd., 2009, p. 1.

[2] [美] 凯文·凯利:《技术元素》,张行舟、余倩等译,电子工业出版社2012年版,第2页。

予事物形状的一种行为,这种行为,既是手工劳动,同时又能体现人类的灵性,是人的才智、精神等的具象化呈现。此外,从他的梳理中我们还发现,技术与艺术最初并没有分家,技术中包含艺术特质。

海德格尔在《关于技术及其他》一书中为我们提供了两种对于技术理解的流行观念:"一种说法是:技术是达到某种目的的手段;另一种说法是:技术是人类的一种活动。"① 他提出这两种说法,本来是想作为靶子,供自己作进一步批判。但从其论述又能发现,实际上在一定程度上,他又是赞同这两种观念的,只不过在他看来,它们还言之未尽,有需要进一步解释的必要。尽管如此,我们还是可以通过他的总结来推断,这两种有关技术的观点是相对获得人们普遍认同的定义。

近几年,关于技术的定义又有了新提法,即认为技术是对科学的应用。这个定义,比较符合当代技术与科学之间联系紧密的时代情境,至于说,是否是一个比较让人满意的定义,可能还需要进一步推敲。因为,从历史发生学的角度来看,技术应该出现在科学之前。我们认为,一个定义的成立,不仅是当下情形的具体表征,同时还要具有普遍性,即不仅对当代适用,并且也要对其他时代适用等。从这个角度来看,把技术作为科学的应用,虽然符合当下情境,但并不符合技术的历史发展,因此不是一个完善的定义。但它的积极意义在于,它反映了当下技术的现实情况,抓住了当代技术的核心特质。

随着技术哲学的兴起,对技术的认识又出现了新的视角,并对技术的理解有了更深层次的推进。技术哲学是在最近一百多年,尤其是近半个世纪以来,作为一门新兴学科而获得了知识界的重视。归属于这一学科的技术哲学家们也对技术的定义做了多方位的探讨。在研究过程中,他们也普遍认为定义技术非常困难。但与以往的把技术视为一种工具或人类活动的观点不同,很多的技术哲学家们发现了技术的意识形态意

---

① Martin Heidegger, *The Question Concerning Technology and other Essays*, Garland Publishing, 1977, p. 4.

味。他们指出，技术并不是中性的，它本身充满政治和意识形态意味，它与一个国家的政治、文化和军事等都有着非常密切的联系。①

这些对技术的基本理解，差不多代表了当下的主流观点。我们逐一进行辨析，以期对它的具体指向有所了解。从历史发生学的维度来看，技术最初应该是指借助于工具，为事物制作形状，来达到人类的某种目的。因此，它最初应该集中体现在工具的使用上，只是随着技术的进一步发展，它的范围才慢慢地扩大开来的活动。因此，将技术看作是人类一种有目的的活动，以及视为实现某种目的的手段，即上文中海德格尔所提供的那两种技术定义都存在合理性，只是它们过于宽泛，会将许多不属于技术的内容包括进来，因此并没有完成划界的任务。而技术的意识形态意味，是产业化革命即工业社会之后才出现的现象。这时的技术，已经不再是过去的那种人类生存的手段，而是上升成上层建筑中的意识形态，成为主宰社会思想领域的核心因素。根据马克思主义社会结构理论，这里面存在着质的改变。因此这种技术观是一个非常复杂的问题，并不是本书能够充分讨论的。在本书中，我们的关注点还是传统的技术定义，这种技术主要是人类生活得以维系的重要工具，它虽然体现和推动了人类在物质和精神领域的发展，但它是中立的，不带有意识形态色彩。

传统的技术观念包含的范围也非常广泛。在《技术哲学指南》一书中，"技术的定义"一章的作者理查德·李华（Richard Li-Hua）根据多位学者的讨论，相对全面地描述了技术可以囊括的一般范围："技术既体现了人类对自然规律的理解，也体现了自古以来制作的东西的现象累积，这些东西能够满足我们的需求、欲望或者具有某些功用（卡拉斯，1990）。换句话说，技术能够创造于人类有益的东西［迈尔斯（Miles），1995］。把技术定义为一种工具，通过它，我们能够把自己对自然界的理解应用到实际问题的解决上。它也是'硬件'（建筑、工厂

---

① Jan Kyrre Berg Olsen, *A Companion to the Philosophy of Technology*, Blackwell Publishing Ltd., 2009.

和设备）和'软件'（技巧、知识、经验以及与之一体的适当的组织和机构的配置）的综合体。"① 从这段话中我们大体可以了解技术所包含的大致范围。在理查德·李华看来，技术源于人对自然的改造活动，是人在与自然的交流过程中，在尊重自然规律的前提下，借助一定的手段，将自己的目的加于自然的活动。用马克思的话来说，就是"人的尺度"与"种的尺度"相结合的产物。具体说来，技术包括两个方面：一个方面是"硬件"，即"自古以来制作的东西"；另外一个方面则是"软件"，即"人类对自然规律的理解"。前者往往是人可触可见的器物，后者一般是一些更倾向于观念性的东西。李华建议将技术分成四个方面：技能、知识、生产的组织和产品。在这里，生产的组织和产品比较容易理解，而技能和知识的区别有些模糊。根据他整个论述可以知道，他的意思是说，技能（technique）是具体的工艺或手段，比较倾向于实践层面的技巧或技法，而知识是指技术学，是有关技术的学问，它更倾向于观念形态。技能是将学习和掌握的知识运用到实践之中。李华的描述和划分应该会有助于我们对技术指向的理解。

二 艺术与技术关系的三阶段

艺术，当从人工制品的角度来看，本身也属于技术的范畴。但随着人们在艺术身上赋予了越来越多的理念和理想，它与技术在观念上的差别变得越来越大，最终促成了二者的分离。我们在此处关注的是二者的联系。根据理查德·李华的描述分析，如果将技术看作"硬件"和"软件"的综合，那么，艺术也应该存在这种综合。从硬件部分来看，艺术与技术的区别不会很大，都是其物品属性的直接呈现，在软件层面，艺术应该既有与技术相一致的方面，同时又有差异。在我们看来，由于艺

---

① Jan Kyrre Berg Olsen, *A Companion to the Philosophy of Technology*, Blackwell Publishing Ltd., 2009, p. 19.

术是从技术中分化出来的，因此，艺术的软件层面，应该是既包括技术的软件层面，同时又具有自身特殊性，二者的总和构成了艺术的软件层。

技术与艺术的关系讨论，就整个艺术观念形成和发展史而言，大致可以分成三个阶段：第一个阶段，技术与艺术不分的阶段；第二个阶段，艺术与技术有意识分离的阶段；第三个阶段，从技术的角度审视艺术的阶段。

第一个阶段是现代艺术观念还没有形成的时期。从某种程度上来说，现代艺术观念形成的过程，就是逐渐确认艺术与技术之间差异的过程。当艺术终于找到了自身与技术的差异，形成了自己独立系统的时候，就是现代艺术观念确立之时。在塔塔克维奇的《西方美学概念史》一书中，他详细梳理了艺术概念从技术中分化出来，逐渐取得自身独立性的过程。通过两千多年的发展，人们逐渐把自由和美赋予了艺术，而把实用性指派给技术。这一过程的标志性事件是1746年法国学者夏尔·巴图（Charles Batteux）写了《归纳为单一原则的美的艺术》一书。他把雕塑、建筑、音乐、舞蹈、诗、绘画和论辩术放在一起，认为它们有一个共同的原则。"我们将把绘画、雕塑和舞蹈定义为通过色彩、通过浮雕法和通过姿态来模仿美的自然。音乐和诗则是通过声音，或者通过斟酌过的语段来模仿美的自然。"[1] 这七种艺术由于具有相同的原则，因此可以冠以一个名字，即"美的艺术"（the fine arts）。这一观点迅速被学界采纳，经狄德罗、康德等人的继续论证，很快成为通行的对于艺术的理解。

第二个阶段，是指现代艺术观念确立之后，艺术与技术关系出现了新的局面。这一时段的艺术观念，更多地强调艺术的自足性和自由性，根据它的这些被逐渐确认的特质来构建思想体系。但很明显，技术仍然是现代艺术观念潜在的比较和对话的对象。这一点我们可以从康德的

---

[1] Charles Batteux, *The Fine Arts Reduced to a Single Principle*, translated by James O. Young, Oxford University Press, 2015, p. 20.

《判断力批判》中看出。康德强调艺术的无目的的合目的性、无利害感,强调它是天才的创造,这些想法都与技术的实用性、目的性以及人的熟巧(不是天才)等构成一种参照和对立。并且,在这本书中,康德还设专节来讨论"一般的艺术",辨析艺术与手艺之间的区别。他说道:"艺术甚至也和手艺不同;前者叫做自由的艺术,后者也可以叫做雇佣的艺术。我们把前者看作好像它只能作为游戏、即一种本身就使人快适的事情而得出合乎目的的结果(做成功);而后者却是这样,即它能够作为劳动、即一种本身并不快适(很辛苦)而只是通过它的结果(如报酬)吸引人的事情、因而强制性地加之于人。"① 艺术是自由的,手艺与之相反,它是受制于他人、受他人雇佣的活动。艺术好像是游戏,但手艺则是人生存的手段,是实用性的。从康德的这些描述和分析中,艺术与技术之间的区别已经获得了相对清晰的划分。但另一方面,我们还要注意到,由于康德生活的时代尚处于现代艺术观念确立的初期,因此,对于艺术的一些观点与后面的发展之间还是存在细微差别,但由康德所确立的现代艺术观念却逐渐得到强化,成为审视艺术的圭臬。在这一阶段,有关艺术的探讨基本上是围绕着康德主义的无功利性、无目的的合目的性等命题展开,它与技术之间的关系,有着越来越淡化的色彩,艺术理论界往往是在强调二者质的区别的基础上来审视和确认二者的关系。

第三个阶段主要是在 20 世纪之后,这一阶段又出现将艺术看作技术,从技术层面来审视艺术的发展变迁的情形。这种倾向,从源流上看,可以追溯到马克思。可以这样说,20 世纪从技术角度审视艺术的学者们,鲜有不受到马克思思想影响的。本雅明自不待言,麦克卢汉、鲍德里亚等也莫不如是。只是受到的影响存在着程度上的差异而已。并且这一阶段对艺术和技术关系的重视与第二阶段不同,第二阶段重在二者的区别,但这一阶段则主要是从艺术的技术层面来思考艺

---

① [德] 康德:《判断力批判》,邓晓芒译,人民出版社 2002 年版,第 147 页。

术，因此，是把艺术与技术的可交融部分放到一起来讨论。这种思考，一般把技术看作艺术的重要构成性因素，是艺术本质及其发展变迁的决定性内容，但这种思考又与第一阶段并不一样。在第一阶段，艺术与技术之间还处于混沌状态，它们之间的区别还没有被系统地总结出来，知识界往往把艺术作为技术的一部分来看。而在第三阶段，艺术已经经历了自身独立性确立的洗礼，知识界对艺术与技术的区别和联系都有了相对比较清晰的认识，此时，再从技术的角度来讨论艺术，是在充分意识到二者的区别，同时又充分地认识到技术对艺术的重要性的前提下的讨论。因此，在第三阶段，知识界以技术为视角来审视艺术，既是时代状况，即技术对人类生活的影响越来越大所带来的必然结果，同时也是艺术观念自身发展运行所可能出现的反拨，即从第二阶段的有意区分再回到重视技术成分在艺术中的重要性。

三 技术哲学的兴起与技术和艺术关系的再审视

在具体梳理从技术维度审视艺术的终结谱系之前，还有一个背景性知识需要交代。那就是，近几十年的知识界倾向于从技术角度审视艺术，考察前者对后者的重要意义，与技术哲学的兴起这一潮流有着直接关系。在一定程度上可以说，技术因素在艺术理论中重新得到重视正是技术哲学兴起的表现之一，同时也是后者重要的组成部分。

作为一门新兴学科，技术哲学引起知识界的重视是最近半个世纪的事情。但是，技术哲学家们一般将这门学科的确立归功于19世纪的德国学者恩斯特·卡普（Ernst Kapp）和马克思。1877年，卡普出版了《技术哲学纲要》，这是到目前为止已知的第一本以"技术哲学"命名的著作。在这部著作中，卡普提出了著名的"器官投射客观化原理"。他指出："大量的精神创造物突然从手、臂和牙齿中涌现出来。弯曲的手指变成了一只钩子,手的凹陷成为一只碗;人们从刀、矛、桨、铲、耙、犁和锹等,看到了臂、手和手指的各种各样的姿势。"① 他的这种观点,是将人体器官看作技术的原型,每一种技术都可以在人体中找到相应的对应物。夏保华在介绍完卡普的"器官投射客观化原理"之后评价道:"应该承认,卡普'器官投影客观化原理'的哲学寓意远大于其科学意义。尽管在《技术哲学纲要》中,卡普竭力表明'器官投影客观化原理'的'科学性',但是无论如何也难以掩饰,把神经与电缆、骨头与桥梁、牙齿与锯、血液循环与铁路等相联系的浪漫主义色彩。"② 当夏保华指出卡普的观点哲学寓意大于其科学意义时,他在强调技术哲学的一个非常重要的特点,即从技术角度解释世界、社会和文化,这一特点和思路是典型的从技术角度介入哲学问题。

除卡普外,技术哲学家们一般也把马克思视为技术哲学的奠基人。实际情况应该是这样。近半个世纪以来,由于技术对人类社会的巨大影响力,因此出现了技术哲学的勃兴,但一门学科确立以后,人们总是习惯性地回溯,寻找它的历史由来,在这种逆向历史的寻找中,技术哲学家们把源头追溯到了马克思。在他们看来,马克思是技术哲学发端伊始不可忽视的先驱。尽管他没有提出"技术哲学"这一术语,但他的哲学思想则是走在技术哲学的道路上。

技术哲学往往被学者们分成了很多个谱系。例如德国当代著名的技术哲学家拉普认为可以用四条线索来描述技术哲学的发展:工程学、文化哲学、社会批判和系统论。美国学者米切姆认为,可以分成工程学和人文科学两个谱系。拉普和米切姆都把卡普归到工程学传统之中,拉普还把马克思归到社会批判传统之中。这种归类存在着一些问题。例如,

---

① Ernst Kapp, *Elements of a Philosophy of Technology*, Translated by Lauren T. Wolfe, the University of Minnesota Press, p. 38.
② 夏保华:《卡普、德克斯与技术哲学谱系》,《自然辩证法通讯》2010年第6期。

卡普的《技术哲学纲要》有一个副标题——"文化进步史研究",这也就是说,卡普想做的,不仅仅是从工程学角度解释技术,而是要以技术为视角,透视文化的发生发展,因此他的目光并没有单纯放在技术的工程特质上,而是试图借此来解释社会和文化,从技术角度做哲学思考。

无论马克思和卡普是否可以被称为严格意义上的技术哲学家,当后世的技术哲学方面的学者们把现代技术哲学的发生归功于他们的时候,这至少表明在他们的思想与后世的技术哲学里,存在着一脉相承的东西。在马克思和卡普的思想中,从技术角度做哲学思考的倾向都非常明显,这实际上也是技术哲学这门学科的重要特征。《技术哲学指南》的作者指出,"技术史家与技术哲学家不同,技术哲学家主张技术决定论,即技术决定了社会和文化的变迁,以及技术或多或少地自动地发展了文化和社会,而技术史家反对技术决定论"。[1] 这种区分可以使我们明确一点,技术哲学兴起之后,对技术对社会作用的理解出现了一个非常重大的转折,即知识界不仅仅看到了技术对社会发展的价值,更主要的是,知识界认为技术在一定程度上具有能动性,具有自意识,是社会发展的内驱力。

在这种语境下,艺术与技术的关系重新获得审视,这种审视就有了新的意义,它不再是过去的为确立艺术的独立性而对二者的有意识区分,而是从具有自意识的技术的视角来看它对艺术发展的决定性意义。当哲学已经把技术构建成社会发展的内在驱动力量,同理,在艺术领域,它也变成了艺术变迁的内在驱动力了。在这种思路下,技术发生了质的转变,它不再是艺术借助的外在工具,而是构成艺术的核心因素。技术在艺术观念中出现了"内转"的情况,变成了类似于黑格尔哲学中的"精神"一样的东西。正是在这种思路下,从技术角度审视艺术的终结问题才能够成立。因为,正像我们在"绪论"中所指出的,艺

---

[1] Jan Kyrre Berg Olsen, *A Companion to the Philosophy of Technology*, Blackwell Publishing Ltd., 2009, p. 7.

术的终结命题,其成立的思路在于,它自身被构建出一种内在发展史,在这种内在历史中发生发展,最终走向终结。

技术哲学兴起后,此时对技术与艺术之间关系的思考往往不是对二者之间关系浅层次的浮光掠影,而是从更广阔的视野来俯瞰,是在考量技术的发展对社会和文化的决定性意义和价值的过程中,把艺术作为文化中的个案来考察。提出这一点,一方面是想强调,这种视野中对艺术的审视,给我们对艺术特质的理解确实带来了新的视域;但另一方面,我们更应该意识到,技术哲学家们对艺术的审视,其立足点往往是在技术,是强调技术对人类社会和文化的决定性价值,艺术只是一种佐证。所以,技术哲学视角下的对艺术的审视,只是技术哲学的一个构成部分,或者说是其副产品而已。这种知识状况是我们在开始进入从技术角度审视艺术问题时需要保持的一份清醒。

第二节 马克思:资本主义生产与艺术相敌对

从技术角度来审视艺术,进一步细化还可以发现,具体的学术谱系又有着很大的差异。马克思、本雅明,大体说来,关注的技术是一般性的技术,麦克卢汉把这种技术叫作专门化技术,是工业社会中机器化生产型技术。本雅明视野中的技术比马克思的生产型技术还要狭窄,主要是指可复制的生产技术类型。而麦克卢汉所探讨的技术,主要是指媒介。他重点探究的是,媒介技术发生重大变化对当下整个社会和文化的决定性意义。因此,在具体梳理艺术终结命题的技术维度谱系之前,需要将他们之间的这种理论差异作出交代。接下来我们要做的,是对这些学者思想的逐一分析。

之所以先从马克思的美学观念讨论起,一方面是因为在我们所选择的这三位学者中,马克思生活的年代最先,但更为重要的另一方面则在于,从技术角度来审视艺术发展的众多学者,往往都或多或少地受到马克思主义思想的影响。本文接下来要讨论的本雅明和麦克卢汉自不待言,其他如鲍德里亚等,其思想中也能够清晰感受到马克思思想的巨大身影。因此,观照马克思对艺术的思考,就不单纯是对他本人哲学的一种审视,同时也是为接下来的讨论提供一些渊源上的线索。

一 马克思哲学中"技术"与"艺术"的含义

马克思对世界的阐释基本上是从技术角度出发的,他对艺术的思考也以技术为参照。由于技术和艺术这两个语词本身都是具有多重指向的术语,因此,在进入具体的分析之前,我们首先需要根据文本,对马克思对这两个语词的使用做相应的考察和明确。

马克思视域中的技术,主要是指生产性的工业机器。在他的社会结构理论中,技术位于基础部分,是基础层中比较活跃的因子。国内外都有很多学者主张将马克思视为技术决定论者,如威廉姆·肖《马克思的历史理论》一书的第二章名为"马克思的技术决定论"[1]。恩格斯在《致博尔吉乌斯的信》中对经济基础和上层建筑的关系作解释时也说:"我们视之为社会历史的决定性基础的经济关系,是指一定社会的人们生产生活资料和彼此交换产品(在有分工的条件下)的方式。因此,这里包括生产和运输的全部技术。这种技术,照我们的观点看来,也决定着产品的交换方式以及分配方式,从而在氏族社会解体后也决定着阶级的划分,决定着统治关系和奴役关系,决定着国家、政治、法等等。"[2] 在这段话中,恩格斯等于直接表明,他和马克思是把技术作为社会进步的核心推动力量。如果这种观点存在合理性,那么,在马克思的社会结构理论中,具有历史推动作用的因素就主要是技术。并且,由于马克思着力研究的对象是资本主义社会,因此这一技术又可以具体化

---

[1] [德]威廉姆·肖:《马克思的历史理论》,阮仁慧等译,重庆出版社1989年版,第50页。
[2] 《马克思恩格斯文集》第10卷,人民出版社2009年版,第667页。

为工业技术,即资本主义社会的大工业生产机器。将这种机械化生产实践上升为一种社会发展的阐释和评价体系,我们发现,马克思由此对人的本质的物化和异化,生产逻辑在社会中的决定性作用等特别感兴趣,这也成为他的思想中最发人深省的部分之一。

在马克思的社会结构理论中,艺术属于社会意识形态的构成要素,同一般的政治的、法律的上层建筑相比,艺术更高地悬浮于空中,距离基础更远一些。马克思没有为艺术下过定义,从他对这一语词的使用情况来看,他所理解的艺术,主要指如下三个方面:其一,再现的艺术。从再现传统来定位艺术,是欧洲知识界两千多年来的传统,波兰著名美学家塔塔克维奇曾经把它称为"大理论",借此来描述和表明到目前为止,它作为西方最有影响的艺术观念的这种突出地位。在马克思生活的时代,这一观念仍然居于主流;虽然在19世纪二三十年代,心灵表现说曾经显示出上升的势头,但仍然没有动摇再现理论的压倒性优势地位。其二,想象性的艺术。在谈到古希腊艺术时,马克思提到了古希腊神话的想象性成为欧洲艺术的武库和土壤,指出现代技术的发展对艺术幻想性质的伤害,从他的描述中,可以捕捉到他对艺术的想象特质的认同。其三,介入的艺术。这一点突出地体现在他对一些作家或文学作品的评论上,如对拉萨尔悲剧的评论。并且,他和恩格斯还主张文学应该通过对社会关系的真实描写,打破资本主义永世长存的幻象,起到批判和揭示社会的作用,他还曾呼吁无产阶级应该在艺术领域占有自己的一席之地,这些都是他的介入的艺术观念的闪光。在这三种对艺术的理解中,介入观较有马克思主义特色,它是与马克思主义实践论、社会改造观、唯物史观等紧密结合在一起的,与当时流行的再现理论之间也有联系。从某种意义上来说,马克思的介入艺术观是再现观念的发展。作为一个传统美学观念,再现说是静态的,它主要表现为作品内容与被再现物之间的静态模仿,而马克思则在其中加入了动态因子,将自己哲学旨趣中的行动性掺杂进再现理论之中,使之具有了对社会干预的意义。当马克思从技术角度考察艺术时，他主要使用的还是艺术的两种传统含义：再现观和想象性。

二 技术决定艺术进步的弱形式和强形式

客观而言，受黑格尔哲学的影响，马克思的哲学时间观中包含有历史终结的意味，但他并没有从终结的角度严肃地审视过艺术的命运和未来。他主要关心的是艺术的进步，是技术进步带来的艺术进步。但是，进步是线性的，它本身就暗含了当某一事物达到其发展目标，走到进步的尽头时，其实就是这一事物的终结。从这个意义上来说，马克思谈论进步，某种程度上也就必然会触及终结。这也许就是很多讨论终结命题的后学可以从他那里汲取学术营养的深层原因，也是本文可以从终结角度审视他的美学思想的学理基础。但是，这种现实理论状况也在规定着我们讨论马克思美学的思路，即谈论他思想中的终结因子时，需要先从他对艺术进步的观点谈起。

根据唯物史观，艺术的进步最终都将由技术的进步决定，这是由经济基础和上层建筑、生产力与生产关系的互动关系作为社会发展的一般法则所决定的。但是马克思在这个地方体现出了他作为一位辩证法大师的高明之处。那就是，他并没有简单地将艺术的进步和技术的进步捆绑在一起，而是在尊重艺术规律和特质的前提下，将技术维度引进了对这一社会意识形式的思考。我们可以根据他的分析，把技术对艺术进步的作用分成弱形式和强形式。弱形式主要体现在技术对艺术内容层面的影响上。在马克思那里，有一种主要从内容要素来理解的艺术的进步。它是指符合历史发展趋势，体现时代需求，以之为内容的艺术则为进步的艺术，用马克思自己的话来说，就是"在更高得多的程度上用最朴素的形式恰恰把最现代的思想表现出来"[1]。正是基于这种肯定艺术进步的

---

[1] 《马克思恩格斯文集》第10卷，人民出版社2009年版，第171页。

立场，马克思称赞英国小说家狄更斯、萨克雷、勃朗特女士以及伊·克·盖斯凯尔等人"对资产阶级的各个阶层，从'最高尚'的食利者和认为从事任何工作都庸俗不堪的资本家到小商贩和律师事务所的小职员，都进行了剖析"，认为"他们在自己的卓越的描写生动的书籍中向世界揭示的政治和社会真理，比一切职业政客、政治家和道德家加在一起所揭示的还要多"。① 然而，我们发现，这种进步的艺术，主要体现在对社会生活的揭示和价值立场的判断上，技术所起到的作用还是间接的。因为是以技术为核心内容的生产力和经济基础决定了社会生活的面貌，进而间接地影响到艺术描写内容的呈现。相对而言，这种艺术的进步，直接取决于艺术家本人对生活的价值立场以及对社会发展方向的历史感觉上。所以我们可以从弱形式的角度来理解技术对这种艺术进步的影响。

我们所认为的技术对艺术进步影响的强形式，是指技术对艺术的发生发展具有直接的决定作用。这在马克思的著作中也有具体说明："要研究精神生产和物质生产之间的联系，首先必须把这种物质生产本身不是当作一般范畴来考察，而是从一定的历史的形式来考察。例如，与资本主义生产方式相适应的精神生产，就和与中世纪生产方式相适应的精神生产不同。"② 这也就是说，具体历史时期的艺术、哲学等精神生产都是与特定历史时期的生产方式相适应的，受后者决定。

需要指出的是，为了尊重艺术的特殊性，马克思在讨论技术与艺术的关系时引入了多维的时间观念。这种多维时间观念与他分析其他现象不同。其他现象涉及的时间，基本上是关注特定的历史时期，强调某一历史事件或现象的特殊性和具体性，用马克思自己的话来说，就是将事物"不是当作一般范畴"，而是"从一定的历史形式"来考察，因此不涉及时间本身的多维性。而在对艺术的考察中，却存在着两种时间，即

---

① 陆梅林：《马克思恩格斯论文学与艺术》，人民文学出版社2002年版，第154页。
② 《马克思恩格斯全集》第33卷，人民出版社2004年版，第346页。

过去与当下，这带来对技术与艺术关系的考察中一个非常重要的现象，即一维时间的技术与二维时间的艺术之间，既有时间上的同步性，又有时间上的错位。当马克思认为艺术的进步是由技术的进步所决定的时候，他暗含着的前提是二者之间时间上的同步性。这也就意味着，某个具体时代的技术决定的不是这一时代的所有艺术，而是在该时代产生的艺术。正是由于技术对艺术的制约有很强的时间同步性，马克思才认为资本主义生产方式决定的是资本主义时代出现的艺术，中世纪的生产方式决定的是中世纪出现的艺术。时间上的同步性是技术决定艺术的强形式的必要条件。马克思还指出，任务本身"只有在解决它的物质条件已经存在或者至少是在生成过程中的时候，才会产生"①。这段话我们可以做如下理解：只有先有印刷术，才会有纸质文学的繁荣。照相机被发明出来之前，不可能有摄影艺术。技术的发展水平决定了何种艺术在某一特定时期的出现。

三　技术与艺术不平衡发展中的终结指向

除了技术与艺术发展的同步性，从而带来技术对艺术决定作用的强形式之外，从时间的维度看，还存在着二者之间时间错位的情况。这实际上是技术决定艺术的强形式的第二种表现方式。在这种表现形式中，目前学界正在讨论的艺术终结命题的因子显露了出来。

马克思之所以会将艺术分成两个部分来考察，主要是因为艺术的特殊性。与技术相比，艺术有着自身的独特品格。技术总是处于不断的更新进步之中，过去的技术是当下的技术之所以呈现出当下形态的必经之路，当下的技术是过去一切技术成果的累积。但当新技术出现了，旧的技术往往就完成了自己的历史使命，逐渐退出历史舞台。有的时候，这个过程很迅速。从我国改革开放新时期40年的经济发展中，我们可以强

---

① 《马克思恩格斯文集》第 2 卷，人民出版社 2009 年版，第 592 页。

烈地感受到技术的兴替。可以说最近 40 年时间里，中国人差不多从农耕时代迅速地被卷入全球化信息社会的洪流之中。这是技术发展的巨大成果。但是，艺术与技术不同，它存在着一种"博物馆"特质。形象地说，进入博物馆的艺术品仿佛获得了绿卡，是不会再被搬出博物馆的，它将永远位于艺术的行列之中。尽管各个时代的艺术史家和艺术评论家会从各个视角不断诠释某个艺术品，但几乎不会再有人怀疑它的艺术品身份和地位。这种特质给艺术品带来了一种超历史的特质。只要它不被各种不可预知的因素（如战火、动乱等）破坏，能一直存留下来，那么，它就一直具有艺术品的地位，不再受时间的制约。这和技术的存在方式有着明显的不同。当农业采用机械化耕作时，传统的耕犁便消失了。今天很多孩子看到的犁不是在农田里，而是在课本中，它已经被我们的现实生活抛弃。但艺术不会随着时代而被人们抛弃。昔日强盛的汉唐，早已被历史的车轮席卷而去，但汉赋唐诗却依然被今天的人们吟诵。因此，过去艺术的存在一般不受后来的技术发展的支配。相反，它还具有逆向审美增值的特点。也就是说，艺术越是古老，就越能够给我们带来深沉的审美体验和享受。一幅齐白石的《群虾》图，固然令我们欣喜，但如果能够看到一幅吴道子的真迹，恐怕会有人兴奋上更长一段时间。这些艺术，在今天看来，虽然其产生的技术基础已经不存在，但它的艺术魅力并不会因此而消逝。马克思对希腊艺术的永恒魅力的解释，应该有这方面的考量，即他也发现，艺术一旦诞生，将不完全受以技术为核心的物质生产的支配。他把这一原理称之为物质生产的发展与艺术生产的不平衡关系。

马克思在《〈政治经济学批判〉导言》中提出了这种不平衡关系，这也是常被后世学者引用和争论的一段话："关于艺术，大家知道，它的一定的繁盛时期决不是同社会的一般发展成比例的，因而也决不是同仿佛是社会组织的骨骼的物质基础的一般发展成比例的。例如，拿希腊人或莎士比亚同现代人相比。就某些艺术形式，例如史诗来说，甚至谁都承认：当艺术生产一旦作为艺术生产出现，它们就再不能以那种在世界史上划时代的、古典的形式创造出来;因此,在艺术本身的领域内,某些有重大意义的艺术形式只有在艺术发展的不发达阶段上才是可能的……从另一方面看:阿基里斯能够同火药和铅弹并存吗?或者,《伊利亚特》能够同活字盘甚至印刷机并存吗?随着印刷机的出现,歌谣、传说和诗神缪斯岂不是必然要绝迹,因而史诗的必要条件岂不是要消失吗?"[1] 按照马克思的本义,在这段话中他想说明的是艺术生产与物质生产的不平衡关系,并以此为例,试图表明自己对唯物史观以及进步这一概念亦须做辩证理解的态度。但是,在这个地方,由于他将物质生产具体化为技术,例如印刷机、活字盘、火药等,因此在某种程度上,这种讨论就可以看作对技术与艺术关系的具体思考。

马克思在谈到这种不平衡关系时,面对的现象是当下的技术与过去的艺术存在的时间上的错位。如前文所述,正是这种错位,导致了艺术的超时间性与技术的时间性之间不对等的特殊现象。但是,我们认为,马克思在这一论述中,还透露出了另外一种技术对艺术作用的强形式,即当下的技术将会决定过去出现的艺术形式何时消失。本来,马克思关注艺术形式的消失,是为了说明艺术生产与物质生产之间不平衡的关系存在着多种表现形态:技术不发达,但艺术繁荣;技术发达,但艺术不繁荣等。这里,繁荣主要不是指艺术家众多、艺术品精湛、题材多样等,而是有着浓厚的黑格尔主义色彩,即指具有重大历史意义。具体说来,就是可以标志某一时代、作为衡量某一时代社会发展尺度的艺术形式。马克思举的例子是古希腊艺术和莎士比亚的戏剧。但是,他也指出了一些艺术样式会因为技术冲击而逐渐被人们抛弃。例如,当印刷机发明了以后,纸质文学的快速、便捷、易于阅读和传播等优越性便体现出来,人们很自然地选择这种新的文学样式。反之,口传文学、歌谣等受时空局限等缺点越来越凸显,也必然会被纸质文学取代。而且,从历史发展的实际情况来看,当印刷机出现以后,人们就鲜有创作口头文学的,这

---

[1] 《马克思恩格斯文集》第 8 卷,人民出版社 2009 年版,第 34—35 页。

种文学样式逐渐成为历史的遗迹。并且即使创作口头文学，实质也是纸质文学，只不过是保留了一些口头文学的形式化特征而已。

　　当马克思将唯物史观作为法则贯穿于不平衡原理的解释时，他试图表明，即使艺术存在超时间性，但归根结底仍是由技术为核心的物质生产所决定的。然而从今天艺术终结的知识语境反观马克思的思想，却发现这里流露出一种艺术的终结意味——技术对艺术的冲击，带来的是某些艺术样式的终结，虽然这并不是马克思的本义。纵观近三十年有关艺术终结问题的讨论，从技术角度来理解终结命题是非常重要的一股力量。本雅明、阿多诺、麦克卢汉、鲍德里亚、希利斯·米勒等都从技术角度对这一命题进行阐发，他们都意识到了技术对艺术的冲击，以及由此带来的艺术风格的变迁以及艺术样式的变化，应该说这与马克思最初的讨论一脉相承。这样就可以解释，除了阿多诺、本雅明和早期的鲍德里亚，作为鲜明的马克思主义者，必然会从马克思那里汲取思想营养外，诸如麦克卢汉、希利斯·米勒等人，也时不时地在各自的思想中折射出马克思思想的光芒。

四　从艺术终结的视域审视马克思美学

　　除了前文中我们讨论的马克思从技术角度论艺术的进步的过程中所反映出来的艺术的终结的意味之外，当我们从终结的视角来审视马克思的美学思想，还可以发现，今天很多学者仍然津津乐道的命题内涵，都能够从他那里汲取养分，或者说都可以在他那里找到某些类似于源头的东西。准确的说法是，在他那里，我们能够找到很多为今天的艺术终结命题提供思路的有价值的东西。

　　首先，马克思认为，特定的历史时期会不利于艺术的发展。他曾指出："资本主义生产就同某些精神生产部门如艺术和诗歌相敌对。"[①] 他

---

① 《马克思恩格斯全集》第33卷，人民出版社2004年版，第346页。

的这一观点，是基于艺术的本性和资本主义社会一般规律之间的矛盾冲突而言的。在资本主义社会里，由于资本家对剩余价值的过分追求，精神部门在一定程度上被纳入生产领域。马克思说："连最高的精神生产，也只是由于被描绘为、被错误地解释为物质财富的直接生产者，才得到承认，在资产者眼中才成为可以原谅的。"[1] 在这种强大的利益语境下，艺术被误置于另外一个领域，也沦为资产者赚钱的工具。根据他的观点，我们可以推断：艺术的危机有时不是黑格尔主义的概念自身的否定，而是外部因素所致，这就为艺术的终结找到了另一条发展线索，提供了另一种视角。学界一般认为，艺术终结命题的滥觞肇始于黑格尔。他认为，作为绝对精神的表现形式之一，艺术是理念的感性显现。艺术与宗教、哲学之间的区别性特征就在于它的感性，它是用感性为理念提供了定性。但感性也同样成为艺术进一步发展的致命伤，因为艺术发展的最终动力在于理念借助辩证法实现自我认识，它的本质是哲学，是绝对的无限，是借助思维而不是外在的具象来思考自身。艺术的感性特质使之终将被宗教和哲学超越，"艺术对于我们现代人已是过去的事了"[2]。并且，黑格尔的这种艺术观的背后，是康德主义的艺术自主性命题，因为从理念完成自我认识这个哲学观念来看，艺术的出现和发展实际上是理念与自身发生关系，与外在因素无关。马克思却走上了丰富这一命题的道路，他强调从外在因素，即一个社会具体的生产与艺术之间关系的角度来审视艺术的发展。这种丰富特别有趣的地方在于，对差不多同一时段的艺术发展，马克思和黑格尔从不同立场和角度却得出了相似的结论。马克思认为资本主义生产与诗歌和艺术相敌对，而黑格尔则指出，"我们现时代的一般情况是不利于艺术的"，这是因为"当代整个思想文化的性质"是"偏重理智"的[3]，即黑格尔认为，他们生活

---

[1] 《马克思恩格斯全集》第33卷，人民出版社2004年版，第348页。
[2] [德] 黑格尔：《美学》第1卷，朱光潜译，载《朱光潜全集》第13卷，安徽教育出版社1990年版，第14页。
[3] 同上。

的时代属于哲学时代,是绝对精神的最高表现形式。

其次,马克思对"世界文学"的论述,是一种展望与预测,但是从终结的视野来看,也未尝不是对艺术终结命题的子命题之一的文学终结的一种解读。马克思说:"各民族的精神产品成了公共的财产。民族的片面性和局限性日益成为不可能,于是由许多种民族的和地方的文学形成了一种世界的文学。"[1] 马克思的这一分析,诚然是立足于资本主义世界市场的形成,已经沦为生产部门构成要素的文学也由此走向了世界。与歌德的强调人类共通性的世界文学不同,马克思的这一思想强调的是"共享"。所以他说,这是一种"公共的财产"。这一过程将伴随着资本主义的世界扩张而完成。这一思想暗含很多潜台词。资本主义市场将资本主义文学带到了世界的各个角落,使之成为一种世界文学,那么对于被动接受这一市场的一方,他们对这种共享的资源将持何种态度,这种世界文学又会对他们产生怎样的影响,他们本土的文学会不会成为世界文学等等,这些都将成为问题,值得专门研究。此处我们的关注点在于,由于世界市场的形成,旧有的文学将逐渐打破地域和民族的局限,走向更为广阔的空间,这是传统文学发展形态的终结,新的文学发展态势的出现。这种超越了民族和空间限制的新的文学样式必然会对文学的未来存在形态产生深刻的影响。

第三节 本雅明:迎向灵光消逝的时代

本雅明文选《启迪》的编者汉娜·阿伦特曾感慨地说:"身后之名似乎是那些无法归类的作者的命运,也就是说,他们的作品既不投合现存的规范,也不能引进一种新的文类以便将来归类。"[2] 这种感慨道出

---

[1] 《马克思恩格斯文集》第2卷,人民出版社2009年版,第25页。
[2] [美]汉娜·阿伦特:《启迪》,张旭东、王斑译,生活·读书·新知三联书店2008年版,第23页。

了本雅明生前与身后的不同学术遭际，也道出了他思想的多面以及复杂的写作风格。

在本雅明活着的时候，除小范围的精英友人圈子外，他基本上得不到认可；在他身后，却掀起两次研究他的热潮。与我们正在讨论的话题有关的则是20世纪60年代的那次热潮。那个时候，正是先锋艺术理念获得认同，艺术的确定性开始成为问题，而艺术的终结论调风起之日。这种背景在一定程度上左右了知识界对本雅明解读的路向。并且，这种路向的设定也与阿多诺有着直接关系。实际上，本雅明之所以在60年代声名鹊起某种程度上是由阿多诺促成的。作为本雅明学术衣钵的承继者，在出版于1969年的《美学理论》中，阿多诺有意识地将本雅明的思想带入60年代的知识视野中来诠释。在该书的开篇，他就宣布了他所处的时代是艺术的"确定性丧失"①的时代。这是他所理解的60年代，同时在一定程度上也是他阐释本雅明思想的理论背景。他的这种有意识带入的方式以及他在学界的权威性某种程度上规定了学界对本雅明的定位。与之相应的是，本雅明本人虽然没有有意识地从今天我们正在讨论的终结的角度来思考艺术问题，但他的美学能够成为艺术终结的渊薮，委实是因为他的思想中存在着后世讨论的终结话题的很多方面。这主要是由于在他生活的时代，艺术的观念已经或隐或显地发生着巨大变更，艺术终结的各种症候，应该说都已经展露或部分展露，只是由于人的思维惯性以及理论可能有的滞后性，当时的思想界还没有从终结的角度来明确地思考这种变迁。本雅明的特别之处就在于，他感受到了这种变迁，并且试图对此做出描述与回应。这就使他的思想具有了前瞻性，能够自然地汇入20多年后美学界对艺术的思考，成为艺术终结命题讨论的先驱者。而他思想的这种特质，也为我们可以从艺术终结的视野来考察它提供了充足的理由。但时代的差异，毕竟也带来了话语重心的不同，他所讨论的艺术的终结与我们正在讨论的终结命题，既有叠合之

---

① ［德］阿多诺：《美学理论》，王柯平译，四川人民出版社1998年版，第1页。

处，又有所差异。

一 "灵光"概念的内涵指向

本雅明对艺术终结命题的贡献主要集中在他的"灵光"（aura）理论。以往中国学界从艺术终结视野审视本雅明的思想时，也主要是对这一理论的分析，强调它实际上探讨的是传统艺术的衰落。这种学术定位恰到好处。可以说，灵光理论是本雅明能够进入艺术终结命题谱系的至为关键的证据。但对灵光理论的理解，却需要结合他的整个思想来考察。本雅明的美学思想，有两个比较明显的方向：历史观和马克思主义。历史观是他一直以来的兴趣点，他早期的著作《德国悲苦剧的起源》是一种历史发生学的探讨，他最后的著作《历史哲学论纲》是他对历史感受的理论总结。而在马克思主义方面，他主要继承了后者的历史唯物主义立场，把社会发展的最终动力设定成技术。具体到艺术中来，他认为，复制技术的发展，例如熔铸和压印模、印刷术以及照相机技术等，对艺术的发展有着决定性意义，它们导致了复制艺术的出现和灵光艺术的消失。因此，在他那里，所谓的艺术的终结，只是指灵光艺术，即传统艺术的衰落。在此，比较关键性的问题就是何谓灵光艺术和何谓复制艺术，它们的特征和意义具体体现在哪里？我们首先来看灵光和灵光艺术。

学界在关注本雅明的灵光理论时，常提到它的内涵指的是一种"独一无二性"。在他的经典文献《机械复制时代的艺术作品》中，本雅明说："即使是最完美的复制也总是少了一样东西：那就是艺术作品的'此时此地'——独一无二地现身于它所在之地——就是这独一的存在，且唯有这独一的存在，决定了它整个历史。"[1] 在这篇文章的另

---

[1] ［德］瓦尔特·本雅明：《机械复制时代的艺术作品》，载《迎向灵光消逝的年代》，许绮玲、林志明译，广西师范大学出版社2008年版，第59页。

外一个地方,本雅明接着说:"我们可以借'灵光'的观念为这些缺憾做个归结,在机械复制时代,艺术作品被触及的,就是它的'灵光';这类转变过程具有征候性,意义则不限于艺术领域。也许可说,一般而论,复制技术使得复制物脱离了传统的领域。这些技术借着样品的多量化,使得大量的现象取代了每一事件仅此一回的现象。"[①] 从他的这两段话中,我们可以知道,灵光具有的独一无二性,包含着多重含义:从数量的角度来看,独一无二意味着只有一个,即艺术品属于单件性作品;从空间来看,它出现于某一具体地点;从时间上来看,它有着产生的特定时间,由于时间的不可逆性,因此这种特定的时间就使之成为无法重复的东西。在这多重指向中,数量上的单件性是技术手段决定的,当所采用的技术不是具有复制性的,那么出现的作品就是单件性作品,就是灵光艺术品。这是灵光的最重要含义之一,但除此之外,时间性也是灵光理论非常重要的面向。正如我们所指出的,在本雅明的美学思想中,技术因素和历史观都是非常重要的部分,忽略其中的任何一面,我们都无法获得对他思想的全面理解。

鉴于以往的学者们一般强调灵光的不可复制性,因此本文希望通过强调它的时间性,来对它做更充分的解读。这种时间性是指此时此刻,它不是可以延续的时间,而是时间中的停留点。这种此时此刻使艺术品具有了真品与赝品的区别,并赋予真品一种熠熠生辉的"灵光"。此处能够发现,灵光概念具有强烈的神学色彩。用丹托的话来说,艺术品在没有获得艺术品的地位之前,与普通物品没有视觉上的区别,但当被赋予艺术品的资格后,它便恍若神灵附体一般,摇身一变而具有了特殊的意义。在本雅明看来,这种灵光使艺术具有了膜拜价值。

除从数量上、时空上对灵光进行考察外,本雅明在对灵光的理解中,还存在着视角的转换。这一点常被人们忽略。在《机械复制时代

[①] [德] 瓦尔特·本雅明:《机械复制时代的艺术作品》,载《迎向灵光消逝的年代》,许绮玲、林志明译,广西师范大学出版社 2008 年版,第 61 页。

的艺术作品》一文中，他主要是从客观方面来定位这一概念，即认为这种灵光是艺术作品的属性，但在《发达资本主义时代的抒情诗人》中，他更强调的是灵光的主体方面，即从接受心理的角度来审视灵光。这种视角的转换就使灵光的意义指向又可以从心理学角度加以理解。它被转变成一个心理学问题，与"震惊"相对。

震惊是"对焦虑缺乏任何准备"。这句话本雅明是引自弗洛伊德的《超越快乐原则》，但在使用过程中，他剔除了弗洛伊德性驱力的内容，而强调这种震惊带给人的瞬间体验。从心理学角度来看，震惊来自经验的贫乏，是已有的经验无法立即接受和消化某一事件所带来的一刹那体验。灵光的内涵指向正与之相反。它不是一种经验的贫乏，而是经验的充盈，就是我们以往一切艺术经验的栖所。本雅明的这些想法与布莱希特有很大关联，从他对震惊的"突然性"的强调、常规的中断等思想中，我们可以强烈地感受到布莱希特间离化效果的戏剧理论的因子。但更为明显的是，本雅明仍然赋予了这一心理学理解以时间维度，进而使这一概念的主体定位成为心理学与时间观念的结合体。从时间上来看，"震惊"是一种突然，是对一切如常时的突然中断。与之相对的灵光因此就意味着一种连续性，是一切如常的时间上的持续状态。这再一次表明了，在本雅明的灵光理论中，时间维度是非常核心的面向，理解了他对时间的理解，一定程度上就意味着找到了解释灵光理论的钥匙，也就找到了本雅明呼吁终结灵光艺术的答案。

二 进步观念的批判与灵光艺术的终结

本雅明之所以会对时间观念如此感兴趣，把它作为灵光理论中至为核心的内容，与他本人对时间的敏感以及对进步观念的否定有着直接关系。虽然本雅明对进步观的批判主要集中在他的最后一部著作《历史哲学论纲》中，但这并不意味着他对此的思考就一定是从这个时候开始。由他对灵光理论的分析可以知道，在灵光理论中，寄予了他对进步观和历史的反思。可以这样说，本雅明之所以倡导终结灵光艺术，很重要的一点在于，他将灵光艺术与自己对进步观的批判结合在了一起，将灵光艺术看作他所批判的进步观的具体体现。

在本雅明生活的时代，进步观已经成为普遍的史学立场。但他却反对这种历史观，将之与灵光艺术以及他所否定的现实生活联系在了一起。他试图想做的，是通过对进步观的驳斥，进而否定与之一体的灵光艺术，并最终达到对现实的批判。为此，他首先试图解构的就是这种进步式的历史主义。因为在这种历史观念背后，是对现实的维护和肯定，这让本雅明感到了它的危害性。

法国学者乔治·索雷尔对进步学说做过深入研究，他的观点有助于我们对本雅明批判进步观的理解。他说："对那种倡导现代民主的轰轰烈烈的社会运动而言，进步学说总是不可或缺的一个因素，因为有了它，人们便可以今朝有酒今朝醉，明日有愁亦不须忧。"[①] 根据这种思路，我们便发现，因为时代既然是进步的，那么今天一定比昨天好，明天也一定会比今天强。这种幻觉会使人们不加论证地肯定当下。而当我们冷静分析时，将会意识到，这一思想无疑是有危害性的。尤其是当当下本身存在着诸多问题，如法西斯主义肆行的时候，这一思想尤其危险。因此，本雅明否定进步观，正是因为它已经成为当时的法西斯主义在意识形态层面的同谋，成为维护后者历史合法性的帮凶。他的这一观点是发人深省的。

并且，索雷尔还一针见血地指出："进步学说自然应当是来源于一个在社会中取得强势的阶级"[②]，这种观点与本雅明的历史是胜利者的历史的观点不谋而合。本雅明说："要是我们追问历史主义信徒的移情

---

① [法]乔治·索雷尔：《进步的幻觉》，国英斌、何君玲译，光明日报出版社2009年版，第27页。

② 同上书，第87页。

是寄与谁的,我们就能够更清晰地认识那种悲哀的性质。问题的答案是不可避免的:寄与胜利者。一切统治者都是他们之前的征服者的后裔。"① 他的这种观点,一定程度上是马克思的在经济上占统治地位的阶级在思想文化领域也占据统治地位的思想的进一步阐发。但是,他的这种观念却更明确,普通民众的思想文化被压制的情况也表达得更充分。在他看来,历史,从统治者角度看来,就是胜利者的历史;从普通民众看来,就是苦难史。而主张进步论的历史主义者,通过以当下的胜利者为历史发展的目的和方向,构建了一种历史连续性的链条,将当下胜利者的出现看作是历史发展的必然,并把普通民众的苦难仅仅看作是历史中的特殊事件,有时甚至是历史目的实现的必要手段和代价。本雅明反对这种进步史观。在《历史哲学论纲》中,他明确指出:"没有一座文明的丰碑不同时也是一份野蛮暴力的记录。"②"被压迫者的传统告诉我们,我们生活在其中的所谓'紧急状态'并非什么例外,而是一种常规。"③ 文明的历史,本身也是暴力和野蛮的历史。人民生活在压迫之中。压迫和苦难并不是某一历史阶段的特殊状况,而是普通大众一直以来的生存常态。为了走出这种进步观带给人们的历史幻象,意识到普通民众的苦难,他主张要反对这种历史的建构,打破这种历史的连续性,将历史碎片化。具体的做法是:不将历史看作是时间的自然绵延,而是从史海中撷珠,重构历史。他说:"唯物主义的历史写作建立在一种构造原则的基础上。思考不仅包含着观念的流动,也包含着观念的梗阻。当思考在一个充满张力和冲突的构造中戛然停止,它就给予这个构造一次震惊,思想由此而结晶为单子。"④ 从这段话中我们可以分析出,在人们惯常的思考中,思维往往是连续的,但本雅明却主张,除了关注

---

① [美]汉娜·阿伦特:《启迪》,张旭东、王斑译,生活·读书·新知三联书店2008年版,第268页。
② 同上书,第269页。
③ 同上。
④ 同上书,第275页。

思考的连续性之外，还要关注其中的不连续性。这是一种新的思考和历史写作的构造原则。本雅明将其定义为唯物主义的。这种构造原则带来的结果，则是思想变成了单子。这一概念与莱布尼茨的单子论有关系，因为本雅明的这一思想单子也包含有预定和谐的意味。它是具体的某个时间点上的东西，早已放在历史的星空中。唯物主义历史写作就是一个类似于伸手摘星辰的工作。将某些单子采集出来，让它们构成一个具有一定断裂性的链条。本雅明的这种理解，就使他笔下的历史成为一个既有断裂性又有连续性的统一体，用一个形象的比喻说法，就是有些类似于串在一起的一串珠子。

在这种思路中，我们来继续理解本雅明的"灵光"理论。在我们看来，它在本雅明那里，实际上是进步观的具体体现，或者说，他的历史观是其灵光理论的深层基础。本雅明所理解的进步，其着重点并不在于它作为一个由低到高的发展过程，而是强调它的无间断的持续性，这种无间断性塑造人的思维定势，使人在不自觉中成为现实的合谋者。灵光概念的核心也正是这种连续性。虽然从时间的维度上来看，它是当时当地或者此时此刻，但另一方面，这一点又并不意味着静止，静止某种程度上会导致消逝，灵光则不会，它穿越时空，赋予艺术品以宗教性的膜拜价值。因为从经验层面来看，那时那地意味着某物在眼前的消失，但灵光不同，它是一种站在当下，却因欣赏到那时那地的作品从而产生的东西，因此它不是消逝，而是持留。

由本雅明对进步观念的反思和批判可以知道，集中体现进步观念的"灵光"，是使人安于现状，保持思维惯性的精神麻醉品。而灵光艺术与当权者和官方意识形态之间则是共谋关系。为了与罪恶的现实相对抗，人们必须首先选择拒绝灵光艺术。本雅明的这些观念，是与他的生活经历直接相关的。他生活的时代，正是德国纳粹上台并逐渐在欧洲扩张的时代，也正因为纳粹的上台，才导致身为犹太人的他流离失所，亡命巴黎，最后在西班牙边境小镇无处逃遁而自杀。多舛的命运，使他对法西斯主义和斯大林主义殊无好感,尤其是法西斯主义将政治审美化,将自己倒行逆施的行径看作是艺术品的观点,成为他重点批判的对象。他的战斗性主要是从思想上与之进行了坚决的斗争,这集中体现在他对灵光艺术的批判和终结可能性的论证上,以及对灵光消逝时代的召唤上。在他看来,灵光艺术是进步观的产物,如果我们肯定这种艺术,也就在肯定产生这种艺术的进步史观,而这种进步史观就是使法西斯主义合理化的思想基础。因此,为了反对法西斯主义,就必须与灵光艺术决裂。

本雅明的这一观点实际上与他同时代的先锋艺术家们殊途同归。在当时的先锋艺术家们看来,传统艺术主要的表现对象是美,但是现实则是丑陋不堪的:战争无处不在,欲望和杀戮横行,人的自由和尊严被肆意践踏。在这样的现实背景下,如果艺术家们依然在自己的作品中表现美,那么他们便会被看作是在道德上有问题,是对现实麻木不仁。丹托曾对此解释说:"真正的观念革命与其说是在净化美学特性的艺术概念,不如说是在净化道德权威的美的观念,目的是拥有美就应该被看作是道德上有问题。"[①] 因此,先锋艺术家们普遍走上了反美学的道路,在自己的作品中废黜了美的地位,更多地表现丑,甚至令人感官上不舒服、恶心的东西。表面看来,他们与本雅明是采取了不同的革命路径,但实际上,他们之间有着紧密联系。灵光与美之间有着相通性。某种程度上,美是灵光的题中应有之义,艺术之所以让人们顶礼膜拜,究其实就是由于美,只不过本雅明将其描述成了灵光,并赋予了它更多的内涵。

三 机械复制艺术的革命性与救赎性

本雅明认为,为了实现与法西斯主义的对抗,我们应该与灵光艺术

---

① [美]阿瑟·丹托:《美的滥用》,王春辰译,江苏人民出版社2007年版,第12页。

决裂。为了使这种决裂成为可能,他为我们构建了另外一种艺术,并宣布了灵光艺术的终结。在这个地方,本雅明开始向马克思的思想求助。他把技术作为艺术发展的内在推动力。技术带来了机械复制艺术的诞生。后者成为灵光艺术的对立面,随着技术的进步,它不断地侵蚀着属于灵光艺术的地盘。

本雅明在机械复制艺术中寄予了自己对把人类和艺术从进步观中救赎出来的革命的渴望。他说过:"马克思说,革命是世界历史的火车头。但情况可能完全不同。或许,革命是乘坐这趟列车的人类的刹车闸。"[①] 这又是基于他独特的历史观。革命,不是勇往直前的、毫不迟疑的前进,而是停顿,是中断,是飞速疾驶过程中的突然停下来。在艺术领域中,能够实现这一任务的恰恰是机械复制艺术。这种艺术,改变了传统艺术的独一无二性品格,变成了可以大量复制的东西。从接受的角度来看,它时常带给人的是震惊的效果。在《机械复制的艺术作品》中,本雅明夸赞影片给人的震惊效果,在《摄影小史》中,他引用画家维尔茨对摄影的文辞,指出它在今天还是有意义的。这段文辞中就提到了照相机的出现,"成为我们这个时代的荣耀,这个机器天天令我们的思想震惊,使我们的眼睛诧异"。[②] 这也就是说,机械复制艺术,其核心的特征就是可复制和震惊效果。它打断了我们以往的艺术体验,不断地冲击我们的接受惯性。并且,根据本雅明的论述,这种震惊效果不仅仅是一种心理体验,它还有革命的意义。"机械应允了艺术作品的复制,……有史以来第一次在世界上发生:那就是艺术品从其祭典仪式功能的寄生角色中得到了解放。越来越多的艺术品正是为了被复制而创造。"[③] 从这段

---

① 转引自[德]斯文·克拉默《本雅明》,鲁路译,中国人民大学出版社2008年版,第174页。
② [德]瓦尔特·本雅明:《摄影小史》,载《迎向灵光消逝的时代》,许绮玲、林志明译,广西师范大学出版社2008年版,第50页。
③ [德]瓦尔特·本雅明:《机械复制时代的艺术作品》,载《迎向灵光消逝的年代》,许绮玲、林志明译,广西师范大学出版社2008年版,第64—65页。

话我们可以知道，本雅明将艺术的复制性看作是其本质属性，而将膜拜功能看作是非本质的，艺术走向复制时代，是艺术本质的解放。这样，他就把传统艺术的终结与艺术本身的解放和救赎问题联系在了一起。

在现代美学中，艺术常常与救赎联系在一起。这种救赎，一般具有两种意义，一种是将人从社会中救赎。现代社会，由于技术对人的奴役，带来人的异化，哲学家们认为，艺术和审美是把人从这种异化状态中救赎出来的有效手段；另一种则指将艺术从工具论，尤其是政治中拯救出来，变成为艺术而艺术的艺术，确保艺术的纯粹性和自由。本雅明很显然是想通过艺术的解放进而达到社会的变革和人类的救赎。他的这种救赎观念是典型的马克思主义与弥赛亚主义的结合。

哈贝马斯曾经在分析完本雅明对历史唯物主义的接受后指出："本雅明接受历史唯物主义的背景，他很自然地将此与建立在拯救性批判模式上的弥赛亚概念联系在一起。"[①] 他的这种定位是准确的。作为一个犹太人，本雅明内心深处有着挥之不去的弥赛亚救世情结。在他看来，艺术是人类获得救赎的途径之一。并且，他把这种拯救希望具体地寄托在了机械复制的艺术上。通过他的论证，机械复制艺术颠覆了传统艺术的灵光，没有陷入与罪恶现实以及法西斯主义合谋的窠臼，打破了当权者构建的幻象，成为救赎社会和人类的有效方式。这其实才是本雅明对机械复制艺术如此钟情的深层原因。

阿多诺曾经与本雅明之间发生过争论，对本雅明推崇机械复制艺术表示出不理解。他说："对我来说，自主性的艺术作品的核心并不属于神话一边……尽管你的文章是辩证的，但在关于自主性艺术的问题上却不尽然。它忽略了一种我在自己对音乐的体验中感到的日益明显的基本体验——正是对自主性艺术的技术法则始终一致的执着追求改变了艺

---

① [德]哈贝马斯：《瓦尔特·本雅明：提高觉悟抑或拯救性批判》，载阿多诺、德里达等《论瓦尔特·本雅明——现代性、寓言和语言的种子》，郭军、曹雷雨译，吉林人民出版社2011年版，第373页。

术，而且并没有使得艺术成为一个禁忌或物神，而是使得艺术接近了自由状态，成为可以自觉生产和制造的事物。"① 阿多诺试图通过保持艺术的自足性，来抗拒文化工业的侵蚀，他无法理解本雅明对机械复制艺术，也就是他的学术视野中的文化工业的热情。尽管从某种意义上来说，他是本雅明学术思想的继承者，但是，这种争论还是能够看出两个人思想上的分歧。阿多诺的知识储备中黑格尔主义的因素很多，他所接受的马克思主义，除了技术维度，主要还有后者的社会批判维度。但本雅明接受的马克思主义，除了技术维度外，则主要是后者革命的观念。在本雅明的机械复制艺术的理解中，他所寄予的，正是通过革命来救赎的希望。也许我们可以这样说，本雅明的理论指向是救赎，实现救赎的途径是革命。而又由于他主要的兴趣点在艺术和美学方面，因此，艺术自然而然地进入他的视野，成为革命的有效手段。这样，复制艺术就不仅仅是艺术形态的改变，更是艺术可以起到救赎社会、变革社会的作用的开端。只有从这个角度，才能够完成对本雅明艺术终结观的把握。

从以上论述中可以发现，本雅明提到的艺术的终结与20世纪60年代以后学界普遍讨论的命题之间存在着一定的差异。60年代，由于现代艺术观念解释效力出现问题，由此带来了艺术的危机，这种危机，究其实是确定性的消失所带来的命名危机。虽然这种危机在本雅明生活的时代也确实存在，但对此的清醒意识毕竟是站在60年代后的历史语境回溯时所发现的状况。本雅明在当时并没有从这个角度来解释问题。他也提到过艺术的危机，但这主要是指灵光艺术在机械复制时代所遭遇的危机。并且这种危机并没有使本雅明产生焦虑和悲观，反而是基于他自己对历史、进步观、革命、救赎等的理解，赋予了这种危机以乐观主义色彩。灵光艺术的终结，机械复制艺术的出现，给本雅明带来的是希望。

---

① Ernst Bloch, Georg Lukacs, Walter Benjamn, Theodor Adorno, *Aesthetics and Politics*, Verso edition, Whitstable Litho Ltd., 1977, pp. 121-122.

并且，就艺术终结命题而言，它内含着时间维度，并且这一维度本身也内含着进步问题，或者说，这一命题的基本设定是，终结是由进步发展而来的结果。但本雅明的灵光艺术的终结，正如文中一直在分析的，虽然也是以进步观为深层基础，但却并不是由进步发展而来，而是对进步的打断，通过这种打断，实现对它的批判。这也就是说，本雅明的艺术终结观虽然也和一般讨论的艺术终结观一样，关注到进步对终结的意义，但是，与后者不对进步持价值立场的思路不同，它主要是为了否定进步。这也是一个值得注意的现象。

四　从当代艺术终结视野审视本雅明美学

技术是本雅明讨论艺术的基础，他用复制技术为我们重新构建了艺术的发展史，在这个发展史中，他设置了复制艺术大批量生产的时代，就是灵光艺术终结之时。在这种观点的辐射下，他还提出了在复制时代，文学等传统艺术样式发生改变的情形。从当代正在讨论的艺术终结视域来看，这些观点也或多或少地触及了艺术终结的问题。这集中地体现在《讲故事的人》《小说的危机》《作为生产者的作者们》等论文中。

在《〈政治经济学批判〉导言》中，马克思指出："随着印刷机的出现，歌谣、传说和诗神缪斯岂不是必然要绝迹，因而史诗的必要条件岂不是要消失吗？"① 马克思在此关注的是技术对艺术的影响，很显然，本雅明也赞同这一观点。《讲故事的人》是他对俄国作家尼古拉·列斯科夫的评论。在评论中，他提出了口传文学，也就是讲故事的艺术形式在现代的消失。"讲故事这门艺术已是日薄西山。要想碰到一个能很精彩地讲一则故事的人是难而又难了。"② 他认为这种消失源于多重

---

① 陆梅林：《马克思恩格斯论艺术》上册，人民文学出版社2002年版，第95页。
② ［德］本雅明：《本雅明文选》，陈永国、马海良译，中国社会科学出版社1999年版，第304页。

原因：首先，故事中包含忠告，但这种智慧渐趋式微。在他看来，讲故事的艺术存在两种类型，一种是远行者为守家的人讲的故事，一种是留守家中的人为远行归来的人讲的故事。在这两种故事中，包含着经验和劝诫。"编织到实际生活中的忠告就是智慧。智慧是真理的一个壮丽侧面。由于智慧渐趋式微，讲故事的艺术便行将终结了。"[1] 其次，印刷术的发明带来小说的繁荣，这是口传文学式微的最早端倪。在本雅明看来，小说与讲故事的艺术之间不同，小说依赖于印刷技术，只有随着后者的出现，它才会出现。而讲故事的艺术或者说口传文学产生于手工艺的氛围，讲故事的人就像一个手工艺人，他不会约简他的故事。但现代人不同。"现代人再也不会去干这些无法约简的工作了。事实上，现代人已经成功地将故事约简了。我们已经见证了'短篇小说'的演变过程，它从口述传统中脱胎而来，却不再允许薄薄的、透明的页片不疾不徐地层层叠加。"[2] 从本雅明的分析中我们可以看出，小说属于工业技术的产物，而口传文学属于手工业时代的艺术样式，随着工业技术的出现和普及，改变了人们与世界之间的关系，也改变了艺术的叙述方式。口传文学是精雕细琢的，而小说则是化约型的，它虽然脱胎于口传文学，但生存的土壤与之存在差异，因此带来二者的不同以及小说对口传文学的取代。并且同理，随着技术的发展，小说也出现了危机。"随着适合小说生成的土壤的出现，讲故事却缓缓隐退，渐成古风……随着中产阶级的全面兴起——在发达资本主义时代，新闻业是其最重要的工具之———种新的交流形式出现了……更有甚者，它还导致了小说的危机。这种新的交流形式就是信息。"[3] 也就是说，随着新的传播媒介的出现，小说也必然走向

---

[1]〔德〕本雅明：《本雅明文选》，陈永国、马海良译，中国社会科学出版社1999年版，第307—308页。

[2]〔德〕本雅明：《写作与救赎——本雅明文选》，李茂增、苏仲乐译，东方出版中心2009年版，第88页。

[3] 同上书，第84—85页。

式微。

虽然本雅明坚持从历史唯物主义出发来解释艺术的发展,但他本人还是存在很多超出马克思主义的思想因子,因此,除技术因素外,他还从心理学方面对口传文学以及小说的命运进行了考察。在他看来,小说出现危机,以及史诗等口传文学的远去,是因为"经验贬值"①和贫乏。本雅明是将口传文学、小说与报纸等进行对比,指出小说有自己的世界,有"剧终",因而它自成一体。他说:"小说的诞生地乃是离群索居之人。这个孤独之人已不再会用模范的方式说出他的休戚,他没有忠告,也从不提出忠告。"② 小说与讲故事不同,讲故事有讲述者,有听众,讲述的往往也是讲者本人的经历或经验,讲述的方式也是散漫的,或是描述一个英雄,或是描述一场战役,完整而有条理。经验贬值之后,人们越来越沉默寡言,不再交流知识,口传文学就逐渐衰落,而更注重个体内心的小说便兴起了。小说不再与人分享个人的经历,它是孤独的象征。它的兴起,宣告了讲故事方式的口传文学的消亡。但小说也会遭遇自己的危机。当报纸等兴起时,小说也会走向自己的黄昏。本雅明指出报纸与小说的不同之处在于,报纸体现事件的精华,它不像小说,要铺陈一个完整的情节,而只是为其认为有权利了解某些信息的人提供最精炼的信息。本雅明认为,从心理学角度来看,这种现象体现出的是人们的不耐烦,所以报纸上有很多读者来信的专栏,人们在此把自己的不耐烦表达出来。

根据报纸上设有读者来信的情况,本雅明在这个地方还预示出了一个后来文学衰落的非常重要的观点:"读者随时都可能变成作者——也就是说,描绘者甚至规划者。作为专家——也许不是某一领域的专家,但是有可能是他所任职的岗位上的专家——他赢得作者的资格……文学

---

① [德]瓦尔特·本雅明:《写作与救赎——本雅明文选》,李茂增、苏仲乐译,东方出版中心2009年版,第32页。
② 同上书,第70页。

能力的获取不再通过专门的训练,而是以工艺与专科学校的教育为基础,并且因此而变成了公共财富。"① 从他的这种论述中,我们发现,他预见了半个多世纪之后文学的新特征以及理论上的困境。读者随时变成作者,这意味着作者与读者之间关系的消解,作者的权威性崩塌,以及文学逐渐边缘化,新的传媒方式如报纸逐渐占据了艺术的领地等。虽然由于时代的局限,他还无法体验到新媒介,如电脑、电视等对传统艺术的冲击,但他已经发现纸质媒体的出现给文学所带来的压力。这种预见性本身也值得关注。

第四节 麦克卢汉:理解媒介

对于艺术终结的讨论,究其实与艺术的当代危机有关。这种危机,一方面体现为艺术实践领域先锋艺术有意识地突破和颠覆,从而带来传统艺术观念解释效力的危机;另一方面则体现为技术领域不断更新,从而带来传统艺术样式逐渐被边缘化。前者属于艺术命名危机,后者属于艺术存在方式危机。技术对艺术的冲击,集中体现在艺术传达和传播的媒介上。德里达、希利斯·米勒以及国内学者金惠敏等人都曾从这一维度讨论过艺术的危机与终结。究本求源,较早从媒介维度讨论文化和艺术变迁的学者中,麦克卢汉常被人们略过。基于这种原因,我们有意识地把他纳入我们的研究视野,为目前的讨论提供更加广阔的话语资源。

众所周知,麦克卢汉是一位媒介理论和传播学方面的大师。有论者认为,他是 20 世纪后半期"主导传播研究的唯有"的一个人,可以与达尔文、马克思、弗洛伊德等人相媲美②。这一身份带来的光环很容易

---

① [德]瓦尔特·本雅明:《写作与救赎——本雅明文选》,李茂增、苏仲乐译,东方出版中心 2009 年版,第 77—78 页。
② [加]马歇尔·麦克卢汉:《麦克卢汉如是说:理解我》,何道宽译,中国人民大学出版社 2006 年版,第 2 页。

让我们忽略一个事实：即麦克卢汉的职业是英国文学专业的教师。出身文学而从事传播学研究，从我国当下的学科建制来看，他的这种研究路数叫作跨学科研究。可以推断，职业和专业背景必然会对他的研究方式产生影响。并且在负笈英伦期间，新批评一派的风云人物瑞恰兹、利维斯等人是他的老师，都对他产生过重要影响。某种程度上可以说，他是在英美新批评的滋养中成长起来的学者。这种知识背景，使他在论证传播学理论时，常常信手拈来，以细读文学作品某个部分来佐证自己的观点。而新批评的琐碎、寻章摘句的毛病在他的著作中也体现得比较突出。除这种文学出身的学科背景外，麦克卢汉本人还对艺术非常感兴趣。在他的著作中，常常能够明显地感觉到他对艺术有很高的期许。作为一名有着深厚文学素养且对艺术充满兴趣的学者，又浸润在20世纪60年代对文学和艺术的未来充满担忧和焦虑的时代，对这些问题有所思考是很自然的事。而这就构成了我们可以从艺术的未来和终结角度来研究他思想的前提。

一　麦克卢汉的媒介观

麦克卢汉对艺术发展和变化的探究，是以对媒介的思考为支点，因此，把握他对媒介的规定，是澄清其艺术观念，进而理解他对艺术未来和命运思考的前提。

麦克卢汉有关媒介的定义非常著名，即媒介是人的延伸。他所理解的媒介，包括我们惯常理解的语言、文字、印刷术、电影、电视、广告等，还包括机器、人造卫星、住宅、服装、货币、汽车、时钟、轮子、自行车等。客观而言，对媒介的这一理解过于泛化，某种程度上成了技术的代名词。阅读他的著作也可以发现，媒介和技术这两个语词常常可以换用。而所谓"延伸"，也与技术哲学家恩斯特·卡普的"器官投射客观化原理"有很大区别。前文中我们曾经提到，作为技术哲学的先驱，卡普的一个代表性观点就是主张将技术与人的器官联系起来理解。他认为物是人的延伸，技术的发生都可以在人的身上找到对应物，是人的器官特质决定了技术的性状。麦克卢汉也有类似观点，例如他认为电力（电子）[1]时代是人的神经系统的延伸，自行车是人的腿和脚的延伸。但这不是他思想的主要方面。尼尔·博斯曼在为菲利普·马尔尚所著的麦克卢汉传记《麦克卢汉：媒介及信使》一书所写的序言中，简单明了地概括了麦克卢汉的兴趣点："媒介的内容是纯粹的干扰。媒介本身才是主要的表演。"[2]也就是说，麦克卢汉真正研究的，是媒介对人的决定性影响。这一媒介，不是作为人们日常生活的一部分，或者透明的、人们借以表达自身的、仅仅作为工具和手段的媒介，而是一个类似于黑格尔主义的概念，它成为推动我们生活变迁的内在主导力量，是解释世界的最终原因。卡普对技术的理解，实际上还是把技术发展的最终因归结于人。而麦克卢汉正与之相反，他是将人及社会变迁的最终解释权交给了媒介。这是他们之间质的区别。同样地，在卡普那里，延伸是人延伸到物或者说技术那里去，其核心和标的依然是人。麦克卢汉虽然用了"延伸"这一词语，但他所说的延伸，主要是指"器官、感觉或功能的放大"[3]，是媒介作用于人所带来的结果。具体说来，媒介决定了人的感知方式，会强化和集中发展一种感知，进而压抑其他感知方式的发展。例如在语言时代，人类主要发展的感知是听觉，对世界的感知方式也主要是听觉式的，其他感官则处于相对压抑状态，这是对一种感知的放大。这种放大带来人的感官的重组。麦克卢汉说："因为眼睛或耳朵的技术扩张立刻形成新的感官比率，新的感官比率又推出一个令

---

[1] 在麦克卢汉生活的时代，人们往往是用电力时代来指称我们今天所说的电子时代，因此这两个语词可以互用。
[2] [加]菲利普·马尔尚：《麦克卢汉：媒介及信使》，何道宽译，中国人民大学出版社2003年版，第4页。
[3] [加]马歇尔·麦克卢汉：《理解媒介：论人的延伸》，何道宽译，译林出版社2011年版，第199页。

人惊奇的新世界,新世界又激发各种感官强烈的新型'闭合'或相互作用的新奇格局。"① 并且他还认为,这种延伸具有保护功能。"它激发中枢神经系统采取一种麻木的自卫姿态,去保护受到延伸的区域。"② 尽管这些观点还有待科学上的进一步证实,但他所提出的媒介会影响人的心灵体验和生理机能的观点无疑是有启发性的。

麦克卢汉还主张,媒介对人的心理、社会和文化的决定性影响表现在它为人类提供环境,一种新的媒介提供一种新环境。他说:"这些延伸创造了环境。每一种技术都立即对人的交往模式进行重组,实际上造就了一种新环境。也许,在感知比率和感知模式的变化中,我们最能够感受到这个新环境,虽然我们未必很注意这个新环境。"③这也就是说,媒介塑造的环境是一种隐性环境,它决定我们感觉器官的整体模式。在他的著作中,他常常提到触发自己从媒介角度来思考人类问题,发现媒介在人类社会中的重大作用的一个事件,即对非洲没有文字民族对世界感知方式的调查。这一调查结果表明,没有文字的非洲民族既看不懂电影,也看不懂照片,他们无法了解什么是情节。尽管这一调查不是由他来做的,但这一研究结论给了他很深的触动。对没有文字民族理解的世界与他所理解的世界进行对比,让他感受到了媒介对人的重要意义。但麦克卢汉在这段话中同时还指出,由于媒介提供的是隐性环境,因此往往不被人感知。人们意识到这种环境需要一定条件,他认为这种条件就是"边疆"的出现。通俗而言,这种边疆就是指在差异比较中的感受。它不仅仅是一个空间概念,即某一事物或国家、民族共同体的边界,同时也包括了一种时间意识,例如麦克卢汉认为,他所处的 60 年代,正

---

① Mashall McLuhan, *The Gutenberg Galaxy: the Making of Typographic Man*, University of Toronto Press, 1962, p. 23.
② [加] 马歇尔·麦克卢汉:《理解媒介:论人的延伸》,何道宽译,译林出版社 2011 年版,第 199 页。
③ [加] 马歇尔·麦克卢汉:《麦克卢汉如是说:理解我》,何道宽译,中国人民大学出版社 2006 年版,第 40 页。

是印刷时代与电力时代交接的时代,这也构成一种边疆。可以这样说,在麦克卢汉那里,边疆意识是祛魅、让世界显现的重要途径和方法。而他对艺术危机的思考,也是从这种边疆意识出发来讨论的,即他认为艺术的危机出现于新媒介对旧媒介的取代之时,因为新媒介在塑造新环境的同时,也改变了艺术的存在方式,进而促使旧有艺术样式的衰亡。

二 麦克卢汉对艺术的理解

麦克卢汉并没有给艺术下过严格的定义。但从他的描述中,我们可以推断出,他主要从两个方面来圈定艺术。第一,"自然的人化"。借用马克思的这一术语来描述麦克卢汉的思想,并不牵强。仔细阅读他的著作,马克思的一些思想,如历史唯物主义、技术在社会中的重要性以及人的感觉的历史形成等观念,都或隐或显地在其中有所体现。马克思"自然的人化"的观点主要强调的是人对自然有意识地改造,使自然打上人的烙印,体现人的自由本质。我们在此借用它来标示麦克卢汉的观点,重点强调的是他观察到"人工性"对自然的改变。他曾经说:"至于当代的情况,我已经提到过地球命运难以名状的变化,由于地球卫星和信息环境的作用,它正在成为一件艺术品。"① 人造卫星、信息环境都是人所创造的,当它与地球成为一体之后,地球就变成了一种人造物。麦克卢汉把这种人造物命名为艺术品。从这种思路中可以看出,他所理解的艺术,是指自然打上人的烙印,是人与自然相乘的产物。

他对艺术的第二种理解是把艺术看作某种在新环境下能够被发现和被看的东西。这种理解也不是他的独创。在西方艺术传统中,一直存在着一个"看"的传统。例如本雅明,他对灵光艺术的理解中也存在着"看"的维度。分析美学家乔治·迪基专门有一篇文章,名字就叫作

---

① [加]马歇尔·麦克卢汉:《麦克卢汉如是说:理解我》,何道宽译,中国人民大学出版社2006年版,第63页。

"艺术，看作是（see as）……"这种把物品放到一定距离之外看的传统与文艺复兴以来透视理论的发明和应用有关。运用透视法创造出来的艺术品，内部存在着灭点。当面对一幅画时，观赏者必须站在固定的位置，对作品凝神观照，才能获得对它的审美体验。麦克卢汉对"看"的理解，比较强调对惯常物的重新发现和感知。他说："一旦受一个新环境包围，任何东西都会成为一件艺术品。给任何一种形式赋予新环境，它就会取得艺术品的地位。换句话说，它就会成为习而可察，肉眼可见的东西，这就是艺术品的特性。"[1] 麦克卢汉的言下之意是物品成为艺术品，并不取决于它自身，而是取决于环境。只要提供一种新环境，使某物处于被看的位置，成为习而能察、肉眼可见的东西，那么艺术品便诞生了。在分析麦克卢汉对媒介的理解中我们已经知道，能够提供新环境的是新媒介。由此，麦克卢汉就对一个传统命题给出了新的解释：物品能够被人们所感知，或者说艺术品的出现，是由媒介来决定的，媒介提供了一种新氛围。

麦克卢汉对艺术的这两种观点，只是对艺术非常宽泛的理解。人工性是艺术品的特质，但一个艺术定义应该做的事，恰恰是在人工制品中做进一步划分，指出为什么其中的一部分是艺术品，而另一部分则不是。艺术品的确是处于被看的位置，是我们对生活的发现，但所有被看的东西并不都是艺术品。因此麦克卢汉的理解没有实现对艺术划界的任务。尽管如此，我们还是应该回到他本人的思想特征上来。一般而论，麦克卢汉很少为他所提出的概念下定义，即便下定义，也是非常含混的定义。他的"地球村""冷媒介""热媒介"等概念都是非常含混的，这也是他被学界常常诟病的地方。但仅就他本人的思路来看，我们所归结出的这两种对艺术的理解又是他思考艺术问题的基本立场，或者说，是他所划定的艺术的范围。因此我们在清楚地意识到这并不是严格定义

---

[1] ［加］马歇尔·麦克卢汉：《麦克卢汉如是说：理解我》，何道宽译，中国人民大学出版社2006年版，第56页。

的同时，也还是需要遵循他的思路继续考察。

三 媒介的变迁与艺术样式的衰落

由于麦克卢汉的职业身份是文学研究领域的学者，因此他考察艺术问题时，往往以文学为主，兼及其他艺术类型，而对艺术危机的感受，也主要是对文学危机的感受。同时，作为一位把媒介视为社会发展内在动力的理论家，很自然地，他把这种危机的原因解释为新媒介的出现。为了更好地阐明自己的观点，以及将文学和艺术的变迁放在更为广阔的背景中，他对整个人类文化史都做了考察，将这种艺术危机放到了一种媒介发展的历史必然结果的逻辑语境之中。

根据媒介的推陈出新，麦克卢汉将人类历史分成三个阶段：语言时代、印刷时代和电力时代。他的基本观点是："技术使人的一种感官延伸时，随着新技术的内化，文化的新型转换也迅速发生。"[①] 也就是说，新型文化的出现，取决于新媒介的出现。并且他还认为，由于技术或者说媒介往往使人的一种感官的作用得到凸显，同时压抑和麻醉其他感官知觉，因此，人对世界的理解和感受也会被重组，进而产生认知和文化上的差异。三个阶段，是不同的媒介作为主导，因此它们所对应的文化形态也必然迥乎不同。相应地，不同阶段占据优势的艺术形态也会发生变化，从而导致旧有的艺术样式走向衰落和终结。当印刷时代取代语言时代时，语言时代的文化形态便走向终结，当电力时代取代印刷时代时，文字印刷时代的文化形态也必然会出现危机。

我们首先以语言时代与印刷时代的兴替为例来考察媒介变迁与艺术样式衰落之间的关系。在麦克卢汉那里，印刷时代包括两个阶段，一个是文字出现的时代，一个是印刷技术出现的时代。他意识到了二者之间

[①] Mashall McLuhan, *The Gutenberg Galaxy: the Making of Typographic Man*, University of Toronto Press, 1962, p.40.

存在差异，但由于二者都以眼睛为主要感觉器官，因此，他又把它们视为一体。为了凸显印刷技术的发明对人类文化的推动意义，他才把这一时代叫作印刷时代。从语言时代向印刷时代的变迁，在麦克卢汉看来，是倚重听觉的文化向倚重视觉的文化的变迁。印刷时代因此改变了人类感知世界的方式，形成了新的、与语言时代不同的文化形态。麦克卢汉引用卡罗瑟斯的话来阐明自己的观点："词语写成字以后，自然就成为视觉世界的一部分。正如视觉世界的大部分成分一样，它们就变成了静态的东西，因此就失去了听觉世界一般非常典型的动力特征，尤其是口语世界典型的动力特征。它们失去了很多个人色彩，听见的话常常是针对自己的，而看见的字多半不是，因为它可以阅读，也可以不阅读，全凭人的兴致。写下的字失去了很多感情色彩和强调的言外之意，……因此，一般说来，语词成为视觉文字之后，就参与进了一个对观者来说相对中立的世界。"[①]语言或者说声音是听觉的、动态的，同时充满个人色彩，富于感情，但文字则不同，它是视觉性的，丧失了很多个人性，成为一个相对中立的世界。从语言时代到文字印刷时代，人类就从一个生动的、鲜活的声音感知世界走向了冷静的、理智的视觉意志世界。麦克卢汉指出，正是文字印刷的这些特质塑造了西方人的一些基本思维特征，如重事物之间的联系，强调连续性，重视觉（百闻不如一见、眼见为实），等等。

回到艺术中来，在语言时代，史诗、传说、神话、音乐、诗歌等是主要的艺术样式，而到了文字印刷时代，小说则成为主要的艺术样式。在绘画中，人们发明了透视法等。这种艺术样式的改变正适合了媒介变迁的要求。麦克卢汉说："从心理上说，印刷书籍这种视觉官能的延伸强化了透视法和固定的透视点。世界上着重透视点和消失点给人提供了一种透视的幻觉。与之相联系的另一种幻觉是：空间具有视觉性，统一的和连续的。活字印书排版的线条性，准确性和同一性，和上述文艺复

---

① Mashall McLuhan, *The Gutenberg Galaxy: the Making of Typographic Man*, p. 20.

兴时期经验中伟大的文化形态和革新是不能分割的。"① 由于文字排列是线性的，而印刷术的发明，又强调了书写字体的准确性和统一性，因此，这种新型文化形态就改变了艺术的存在形态。口传时代，史诗、音乐等遇合了人们耳朵的魔力，因此成为主要的艺术样式，而印刷书籍的出现，这种视觉性特征重组了人类的经验和心理，就要求新型的艺术样式，透视画法、小说则应运而生。在这种解释中，就出现了我们所讨论的艺术的终结问题。由于印刷时代新的文化形态以及人类新的感知和体验世界的方式的形成，旧有的艺术样式就逐渐被新的艺术样式所取代，而旧的艺术样式必然逐渐消亡。麦克卢汉说："荷马被拼音文字文化一笔勾销。"②

四　电子媒介的出现与艺术的危机和契机

从我们的研究立场来看，麦克卢汉思想的价值，并不仅仅在于他对历史的追溯，让我们了解了文字和印刷技术的出现对当时文化形态的改变具有的意义，以及引起了那时候艺术样式的更迭。更重要的是，他的兴趣点在当下，他主要考察的实际上也是我们正在生活的这个世界，让我们对当下社会中正在发生的文化变迁有更为深刻的认识。在他看来，电子媒介的出现，再次改变了人类的生理和心理结构，出现了新的文化形态，从而导致以视觉性为构建基础的艺术也走到了它的黄昏。麦克卢汉说："作为艺术形式的大众报纸，常常吸引艺术家和美学家的热情，同时却激起了学术界忧郁的顾虑。同样的分歧可以追溯到16世纪围绕印刷书籍的分歧。两千年之久的手抄书文化在印刷机的冲击下销声匿迹。人们之所以对此不太了解，是因为人们普遍抱着这样的假设，印刷

---

① ［加］马歇尔·麦克卢汉：《理解媒介：论人的延伸》，何道宽译，译林出版社2011年版，第199页。
② ［加］马歇尔·麦克卢汉：《麦克卢汉如是说：理解我》，何道宽译，中国人民大学出版社2006年版，第156页。

机具有普遍的好处。但是,今天的技术使图像传播和广播通讯的地位上升,现在来探查400年来书籍文化的特征和局限,就容易多了。书籍文化走到尽头。"① 在这段话中,麦克卢汉为我们提供了他对电子时代艺术命运的基本观点。首先,在媒介的推动下,艺术样式不断地发生变化,很多艺术样式走向消亡。当印刷术出现后,手抄书消失,如今到了电力时代,书籍也将步入黄昏。其次,麦克卢汉活跃于20世纪六七十年代,受时代风气影响,他也同样感受到了艺术危机的思想氛围。这种危机让学界弥漫着忧郁的气息。再次,他发现,电子时代是图像传播和广播传播的时代,他之所以强调这一点,是为了与印刷时代相区别。印刷时代是发展视觉的时代,但电力时代是发展混合性感知的时代,图像传统发展人的视觉,但广播传播发展的则是人的听觉。因此,进入电力时代,人的感知的各个方面将逐渐获得整体发展。反观传统的受印刷技术支配的文学和艺术,则走向了消亡。例如从绘画来看,从文艺复兴以来的透视法逐渐被艺术家们抛弃,代之而起的是立体主义等为代表的强调同时性的作品,而文学例如小说也逐渐在生活中没有了市场。麦克卢汉曾经说过:"故事情节作为组织数据的手段,在许多艺术领域里倾向于消失。在诗歌领域,它以兰波为终点;在绘画里,它因抽象艺术而告终;在电影里,它在伯格曼和费里尼的手里走到尽头。"② 这正是电子时代所带来的艺术变化。

但与当时甚至现在知识界普遍忧虑的情形不同的是,麦克卢汉对20世纪60年代以来艺术和文化领域出现的危机并不感到悲观。这源于他的边疆意识。边疆意识,其深层基础是历史断裂论,即历史被分成几个阶段,在每个阶段,历史都有着不同的内容和任务。印刷时代,线性视觉是人们感知世界的主要方式,那时的世界构建以及艺术

---

① [加]埃里克·麦克卢汉、[加]弗兰克·秦格龙:《麦克卢汉精粹》,何道宽译,南京大学出版社2000年版,第76—77页。
② 同上书,第32页。

样式都与之相适应。而电子时代，是感知多方面发展的时代，因此，印刷时代所构建的文化和艺术必然不再适应这一阶段的媒介发展，故而走向黄昏是历史的必然。麦克卢汉相信，电子时代，当然有适应这一时代的新型文化样式和艺术样式。在谈到书籍的未来时，他曾乐观地预言：虽然印刷书籍已走向黄昏，但代之而起并不是书籍的消失，而是数据，甚至整个图书馆被存储在一个更小的空间，我们可以略过阅读，直接获得知识。① 而艺术在电子时代会有怎样的发展？他也给出了答案，即"颠覆全部的感知，给我们提供新的视野和新的力量，使我们适应新环境，与新环境建立关系"。② 也就是说，在新媒介所构造的世界中，艺术并不会消失，而是以新的形式继续发挥它的作用，帮助人们与新环境建立关系。这无疑是艺术发展的新契机。

---

① ［加］马歇尔·麦克卢汉：《麦克卢汉如是说：理解我》，何道宽译，中国人民大学出版社2006年版，第119—127页。

② 同上书，第152页。

第四章　日常生活审美化谱系

在艺术终结命题的诸种指向之中，日常生活审美化维度是最被国内学者所青睐的话题之一。进入 21 世纪以来，很多学者参与到此话题的讨论，并由此激起激烈的碰撞。但是，学者在争论中往往基于各自的知识或价值立场，使这种交锋很难达成共识。从语词分析来看，日常生活审美化，它至少可以包含三种阐释立场：日常生活、审美以及二者之间的关系，如果思考者站在不同的话语立场，坚持的原则和得出的结论都将出现极大差异。本书是从审美维度来审视这一话题，因此，所作的梳理也主要是从审美立场出发。从这一视角来看，鲍德里亚和韦尔施等人是引起目前国内思想界较多关注的学者，所以他们将成为本章论述的重点。而列斐伏尔对日常生活的哲学研究，具有转向性的关键意义，因此，本文有意识地把他纳入我们的知识视野，借此丰富我们对日常生活的哲学理解。

第一节　审美现代性视野中的"日常生活"

在进入具体的分析之前，我们首先需要回答两个问题：第一，什么是日常生活？第二，日常生活如何能够进入我们的审美视野？只有先厘清这两个基本问题，我们才能够理解日常生活审美化话题的当代价值和意义。

　　"日常生活"是什么？这是一个很难给出定义的概念。它与我们如此贴近，就是我们每天正在过的日子：晨兴夜伏，一日三餐，迎来送往，内容平淡如水，甚至乏味。借用萧红的话说，日常生活就是"忙着生，忙着死"。生活就是日子叠着日子，仿佛一成不变，但又似乎是今日容颜老于昨晚。汉末《古诗十九首》中有作者感慨："所遇无故物，焉得不速老！"诗人感慨的是时光飞逝，人生苦短，但我们却可以从这里理解出，生活实际上都是在似乎不变中又不断变化。面对这种变与不变、平庸琐碎的世界，我们如何能够提炼出一个理性的定义？这确实是一个难题。费瑟斯通曾经坦承："跟绝大多数社会学的概念相比，'日常生活'特别难下定义。"[1] 在他看来，日常生活是一个主要由女性完成的行为所支撑的世界。这一世界非理性，琐碎，沉浸于即时性体验而缺少反思，充满了差异和矛盾，难以用理性来把握，所以他采取的办法是只对日常生活的特征进行描述。另一位英国学者本·海默尔也认为，"'日常生活'的含义模棱两可，非常模糊"。[2] 但即使是这样，他还是试图给出一个相对清晰的定义。他说，日常生活，"一方面，它指的是那些人们司空见惯、反反复复出现的行为……这是和我们最为切近的那道风景，我们随时可以触摸、遭遇到的世界。但是，从这种可量化的意义中潜生暗长出别一种意义：日常作为价值和质——日常状态"[3]。这也就是说，在我们每天遭遇到的生活里，可以生成价值判断。司空见惯、反反复复出现的行为可能给你带来沉重的负担，让人有百无聊赖之感，也可以是因为熟悉，从而给我们带来踏实和安全的东西。同一种生活，却可以有着不同的感受和判断，究其实是人们对日常生活理解的不同角度所致。并且，海默尔的分析还使我们意识到，日常生活具有一定

---

[1] [英]迈克·费瑟斯通：《消解文化》，杨渝东译，北京大学出版社2009年版，第76页。
[2] [英]本·海默尔：《日常生活与文化理论》，王志宏译，商务印书馆2008年版，第4页。
[3] 同上书，第4—5页。

的结构性:我们每天与之相处的现象层和它背后的意义层。这种划分使我们隐约看到西方哲学领域中现象与本质二分传统的影子。

综合两位学者的分析,我们认为,所谓的日常生活,从内容的表层来看,就是我们每天遭遇的世界,它包括反复出现的生活和打破这种重复的变化。它既是塑造和生成我们的重要因素,同时又是我们展开自我的场域空间。我们同意海默尔所提出的,日常是一种价值。但这种价值并不是超拔于生活之外,而就是生活本身所呈现的东西。不仅如此,日常生活于我们最重要的意义在于,我们所有的思考实际上都来自我们的日常生活经验,都是基于我们对日常生活的理解。某种程度上,我们都是依据自己的生活和经历来思考和理解这个世界,并逐渐使之上升为一种哲学性质的思考。费瑟斯通曾深刻地指出:"我们所有的概念、定义和叙事都要依靠日常生活这个生活世界来提供最终的基础。"① 这也就意味着,我们对整个世界的理解,来自对日常生活的定位和思考,它是我们理解世界的前提。换句话说,我们如何来看待日常生活,才会产生与之相应的理解世界的方式。

日常生活对于我们有如此重要的价值,但并不是从思想的起始阶段我们就意识到它对我们的意义。这就是我们要回答的第二个问题,即日常生活如何走进我们的视野。从我们所要研究的对象来看,这一问题可以表述为,日常生活如何作为一个范畴走进我们的审美视野。从思想史来看,日常生活被凸显,实际上是后现代主义的重要特征之一。在传统的西方哲学中,日常生活虽然不是缺席者,但往往是被否定者。它一般被看作是平庸琐碎,不值一提,甚至是虚假的。这在柏拉图的哲学观念中体现得非常明显。在他看来,日常生活只是理式的影子,是模仿者,是幻象。现代美学中,日常生活也往往是被否定的对象,审美所要超越的,正是这丑陋、充满问题的日常生活。康德的思想,其哲学前提即为艺术、审美与生活的二

---

① [英]迈克·费瑟斯通:《消解文化》,杨渝东译,北京大学出版社2009年版,第76—77页。

元对立，为了保证审美的纯洁性，它处处与生活相区别和对抗。席勒在《审美教育书简》里对古希腊天空的缅怀，抨击的是近代生活中的人性分裂，否定的也是现实生活。黑格尔虽然解决了在康德那里的艺术与生活在哲学上的二元对立，但却把生活沦为虚假，成为真理探索自身过程中的外化，必将被真理所抛弃。改变了这种对生活一边倒的否定性判断，强调生活本身的重要价值，很多学者把这种倾向的出现归功于马克思和恩格斯的哲学，但实际上这种取向与列斐伏尔的倡导有直接关系。

对于日常生活的研究，列斐伏尔的贡献有目共睹。从思想来源来看，他的思想很多直接来自马克思主义，一定程度上是对马克思主义基本观点和立场的进一步发挥。由于他的兴趣点在于对日常生活的哲学性批判，因此在他的著作中，他把马克思的实践哲学转换成对日常生活的解读，并把后者的思想看作哲学上对日常生活批判的转折点。他说："在19世纪，思想的主线从沉思转向经验的实践领域，卡尔·马克思和其他一些萌芽期的社会科学方面的著作成为这次转折的标志。"[1] 经验的实践领域，在他那里主要是从日常生活的维度来理解的。他的这种看法被鲍德里亚、费瑟斯通以及海默尔等人继承，他们也都把从哲学上开启对日常生活的重视指认为自马克思始。

实际的情况是这样。在西方美学思想史发展链条中，马克思的思想有着强烈的走出康德的色彩。"19世纪的欧洲，与艺术自律和审美无功利并存，就有着一条强调艺术的社会责任的思想线索……这样一个大的语境，可以帮助我们意识到，19世纪中期和后期马克思和恩格斯关于文学艺术的许多论述和通信，具有特别重要的意义。这是一笔宝贵的财富，在当代美学走出康德，与杜威和其他一些当代西方美学对话的语境中，有着特殊的价值。"[2] 杜威美学主张，艺术与生活具有连续性，它

---

[1] Henri Lefebvre, *Everyday Life in the Modern World*, translated by Sacha Rabinovitch, Harper & Row, 1971, p. 12.
[2] 高建平：《发展中的艺术观与马克思主义美学的当代意义》，《文学评论》2011年第3期。

是生活的完满和充分形式。艺术不是与社会无涉的自足体，而是文明的美容院。这种思想的背后，是对日常生活价值的肯定。在20世纪80年代的美国，杜威美学重新得到重视，这与当代西方后现代语境中强调弥合艺术与生活鸿沟的美学取向直接相关。这种美学取向的出现有着复杂的理论和实践背景。此处我们只强调其中的一点，那就是，这种取向体现了大众文化的勃兴，因此，属于大众性质的日常生活自然开始得到肯定和理论上的关注。高建平先生认为，可以从当代西方美学的这一重视日常生活的审美特质、强调审美对现实干预的语境来重新估量马克思和恩格斯的美学思想。在他看来，马克思、恩格斯对艺术的思考，强调艺术的社会责任，这是选择了一条与康德主义不同的发展道路。康德主义的核心命题是审美无功利和艺术自律，这也是康德本人在《判断力批判》中竭力打造的观念。但马克思的主张却与之相反。他所强调的，恰恰是艺术走出自律，干预和介入生活，对生活中出现的问题或者矛盾进行匡正，对社会的进步起到积极的作用。

  不仅如此，马克思还强调，哲学以及艺术和审美必须回归现实，从实践出发来构建体系，建立"此岸世界的真理"[①]。在他看来，唯心主义哲学的错误就在于，它们是一种手足倒置的哲学。这种哲学从天国来到尘世，殊不知真相是，天国只是我们现实的反映。因此，马克思强调，对问题的分析以及哲学的出发点，需要立足于现实。这种对现实的强调，在我们看来，可以为哲学中重视日常生活价值埋下伏笔。在《关于费尔巴哈的提纲》中，马克思还提出，不能从机械唯物主义的观点来理解生活。"从前的一切唯物主义（包括费尔巴哈的唯物主义）的主要缺点是：对对象、现实、感性，只是从客体的或者直观的形式去理解，而不是把它们当作感性的人的活动，当作实践去理解，不是从主体方面去理解。"[②] 他的意思是说，对现实的理解，要从感性的人的活动，

[①] 《马克思恩格斯选集》第1卷，人民出版社1995年版，第2页。
[②] 同上书，第54页。

即人的实践活动的角度来理解。这种实践活动某种程度上与人们的日常生活存在叠合。由此可以生发出，生活不是静止的人和物的堆积，而是由人的活动构成，所有的物都在与人的交流沟通中彰显意义，生活本身也因作为人的活动而获得价值。

马克思建议哲学应该是从地上升到天上，这是他解释世界的出发点。在这种思路中，现实和生活不再是被否定的对象，而是哲学的基石，所有的解释最终也都将归于它。他对资本主义社会的分析是从商品开始，透过商品中体现出的人与人、人与物等的关系，来透视资本主义世界的奥秘。商品是人们劳动生产的成果，也是人们日常生活的必需品（一定程度上的）和消费品，而劳动生产构成了人们日常生活的主体，由此，在马克思这里，生活能够被引申成哲学和美学中的一个重要范畴。站在后现代思想的基本立场回溯性地来看，某种程度上，这标志了生活走进哲学，成为哲学无法回避的阐释对象的开始。马克思之后，在哲学、美学和艺术等领域，逐渐出现了一条重视和凸显日常生活，以日常生活为价值旨归的思想发展线索。在文学领域，波德莱尔用他的生花妙笔塑造了很多日常生活形象：瑟瑟发抖的乞丐，无所事事的流浪汉，青春已逝的街头妓女等。而受马克思主义哲学和美学影响甚深的本雅明、列斐伏尔、鲍德里亚等，更是在他们的著作中，将日常生活作为了他们思想的出发点，成为他们论述的核心内容。值得一提的是，这几位思想大家后来也成为后现代主义美学思想域中，重视日常生活与审美关系的主要代表。

然而，我们仍然需要强调的是，所谓的马克思对日常生活的重视，某种程度上仍然是后现代主义思想在回溯性地寻找自己的历史源头时，找到的一种解释而已。客观而言，对日常生活的重视，立足于日常生活的立场来思考哲学和美学问题，是后现代主义的突出特征。正是在这种语境中，日常生活审美化的问题才作为一个重要话题被提了出来。

日常生活审美化作为一个概念，最早是由费瑟斯通提出来的。在《消费文化与后现代主义》中，他把日常生活审美化看作后现代主义的重要特征加以论述。在他看来，日常生活审美化可以从三个方面来审视："我们可以在三种意义上谈论日常生活的审美呈现（the aestheticization of everyday life）。第一，我们指的是那些艺术的亚文化，即在一次世界大战和20世纪20年代出现的达达主义、历史先锋派及超现实主义运动。在这些流派的作品、著作及其活生生的生活事件中，他们追求的就是消解艺术与日常生活之间的界限。"①"第二，日常生活的审美呈现还指的是将生活转化为艺术作品的谋划。"②"日常生活的审美呈现的第三层意思，是指充斥于当代社会日常生活之经纬的迅捷的符号与影像之流。"③ 在这三个层面中，第一个层面主要与先锋派的追求联系在一起，它直接导致了艺术领域对艺术终结命题的讨论。第二个层面，费瑟斯通认为，它在19世纪早期的浮华主义（Dandyism）中已经有所体现。这种既关注审美消费的生活，又渴望生活融入艺术的做法和态度可以与后现代主义的生活方式联系起来。第三个层面，是法兰克福学派、本雅明、鲍德里亚等阐发的观点，他们的观点表明，消费社会的价值理念及行为选择，不仅仅是人类内心深处物欲的释放，同时也是审美幻觉的后现代式培植。

费瑟斯通对日常生活审美化的描述，还为我们解决了另外一个问题，即日常生活审美化如何可以被纳入艺术的终结的子命题之中。由于日常生活审美化的第一层含义指向直接与先锋派艺术相关，是先锋派艺术家们通过实践来表达的理论诉求，它们直接导致了艺术的终结命题在当代的提出，并构成了其内涵的主要面向，因此，日常生活审美化有充分的理由成为艺术的终结命题的题中之义。而日常生活审美化的第二和

---

① ［英］迈克·费瑟斯通：《消费文化与后现代主义》，刘精明译，译林出版社2000年版，第95—96页。
② 同上书，第96页。
③ 同上书，第98页。

三层含义，某种程度上，是现代美学和艺术观念确立之后，由于整个社会价值取向受到哲学美学的强大影响，出现对美和艺术的强烈的心理认同，进而出现的结果。这种结果，是生活反方向地向艺术靠拢，从而带来生活的艺术化，同时也带来了艺术边界的扩展以及因这种扩展而出现的边界模糊。这种边界模糊带来的艺术危机，与第一个层面有区别。第一个层面是艺术自身发展的结果，而这种边界模糊则是生活从外部带给艺术的难题。但总体而言，都是艺术面临挑战、出现危机的征兆。因此，无论是费瑟斯通，还是鲍德里亚、韦尔施等，都把日常生活审美化作为艺术的终结的表征来讨论。

并且，费瑟斯通的描述，还可以使我们更深刻地意识到，艺术的终结命题在当代的特殊地位。虽然论及艺术的终结的知识考古，学术界常常将其回溯到1828年的黑格尔美学演讲，但很明显，当代的艺术终结命题与黑格尔那时所思考的问题关系并不大，它需要在后现代主义的语境中来考察。它是后现代主义文化现象的重要组成部分，是我们当代社会所遭遇的具体的艺术现象。只有意识到这一点，我们对艺术终结命题的定位，才符合实际情形，而对它的普遍关注以及从各个角度对其进行阐释的情况也才能够得到更为准确的把握。

第二节 列斐伏尔：日常生活批判

在英译本《日常生活批判》的序言中，米歇尔·特雷比奇（Michel Trebitsch）说道："如果亨利·列斐伏尔能够和阿多诺、布洛赫、卢卡奇，或者马尔库塞，相提并论，作为'批判的马克思主义'的主要理论家之一，在很大程度上，这要归功于他的《日常生活批判》，这本尽管很著名，但却甚少被理解的作品。"[1] 这是对列斐伏尔思想史地位的

---

[1] Henri Lefebvre, *Critique of Everyday Life*, Volume Ⅰ, Translated by ohn Moore, Verso, 1991, p. Ⅳ.

评价，即他的杰出贡献在于对日常生活的研究。在前文中我们提到，对日常生活的重视，是现代性的重要表征之一。而在众多理论家中，列斐伏尔的日常生活思想独具一格。他对于日常生活的探索，对于扭转哲学界对这一范畴的理解，明确这一概念的内涵，以及重视它蕴含的革命可能性等，具有特别重要的意义。因此，在对日常生活审美化知识谱系的梳理中，我们首先来考察列斐伏尔的日常生活思想及其美学意义。

一　列斐伏尔对"日常生活"的理解

从整个哲学背景来看，列斐伏尔处于对理性反思所构建出来的世界秩序表示质疑的氛围中，他的日常生活的思想需要在这样的语境中得到解释。马克·波斯特在介绍列斐伏尔的日常生活观时说道："20 世纪 20 年代到 50 年代的新哲学家们反对借助反思理性而来的世界秩序，这为对人类日常经验认识准备了条件。"[①] 从这一描述可以知道，日常生活作为一个哲学范畴的出现，与非理性思潮相一致，同时它又是作为后者的突出特征而出现的。成长于这一思想环境中的列斐伏尔，他的日常生活观念充分体现了时代的这种哲学诉求。

在具体分析的过程中，列斐伏尔一直强调日常生活与理性的对立以及它的非理性特质。在他那里，代表理性的是哲学，日常生活是与之相对立的事物。例如，他曾经将哲学人与日常生活中的人并立，指出："哲学人与普通的日常生活中的人不能同时并存。"[②] 他还曾提出，哲学之路和日常生活之路中间横亘着高山深堑[③]。这种将二者有意识对立的思路一直贯串于他对日常生活批判的全过程。在他看来，日常生活

[①] Mark Poster, "Everyday (Virtual) Life", *New Literary History*, Vol. 33, No. 4, 2002, p.744.

[②] Henri Lefebvre, *Everyday Life in the Modern World*, Translated by Sacha Rabinovitch, Harper & Row, Publishers, 1971, p. 12.

[③] Ibid., p. 17.

只是哲学研究的对象,因而不是哲学。而又由于哲学指向的是理性,因此日常生活所属的领域必然是非理性。"日常生活,相对于哲学来说,它是非哲学的;相对于理想来说,它是现实。"① 哲学与日常生活的局限性也互以对方为参照:哲学是真理,其局限性在于无现实;日常生活是现实,其局限性在于无真理。无真理的现实,仍然是非理性的存在。

由于日常生活的非理性特质,因此列斐伏尔认为,传统哲学一直没有重视日常生活的重要性。在传统哲学中,日常生活一直是被否定的对象,哲学的优越某种程度上就在于对日常生活的超拔和超越。他指出,这种局面的改变是自马克思始。"19世纪思想的轴心由冥思转向了经验的实践现实主义,马克思以及萌芽期的社会科学等的著作是这条转换线索的标志。"② 他认为,马克思在其社会结构理论中,把工人阶级如何从生产力发展以及意识形态幻象控制中确立自身的日常存在,作为自己的研究重心,这意味着哲学对日常生活的意义开始重视。这种对马克思思想理解的背后,显示出的实际上是列斐伏尔本人的思想特质。

正如在本节引言中所引到的米歇尔·特雷比奇的观点,列斐伏尔是与阿多诺、卢卡奇以及马尔库塞等人并驾齐驱的马克思主义思想家,虽然他的思想中还有黑格尔、尼采、海德格尔等哲学家的理论因子,但马克思无疑是他思想的直接来源,是激发他灵感的最重要的理论家。马克思对资本主义世界的分析,包含诸多方面,其核心是对资本主义世界生产和再生产活动的分析,通过抽丝剥茧式地厘析凝结于商品中的人与人、人与物之间的关系,来揭示自由资本主义的本质。正如在第一节中我们所指出的,马克思的这一思考中,可以延伸出日常生活的维度。因

---

① Henri Lefebvre, *Everyday Life in the Modern World*, Translated by Sacha Rabinovitch, Harper & Row, Publishers, 1971, p.12.
② Ibid..

为，生产与再生产活动，以及为了这种生产活动的延续，在生产活动之外，人们所进行的必要的休闲、技术培训以及自身再生产等，这是马克思对工人阶级存在状态的生产逻辑阐释。但如果将其解释为对工人阶级日常生活内容的描述，也似乎未尝不可。然而，当作这种解释时，实际上存在着视角转换问题，即需要以强调日常生活为前提。列斐伏尔的解释正是如此。当他把马克思对资本主义本质的揭示，强调成对日常生活的关注时，某种程度上是他自己立论视野的折射。同时我们又可以这样认为，即列斐伏尔从马克思以生产逻辑的角度对资本主义的批判那里，发展出了他的日常生活批判。

列斐伏尔对日常生活的理解，用最简洁的话来说，可以表述为日常生活具有双重性。一方面，日常生活具有重复性。"日常生活是大圈套小圈，开始就是重演与重生。"[1] 这种循环包括日复一日，年复一年的劳动和休闲、以及人必需的机械运动等。这种重复会带来平庸和乏味。另一方面，日常生活又蕴藏着新奇和神奇。列斐伏尔指出，对平庸的研究并不一定意味着平庸和无聊。"为什么对平庸本身的研究就应该是平庸的，而不是超现实的，非同一般的，惊奇的，甚至充满魅力的，也是现实的一部分呢？"[2] 通过这种反问的方式，列斐伏尔提出了对日常生活另一面的理解，即平庸背后可能蕴藏着惊喜和魅力。从他的整个论述看来，在对日常生活的这两个层面理解中，第一种是思想界习惯性的理解，也是哲学将日常生活排斥在外的理由，而他想要阐发的，是第二种。"哲学家总是将日常生活拒之门外：始终认为生活是非哲学的、平庸的、没有意思的，只有摆脱生活才能更好地思考。我的看法相反，努力将日常生活纳入哲学对象中。用一种非平庸的方法研究平庸，我的这种尝试的最初目的是希望从普通的、一般的事物中会突然出

---

[1] Henri Lefebvre, *Everyday Life in the Modern World*, Translated by Sacha Rabinovitch, Harper & Row, Publishers, 1971, p. 6.

[2] Henri Lefebvre and Christine Levich, "The Everyday and Everydayness", *Yale French Studies*, No. 73, 1987, p. 9.

现特殊的、非同一般的事物。"① 在平凡与重复中发现非同一般的东西，是他对日常生活的期许，某种程度上也是他从马克思的批判哲学那里借来的力量。

在对日常生活的理解中，列斐伏尔所受到的马克思思想的影响以及对后者的改造有如下体现。首先，他也认为整个社会的架构存在基础，只不过这个基础并不是马克思那里的以经济和技术以及在此基础上结成的人与人之间的生产关系为主要内容的经济基础，而是日常生活。因为日常生活恒常存在，构成人类活动的主要内容。其次，他把马克思的劳动异化理论移植到日常生活中来，认为异化集中体现在日常生活中，这是现代社会的重要特征。而日常生活内蕴着的魅力和神奇就在于可以使自身走出异化，回复到所谓的本真状态。再次，他对马克思的意识形态观念印象颇深，对日常生活的阐释具有强烈的意识形态色彩，换句话说，他在对日常生活做意识形态化理解。他曾明确指出，日常生活"充满着价值、礼仪习俗和传说"②。但同时我们也可以发现，没有从生产和消费的角度来理解生活，而是从文化的角度来解释它的内容，这是列斐伏尔的改造，因此这种将基础意识形态化的观点实际上距离马克思的思想已有很大的距离了。

列斐伏尔对日常生活的解读，某种程度上可以说是全方位的观照，他既给它提供了一个史的发展线索，同时也给它提供了现实的生长场所。在《日常生活批判》以及《现代世界中的日常生活》等著作中，他对法国本土的日常生活实践如法国的乡村生活等也做了深度考察。在这些考察和分析中，寄托了他对现实的革命性改造的期待，正如他在《现代世界中的日常生活》中所坦承的，他是一位乌托邦主义者。

---

① ［法］列费弗尔：《列费弗尔：研究日常生活的哲学家——列费弗尔答法国〈世界报〉记者问》，《国外社会科学动态》1983年第9期。
② 同上。

二 文化革命与"让日常生活成为艺术品"

在列斐伏尔所设定的日常生活两个层面的理解中,正如我们在前文中指出的,实际上他也设置了自己思想的努力方向。在传统哲学的规定以及人们的习常理解中,日常生活是被否定的平庸与乏味,但列斐伏尔想做的,恰是在腐朽中发掘神奇。刘怀玉对列斐伏尔的思想做过评价:"他(指列斐伏尔——引者注)从事日常生活批判的目的就是,要寻求一种微型的日常生活的文化乌托邦,并欲以此来替代经典马克思主义宏观的人类解放思想。为了论证这样一种乌托邦方案的正当性与可行性,列斐伏尔先是从根本上置换了经典历史唯物主义的核心叙事逻辑,认为马克思主义本质上是一种'生产主义'的意识形态,从而要用'诗创实践本体论'代替物质生产本体论。"[①] 刘怀玉的分析揭示了列斐伏尔的基本批判思路:那就是将马克思主义的核心思想进行意识形态化改造,为自己的文化革命概念的合法性寻找根基,从而确立一种日常生活的文化乌托邦。

列斐伏尔认为,他的文化革命的概念来自马克思及其后继者。"我们已经证明了'文化革命'是这样的一个概念:它在马克思那里得到暗示,在列宁和托洛茨基那里得到明确,最终由中国的毛泽东在特殊的语境中将其复兴。作为一个概念,它与马克思主义的原理相连:基础、结构和上层建筑之间的关系,理论与实践之间的关系,意识形态、认识和战略性行动之间的关系都是什么?这些关系是固定的还是变动的,结构性的还是偶发性的?"[②] 从他的这段话中我们不难看出,虽然他认为这个概念在马克思那里仅仅得到的是暗示,但在他的知识视野中,他

[①] 刘怀玉:《现代性的平庸与神奇——列斐伏尔日常生活批判哲学的文本学解读》,中央编译出版社2006年版,第358页。

[②] Henri Lefebvre, *Everyday Life in the Modern World*, Translated by Sacha Rabinovitch, Harper & Row, Publishers, 1971, p. 203.

又把它看作马克思主义基本原理的核心要素,是连接马克思主义诸范畴的纽带,或者说,它成了把握马克思主义基本哲学观念的一把钥匙。通过这种转换,他就把经典马克思主义的以生产逻辑为基础的历史唯物主义转变成了一个文化及其革命问题,由此,他的文化革命主张变得顺理成章。

列斐伏尔之所以提出文化革命的问题,原因在于他认为社会存在着普遍异化的现象。在《日常生活批判》中,他花了很长篇幅来论证马克思主义的异化问题。在他看来,马克思所谓的异化,不能从时间和历史阶段划分来论,因为异化不是资本主义社会独有的现象,"马克思从来没有把异化问题限定于资本主义"①。这种强调和结论意味着,异化可以是各社会阶段普遍遭遇的问题。这就为他所提出的文化革命的适用范围的广度和有效性奠定了基础。

由异化而文化革命,从而消除异化,这是列斐伏尔试图做到的。但在具体论证的过程中,他把自己的这些想法与他一贯主张的总体性思想联系在一起,并把异化推展到日常生活之中,从而将文化革命扎实地植根于日常生活,发掘出后者本身固有的革命性,最终实现了他对习常的日常生活观念的改造,重新确立了它在哲学中的地位。

据列斐伏尔自己的观点,他的总体性思想来自对黑格尔、马克思以及卢卡奇等人思想的批判。在他看来,黑格尔的总体性思想是抽象的,排除了现实,而马克思的总体性思想往往把艺术和道德排除在外,卢卡奇的总体性思想则已经过时。从这些情况来看,前辈哲学家的理论都没有达到真正的总体性。而他所理解的总体性则是指"全部"。"它(指总体性)需要全部的思想,全部的认识和全部的行动。"② 这种"全部"同时意味着完整和充分展开。他曾经指出:"总体人的概念来自于马克

---

① Henri Lefebvre, *Critique of Everyday Life*, Volume Ⅰ, Translated by ohn Moore, Verso, 1991, p. 63.

② Henri Lefebvre, *Critique of Everyday Life*, Volume Ⅱ, Translated by ohn Moore, Verso, 2002, p. 185.

思所做的一些简短评论。尤其是如下这则：'作为一个总体人，人以其完整的方式占有他全部的本质'。"① 马克思强调的人的本质，某种程度上是一个动态实现的过程。这意味着人并不是一出生就完全地占有自己的本质，而是在实践中不断地展现自身，人的本质的实现，就仿佛是一粒种子最终长成参天大树一般充分地发展了自身，实现了全部可能性。列斐伏尔引用了这一思想来解释自己对总体性的理解，也就意味着他强调总体性的动态特质，它强大的包孕性。

将这种总体性观念应用到异化中来，那么，除上文中我们所分析的从时间的线性维度来理解异化外，同时还存在着另外一个维度，即空间性理解。不能把异化仅仅归结为资本主义阶段特有的现象，也不能单纯地看作社会中某一个领域才有的特殊现象，它渗透在各个领域。列斐伏尔一般把社会分成三个构成部分：政治、经济和文化。在他看来，对于异化的理解，以往的马克思主义者或者强调马克思思想中的经济维度，或者是强调它的政治维度，而这些是不够的，因为马克思的思想中还存在文化维度，这三个维度应该是三位一体的。只有将它们结合起来，才能达到对马克思思想及其异化问题的全面理解。异化并非只发生在生产或经济领域，而是总体性的。劳动分工是异化的形式，同样，法律也是异化的形式。因此，不能单纯地把异化解释成经济或政治领域才有的现象，它渗透在政治、经济和文化等社会各领域。又由于其他马克思主义者更重视政治和经济层面的异化，因此列斐伏尔把目光放在了文化层面，从而为其文化革命的观念提供了施展空间。

当列斐伏尔把社会分成三个部分，即政治、经济和文化时，实际上这也是他对日常生活的划分。在他看来，日常生活也是一个总体性概念。他批判单纯地把异化看作政治或者经济意义上的宗派主义的对马克思主义思想的研究。他指出，宗派主义者对马克思的研究，忽略了这样

---

① Henri Lefebvre, *Critique of Everyday Life*, Volume Ⅰ, Translated by ohn Moore, Verso, 1991, p. 65.

一个事实：只有在革命危机的时刻，政治意识觉醒之时，经济的和意识形态的异化才作为日常生活的突出部分得到表达，并且，某种程度上，在这一特殊情况下，它们又往往被化约为政治生活现象。从这种观点看来，单纯从政治或者经济的角度来理解异化，就背离了总体性思想的要求，没有达到对异化的全面而完整的理解，因为它们是只有在危机时刻，才被凸显出来的并不完整的日常生活。"为了达到真实，我们必须揭开这层面纱，这层面纱总是从日常生活中生产或者再生产出来，并用其深刻的、高深莫测的含义掩盖着日常生活。"① 这也就是说，如果异化单纯从政治或经济的角度来理解，实际是对真实的遮蔽。为了发现真实，我们必须回到作为总体的日常生活，变革总体的异化，进而回归到本真状态。

在日常生活中，异化表现为日益增长的人类需求和日益加剧的异化，一个因另一个而产生。"一方面对象化，换句话说，人类的产品和作品的世界与经历史发展而来的人类的强大和力量中所体现的越来越真实的人类对象化存在，另一方面，同样的，越来越加剧的外在化，一种源于自我的分裂，疏离化。"② 列斐伏尔的这种表述，将使我们意识到，实际上异化是无处不在的，它渗透于日常生活的各个阶层和角落，它不是源于劳动分工，而是来自人对象化的本质。如何摆脱这种现象，他提出了积极的办法，即文化革命，这种革命的核心内容，就是将生活艺术化。

列斐伏尔主张的文化革命有着独特的内涵。某种程度上我们可以把"文化"作为革命的限定语，是对其性质的明确。因此，他主张的革命，并不是指基于生产关系基础上的阶级斗争激烈冲突，以及在此基础上的财产和资源再分配，而是指文化意义上的，颇具乌托邦色彩。对于

---

① Henri Lefebvre, *Critique of Everyday Life*, Volume Ⅰ, Translated by ohn Moore, Verso, 1991, p. 57.

② Ibid., p. 58.

这种文化革命，他也给出了特殊解释。他说："我们的文化革命不能被想象成美学的；它不是建基于文化上的革命，文化也不是它的目标或它的动机……我们文化革命的目标与方向是，创造一种不是制度的而是生活风格的文化；它的基本特征是在哲学精神下将哲学现实化。"① 这段话包含了列斐伏尔哲学思想中很多异于其他学者的地方，但我们所关注的是他对文化革命具体指向的澄清。首先，他认为，文化革命的目标是创造一种生活风格。因此，这种革命就不是要确立某一种特别的文化，而是与日常生活紧密联系在一起。换句话说，文化革命针对的是日常生活。其次，文化革命实施的具体策略是创造。对这一策略的强调，是基于列斐伏尔对马克思思想的解读。一般来说，经典马克思主义比较强调"生产"这一概念，因为整个社会的正常运行是基于生产活动之上的。但列斐伏尔则对此不以为然。在他看来，马克思思想的核心概念是"创造"。这是他从马克思的早期思想中理解出来的。他试图借这一概念来说明文化革命对日常生活的创造作用，正是这种创造作用，才使日常生活从重复中摆脱出来。再次，文化革命的基本特征是将哲学现实化。在列斐伏尔看来，哲学的现实化并不是指哲学的终结，而是由于传统哲学存在缺陷，它只是缺少现实的真理。为了哲学的复归和完整，他呼唤哲学回归日常生活，回到它的本源。因此，哲学的现实化就是它回到日常生活之中。而从他的这一主张中我们也能够发现，他的文化革命其精神实质是实践性的，是确立新的日常生活和新的哲学，进而确立新型的哲学与日常生活的关系。

在《现代世界的日常生活》接近结尾的地方，列斐伏尔写道："让日常生活成为一件艺术品！让每一种技术手段都用于日常生活的变革！"② 这两句话并列在一起，体现出他对理想的日常生活的理解。很

---

① Henri Lefebvre, *Everyday Life in the Modern World*, Translated by Sacha Rabinovitch, Harper & Row, Publishers, 1971, p. 203.
② Ibid., p. 206.

明显，他所谓的让日常生活成为一件艺术品，并不是基于艺术的审美特质，而是基于艺术的创造性。这种创造性使艺术品充满新奇，显现自身的存在。当日常生活成为一件艺术品时，那么它也会因其创造性和新奇而瞬间在场，通过展示自身的存在，摆脱习常的日常生活的平庸和乏味的单调重复。这种日常生活的创造性和新奇，在他看来，主要是由技术来完成。这也就是他第二句话的意思，即技术用于变革日常生活。借助技术手段，日常生活才能走出平凡的窠臼。从列斐伏尔的整个学术发展来看，生活成为艺术品的理念最终使他走向对空间的生产，即都市化进程的研究。在他看来，都市化正是借助技术手段，超越单调琐碎，进入一种节日化和充满创意的日常生活的体现。

从以上的分析中可以看出，列斐伏尔对日常生活艺术化的理解，与目前正在讨论的日常生活审美化之间存在距离。他是把马克思的阶级革命转换为日常生活领域的文化革命，发掘日常生活内部具有的潜在革命性，来实现自身的改造。他的立足点在日常生活。他理论的价值很重要的面向，是将日常生活凸现出来，与本编所讨论的立足于艺术危机角度来审视日常生活对艺术和审美的消解，存在很大距离。但我们之所以要设立专节来讨论他的日常生活思想，是因为在他的很多具体主张中，如对日常生活本身具有的艺术性的发掘，文化革命的多重手段等，都与我们正在讨论的日常生活审美化的诉求和指向有相通之处。并且，列斐伏尔的思想使知识界明确地发现了日常生活这一重要范畴，仅就这一点而言，列斐伏尔就具有了可以进入我们讨论视野的充分条件。

第三节　鲍德里亚：艺术的阴谋

作为列斐伏尔的学生，鲍德里亚一生的学术构想都深受其老师的影响。列斐伏尔把自己大部分的学术精力献给了对日常生活的研究，鲍德里亚的目光也一直没有离开过日常生活。但与他老师不同的是，鲍德里亚没有致力于对日常生活的定义以及对其价值和重要性的再发现，他也没有呼吁对日常生活进行革命。就整体而言，他并不认为日常生活蕴含革命性。与其老师相比，他对日常生活的态度是悲观的，他甚至否定了生活的真实性。然而，他的理论又充满魅力，因为他把自己的思想建立在消费社会这一语境下，这顺应了当下知识界对社会建构的整体意识形态趋势。并且他也是后现代理论家中最为活跃的一分子。总体而言，他的思想主要立足于消费社会的消费逻辑对日常生活的塑造，以此为基点，他广泛地讨论了日常生活、艺术和文化等的变迁。在这些思考中，他提供了自己对日常生活审美化和艺术的终结等的理解，并获得知识界的普遍关注，进而走进我们的研究视野。

一 日常生活与物体系

列斐伏尔的日常生活思想，就其总体而言，主要还是以对人的本质的理解为核心。他认为的日常生活的异化，其主要内容是人的异化，是人与其对象化的本质之间的矛盾。他所主张的文化革命的具体手段，无论是身体革命或者说性意识变革、都市化进程，还是使日常生活与节日之间达成和解等，总体说来，列斐伏尔的关注点在人，是人的活动构成了他视野中的日常生活的基本内容。鲍德里亚（有译作布希亚）虽然继承了他老师对日常生活以及人的关注，但他选择"绕道而行"。他首先把关注点投射在物身上。在《物体系》的开篇，他就明确指出："日常生活中的物品（这里我们且不提生产机器）不断地繁衍，各种需要也一直增加。制造界不断地加速它们的生死周期，人的语汇便显得不足以应付。有可能对这种朝生暮死的物世界做成分类，进而完成一个描述体系吗？"① 这种设问表明了他的学术雄心，即他想做的，是通过对日常生活中物品的分析，揭示物背后隐藏的人与人之间的关系，以及人有

---

① ［法］尚·布希亚：《物体系》，林志明译，上海人民出版社2001年版，第1页。

意识构建的文化和思想体系。这种思路,使物一定程度上成为他讨论的基础,因而也成为我们分析他思想时首先遭遇的对象。

鲍德里亚视野中的物,不是自然存在的物。从其表层来看,这种物首先指人工制品。正如上一段引文中明确的,他考察的日常生活中的物品,是制造界制造的东西,并且他还做出了排除,即他研究的物不包括生产机器。《物体系》是他的博士学位论义,同时也是他出版的第一本著作,这种排除似乎暗示了他以后的学术思考将会逸出马克思主义生产逻辑的思想框架。从其深层次来看,这种物隐藏着意识形态,是被构建出来的东西。在《符号政治经济学批判》的序言中,张一兵指出:"我们知道,鲍德里亚所说的物,并非一般自然存在物,而是进入到海德格尔意义上的世界之中的'物',即以人的存在为旋转中轴的被'座架'的物。"[1]

这种被构建出来的物,与自然物相比,存在着独有特性。第一,自然存在物具有相对稳定性,但鲍德里亚笔下的物,则是流动的,具有不定性。"今天,自然的引申义已经改变其范围,过去人们看到的是植物记号的大量繁殖,淹没物品,甚至机器,都被大地产品的符号自然化了。今天,重复出现的则是流动性,它的引申义不再属于大地和植物的范畴,那是稳定的元素,而是在天空和水中,这才是动态的元素,不然就是在动物的活力里。"[2] 这段话是鲍德里亚在讨论汽车的翅翼时提到的。他试图借此说明物品形式具有引申义。但我们由此发现的是他对自己思考的物的特性的理解。人工制造出来的物,由于大量繁殖,因此不断地呈现,也不断地在新与旧的更替中消失或涌出。制造界借助技术手段,加速了制造品的生死周期,使它们存在于绵长的制造之流中,而不再似传统自然物那样,有着相对较长的生命周期,显示出稳定性。第

---

[1] [法]让·鲍德里亚:《符号政治经济学批判》,夏莹译,南京大学出版社2009年版,第2页。

[2] [法]尚·布希亚:《物体系》,林志明译,上海人民出版社2001年版,第59页。

二，人工制造物存在着双重意义。鲍德里亚指出，"我们的实用物品都参与一到数个结构性元素，但它们也都同时持续地逃离技术的结构性，走向一个二次度的意义构成，逃离技术体系，走向文化体系"。① 这也就是说，与自然存在物不同，他所考察的物，具有双重结构，一个是技术层面，一个是文化层面。而在这其中，他认为更重要的是文化层面的意义。"在很大的一部分，日常生活的环境仍是一个'抽象的'体系：普遍地来说，许多物品都在它们各自的功能里相互隔离，是人依他的需要，使它们共存于一个功能化的环境里。"② 这段话暗示出，从技术层面来看，物品是独立体，依其特有的功能而获得意义，但从文化的角度来看，则以人的需要为串珠线，将它们共同整合在一种环境中。因此，决定了他所考察的物可以放在一起考察的，是其抽象的文化体系。这种价值认定，实际上就是鲍德里亚思想的基本出发点。

物的双重结构之间形成一种张力。它标示了鲍德里亚对物的理解的基本思路：即由外及内，由实及虚，从技术体系到文化体系，由具象走向抽象。又由于其理论旨归是对文化体系的揭示，因此，对文化层面的重视构成了他理论的基本底色。在这种思路的引领下，他对物的思考越来越"抽象"，直至最终解构了物的实体性。鲍德里亚对物实存的消解，有着其发展过程。在《物体系》中，他的观点是，物是实在，其文化意义立基于实存。在该书的导论中，他明确指出："严格地说，物的科技层次变化是本质的，而物在其需求及实用的心理或社会学层面的变化则是非本质的。对于物的心理或社会论述都会不断回推到一个更紧密一致，并且与个人或集体论述皆无关的层次，也就是说，物的科技语言结构。"③ 这表明，在写作《物体系》阶段，鲍德里亚认为，物的科技层次即实存层面是根本性的，其文化层面是对前者的依附。两年后写

---

① [法]尚·布希亚：《物体系》，林志明译，上海人民出版社2001年版，第5—6页。
② 同上书，第6页。
③ 同上书，第3页。

作的《消费社会》，愈加彰显的思路是《物体系》结尾对消费逻辑及其文化意识形态的关注。在消费社会中，物的使用价值，或者说其实存方面逐渐被弱化，而其符号功能逐渐被强化。"物品在其客观功能领域以及其外延领域之中是占有不可替代地位的，然而在内涵领域里，它便只有符号价值，就变成可以多多少少被随心所欲地替换的了……无论是在符号逻辑还是在象征逻辑里，物品都彻底地与某种明确的需求或功能失去了联系。"① 从这段话中就可以发现，此时的鲍德里亚仍然认为物存在客观性，但作为其内涵的符号价值，则已经使物品彻底地与其功能没有了关系。这种观点表明，他已经在逐渐否定物的功能性是本质。这一在《物体系》中持有的理念，两年之后已经开始松动。非常明显的表现在于他认为，物品从其内涵来看，已经与实存不再相关，而衍变成一种象征或符号。尽管在《消费社会》中，物品的实存被放置在物品的外延领域，但毕竟这种实存还保留在物品的实体构成之中。到了写作《符号政治经济学批判》时，鲍德里亚走得更远，开篇他便指出，从使用价值的角度或者说功能性角度来理解物品是经验主义的错误行为。"现实的证据支持了这种假设……物最初只是一种满足需求的功能，并且只有在人与环境所形成的经济关系中才具有意义……这种经验主义的假设是错误的。物远不仅是一种实用的东西，它具有一种符号的社会价值，正是这种符号的交换价值才是更为根本的。"② 当他指出，物的功能不再是物的本质属性，而符号价值才是物的根本的时候，他既指出了消费社会符号化的特质，同时也距离他四年前的《物体系》中对物的理解很远了。当物被用来作为一种社会区分的差异性符号的时候，它的实存对它而言，已经没有决定性意义了，由此，鲍德里亚形成了他对物以及日常生活的极端解读。

---

① ［法］让·鲍德里亚：《消费社会》，刘成富、全志钢译，南京大学出版社2008年版，第58页。
② ［法］让·鲍德里亚：《符号政治经济学批判》，夏莹译，南京大学出版社2009年版，第2页。

在这种对物的读解的背后,隐藏着另外一层意思:鲍德里亚以物为打开消费社会运行规则秘密大门的钥匙,因此某种程度上是将物看作社会生活和日常生活的主体构成部分。当他提出,物在消费社会中已经被符号化,其真实性已经被取消,我们已经进入仿真世界时,当代社会生活的真实性也自然会遭到质疑。或者说,从对物的符号化分析开始,他已经在逐步取消生活本身的真实性了。真实与幻象,是哲学中对立的一对范畴,生活的真实性被解构,它已经因符号操控而变成一种幻象,这是鲍德里亚得出的结论,同时我们可以进一步指出,这意味着生活、真实与幻象之间的界限被打破。

并且,在鲍德里亚对世界已经符号化和变成仿真的分析中,存在着我们感兴趣的话题。鲍德里亚说过:"今天的现实本身就是超级现实主义的。从前,超现实主义的秘密已经是平庸的现实也可能成为超现实,但这仅仅限于某些特定的时刻,而且这些时刻仍然属于艺术和想象的范围。今天则是政治、社会、历史、经济等全部日常现实都吸收了超级现实主义的仿真维度:我们到处都已经生活在现实的'美学'幻觉中了。"[①] 在一个仿真世界中,一切都成为幻象,以前属于艺术和想象领域的东西,如今就是我们生活的世界。这意味着,某种程度上,生活整体在向艺术生成。所以他指出,我们如今生活在美学幻觉之中。通过这种理解,鲍德里亚提供了有关日常生活审美化的一种典型解释。

二 艺术的生活化与艺术之死

在《物体系》的译序中,作者林志明引用了一段鲍德里亚《他者自述》中的一段话:"从《物体系》到《致命策略》的双螺旋:一个是朝向记号、拟像和模拟领域的普遍旋曲,另一个则是在诱惑和死亡阴影

---

① [法]让·鲍德里亚:《象征交换与死亡》,车槿山译,译林出版社2006年版,第108页。

下，所有记号的可逆转性质。在螺旋线上，这两个范式各自分化，却没有改变它们的对立位置。"① 林志明接下来的分析是从生物学 DNA 双螺旋的特质出发，来讨论这种双螺旋结构的设置于鲍德里亚整个思想构架的意义。我们在此试图指出的是，鲍德里亚对艺术的思考。如果说螺旋之一是前文中我们讨论的日常物品向拟像和仿真的迈进，那么螺旋之二，即所有记号走向逆转，开始向日常生活物品过渡，这其中就包括艺术。

鲍德里亚对艺术的看法在西方曾引起不小的震动。《艺术的阴谋》是他有关艺术的论文、访谈等的集子，在"导论"中，该书的编选者指出，"鲍德里亚不是艺术的狂热爱好者，但也不是个陌生人。1983年，他具有独创性的论文《拟像》英译本出版后，就被纽约艺术界所接纳，并登上了《艺术论坛》这本有国际影响力的艺术杂志的封面。这本书随后成为自重的艺术家必读书——他们骤然变成了一个庞大的群体——这本书到处被引用，甚至在几个艺术装置里也得到引用。最终，它走进了——全套框架——狂热的好莱坞科幻电影《黑客帝国》（鲍德里亚即其中的尼奥）。鲍德里亚1987年在惠特尼美术馆做的著名的关于安迪·沃霍尔的演讲几个月后成书。一时之间，艺术家们围绕着他的名字论战，谋取认可"。② 从这段描述中我们大概可以知道鲍德里亚的艺术观与当代艺术之间的交集，并借此窥见他的艺术观念对当代艺术的影响力。

与对物品的看法相似，鲍德里亚对艺术的看法前后也存在变化。相对而言，他对艺术的见解是逐步清晰和系统的。在写作《物体系》之前，他曾经发表过三篇书评，评论卡尔维诺等人的文学作品。这些论文虽然是对艺术现象的分析，但仅仅是其个人兴趣的体现，与其后来的艺

---

① ［法］尚·布希亚：《物体系》，林志明译，上海人民出版社2001年版，第10页。
② Jean Baudrillard, *The Conspiracy of Art*, edited by Sylvere Lotringer, Translated by Ames Hodges, Semiotexte, p. 9.

术观念和消费理论关系不是很大。在写作《物体系》的时候,他也没有太多地关注艺术存在,而更多地把研究精力放在对物品抽象特质的分析上。艺术开始走进他的理论视野,是从《消费社会》的写作开始。在这本书中,他开始把波普艺术等纳入自己的研究范围,并且指出"我们是以对**日常**(黑体为原文所有)物品的分析为基础的。但是关于物品还有另一种话语,即艺术的话语"。① 在此,物品被分成两个组成部分,一则为日常物品;一则为艺术品。这表明,一方面,鲍德里亚在把艺术品作为物品来对待,试图借此把对艺术的分析纳入消费理论中来;另一方面,他也意识到,艺术与日常物品属于不同的东西,因此不能以同一种话语来解读。这提醒他选择另一套话语逻辑来思考。从这个地方我们能够感受到他的双螺旋思路的构建。但这种思路存在一个关键节点:即艺术如何可以被视为物品?在《消费社会》中,鲍德里亚并没有给出理由,只是做了直接确认。到了《符号政治经济学批判》时,他试图对此给出答案。

在《符号政治经济学批判》讨论"艺术行为与签名:当代艺术中的符号创作"一节的开篇,鲍德里亚就明确指出:"绘画不仅仅是一种被涂抹了的表面,同时也还是一个被符号化了的物。"② 他所谓的"符号化了的物",是指能够体现区别性差异的物。正是由于对这种区别性差异的体现,导致了生活物品脱离功能领域,嬗变为一种符号。当他指出,绘画同样是一种符号化了的物的时候,这就意味着艺术具有体现区别性差异的特征。在这本著作里,他指出这种特征在于艺术家的签名。他通过回溯艺术史的方式指出,签名是伴随着现代性而出现的东西。在19世纪,仿作还有着自身的价值,还是一种合法行为。但到了我们所生活的时代,则成为非法的。这种合法或非法性的辨识在于艺术家本人

---

① [法]让·鲍德里亚:《消费社会》,刘成富、全志钢译,南京大学出版社2008年版,第104页。
② [法]让·鲍德里亚:《符号政治经济学批判》,夏莹译,南京大学出版社2009年版,第90页。

的签名。从一般艺术原理来看，签名是对艺术品真实性的确证。但鲍德里亚却在签名行为中发现了更多的意义。在他看来，"某幅特定艺术作品直到它被签上名之后，它才是独一无二的——不再作为一件作品，而是作为一个物。由此它成为了一个用以说明由可见的符号就能带来非凡的、差异性价值的最好例证"。[①] 也就是说，签名体现出的是差别性价值，它的染指使艺术品成为一个物。签名，就其本身而言，只是一个行为，但它却与一幅画浑然一体，成为它的构成部分。不仅如此，更重要的是，当仿作、赝品和真作之间无法从视觉上辨识出差异时，签名成了至为关键的区别要素。于是，鲍德里亚指出，"由此，能够保证这种真实性的神秘价值就在于：签名。它成为了我们的作品的真正的'灵魂'"。[②] 当一种行为显现在艺术中，获得其物质载体，成为一幅作品灵魂的时候，他接着推论道："人们甚至可以设想一幅作品，它就在它的签名之中发现了自身，并消解了自身，只剩下签名本身。"[③] 一幅含义丰富的艺术品，被化约成一个符号，一个签名，它也开始了自身性质的蜕变。"一个符号在绘画中与其他符号区别开来，但却又与其他符号具有同构关系；一个名字与其他画家的名字区别开来，但却又在同一个游戏中成为共谋关系。正是通过这种主体性系列（真实性）与客体性系列（符码、社会同一性、以及商业价值）所形成的不定性的连接，通过这种被感染了的符号，消费体系才能得以运演。"[④] 鲍德里亚的意思是说，签名作为一个区别性符号，一方面它与绘画中的其他因素符号相区别，但同时它又与那些因素一起构成一个统一体，共同构成一幅作品；同理，一个画家的签名与其他画家的签名有区别，但它们实际上都在一个游戏规则之中，都是通过签名来获得其确定性和真实性。因此签

[①] [法] 让·鲍德里亚：《符号政治经济学批判》，夏莹译，南京大学出版社2009年版，第90页。
[②] 同上书，第93页。
[③] 同上书，第94页。
[④] 同上。

名作为符号的主体性内容与其客体性内容相结合，最终变质为符号化了的物。当艺术品蜕变成只剩下签名的符号，那么传统绘画艺术中的对表现内容的规约，如色彩的调制、形式的布局、光影的配合等都变得不再重要，艺术品不再试图摹写世界，摹写现实存在的物，而是自己创造一个世界，指涉内在的自己。这使得今天的艺术界中充斥着复制和重复，赝品与复制也变得没有区别，而艺术家本人则不断复制自己。所以鲍德里亚才说："主体在从一个行为到另一个行为的转换中出现了非连续性和不断的重构，而签名则是一种被符码化了的，具有社会——文化性的标识方式。当代艺术在严格意义上说是'在行动之中的'，因此总是'当下的'。"① 当签名成了艺术唯一剩下的东西，行为变成了艺术，由此当代艺术形成了，它只是一种"当下的"，总是"在行动之中"。

当艺术成为一种物，也受消费逻辑掌控时，它本有的性质就会发生变化，进而沦落为一种符号。鲍德里亚指出，此时的艺术成为一种"阴谋"。这种阴谋是指艺术如今已经失去了幻象的欲望，却又将自身伪装成幻象。"在艺术当中，同样真实的是，它也失去了对幻象的欲望。相反，还把每件东西都提升到审美的陈词滥调的地步，变成超审美的。"② 在鲍德里亚的视域中，艺术被分为两种，一种是传统艺术，一种则是当代艺术。传统艺术致力于对世界的摹写，它构建的是一种世界的幻象。当代艺术则相反，它已经失去了这种欲望。例如立体主义、未来派、抽象表现主义等，它们并不是在构建幻象，也不再摹写世界，而是在创造一个指向内在的物，因此当代艺术本身已经与日常物品一样，嬗变成能够体现区别的物。但另一方面，基于消费社会的策略，当代艺术又把自己饰演成幻象，来骗取深受传统美学理论影响的大众的接纳。

---

① [法]让·鲍德里亚：《符号政治经济学批判》，夏莹译，南京大学出版社2009年版，第96页。
② Jean Baudrillard, *The Conspiracy of Art*, edited by Sylvere Lotringer, Translated by Ames Hodges, Semiotexte, p. 25.

而实际的情况是，当艺术成为一种物时，它本身已经成为一种真实性的存在，这种存在的价值就在于体现了无或者虚空。在《拟像》的开头，鲍德里亚引了《旧约》里的一句话作为题记："拟像从来不揭示真理，它就是真理，揭示那里原本虚无。拟像是真的。"① 被符号化了的物，变成了一种抽象存在，鲍德里亚称之为拟像。拟像不是对现实的模拟，而就是现实在消费社会中的表现形态。换句话说，它就是消费社会语境下的现实。这种拟像没有外在意义，而是一种虚空。当代艺术作为一种物，它同样也是一种虚空，没有外在的指涉意义。它本身已经成为现实的表现形式。"这些艺术家出身于拟像，出身于真理，因为情形就是，拟像就是真实。"② 正是基于这种观点，鲍德里亚才认为，波普艺术家安迪·沃霍尔是当代艺术的代表。因为他表明了当代艺术的特质："我是一架机器，我是无。"③ 当代艺术正以自身的实存形式，揭示消费社会价值整体的虚空。

鲍德里亚还指出，当艺术蜕变成一种物，它自身的特质被消解，从而导致艺术的终结。他所说的艺术的终结，并不是指艺术的死亡，而是指艺术消解了自身的独特性与曾有的特权，消融于生活之中。鲍德里亚曾经说过："我无意埋葬艺术。当我说真实死亡了的时候，它并不意味着这里的这张桌子不再存在；那是愚蠢的。但它总是被以那种方式来理解。我无法操控它。当你不再有一个画这张桌子的再现体系时发生了什么？当你不再有一个恰当的关于审美快感的判断价值体系时发生了什么？艺术无法免于这种挑战，这种新奇。"④ 他的意思是说，他提出的艺术的终结，并不是指艺术的死亡，而是指在新的消费

---

① Jean Baudrillard, *Simulations*, Translated by Paul Foss, Paul Patton and Philip Beitchman, printed in USA, p. 1.
② Jean Baudrillard, *The Conspiracy of Art*, edited by Sylvere Lotringer, Translated by Ames Hodges, Semiotexte, p. 49.
③ Ibid., p. 43.
④ Ibid., p. 61.

社会语境下，当生活已经被消费逻辑所掌控时，艺术也在发生变化。这使艺术获得了当代性，同时也使它与传统艺术之间产生断裂。这种当代性就在于，艺术被符号化，变得与生活中的其他物品没有区别。这同时也意味着，艺术与生活之间的沟壑因消费社会的符号操控而得到弥合。

由此我们可以知道，鲍德里亚所主张的艺术的终结，并不是指艺术的消亡，而是指在消费社会语境下艺术与生活之间所产生的新型关系。这种关系可以表述为两个方面：其一，艺术生活化；其二，生活审美化。而其核心则是艺术与生活的互相靠拢，直至同一。因为，在消费社会符号的操控下，艺术不再满足于制造有关世界的幻象，而是把自己变成现实本身。然而由于此时的现实本身也已经被符号化，成为超现实的，因此，艺术转变为这种新形态的现实。同样地，生活这一范畴在鲍德里亚那里，被化约为具有社会文化辨识功能的物。这种物，其实质是传统哲学所理解的现实功能被掏空，从而变成一种符号化了的抽象物，进而也变成一种超现实的存在，具有了美学特质。在艺术与生活互相延伸的过程中，它们获得了相同的表现形态。

第四节 韦尔施：超越美学与日常生活审美化

对于日常生活审美化命题，中国学者非常关注德国哲学家韦尔施的观点。1997 年，韦尔施出版了《重构美学》（*Undoing Aesthetics*）。该书是对他 1990 年德文出版的《审美思维》中所表达思想的拓展和提升。在《重构美学》的"序"中，他介绍了这本著作的基本情况："收入本书的讲演和文章出自 1990 年至 1995 年。它们进一步拓展了我 1990 年德文版《审美思维》中的视野，但是重心被更新了。"[1] 他所谓的"重

---

[1] ［德］沃尔夫冈·韦尔施：《重构美学》，陆扬、张岩冰译，上海世纪出版集团 2006 年版，第 1 页。

心被更新",根据《重构美学》中所讨论的问题可以知道,即他开始用新的方式来思考审美问题,不是把美学作为一门自足的学科,而是把它转换成"理解现实的一个更广泛也更普遍的媒介"[①]。这带来了他对美学思考的新视域:第一,美学的地位在他那里变得举足轻重,因为它开始超越传统的学科分类,成为理解现实生活的重要视角;第二,这同时也意味着,对于美学的未来发展,他提出了新的建设性意见,即走出传统以艺术为主要研究对象的美学,把目光投向艺术之外,即投向对日常生活与审美之间关系的讨论。这一新思路把他对美学的思考转变为对当代社会中文化现象的关注,同时拓宽了美学学科的研究视野,并也由此使他成为日常生活审美化知识谱系中重要的成员。

一 基本概念澄清

对当代社会景观中审美化倾向的解释,是韦尔施在《重构美学》中的核心问题。与列斐伏尔和鲍德里亚的从日常生活角度立论不同,韦尔施是从美学的特质进入问题。在他看来,仅仅从物品外观或者日常生活本身来解释日常生活审美化现象,触及的只是问题的表层。由于审美所指的复杂性,带来日常生活审美化的复杂,它至少可以包括两个层面,除表层之外,还有更为深层的部分,深层部分是表层可以出现的基础。在对其日常生活审美化思想做具体分析之前,我们首先需要对他著作中出现的相关概念做出澄清。这包括对"审美""审美化""日常生活"等含义的梳理和辨析。

《重构美学》作为韦尔施一段时期内的论文和演讲的集子,其中重复处颇多。在这些重复中,很大一部分体现出他对审美的多元理解的强调。"美学的这种截然相反的定义,可以数不胜数,没有终结。有时候

---

① [德]沃尔夫冈·韦尔施:《重构美学》,陆扬、张岩冰译,上海世纪出版集团2006年版,第1页。

它涉及感性,有时候涉及美,有时候涉及自然,有时候涉及艺术,有时候涉及知觉,有时候涉及判断,有时候涉及知识。'审美'理当交相意指感性的、愉悦的、艺术的、幻觉的、虚构的、形构的、虚拟的、游戏的以及非强制的,如此等等。"① 韦尔施指出,由于美学学科从其诞生始,以及之后半个多世纪的发展,其研究对象与范围一直含混不清,甚至矛盾。这带来该学科的核心概念"审美"也存在着多义性。这种多义性在当代分析美学家那里倍受批判。但与以韦兹、曼德尔鲍姆等为代表的分析美学家的主张不同,韦尔施并不认为由于这种多义性和含混,审美一词就应该被废弃不用,或者失去解释效力。但有趣的是,他又与分析美学家们一样,也主张用维特根斯坦的"家族相似"理论来解决审美多重内涵之间的关系。只是在他那里,这种"家族相似"关系并不是指交叉相似,形成网状结构,而是被他解释成"相互重叠、联系以及转化"②。这种关系被他设计成一种相互补充、碰撞的状态,并进而形成一个立体关系网。在《重构美学》中,他对审美的多重含义彼此间的重叠、转化关系等做过详细分析。但实际上,他对这一语词的具体使用,相对来说也比较确定。根据他的著作可以知道,在审美的多重内涵中,他比较强调的是"感性"、"形构"和"虚拟"等几个内涵。它们差不多构成了他整个讨论的基础。并且,他对审美所做的这种维特根斯坦式理解,具有重要意义。因为这种做法一定程度上释放了这一概念传统理解的偏狭性,不再固执于一端。他实际上是用这一语词的能指撑起了一个弹性空间,为审美外延领域的拓展提供了可能。换句话说,正是他所论证的审美概念的开放性和多义性,才为审美超越传统指向的艺术领域,进而为走向生活、走向更广阔的实践和思想领域提供了条件。

---

① [德]沃尔夫冈·韦尔施:《重构美学》,陆扬、张岩冰译,上海世纪出版集团2006年版,第13页。

② 同上书,第14页。

韦尔施对"审美化"的规定比较简洁。他说:"'审美化'基本上是指将非审美的东西变成、或理解为美。"① 对于这一定义,我们可以做如下理解。即在韦尔施看来,世界仍然存在着美与非美之分。一般来说,对日常生活审美化的理解,其背后的哲学立场是对生活与审美、艺术之间界限的取消,强调从前者到后者的连续性。这也就意味着,生活本身具有审美性或者潜在的审美性,它与审美之间并没有严格的边界。换言之,不美与美之间没有严格界限。但很明显,韦尔施并不赞同这种观点。他仍然认为美存在自身的边界,与不美分属于不同的范畴。并且,他还指出,从非审美到审美,是"变成"和"理解",这也就意味着,非美嬗变成美,关键点并不在于非美的特质,而在于"理解",即取决于理解者观点和立场的变化。这种主张,与他的现实属于理论建构的哲学立场是一致的。

虽然审美化的概念在他那里很明确,但由于"审美"这一概念本身的多义性,带来审美化的表征也出现多种形态。韦尔施注意到了这一点。他曾指出:"审美类型应用于非审美之物,其情况可以彼此各不相同:在都市环境中,审美化意味美、漂亮和时尚的风行;在广告和自我设计中,它意味筹划和生活时尚化的进展;讲到客观世界的技术决定因素和社会现实通过传媒的传递,'审美'归根到底是指虚拟性。意识的审美化最终意味着我们将不再看见任何最初的或最后的基础。"② 在上述对审美化的例举中,一方面显示出韦尔施对审美化存在的多种表征的觉察;另一方面则体现出他把审美化解释成了一种普遍现象。都市环境、广告设计、客观世界以及社会的技术因素,再到意识层面,都存在着审美化问题。这表明,审美化并不单纯存在于我们目之所及的日常世界,它甚至包括了我们看不见的思想本身。很显然,这些审美化分属于

---

① [德] 沃尔夫冈·韦尔施:《重构美学》,陆扬、张岩冰译,上海世纪出版集团2006年版,第11页。

② 同上书,第12页。

不同层面。为了进一步澄清自己的观点，韦尔施把审美化分成了浅层和深层，使在他视野中的审美化呈现出结构性特征。"如何来看待在我一路叙述的审美化中，不同层面之间的彼此关系？首先，锦上添花式的日常生活表层的审美化；其次，更深一层的技术和传媒对我们物质和社会现实的审美化；再次，同样深入的我们生活实践态度和道德方向的审美化；最后，彼此相关联的认识论的审美化。"① 在这四个层级之中，对第一个和第二个层级我们可以视为表层结构，它也大体与目前学界正在讨论的日常生活审美化所描述的现象相类，而第三个和第四个层级，则属于韦尔施的个性化理解，也是值得我们特别关注的日常生活审美化的深层结构。

对于日常生活，韦尔施并没有给出明确定义。但从他对审美化的理解中，我们可以发现，他对日常生活的理解比较独特。一般来说，人们要么把日常生活看作平庸和乏味的，散文气息是其特征；要么把日常生活看作是变动不居的，流动性是其显著特征。考察日常生活的学者们，如列斐伏尔、费瑟斯通、本·海默尔等人都对此有过论述。但韦尔施没有从这些视角来立论，他所理解的日常生活，其哲学根基是反本质主义。从《重构美学》中，我们能够强烈地感受到，韦尔施深受以维特根斯坦为代表的分析哲学和美学影响。他的多元化思想来自分析哲学的反本质主义。他对审美的解释，借用的是维特根斯坦在《哲学研究》中的观点，他甚至把《哲学研究》中对语言游戏描述的那段著名话语直接篡改成对审美的描述。对日常生活，他也秉持了这种反本质主义立场。在他看来，日常生活是思想建构出来的产物，并不是客观存在，而是人先在的一些思想理念，使对象以之所理解的方式呈现于眼前。这意味着，某种程度上，韦尔施拆掉了日常生活坚固的物质基础，使之蜕变成虚浮的思想折射的对象。如是，日常生活就

---

① ［德］沃尔夫冈·韦尔施：《重构美学》，陆扬、张岩冰译，上海世纪出版集团2006年版，第33页。

成了思想可以随意打扮的小姑娘。它的审美化问题,关键并不在于其自身具有的某些特性与审美之间的遇合,而在于思想对日常生活的审美维度的建构。

二 当代思想的审美特征与美学的取消

当韦尔施把现实生活构建成思想的产物的时候,在他那里,现实的本质就发生了深刻变化。它不再是一个客观存在,而成为受思想掌控、随着思想变迁而变迁的、不再有固化形态的思想的外延而已。在这种逻辑下,日常生活的审美化问题,就与日常生活自身的性质无关,而是思想呈现出审美特征,进而波及作为思想外延的日常生活而已。这也就是韦尔施之所以强调审美化的表征存在深层和表层的原因。我们目之所及的、比比皆是的、琳琅满目的、满是漂亮图案的物品,实际上是深层审美化的外在表现。换句话说,日常生活的审美化,其实质是思想审美化的具象表征。韦尔施曾明确指出:"夺目的形象和审美的图案,在今天比比皆是,它们不仅在构造今天的现实,同样也在传播现实。从对单个对象或主体的描述,从我们日常新闻的性质,到我们对现实的基本理解,都蔓延着这一主流趋势。"[①] 这也就意味着,作为当代社会主流趋势的审美化,在构造着我们今天的现实。它不仅为我们呈现夺目的形象和审美的图案,同时也在塑造着我们对现实的理解。换句话说,在当代社会,我们的思想同样被审美化所构建。

从思想的角度来看,韦尔施认为,这种审美化构建主要体现在两个领域:其一是伦理学;其二是认识论。有关伦理学方面的审美化,韦尔施认为这是现代性的结果。他分析道,从传统的意义上来看,美学与伦理学是对立的。美学被认为是一种危险,伦理学试图做的,则是阻止这

---

① [德]沃尔夫冈·韦尔施:《重构美学》,陆扬、张岩冰译,上海世纪出版集团2006年版,第95页。

种危险。从学科的确立历史来看，美学与伦理学的对立，体现在美学所作的努力，它在不断地摆脱伦理学，试图从伦理学中分化出来。现代美学对自律性的诉求需要在这一对立中解释。然而在最近几年，伦理学与美学之间的关系发生了变化。"然而，在伦理学与美学之间，伦理重于审美的传统样态和两者持平的现代样态，在最近的几年里，已为对两者之间的相互纠缠的新关注所打乱。新亚里士多德主义和后结构主义（努斯鲍姆、福柯）的伦理学，使美学在伦理学中扮演了关键的角色，同样社会学和生态学的美学理论（布尔迪厄、伯麦）将伦理方面的确定性，视为审美的基本观点。"① 在韦尔施看来，当下的超学科性的知识发展态势，使美学的地位得到凸显，在伦理学的发展中也扮演了越来越重要的地位，因此，发掘审美中所包含的伦理潜质，构建新的美学形式，对于拓展美学的新发展具有重要意义。

韦尔施创造了一个新词，旨在描述伦理学和美学的这种交融。"'伦理/美学'（aesthet/hics）这个生造词由'美学'和'伦理学'缩约而成，它旨在意指美学中那些'本身'包含了伦理学因素的部分。"② 在韦尔施看来，伦理/美学存在着传统形式，它在基础美学中就有所显现。他所言的基础美学是指传统美学观念。在他看来，基础美学强调对感知的超越，努力将感知提升到认识的水平，这是对一种更高级的行为的建构，而在审美愉悦中，基础美学倡导的是超越了生存愉悦的反思愉悦。到了现代，这种伦理/美学体现在多元化的审美原则之中。因为多元化是审美公正的体现。他赞同阿多诺的观点。他认为，阿多诺所代表的现代美学，其意义就在于"公正对待异质性"。"随着现代性生产出数不胜数的多样化的作品形式和视角，多元性越来越成为一种最根本的样式。"③ 韦尔施指出，阿多诺美学思想的价值在于，第一，他树立了新的审美理想，这

---

① ［德］沃尔夫冈·韦尔施：《重构美学》，陆扬、张岩冰译，上海世纪出版集团2006年版，第66页。
② 同上。
③ 同上书，第81—82页。

种理想为新型主体的确立提供了范例,这种新型主体能够实现没有控制的差异状态。第二,阿多诺用审美公正对政治—法律形式的公正提出尖锐批判,并把审美公正看作走向真正公正的途径。韦尔施借此观点想说明的是,正是因为审美内含着的伦理内涵,以公正为目标,在基础美学的向外拓展中,艺术成为生活的楷模,最终促成了生活向艺术和审美方向发展。

有关认识论的审美化,韦尔施是这样理解的:"这便是第一个,也是基本的审美化的因素:我们对现实的意指和我们的认知包含了基本的审美组成部分。第二个审美化因素在于这样的事实,即:知识和现实的整个排列同时被改变了:它们在根本上有了一种虚构的、生产的和形构的性质。"[①] 也就是说,认识论以及它对现实的解释所具有的审美化倾向,包含了两个相互联系的含义:其一,主体即人的认知本身具有审美性;其二,在这种认知下,知识与现实都发生了改变,出现虚构的、生产的和形构的性质。这两方面的含义,他指出,在康德哲学那里就出现了。当康德指出时间、空间和"经验可能性的条件"等观念时,世界的虚构性就开始了。韦尔施指出:"正是从康德开始,美学——超验的美学而不是某种艺术理论——成了认识论的基础所在。自此以还,谈论知识、真理和科学,鲜有不将审美成分考虑在内的。"[②] 他还认为,康德的这种认识论审美化倾向在尼采那里得到了进一步的发挥,尼采表明现实整个是被构建的,凭借知觉、基本意象、隐喻等虚构方式进行。甚至于到了20世纪,科学哲学、阐释学、分析哲学,以致科学实践等都出现了审美化趋势。

对于伦理学和认识论的审美化趋向,韦尔施一方面把这种趋势看作是日常生活审美化取向的深层结构,另一方面,把它们看作日

---

① [德]沃尔夫冈·韦尔施:《重构美学》,陆扬、张岩冰译,上海世纪出版集团2006年版,第46页。

② 同上书,第47页。

常生活审美化现象出现的思想根源。例如他曾经说道:"我的基本观点是:审美的新的基础性和普遍性是认识论审美化的结果。在这一过程中,审美是把自己推进了知识和真理的核心地带。近年思想所具有的基本的审美特征,就是这一过程的结果。"① 这也就意味着,认识论的审美化,有着逐渐发展的过程。从现代哲学即康德哲学出现之后,这一趋势就在或隐或显地发展之中,但只有发展到了当代,它才成为思想的主要特征。因此,思想的审美化,在韦尔施那里,扮演了多重角色:一方面,它是更高的,决定了当代日常生活审美化趋势出现的背后推手;另一方面,它又是日常生活审美化当代形式的重要组成部分。

由于当代美学发展的这种新态势,韦尔施因此提出,美学应该被取消,当代的美学发展应该超越传统美学。他的理由在于:第一,当代思想的各个方面都体现出了审美化的倾向,因此,美学已经成为当代知识的基础,它已经呈现出跨学科性;第二,基础美学是以艺术为主要的研究对象,但是,当代社会从生活的表层现象到深层的思想结构,都呈现出审美化倾向,因此,如果继续固执于研究艺术,必然是无法体会和把握到当代美学发展的趋势和精髓,也无法解释当代的审美现象。基于此,他明确提出:"我建议扩展美学使之波及传统美学之外的问题,由此来重构美学。"② "随着这种扩展,美学的学科结构将会怎样?我的答案肯定不会让人吃惊:它的结构应该是超学科的。"③ 他的这一观点,不能理解成美学无须存在,而是由于美学的当代发展,它已经远远逸出了传统的、仅仅把艺术作为研究对象的、最初的学科规定,事实上已经成为几乎所有学科甚至科学的基础,因此,改变美学的研究方式,讨论它的超学科性,是一种必然趋势。韦尔施曾经对未来的美学工作者做出

---

① [德]沃尔夫冈·韦尔施:《重构美学》,陆扬、张岩冰译,上海世纪出版集团2006年版,第45页。
② 同上书,第100页。
③ 同上书,第113页。

展望:"我想象,美学学科中有关'感知'的部分,是该学科中的活跃分支。它们应该在机制结构上整合起来。美学本身应该是跨学科、或者说超学科的,而不是只有在与其他学科交会时才展示其跨学科性。在我想象中,在美学系里应该教授上面提到的所有分支,美学家们自身应该对这些分支相当博学,并且至少自己就能教授其中的一些课程,就是说,不是只讲艺术本体论或艺术鉴赏史。"[①] 他的这种展望,可以使我们明确地意识到,他所提出的"取消美学"(undoing aesthetics)只是对新的美学边界的探讨,他试图想超越的,是传统的以艺术理论和鉴赏为主要内容的基础美学,竭力把美学带入到当下的文化语境中来,使之发挥更大的作用。

三　日常生活审美化的表层结构与审美化的中断

韦尔施把日常生活审美化分成了两个部分:深层与浅层。在《重构美学》中,他重点论述的是它的深层,即思想审美化形成的基础、传统以及特征,并在此基础上提出美学研究范式的转变和撤销美学的主张。但对于它的表层部分,他还是给予了少量的关注。

对于现实生活审美化的浅层部分,韦尔施主要是从两个方面论述的:第一是全球审美化;第二是"人工天堂",即对电子媒体世界的关注。有关全球审美化,他将其理解成现实生活的装饰性的时尚化。"今天,我们生活在一个前所未闻的被美化的真实世界里,装饰与时尚随处可见。它们从个人的外表延伸到城市和公共场所,从经济延伸到生态学。"[②] 他举例说,在当代社会,人们对自身,从身体到心灵和行为都进行着全方面的时尚化,城市近几年也差不多都被整容一新,甚至遗传

[①] [德] 沃尔夫冈·韦尔施:《重构美学》,陆扬、张岩冰译,上海世纪出版集团2006年版,第113—114页。
[②] 同上书,第91页。

工程也变成了遗传化妆技术。这种现实生活表层的审美化，韦尔施认为，有着令人失望的缺陷。"使每样东西都变美的做法破坏了美的本质，普遍存在的美已失去了其特性而仅仅堕落成为漂亮，或干脆就变得毫无意义。""全球化的审美化的策略成了它自己的牺牲品，并以麻木不仁告终。"① 当美沦落为装饰、时尚和漂亮，当映入眼帘的世界以及人本身，都充斥着这些浅层次的审美时，人的感官会受到伤害，变得麻木。韦尔施透露了自己的观点，那就是，尽管这种全球审美化，是现代美学很长一段时间以来的构想和追求，即打破生活与艺术的界限，实现审美公正。但很显然，当现实生活真的被审美覆盖的时候，这种追求就走向了自身的对立面，用韦尔施自己的话来说，就是"审美化策略成了它自身的牺牲品"。

关于电子媒体世界，韦尔施主要是从虚拟的角度来理解这种审美化。在他看来，电子媒体世界为人们塑造的是一个不同于日常生活的世界。在日常生活中，存在着现象与本质的区分，本质对于普通人来说，就像神秘的黑匣子一样。但在电子世界里，例如 PC 计算机，现象与本质的区分则并不存在，显示器上显示的形相与存储器中的存在是一致的。日常生活中，除了人工性的东西之外，还有自然现象，如山川河流、刮风下雨等，但在电子世界里，却完全是由人力合成，那是一个彻底的人工天堂。在这一人工世界里，我们可以迅速地捕捉到需要的数据，也可以让它们迅速消失。当电子世界统治了社会之后，同时也改变了人们认知和感受世界的方式和思想。在他看来，电子媒介对世界的改变主要体现在两个方面。第一，虚拟化。"在传媒中，较之在日常生活中我们见到的是另一种物理学和另一种形相和事件的逻辑。它起始于前面提到的电视屏幕上的变幻图像，通过视觉和赛博空间，营构出叫人见所未见的新维度来。从今以后，现实的不同图式是属于我们日常经验的

---

① ［德］沃尔夫冈·韦尔施：《重构美学》，陆扬、张岩冰译，上海世纪出版集团2006年版，第93页。

领域了。"① 这种虚拟性，带给我们的是对排他性的反思。由于虚拟世界的出现，它与真实的世界之间并行不悖，开启了世界潜在的多元性。第二，传媒世界与日常现实相互渗透。由于传媒世界的强大渗透力量，目前它所构建的世界与日常现实之间已经很难区分。例如目前很多真实事件的发生，最初被人们发现和看到都是通过传媒实现的。人们也往往根据传媒提供的画面、图像等来构想某一事件的真实。

当真实已经通过虚拟化来实现时，审美化在一定程度上，可以说改变了我们的世界。如何面对这种已经走向了自身对立面的审美化，是摆在当代学者面前的难题。韦尔施提供的态度相对比较冷静和公允。他没有采取简单的态度断然否定这种审美化的合理性，而是试图客观分析它产生的渊源，指出它在当下的困境和出路。在他看来，目前的审美化确实存在很大弊端，它麻木了人的审美感知。但与此同时，我们也应该意识到，这种审美化诉求一直存在于现代美学的发展中，只是到了当代，这种诉求变成了与我们预期并不完全相同的现实。因此，面对这一状况，我们应该对现代美学进行反思，而不是一味的否定和批判。"当今的审美化，不仅给当代美学带来了新问题和新任务，而且对传统美学进行了批判反思，指出传统美学部分地要为审美化进程中的缺点负责，并且它也广泛支持这些缺点。"② 也就是说，在韦尔施看来，当代审美现象，实际上是对美学提出了新的问题和任务，美学需要在反思传统的基础上应对这种挑战。他提出了具体的策略，即取消美学，使美学成为社会、文化以及思想的基础，而不单纯作为一门学科而存在。

除此之外，他还提供了两个值得参考的建议：应对全球装饰性的审美化，他提出了审美化中断；在知识界普遍关注虚拟化带给世界的影响

---

① [德] 沃尔夫冈·韦尔施：《重构美学》，陆扬、张岩冰译，上海世纪出版集团2006年版，第206页。

② 同上书，第95页。

的同时，他呼吁我们关注非电子的经验形式。审美化中断，主要是指在公共空间中，万物皆被美化，出现了审美过剩的现象，为摆脱这种现象，提供新型的审美样式，从而中断既有的审美感知。在他看来，目前的美的艺术已经很难与美的设计分开，因此，导致了艺术品进入公共空间中的意义可能性的消失。为改变这种局面，他提出："艺术品完全可能以抗拒的姿态进入公共空间，给人以刺痛，令人难以捉摸，难以理喻，由此展示公共空间的一种断裂，使人愤怒。""只有这样，艺术品才能避免自身被日常生活审美化所吞并。"[1]当审美和艺术已经被庸俗化，被日常生活所同化，原本审美所确立的标杆，即美的艺术某种程度上成为挽救这种局面的有效手段。根据韦尔施的建议，此时的艺术不应该再追求审美性，这会导致自身消融于生活之中，而应该以抗拒的姿态进入公共空间，以给人震惊和刺痛的效果来达到审美的中断，确立自身与日常生活的分离，借此拯救人的感知。这种策略的实质是以非审美来对抗审美。换句话说，韦尔施最终还是回到了先锋艺术的立场。这种立场早已被比格尔等人批判为"缺乏意义"，"与追逐时尚就很难区分"[2]。比格尔的论断，与先锋派内部的划分以及它与体制之间的关系转换有关。我们在此想强调的是，韦尔施为抗拒日常生活审美化的汹涌狂潮开出的药方也许并不是一剂有效良方。

面对电子媒介的冲击，韦尔施呼吁关注非电子经验形式。他所指的电子媒介主要是指电视等，因此在他看来，这种电子媒介提供的是视觉经验。并且由于为了追逐收视率等，这种经验往往非常肤浅荒唐。基于对它的否定，韦尔施提出关注非电子经验。这种非电子经验主要是指听觉经验。他指出，西方两千多年来，一直是视觉文化占据主导地位，如今的图像技术时代占统治地位的趋势更是把人类引向灾难的深渊。为了

---

[1] [德]沃尔夫冈·韦尔施：《重构美学》，陆扬、张岩冰译，上海世纪出版集团2006年版，第141页。
[2] [德]彼得·比格尔：《先锋派理论》，高建平译，商务印书馆2002年版，第135页。

走出困境,有必要告别视觉至上,走向听觉文化。他所构想的听觉文化"充满了理解、共生、接纳、开放和宽容的意味,实际象征了人与世界的平等式交流关系"①。但与审美化中断一样,这剂药方也未必能达到良好的效果。韦尔施自己也承认,从他提出这一倡议始,已经过去了十几年,视觉文化仍然在强势的发展之中。

---

① 王卓斐:《拓展美学疆域 关注日常生活——沃尔夫冈·韦尔施教授访谈录》,《文艺研究》2009年第10期。

下 编

引 论

在上编中,我们详细介绍和论证了艺术终结命题能够在西方出现,并迅速绵延成一种趋势,这既与艺术的当代变迁、时代知识以及与传统的断裂等有关,又与西方人浸润其间的基督教文化情结相连。在多重因素的合力下,20 世纪西方学者从多个角度探讨了艺术终结的可能含义和边界。自 20 世纪末开始,中国学界也开始对这一话题发生兴趣。在引介、移植和拓展等多重方向的开掘中,中国知识界赋予了这一命题以本土价值和意义。一定程度上,它完成了艺术终结命题作为旅行来的理论的本土转换。在这一过程中,体现出的不仅有中国知识界对西方理论的消化和吸收,还有中国知识界自身的价值诉求以及症结所在。也正因为后者,我们才认为,对这一命题的中国转换的考察非常有意义。接下来,我们便来详细考察中国学界对艺术终结命题的回应以及本土效应。

一 艺术终结命题的引入:对一个文本的分析

艺术的终结命题,在被中国学界充分讨论之前,对于学者们来说,也并不是一个完全陌生的说法。因为黑格尔的相关观点早已为人所熟知。并且,在 20 世纪 90 年代,知识界也关注到了黑格尔的艺术终结观在西方再度引起人们的兴趣。只是那个时候,学界还没有对这一现象给予足够的重视，因此也没有试图去深研它出现的原因。甚至于对20世纪80年代以来的西方有关该话题的讨论，中国学界也并非毫无知觉。1994年人民出版社出版的朱狄的《当代西方艺术哲学》一书中，与艺术终结指向相关的很多话题，如艺术的进步、艺术的定义危机、艺术与审美的关系等都有程度不同的论述。但该书的问题在于，它主要是对美国专业核心期刊如《哲学杂志》（*Journal of Philosophy*）、《美学与艺术评论》（*The Journal of Aesthetics and Art Criticism*）等刊物上的论文的细读，缺少与艺术实践的紧密结合。因此，虽然触及了艺术的终结命题，尤其是较早地介绍了分析美学家丹托、迪基等人的相关思想，但尚未对该命题做详细解读。并且作者本人也并未有意识地从艺术终结的视角来审视艺术进步、定义危机等话题。这些都注定了该书内容上的一些局限。而该书中相关思想的介绍，也只有在艺术终结命题在中国得到广泛传播，分析美学家们的艺术哲学观点得到普遍重视的时候，才能够让人们发现它的筚路蓝缕的开拓意义。

当时间走到了20世纪末，首先是艺术史领域，1997年，张长虹在《新美术》第1期上翻译了汉斯·贝尔廷关于艺术史终结论述的短文。1998年11月常宁生先生翻译了汉斯·贝尔廷《艺术史终结了吗？》一书的前三节发表在《美术观察》第11期上，第二年，他主持编译的《艺术史终结了吗？》一书由湖南人民美术出版社出版。这本著作虽然是以贝尔廷的著作为名，但并不是其著作的全译本，而是选择了十几位艺术史家有关艺术史学科性质、书写原则以及目前面临的危机等方面内容作为主要对象，试图为目前西方正在讨论的艺术史终结话题勾勒出一个比较全面的风貌。但无论是论文还是译著，名称为"艺术史终结了吗"，虽然也的确属于艺术的终结命题的构成部分，但这一标题还不能直刺人心，让学者们有乍一看到就为之震惊的效果。更多时候给人的感觉是，这种艺术史写作遭遇到的瓶颈与艺术自身的发展还不是一回事。因此虽然标题明确，但却没有在学界出现一石激起千层浪的效应。

国内知识界对艺术终结命题的关注，是由另外一篇文章唤起。《文学评论》2001 年第 1 期"海外学人园地"上刊登了美国学者希利斯·米勒的文章——《全球化时代文学研究还会继续存在吗？》，与同是艺术终结命题的重要参与者的汉斯·贝尔廷比起来，米勒的这篇文章引起了中国学者的敏感，在短时间内，中国学者发表了很多回应文章：《社会科学辑刊》2002 年第 1 期刊登了童庆炳的《全球化时代的文学和文学批评会消失吗？——与米勒对话》；《文学评论》2002 年第 1 期上刊登了李衍柱的《文学理论：面对信息时代的幽灵——兼与 J. 希利斯·米勒先生商榷》；《文艺理论研究》2004 年第 5 期上刊登了赖大仁的《我们今天应该如何研究文学？——关于米勒的近期"文学研究"观念》等。这些文章回应得如此迅速，表明了在这个时候，米勒所讨论的问题正式进入中国知识界视野。这篇文章的观点，后来被广为征引讨论，成为中国学者对艺术终结命题思考的重要兴奋点之一。因此我们需要对这篇文章做专门分析。本部分的题名，我们将其设计为"对一个文本的分析"，这一文本就是指米勒的这篇文章。我们认为，从这篇文章所提供的信息中，能够管窥到中国学者对其感兴趣的缘由；另一方面，它也在一定程度上规定了中国学者对艺术终结命题思考的运思方式和兴趣领域。因此，让我们的"下编"从对它的细读开始。

米勒的文章，虽然题目中的关键词是"文学研究"，但实际上，他只是在文章的末尾才回到文学和文学研究上来，他讨论更多的是媒介、媒介的意识形态性以及媒介对整个社会的影响。由此可知，他讨论的文学研究能否继续存在的视角是媒介，即新的电信时代对文学的冲击。

米勒设定的讨论语境是"全球化"。对于这一概念，我们不能够从惯常思路来理解。一般意义上的全球化，是指经济全球化，即经济发展带来的全球一体化。无论在世界的哪个地方，东方抑或西方，人们喝同样的饮料，吃同样的快餐，穿相同品牌的服装，这是全球化带给人们的福利。米勒在这篇文章中虽然没有对这一概念作出定义，但从其整个行文来看,他这里说的"全球化"是指新的电信时代带给人的新的地域观念和文化观念,因此他标题中的"全球化时代"实际上就是指电信化时代。这个时代的突出表征是民族国家自治权利的衰落,以及人们开始不自觉地组成新的社会,如网上社区等,简言之,即超越传统国家地理意识的人际关系和人的认知范式的重组。他在文章中写道:"民族独立国家自治权利的衰落或者说减弱、新的电子社区或者说网上社区的出现和发展、可能出现的将会导致感知经验变异的全新的人类感受(正是这些变异将会造就全新的网络人类,他们远离甚至拒绝文学、精神分析、哲学的情书)——这就是新的电信时代的三个后果。"[①] 这是米勒所理解的电信技术产生的直接后果,也是他讨论文学和文学研究存在的当代语境。

米勒对文学也没有给予明确的定义。但据其论述可知,他的理解游走于广义和狭义之间。从广义的角度来看,他把文学看作是纸质文本,是纸质文字排列所形成的作品。正是由于这一点,他才从德里达的《明信片》说起,把明信片、情书等都放到自己的文章中来讨论。从狭义的角度来看,尽管米勒是把明信片、情书、精神分析等与文学放在一起来讨论,但列举的文学例子又都是经典的文学作品。由此可知,在他的思考中,还是把文学与其他纸质文字材料区别对待。但就总体而言,他主要是从广义的角度来审视文学的。有关这一点的表现是,他是把文学作为印刷时代的直接产物和突出表征来对待的。因此,他标题中所设置的问题就可以具体表述为:在新的电信时代,依托于印刷技术的文学的命运将会如何?它还会继续存在吗?

从这一表述可以知道,这篇文章与世纪之交国内知识界如火如荼地讨论的全球化问题关系不大,但这篇文章在当时之所以能够被翻译进来又恰恰是由于这一特殊语境。这带来一个复杂的状况:其一,这篇文章

[①] [美]希利斯·米勒:《全球化时代文学研究还会继续存在吗?》,国荣译,《文学评论》2001年第1期。

是在"全球化"这一关键词受到关注的语境下才被引进的；其二，由于这篇文章本身与全球化问题关系不大，因此最终对它的接受脱离了全球化这一语境，回归到对技术与文学命运关系的思考。

实际上，在这篇文章被引入之前，米勒还有一篇相关文献被翻译到中国，即《全球化对文学研究的影响》①，在这篇文章中，米勒已经谈到了新的电子设备在文学研究内部引起了变革。但这篇文章的重点在于解释全球化的具体指向以及它对文学的影响，米勒也没有试图从文学的命运和未来的角度来看待全球化问题，因此，它仍然属于当时正在热烈讨论的全球化问题的一部分。所以尽管两篇文章在中国的发表时间间隔并不长，但就在这短短的数年间，不仅米勒本人的思想在发展，同时中国的接受语境也发生了很大变化。

在《全球化时代文学研究还会继续存在吗?》一文中，米勒的观点是通过与两个人的对话来完成的：一个是德里达；另一个则是黑格尔。在论文的开篇，他就引用了德里达《明信片》中的大段文字，借此提出德里达的观点：在新的电信时代，文学已经没有了存在的空间。德里达在《明信片》"信件"一章中写道："在特定的电信技术王国中（从这个意义上说，政治影响倒在其次），整个的所谓文学的时代（即使不是全部）将不复存在。哲学、精神分析学都在劫难逃，甚至连情书也不能幸免。"② 在英文原文中，这段话的前面还有一句："这是个没有文学的文学时代。"③ 德里达试图表明的观点是，在一个电信技术占据主导地位的时代，文学的存在基础已经消失，进而导致文学以及与文学有着相似性的情书、哲学、精神分析等都走向了终结。虽然表面上看来，

---

① 这篇文章由王逢振翻译，发表于《文学评论》1997年第4期；同时郭英剑也有翻译，发表于《当代外国文学》1998年第1期，题名为《论全球化对文学研究的影响》。

② [法]雅克·德里达：《明信片》，中译见希利斯·米勒《全球化时代文学研究还会继续存在吗?》，国荣译，《文学评论》2001年第1期；英文见 Jacques Derrida, *The Post Card*, translated by Alan Bass, The University of Chicago, 1987, p.197。

③ Jacques Derrida, *The Post Card*, translated by Alan Bass, The University of Chicago, 1987, p.197.

文学只是变换了存在方式，由纸质变成虚拟数据，但是这种依赖于印刷技术而存在的事物，在被虚拟化的同时已经变得面目全非。用手翻页来阅读和滑动鼠标来浏览是完全不同的身体动作。正如情书，它似乎依旧可以通过电邮的方式来表达，但其性质也发生了深刻变化。互联网上，"我"被虚拟化，实际上再也不是那个写好情书然后通过邮局邮寄的那个人了。并且电邮没有封闭性，因此也没有唯一的接受者。米勒试图补充德里达的观点。他详细分析了在电信时代从情书、精神分析到大学的教育方式等的变化。在他看来，德里达的相关思想是建立在对印刷文化的哲学前提——主客二元——的认知的基础之上的。虽然现代社会和观念的形成是多重因素合力的结果，但印刷技术和文化无疑是最重要的力量。它促进了民族国家、帝国主义的征服、殖民主义以及哲学上的笛卡尔、康德，直到弗洛伊德的精神分析等的出现。最终米勒认同了德里达的观点，明确指出："我坚持认为所有这些目前正在走向衰落的文化特色委实建立在印刷技术、报纸，以及印发《宣言》的地下印刷机和出版商的基础之上。"① 也就是说，米勒认为，在电信时代，建基于印刷技术的文学、报纸等走向衰落是必然的。在他的另一本被翻译过来的著作中，他表达了同样的观点："技术变革以及随之而来的新媒体的发展，正使现代意义上的文学逐渐死亡。我们都知道这些新媒体是什么：广播、电影、电视、录像以及互联网，很快还要有普遍的无线录像。"②

但耐人寻味的是，与认同德里达的观点不同，在文章的结尾，米勒拒绝接受黑格尔的观点。在上编分析黑格尔的艺术终结观时，我们曾经提到，根据艺术的感性特质与精神的理性化之间的矛盾运动，黑格尔在美学讲演中指出："艺术对于我们现代人已经是过去的事了。"③ 而米勒

---

① [美] 希利斯·米勒：《全球化时代文学研究还会继续存在吗？》，国荣译，《文学评论》2001年第1期。
② [美] 希利斯·米勒：《文学死了吗》，秦立彦译，广西师范大学出版社2007年版，第16页。
③ [德] 黑格尔：《美学》第1卷，朱光潜译，载《朱光潜全集》第13卷，安徽教育出版社1990年版，第14页。

不同意这种说法。他指出："艺术和文学从来就是生不逢时的。就文学和文学研究而言，我们永远都耽在中间，不是太早就是太晚，没有合乎适宜的时候。"① 在《美学》中，黑格尔认为，艺术可以划分成三个时代：象征型时代、古典型时代和浪漫型时代。艺术正当其时的是在古典型时代。那个时代，艺术的理念与其感性形式达到完美结合，是艺术的理想。而黑格尔本人生活的时代是浪漫型艺术占据主导地位的时代，这个时代的精神是哲学，因此艺术对于他及其以后的时代而言，已经是过去的事了。而米勒却认为，艺术从来没有正当其时过，不是太早就是太晚。他的理由是，黑格尔所谓的艺术的自足，即艺术仅为自身存在的时代根本不存在。"再也不会出现这样一个时代——为了文学自身的目的，撇开理论的或者政治方面的思考而单纯去研究文学。"② 这也就是说，一个完全属于文学的时代根本不存在，文学总是他律的。例如电信时代的新媒介作为意识形态的新的母体，决定了文学的存在以及终结。

这里出现了一个悖论：在与德里达的对话中，米勒认为，在电信时代，文学和情书、精神分析、哲学一样已经衰落，即他认为艺术终结已有其征兆；而在与黑格尔的对话中，他则提出，文学从来没有正当其时过，这也就意味着，它没有过时不过时的问题，因此就不存在终结。很显然，这两种观点存在矛盾。如何来理解这种矛盾？我们希望在此引入米勒的另外一本著作，借他那本著作中的观点来对此作出解释。

在《文学死了吗》一书的开篇，米勒为我们解释了"文学"一词的现代起源，以及目前对文学命运的两种不同看法（终结与永恒）存在的合理性。他说："如果一方面来说，文学的时代已经要结束，而且凶兆已出，那么，另一方面，文学或'文学性'也是普遍的，永恒的。它是对文字或其他符号的一种特殊用法，在任一时代的任一个人类文化

---

① ［美］希利斯·米勒：《全球化时代文学研究还会继续存在吗？》，国荣译，《文学评论》2001年第1期。

② 同上。

中，它都以各种形式存在着。第一意义上的文学（作为一种西方文化机制）是第二种意义上文学的一种受历史制约的具体形式。第二意义上的文学，就是作为一种普遍的、运用可视为文学的文字或其他符号的能力。"① 从这段话中我们就能够清楚判断出，在米勒的视野中，存在着两种对文学的理解：一种是作为普遍意义上的文学，它主要是"对文字或其他符号的一种特殊用法"，没有国别和地域差别；另一种是产生于西方17世纪末，大体定型于18世纪中叶的文学，这一观念不能够脱离罗马——基督教——欧洲根源来理解。换句话说，它指的是西方现代意义上的文学。在这两种文学中，米勒认为，出现终结迹象的是后一种文学，它的实质是印刷时代的终结。正是由于在他的视野中，存在着对文学的这两种划分和两种不同的态度，在2004年与中国学者的访谈中，他才明确表示："我对文学的未来还是有安全感的。"②

他的这一观点与同样主张艺术终结的美国哲学家丹托如出一辙。丹托曾经指出："艺术会有未来，只是我们的艺术没有未来，我们的艺术是已经衰老的生命形式。"③ 这表明，丹托也认为，他提出的艺术的终结，其意指并不是指向普遍意义上的艺术，而是18世纪以来，由巴图、狄德罗、康德等人所确立的现代艺术观念及其体系，是西方的现代艺术观念发展到今天出现危机，走向终结和衰落。两人的思想具有一致性，这意味着，米勒有关文学终结的观点，并不是他个人独树一帜的思想，而是处于20世纪80年代以来西方学界整体对艺术终结理解的交响之中。只不过，他把这种思考定位于纸质文学上。

从文学与技术的关系来讨论文学的命运，是米勒传达给我们的他本人的思考。然而，他的思考却在中国学者那里获得了共鸣。让中国的文

---

① ［美］希利斯·米勒：《文学死了吗》，秦立彦译，广西师范大学出版社2007年版，第21页。

② 周玉宁：《我对文学的未来是有安全感的——希利斯·米勒访谈录》，刘蓓译，《文艺报》2004年6月24日。

③ Arthur Danto, *The Philosophical Disenfranchisement of Art*, Columbia University Press, 1986, p. 97.

艺理论研究者们深刻意识到，如今的文学发展存在着危机。中国学者对艺术终结命题的思考，正是从这里开始的。并且，由于对此命题的关注由米勒的这篇文章始，因此这篇文章对于当代中国文艺理论的发展就有了特别的意义：一方面，它在一定程度上规定和提示了中国学者对艺术终结命题的思考，即中国学界最初是从文学境遇来审视这一命题的；另一方面，它也为中国学者提供了文学危机的理由之一，即技术冲击。这一理由曾引起学界广泛讨论，并在一定程度上影响了目前为止仍然受到学者们热情关注的一场聚讼，即有关图像和视觉转换的文化转向的聚讼。

二　艺术终结命题在中国接受状况的描述

前文已经提到，对于艺术的终结，国内学界是从米勒2001年发表的文章才开始意识到这一问题的重要性，并迅速做出回应。在回应的过程中，由点及面，众多的西方美学家、哲学家、艺术史家们的思想以及与之相关的各种理论问题走进了中国学者的视野，中国学者在介绍他们思想的同时，也试图结合中西方文化语境给出自己的判断。下面我们对此做简单分类，并在此基础上，划定我们接下来要探究的范围。

到目前为止，中国学界对于艺术终结命题的讨论，大体可以分成如下两种情况。

第一，对西方艺术终结命题阐发者的思想做引介工作。它包括两个方面，即翻译引进和做适当评述。在上编讨论这一命题的知识谱系时，我们曾经提到过，这一命题是一复合命题，它包含了众多的理论指向，其核心是对美学与艺术转型和危机的关注。从人员构成上，我们在上编做知识谱系梳理时，曾提到了黑格尔、丹托、马克思、本雅明、麦克卢汉、列斐伏尔、鲍德里亚和韦尔施等人。在我们看来，这些学者或者是对中国知识界产生了重要影响，或者是该命题中的灵魂人物，或者是国内学界在目前的讨论中不应该忽略但忽略了的学者，因此值得特别关注。除此之外，瓦萨里、贡布里希、格林伯格、沃尔夫林、汉斯·贝尔廷等艺术史家们以及海德格尔、杜威、罗蒂、舒斯特曼、阿多诺等哲学家都与艺术的终结话题能够扯上关系。瓦萨里被认为是最早暗示出艺术的终结的艺术史家。贡布里希思想中黑格尔主义的影子让他的"制作与匹配"的思想最终预示了再现的终结。汉斯·贝尔廷在当代欧美影响很大，他被看作是20世纪80年代以来，与丹托齐名的，艺术的终结的欧洲提出者。杜威、罗蒂和舒斯特曼作为实用主义不同时期的代表人物，他们的哲学和美学的基础是审美与日常生活的连续性，致力于开掘生活本身的审美特质，抹平艺术与生活之间的沟壑。这实际上就是日常生活审美化的逻辑前提。海德格尔在其《艺术品的本源问题》等著作中所提出的艺术与真理关系的思想至今给学界以灵感。阿多诺在他的《美学理论》的开篇，就提出了艺术确定性消失的问题。除这些艺术史家和哲学家外，甚至一些艺术家们，如杜尚、沃霍尔等人，他们的创作以及艺术经验谈，都体现出了终结传统西方艺术的诉求。对于上述学者和艺术家们的相关理论，到目前为止，国内学界都或多或少地给予了关注。

我们可以如下著作和论文为例来说明中国学界对此命题关注的盛况：首先，著作方面。从译著上来看，前文中我们曾经提到1999年常宁生主持编译的《艺术史终结了吗？》，该书由湖南美术出版社出版，由于以汉斯·贝尔廷的同名著作为书名，因此不言而喻，该书重点介绍的是德国艺术史家贝尔廷对艺术史学科的反思以及艺术史的终结思想。除此之外，该书还以问题形式，选取了十几篇在当代西方颇具影响的文章，讨论了艺术史学科当下的变化和危机；2004年，这本书由中国人民大学出版社再版，编译者常宁生又增加了2篇，书名仍然叫作《艺术史终结了吗？》；2001年，欧阳英翻译的丹托的《艺术的终结》[①] 由江苏人民出版社出版，这本书属于该出版社"终结系列"丛书中的一本，

[①] 该书英文名为《艺术的哲学剥夺》(*The Philosophical Disenfranchisement of Art*)，译者选取了该书收录论文中最有代表性的一篇"艺术的终结"(The End of Art) 为题名，凸显了它的核心思想。

是中国学界最初了解丹托的一扇窗户；2007 年，丹托的两本著作——《艺术的终结之后》《美的滥用》，由王春辰翻译，江苏人民出版社出版。2012 年，陈岸瑛翻译的丹托的《寻常物的嬗变》（*The Transfiguration of the Commonplace*）亦由江苏人民出版社出版，至此，丹托所认为的他本人最重要的三本艺术哲学著作，全部在中国大陆出版。2002 年，陆扬、张岩冰翻译的韦尔施的《重构美学》由上海译文出版社出版，这本书由于译名的争议性，带来很多误读。在上编中，我们对此已经做了详细的介绍和解读，但不能否认的是，这本书对于 21 世纪中国文艺理论知识生产有着特别重要的价值。它为 20 世纪末美学的文化转向以及文艺学扩容等提供了学理支持。2005 年，高建平翻译的杜威的《艺术即经验》由商务印书馆出版，这本早在 80 年代就列入"美学译文丛书"计划中的名著终于被翻译过来，以飨中国读者。杜威，这位实用主义的大师，在《艺术即经验》里，他表达了与当时主流哲学不一样的理念，即他反对康德主义的艺术与生活的二分，主张二者之间存在连续性。他的这一思想被封存了半个多世纪。20 世纪 80 年代后，美国学界重新发现了他美学思想的价值，而 21 世纪初，这本书的汉译出版，也很快汇入当时中国知识界正如火如荼讨论的日常生活审美化命题的洪流之中。实际上，前一段落中提到的所有学者，他们的著作都在国内不同程度地得到翻译出版，我们在这里提到的著作，相对来说，是这几年得到了大家广泛关注的代表性著作。

从评介性著作来看，2006 年，南京出版社出版了刘悦笛的《艺术终结之后》，这是国内较早以"艺术的终结"为名，且对这一命题的诸种理论指向做全面扫描的著作；拙著《丹托的艺术终结观研究》，于 2012 年由中国社会科学出版社出版，这是第一本专门研究丹托艺术终结观的著作；陆扬的《日常生活审美化批判》中也用了很大一部分篇幅来介绍列斐伏尔、费瑟斯通、韦尔施等人的相关思想。周计武的《艺术终结的现代性反思》第一部分，详细地论述了黑格尔、阿多诺和丹托的艺术终结思想。除这些专门性著作外，还有一些著作部分涉及艺术的终结思想，例如薛华的《黑格尔与艺术难题》，书中前面部分就专门研究了黑格尔的艺术终结思想。

除这些著作外，在这十多年间，学界还发表了大量的介绍西方艺术的终结思想的各种论文。在这当中，相比较而言，有关黑格尔、丹托的论文数量最多。在此我们略举数例：王泽庆的《黑格尔艺术终结论的内在矛盾》[1]；魏栓喜的《黑格尔艺术终结论之我见》[2]；笔者的《黑格尔艺术终结观研究》[3]；朱立元、何林军的《艺术·哲学·阐释——读丹托的〈艺术的终结〉》[4]；彭锋的《艺术的终结与重生》[5]、《"艺术终结论"批判》[6]；陆扬的《艺术终结论的三阶段反思》[7]、《再论丹托的艺术终结论》[8]；代迅的《艺术终结之后：黑格尔与现代美学转向》[9] 等。从博硕毕业论文的选题来看，丹托的终结观是最近几年比较热门的选择：笔者 2008 年的博士学位论文即以丹托的这一思想为研究对象；其他还有：2008 年浙江大学何建良的博士学位论文《"艺术终结论批判"——从黑格尔到丹托》、2010 年山东大学曹砚黛的博士学位论文《丹托艺术哲学研究》、2013 年华东师范大学周键的博士学位论文《如何定义艺术——丹托艺术哲学再认识》、2003 年中央美术学院王春辰的硕士学位论文《走向多元主义的艺术视野——丹托论后历史艺术批评》、2006 年山东大学付雯的硕士学位论文《艺术终结了吗？——论丹托的艺术终结论》、2010 年黑龙江大学李英宇的硕士学位论文《艺术观念的演进与变异——丹托艺术终

---

[1] 王泽庆：《黑格尔艺术终结论的内在矛盾》，《艺术百家》2008 年第 4 期。
[2] 魏栓喜：《黑格尔艺术终结论之我见》，《阴山学刊》2008 年第 6 期。
[3] 张冰：《黑格尔艺术终结观研究》，《中国人民大学学报》2014 年第 2 期。
[4] 朱立元、何林军：《艺术·哲学·阐释——读丹托的〈艺术的终结〉》，《博览群书》2002 年第 5 期。
[5] 彭锋：《艺术的终结与重生》，《文艺研究》2007 年第 7 期。
[6] 彭锋：《"艺术终结论"批判》，《思想战线》2009 年第 4 期。
[7] 陆扬：《艺术终结论的三阶段反思》，《艺术百家》2007 年第 4 期。
[8] 陆扬：《再论丹托的艺术终结论》，《中山大学学报》2010 年第 6 期。
[9] 代迅：《艺术终结之后：黑格尔与现代美学转向》，《江西社会科学》2009 年第 1 期。

结理论考察》、2010年东北师范大学佟成坤的硕士学位论文《艺术的终结与后历史的艺术——丹托艺术哲学思想三部曲思考》等。而在这些论文中，还有一个有趣的地方，由于黑格尔与丹托两人之间特殊的学术缘分，在讨论丹托的艺术终结观时，黑格尔的哲学和美学思想总是绕不过去的参照系，因此，在讨论丹托的论文中，研究者们往往是从黑格尔的艺术终结观起步。这一定程度上构成了对两位哲学家的比较研究。

除了对丹托、黑格尔思想关注外，在最近十几年里，国内学界也对上述提到的其他学者的艺术终结观做过介绍。我们试举几例：高建平的《美学与艺术向日常生活回归——兼论杜威与"日常生活审美化"的理论渊源》[1]；周计武的《论阿多诺的艺术终结观》[2]；刘旭光的《终结，还是复活——对黑格尔与海德格尔之艺术终结论的比较研究》[3]；易西多、刘彤的《与贡布里希商榷——从现代主义到艺术的终结》[4]；李军的《现代艺术史体制之完成——对贝尔廷与格罗伊斯关于艺术史和博物馆"终结论"命题的再考察》[5]；童小畅的《当代艺术：死亡，终结或消失？——鲍德里亚艺术批评研究》[6]；王艳的《讲故事艺术的终结——兼论本雅明艺术生产理论的内部矛盾》[7]；笔者的《迎向灵光消逝的时代——本雅明的灵光理论与艺术的终结命题》[8]；金惠敏的

---

[1] 高建平：《美学与艺术向日常生活回归——兼论杜威与"日常生活审美化"的理论渊源》，《文艺争鸣》2010年第9期。

[2] 周计武：《论阿多诺的艺术终结观》，《文艺理论研究》2005年第6期。

[3] 刘旭光：《终结，还是复活——对黑格尔与海德格尔之艺术终结论的比较研究》，《学术月刊》2005年第5期。

[4] 易西多、刘彤：《与贡布里希商榷——从现代主义到艺术的终结》，《武汉大学学报》2013年第3期。

[5] 李军：《现代艺术史体制之完成——对贝尔廷与格罗伊斯关于艺术史和博物馆"终结论"命题的再考察》，《艺术设计研究》2011年第4期。

[6] 童小畅：《当代艺术：死亡，终结或消失？——鲍德里亚艺术批评研究》，《文艺研究》2009年第9期。

[7] 王艳：《讲故事艺术的终结——兼论本雅明艺术生产理论的内部矛盾》，《美与时代》2007年第12期。

[8] 张冰：《迎向灵光消逝的时代——本雅明的灵光理论与艺术的终结命题》，《人文杂志》2013年第12期。

《图像—审美化与美学资本主义——试论费瑟斯通"日常生活审美化"思想及其寓意》①等。这些文章远不能代表近几年对艺术终结命题讨论的热闹景象,但希望能够借此使读者感受到讨论的广度和学者们的热忱。

其次,在引介的基础上,提出中国学者的独立见解,这是对艺术终结命题讨论的另一方面重要内容。在前面我们提到的一些著作和论文中,就包含着中国学者对这一命题独立的态度和观点。例如在陆扬的《日常生活审美化批判》一书中,既有对西方相关学者思想的分析,也有他本人对这一命题的思考。在周计武的《艺术终结的现代性反思》一书中上部是对西方学者的评介,下部则是他本人对该命题的理解,等等。此外,吴子林主编的《艺术终结论》2011年由中国社会科学出版社出版,书中收集了几十篇近几年中国学者讨论这一话题的文章。艾秀梅的《日常生活审美化研究》2010年由南京师范大学出版社出版,书中除了介绍西方学者的相关观点外,重点放在了中国语境下的日常生活及其审美化研究上。中国人民大学出版社出版了刘悦笛有关艺术终结问题分析的视频资料,名为"艺术终结与当代艺术发展"。论文方面:如王祖哲的《失去了灵魂的西方现代艺术》[2];陈炎的《西方艺术的文化困局和美学败绩》[3];吴子林的《文学:"死亡"抑或"终结"》[4];李衍柱的《艺术的黄昏与黎明》[5];黄鸣奋的《新媒体与艺术的终结》[6];周计武的《艺术终结论:一种叙事化的建构》[7];何建良的《艺术终结研究:现状和问题》[8];孙艳秋的《中西语境下的"艺术终结"》[9]等。在

---

① 金惠敏:《图像—审美化与美学资本主义——试论费瑟斯通"日常生活审美化"思想及其寓意》,《解放军艺术学院学报》2010年第3期。
② 王祖哲:《失去了灵魂的西方现代艺术》,《学术月刊》2009年第9期。
③ 陈炎:《西方艺术的文化困局和美学败绩》,《学术月刊》2009年第9期。
④ 吴子林:《文学:"死亡"抑或"终结"》,《思想战线》2009年第4期。
⑤ 李衍柱:《艺术的黄昏与黎明》,《东方论坛》2004年第4期。
⑥ 黄鸣奋:《新媒体与艺术的终结》,《艺术百家》2009年第4期。
⑦ 周计武:《艺术终结论:一种叙事化的建构》,《思想战线》2009年第4期。
⑧ 何建良:《艺术终结研究:现状和问题》,《中南大学学报》2008年第1期。
⑨ 孙艳秋:《中西语境下的"艺术终结"》,《思想战线》2009年第4期。

这些著作和论文中，学者们表明的见解主要体现在三个方面：一、对西方艺术出现危机的分析和评判；二、在此基础上，对中国目前遭逢到的相近文化境遇作出判断；三、从比较的视野出发，强调中西文化语境的差异性，否定艺术终结命题在中国发生的学理上的可能性。从这些论著的特点来看，尽管它们也会触及西方学者对艺术终结命题的讨论，但在中国作者或隐或显的意识中，却存在着对话精神。他们并没有盲从于西方同行的论断，而是在比较的视野下，既同情后者身处其中的文化语境和艺术困局，同时又能够意识到，中国语境与之相比有一致之处，但同时差异却是主要方面。

从以上的描述可知，对于艺术的终结这一西方命题在中国的传播和旅行，中国学者实际上投入了极大的热情。在差不多只有十年的时间里，大量的专著和学术论文都在表明着一个情况：即它能够唤起中国学者内心深处的东西。回顾新时期以来中国的文化语境，由于西方理论大量的涌入，其中的盲目性在 20 世纪最后十年里得到学界深刻的反思。因此，单纯介绍和引进西方一个时髦的理论，如今已经不再得到学界的青睐。再加上，20 世纪 90 年代后，文化民族主义觉醒，中国学者转而关注本土的理论实践，而不是紧随在西方思想界的身后，亦步亦趋地复制。这是艺术的终结命题进入中国时需要面临的文化现实。但是，即便是在这种情形下，艺术的终结命题在这十年中还是获得了比较充分的讨论，学者们倾注的热情近年中十分罕见，这现象本身就值得我们关注。

我们认为，艺术的终结命题，虽然从西方舶来，但它的价值诉求以及触及的艺术和美学转型问题，与当代中国的部分文化现实有相通之处。应该是由于这一点，它才会被中国学者如此重视。我们在接下来试图做的，是寻找这些相通点，借此管窥当下中国文艺学和美学发展状况，并努力作出解释。在这种思路下，我们考察的重心就与上编不同，上编重在对艺术终结命题的西方知识来源做谱系梳理，而在这一部分，我们将考察中国学者通过艺术终结命题的讨论，试图表达出与自己有关的东西，即深研其背后的本土诉求。我们不再把艺术的终结命题单纯地看作是"西方理论在中国"，而是把它看作是点燃中国文艺理论和美学界内在诉求的触媒，证明它内在的部分指向以及中国学者或有意或无意的误读，都与中国本土文艺理论知识生产存在内在一致性。因此，在这部分我们划定的研究范围是中国学者对艺术终结命题的研究。在这部分中我们做重点考察的，不是学者们对这一命题的西方来源的介绍，而是中国学者对这一命题所作的独立判断，以及他们在此基础上所做的各种可能的延伸。因此，在前面提到的两种情况中，我们只对第二种情况做出考察，并在此基础上，做适当拓展。在我们看来，中国学者对此所作的判断，是深深植根于本土的文艺理论和美学现状之中的，因此，只有回到中国本土的文艺理论发展及其诉求，才能够理解这一命题在中国的旅行状况和本土生长，更重要的是，我们才能够以此为视角，管窥中国文艺理论知识的当代生产与时代诉求。

第一章　艺术终结命题在中国旅行的时代语境

恩格斯说过："生产以及随生产而来的产品交换是一切社会制度的基础；在每个历史地出现的社会中，产品分配以及和它相伴随的社会之划分为阶级或等级，是由生产什么、怎样生产以及怎样生产交换产品来决定的。所以，一切社会变迁和政治变革的终极原因，不应当到人们的头脑中，到人们的永恒真理和正义的日益增进的认识中去寻找，而应当到生产方式和交换方式的变更中去寻找；不应当到有关时代的**哲学**中去寻找，而应当到有关时代的**经济**中去寻找。"（黑体为原文所有）[①] 恩格斯的这段话指出了解决目前讨论问题的方向。在引论当中，我们指出，早在20世纪90年代，艺术终结命题的当代提出者丹托的艺术终结思想，就曾经通过一些学者的介绍传入中国，如朱狄的《当代西方艺术哲学》中的有关章节、王德胜翻译的丹托短文《美学的未来》等，然而当时并没有引起中国学者的关注。进入21世纪之后，是希利斯·米勒的一篇论文触动了中国学者的学术神经，进而艺术的终结作为一个话题开始引起学界长时间的关注。根据恩格斯的说法，即一种社会变迁的原因应该从时代经济和社会发展中寻找。因此我们认为，艺术终结命题在中国旅行的冷热转换现象背后，是中国知识界思想语境和现实关切在

[①] 《马克思恩格斯选集》第3卷，人民出版社1995年版，第740—741页。

十几年之内发生了变化。正是这种变化，使中国学者的内心体验与艺术的终结话语的内在诉求之间产生了共鸣。因此，如果希望深入理解这一命题在中国的传播、转化，首先需要了解的是新时期以来中国的时代语境和知识诉求，尤其是90年代以来的社会转型。这种转型，既体现在物质基础、经济等层面，也体现在精神、思想、文化等软实力层面。这些现象之间存在着千丝万缕的联系，我们只能够做简单梳理。希望通过这种扫描，能够使我们顺利进入所要讨论的话题。

第一节 新时期以来中国社会转型扫描

新时期以来，随着国家政策的整体调整，中国开始走出国门，与世界相遇，在卷入全球经济秩序、带来世界发展新格局的同时，中国也被世界改变。这种改变，很难用三言两语表述清楚。与本书正在讨论的题目有关的是如下几个方面。首先，国家政策的调整，经济和发展成为社会主旋律，这带来社会运转的关注重心、价值判断等发生急剧变化。其次，科学技术是第一生产力，发展技术是世界潮流，也是打开国门后的中国自上而下的共识，然而技术不仅仅属于经济基础，某种程度上，它本身就是一种意识形态形式，因此，会影响和渗透到社会生活和观念层面，甚至更新和改变后者。随着中国国际化进程加快，科技迅速发展，技术对中国现代社会的影响也愈来愈深，同样，这不仅体现在生产发展，同时也体现在社会生活的方方面面。再次，经济发展，带来文化变迁，促进了市民社会的形成，大众文化的勃兴，进而加速了中国社会的现代化进程。最后，随着中国加入世界，所带来的变化和危机既是经济层面的，也是观念层面的，换句话来说，原本只是属于西方经济、文化或观念层面的变化和危机，随着中国与世界的同步，也逐渐成为中国需要面临的本土问题。这是艺术的终结命题在中国传播和扎根的深层次基础，也是本书研究的现实依据。这四个方面中，第四个方面渗透在前三个方面，与它们互为因果，因此我们不打算单独列出讨论，而前三个方面，某种程度上，正是我们接受艺术终结命题、以及思考本土文艺理论和美学问题的社会语境，因此需要我们对它们做适当扫描。只有充分理解了这些变化，我们才能理解中国当代文艺理论和美学的变迁，并进而理解为什么我们会从艺术终结的视角来审视当代中国文艺理论和美学知识的生产。

一 中国社会经济转型带来的观念变迁简论

有论者曾经指出："讨论20世纪90年代文学离不开资本主义全球化扩张和当代中国的社会转型——由'革命中国'到'改革的中国'、由'社会主义中国'到转型期的中国。对20世纪90年代文学的阐释必须放置在资本、现代性、全球化、市场经济、消费文化的诸种视域中，才能进行深入而广阔的解读。"[1] 这段话虽然是对90年代文学生产文化语境的总结，其实它也适用于艺术生产。对当代艺术的分析，也需要注意这些复杂文化语境的联系。但与论者不同，我们认为，中国社会的转型，其实从新时期伊始就已经开始了，90年代社会特质的外显，与80年代的中国存在连续性。并且在我们看来，中国社会的经济转型，是一个非常大而复杂的问题，我们只能够依据接下来要讨论的内容做简单描述。

知识界一般认为，新时期以来的30多年，从经济转型维度来看，应该以1992年为界。这一年的标志性事件是邓小平南方谈话。这次讲话对中国改革开放的进程以及社会发展的深远意义如何评价都不过分。然而，中国转变发展思路，强调以经济建设为中心，却并不是自1992年才开始，这也就意味着，社会以及经济政策发生变化的时间更早，因此需要我们从更早的时候说起。并且我们认为，1992年在中国当代社

---

[1] 张伯存、卢衍鹏：《二十世纪九十年代文学转向与社会转型研究》，光明日报出版社2013年版，第5页。

会转型中，确实具有里程碑意义，但这并不意味着它与 80 年代之间是一种完全的断裂关系。在我们看来，二者之间既有区别，同时又有着发展连续性。其区别在于，90 年代市场经济体制的确立，加速了社会转型的深度和广度，使 90 年代之后的社会经济、文化、艺术等领域出现了与新时期前十几年迥乎不同的变化，尤其是社会主义市场经济体制的确立，给中国社会带来了完全不同的社会运行规律和价值观念。但另一方面，90 年代之后的中国社会发展，又与 80 年代存在内在连续性。这是因为，90 年代之后，中国的社会变迁和文化转型，并不是一夕之间发生的事件，而是自新时期以来国家政策的调整而逐渐累积的结果，社会主义市场经济体制的确立，并不完全意味着与 80 年代的断裂，而是后者发展走向深入的典型表现。

新时期以来，中国在短短 30 余年中取得了令世界瞩目的成就。经济高速发展，人民生活水平显著提高，文化生活也日益丰富。中国社会发生着日新月异的变化。这种繁荣景象得益于党和政府对"左"的路线和思潮的反思以及开拓进取的精神。1978 年底的十一届三中全会，规划了国家发展新的战略目标，强调工作重心转移到社会发展和经济建设上来，提出"把国民经济搞上去"，决定实行改革开放的基本国策。改革的核心是经济改革，解决老百姓的温饱问题。在 1979 年关于经济工作的会议上，邓小平指出："经济工作是当前最大的政治，经济工作是压倒一切的政治问题。不只是当前，恐怕今后长期的工作重点都要放在经济工作方面……各级党委除了抓经济工作，还有很多其他工作，但很多问题都涉及经济问题。比如思想路线问题要深入讨论，这个工作不能搞运动，要插到经常工作主要是经济工作里面去做……政治工作要落实到经济上面，政治问题要从经济的角度来解决……社会、政治问题，主要还是从经济角度来解决，经济不发展，这些问题永远不能解决。"[①] 在邓小平的这段话中，指出了新时期发展的几个与我们正在讨论的话题有关的关键思

---

① 《邓小平文选》第 2 卷，人民出版社 1983 年版，第 194—195 页。

路：第一，经济建设将在很长一段时间内成为整个国家和政府最重要的工作；第二，经济问题就是政治问题，这种说法相对于新时期之前而言，其实质是重新充实和转换了政治包含的内容；第三，经济问题的解决是其他问题可以解决的基础，这其中包括思想文化方面。这也就意味着，在这个时候，官方意识形态已经认为推动社会进步的力量是经济。在他们看来，随着经济问题的解决，这个国家的其他一系列问题都会随之得到妥善解决。改革开放以来，这一思路一直是我们这个国家建设的基本思路。

当时间进入20世纪90年代，由于多种原因，中国经济再次陷入暂时停滞。在这种情况下，如何坚持改革开放，有效促进经济继续保持高速增长，就成了党和政府不能不面对的重大问题。还是邓小平，以其中国改革总设计师高瞻远瞩的魄力，再次在历史的紧要关头站了出来。1992年初的南方谈话，为当时中国社会尽快推进发展又一次定下了基调，邓小平主张，在当时情况下，"抓住机遇，发展自己，关键是发展经济"[1]。这也就是说，尽管社会上存在着各种各样的问题和分歧，但发展经济依然是当时最为重要的时代主题。为了解放生产力，促进经济繁荣，在这次南方谈话中，他创造性地提出了有关市场经济的看法。"计划多一点还是市场多一点，不是社会主义与资本主义的本质区别。计划经济不等于社会主义，资本主义也有计划；市场经济不等于资本主义，社会主义也有市场。计划和市场都是经济手段。"[2] 从社会主义本质维度为市场经济体制的确立松绑，这一观点无疑是睿智的。资本主义主要用市场来协调经济和资源配置，而社会主义则通过计划来调控经济发展。这种传统很容易使人误认为市场经济体制属于资本主义本质的组成部分，而计划经济属于社会主义。然而，邓小平则指出，计划还是市场，仅仅是手段，并不是判断一种社会制度的本质特征。在他的这种提

---

[1] 《邓小平文选》第3卷，人民出版社1993年版，第375页。
[2] 同上书，第373页。

议和倡导下，1994年中共十四大建立了社会主义市场经济体制，1995年中国提出加入世界贸易组织，2001年中国正式成为世贸组织成员。这些经济和政治活动和事件，大大加速了中国经济发展的进程，带来中国社会从经济发展到日常生活日新月异的变化。

改革开放，在短短数十年间，带给中国老百姓生活的巨大变化——温饱问题的解决，人民生活的普遍富裕，中产阶级的崛起，以及随之而来的教育普及、医疗条件改善、物质生活富足等——让国民对于经济发展可以解决社会问题的理念具有了更多的信心。经济效益成为社会运行和评价体系的核心杠杆，也在不知不觉中被确立起来。然而，在中国传统文化和观念中，轻商一直是一大特点。在古代"四民""士、农、工、商"之中，"商"是排在最后一位的职业。宋代王安石变法，招致士大夫的普遍反对，理由之一便是与民争利和使民趋利。虽然自清末开始，迫于内忧外患，执政者都意识到发展实业的重要性，然而，当时的救亡图存意识，使人们很容易忽略掉它与传统价值观念之间的紧张，而更容易从救亡图存的有效手段维度来理解。新时期则不同，在一个和平年代，没有外在压力，这种对经济效益的追逐与传统观念之间的冲突，会或强或弱地显现出来。于是，观念与现实之间的紧张，在中国社会大踏步向前发展的同时，也成为这个国家的人民不得不面对和解决的问题。这也就是说，一方面，在这个国家传统意识形态中，对经济利益的追逐一直是受到轻视甚至否定的价值观，而现代社会的发展，追逐经济效益又是推动社会进步的有效手段。改革开放后，一系列经济措施带来的社会福利也在一定程度上证明了这种手段在中国的适用性和必要性。然而，与这种以经济发展来促进社会进步、解决社会问题思路中本应有的对利益的无限追逐相协调和相制衡的意识形态却没有同步确立，而传统意识形态又与这种价值诉求之间存在龃龉。尽管这些现象是社会变动时期常常出现的情况，然而，当代中国文化和社会中的很多问题，却需要从这重重抵牾中获得解释。

二 科技更新带来的观念变迁简论

在本书的上编里，有关技术与艺术之间的关系，我们曾做过比较详细的探讨，并通过麦克卢汉、本雅明等人的美学观念，来证明技术变革对艺术的深刻影响，甚至带来艺术发展的危机。在当代中国，随着经济发展步伐的加快，技术发展带给社会的变革以及危机也非常明显。应该说，艺术终结命题在中国能够引起关注与这方面有直接联系，因此需要我们对这一问题在当代中国的发展稍作考察。

技术的出现与发展，是人类文明的重要内容。中华民族在这方面为人类做出过卓越的贡献。然而，在中国的传统观念中，技术并没有受到特别的重视。在"技"与"道"的辩证关系中，技术总是被看作小道，登不了大雅之堂。中国人开始深刻意识到技术的重要性，应该与晚清内忧外患的环境直接相关。在那个时候，以洋务派为代表的中国人开始意识到技术不如人带给这个国家的灾难。也是从19世纪60年代开始，中国走上了在技术上学习西方的道路。中华人民共和国成立后，社会主义建设取得了前所未有的成就，其中科技发展尤为引人注目。新时期延续了这种建设思路，并提出了更加明确的口号，即"科学技术是第一生产力"。这一口号是由邓小平同志提出来的。他的这一思想，有一个思考和发展的过程。早在70年代，邓小平就意识到了科学技术是生产力的问题。何祚庥曾经提到，邓小平最早提出科学技术是生产力的观点是在1975年8月，在他支持下由中国科学院党组草拟的文件《中国科学院工作汇报提纲》中有"科学技术也是生产力"的观点。[1] 但邓小平明确提出这一观点则是在1978年3月19日《在全国科学大会开幕式上的讲话》中，他指出，"四个现代化，关键是科学技术现代化"[2]，"科学

---

[1] 何祚庥：《科学技术是第一生产力》，西南财经大学出版社1993年版，第10—11页。
[2] 《邓小平文选》第2卷，人民出版社1983年版，第86页。

技术是生产力,这是马克思主义历来的观点"。① 10 年后,随着中国改革开放的深入,邓小平在会见捷克斯洛伐克总统胡萨克时,根据改革过程中积累到的经验,指出科学技术不仅是生产力,而且是第一生产力:"马克思说过,科学技术是生产力,事实证明这话讲得很对。依我看,科学技术是第一生产力。"② 差不多一个星期之后,在听取价格和工资改革初步方案汇报时,邓小平又强调指出:"最近,我见胡萨克时谈到,马克思讲过科学技术是生产力,这是非常正确的,现在看来这样说可能不够,恐怕是第一生产力。"③

科学和技术,并不是一回事,中华人民共和国成立后,比较主流的观念认为,科学应该属于社会意识形态部分,只不过与其他社会意识形态形式相比,它的阶级倾向性不是特别明显。技术则属于社会结构中经济基础部分。二者结合,是现代的产物,是现代社会科学与技术联系越来越紧密的结果。正是基于这种现实语境,邓小平才创造性地指出,科学技术是第一生产力。他的这种提法,一方面说明科学与技术在当代联系紧密,当代技术革新往往与科学发展同步;另一方面则表明,由于当代科学的实用性,因而对其特质也产生影响,一定程度上转为社会结构的基础部分。当然,我们在这里最关注的则是邓小平同志对当代社会经济发展的突出特征的清醒认识。作为把一生献给我国科学事业发展的科学家,钱三强对此也有深刻的体会。他曾经说:"小平同志在不同场合提出:科学技术是生产力,科学技术是第一生产力。这是完全正确的,因为现代科学技术的进步已经成为生产力发展的决定因素。"④ 钱三强还以核电技术、光纤技术和通信技术为例,指出技术改变了人与自然的关系,但在生产条件相同条件下,加入科学的管理,那么效益会大不一

---

① 《邓小平文选》第 2 卷,人民出版社 1983 年版,第 87 页。
② 同上书,第 274 页。
③ 同上书,第 275 页。
④ 国家科学技术委员会:《科学技术是第一生产力》,山东科学技术出版社 1991 年版,第 15 页。

样。这些观点是对邓小平科技思想的有力支持。应该说,邓小平同志所提出的科学技术是第一生产力,正是发现了现代社会生产力发展中,科学技术的关键性作用。"第一"表明的就是这种决定性作用。

我们在这里想说明的是,邓小平作为党和国家领导人的权威倡导,以及这一思想与现代社会生产力发展的高度吻合,大大加速了中国社会的现代化进程,进而科学技术也在迅速改变着当代中国。随着中国主动出击,大量引进西方先进技术和设备,同时也大力扶持和发展本土科技,在短短数十年间,尤其是90年代之后,中国的现代化进程大大加速。在这一进程中,与我们直接相关的是媒介技术的变迁,这种变迁,很自然地会带来艺术观念的诸多变化。

美国学者约瑟夫·皮特总结过人们对技术的理解,他将之归结为四种:"要特别指出的是,存在四种表面上看来是从哲学视角分析技术的方式,将对技术的讨论从更广泛的哲学讨论中游离出来,这些分析方式导致了悖论性的结果。这四种方式是:(1)从一种带有意识形态偏见的语境中讨论技术;(2)仅仅以是否促进或威胁了某种人们所偏爱的道德价值体系为依据,对某种发明进行抨击或颂扬;(3)假定技术是一种自主的、单一的'物';(4)把技术创新看作是对我们的政治体系和生活方式的必然威胁。"[1] 尽管他是从辨析甚至批判的角度来指出这四种分析技术的方式,但这四种方式差不多是目前对技术思考的主要运思路径。在我们看来,作为技术创新的重要表征的媒介,它与其他技术一样,也具有意识形态性质、道德维度、自主性等,也会给社会价值体系和生活方式带来冲击和威胁。这也就是说,媒介不能够仅仅被视为一种手段,它自身具有自主性,具有本体性地位。这也意味着,艺术,通过媒介来具象化,因此,媒介不仅仅是其手段,也应该从其本体存在维度来获得解释。

---

[1] [美] 约瑟夫·皮特:《技术思考——技术哲学的基础》,马会端、陈凡译,辽宁人民出版社2012年版,第70页。

如果我们遵循这种思路，那么就能发现，艺术观念的确立，与其传达媒介有很大关联，同样，艺术遭逢危机，也与媒介技术的更新有直接关系。换句话说，媒介会决定艺术的发展状况。《剑桥中国文学史》中曾提到印刷术的发明对宋代文学的影响。"随着唐宋之间的连续性这一最初印象的日渐消逝，我们开始注意到宋代文学的实质。这些新变之处，可与宋代社会、政治、思想、物质文化的深刻变化联系起来。其中影响最为广泛深远的，或许是书籍印刷的普及……书籍印刷与传播的增长，解释了何以宋代传世作品的数量比过去任何时期都成倍增加。我们将会看到，极有可能，新的印刷技术的利用，不仅提高了作品的传世率，甚至还提高了作者创作某类书籍的意愿。"[1] 该书的论断也是近年来学界的共识。正是由于印刷术的发明，从宋代开始，各种出版物大量增加，传播也变得容易，因而为后世留下了大量可供研究的文献。这种现象表明，技术发展，媒介更新，会促进文化繁荣，对艺术发展具有重大意义。我们还可以看到相反的例子。19世纪，照相技术发明出来，艺术也曾经遭逢到危机。因为西方传统艺术注重写实，照相技术可以使普通人在瞬间完成这一任务，因而艺术的合法性自然会遭致责难。邵大箴曾经提到过这种情况："在19世纪末和20世纪初，西方的美术家认为照相技术的完善可以取代写实的绘画和雕塑，曾经猛烈地否定和抨击写实风格……西方艺术摒弃写实的传统以后，在虚幻的道路上奔驰，虽然取得了一些进展，但总的说来没有得到理想的成果，而且艺术和技巧水平不断下降，形成了艺术的危机。"[2] 邵大箴描述的西方写实艺术的危机，其实就与技术发展直接相关。照相技术达成了写实的愿望，因而使以写实为旨归的传统绘画和雕塑艺术变得无的放矢，由此引发传统艺术的生存危机和观念危机。邵大箴的话中其实还说到了媒介可能带来的艺术的另一重危机，

---

[1] [美] 孙康宜、宇文所安：《剑桥中国文学史》，刘倩等译，生活·读书·新知三联书店 2013年版，第428页。
[2] 邵大箴、李松主编，郎绍君著：《中国现代美术理论批评文丛 邵大箴卷》，人民美术出版社 2011年版，第361页。

即艺术在尝试新的发展可能性时会出现一些失败情形，而这些失败也会成为危机的表征。罗伯特·考尔克也曾指出："19世纪照相技术出现后，绘画就陷入了危机。似乎照相对自然的仿真程度到了绘画无法企及的高度。有些画家用实用主义的观点来对待这项发明，有些印象派画家干脆用模特和风景的相片替代了他们的绘画对象本身。不过总体而言，摄影对绘画来说还是一种挑战，而且是让绘画风格从直接性表现和复制转向了20世纪抽象绘画的原因之一。"[①] 考尔克的描述与邵大箴的观点有相近之处，都认为照相技术的发明带来对绘画创作的冲击。而西方艺术理论，其理论基础就是以雕塑和绘画为核心的视觉艺术。当绘画和雕塑创作出现危机，也就意味着西方艺术观念出现了危机。

在学者们这些共识中，我们想特别强调的是，技术的发展，既可能促进艺术的繁荣，也可能会带来它们发展的瓶颈。而新时期以来，在国家的倡导下，科技大踏步向前发展，与之相伴随的，是媒介的变迁：由纸质媒介的繁荣，到电视走进千家万户，再到计算机技术和互联网的普及，这些新技术改变了百姓们的日常生活，同时也改变了中国艺术和文学的命运。

第二节 市民社会新格局的形成与大众文化的勃兴

市民社会新格局的形成、大众文化以及城市文化的兴起，其实也属于中国社会转型的重要组成部分，但由于它们与艺术之间关系更为密切，甚至从广义文化来看，艺术本身也属于文化领域，当代艺术中很大一部分也与大众文化之间存在交集。而大众文化的兴起，也与市民社会的形成有着直接关联，因此我们在此将它们单独列出来讨论。

---

① ［美］罗伯特·考尔克：《电影、形式与文化》，董舒译，北京大学出版社2013年版，第27页。

一 市民社会的当代形态

曾有学者指出:"在现代经济高度发展的背景下,……市民社会的经济力量越来越强大,成为主宰社会经济走向和文化走向的重要力量,占据了社会发展的重要地位。"[1] 这种评述非常中肯。那么,何谓"市民社会"?它又具有怎样的特质,竟会对当代中国产生如此大的影响?市民社会本是一个政治学和社会学术语,对其内涵的理解,至今尚有争议。邓正来曾对这一术语做过描述。他指出,西方对市民社会的论述有很多差异。黑格尔认为,市民社会具有历史性,是人类生活伦理逻辑展开的一个阶段,终将被国家超越。马克思立足于经济关系来论述这一概念,将其等同于资本主义社会。邓正来也认为市民社会具有历史性,是一种历史现象。[2] 他还指出,尽管对市民社会内涵的理解存在分歧,但还是存在一些公认的共性特质:"如以市场经济为基础、以契约性关系为中轴、以尊重和保护社会成员的基本权利为前提等等。"[3] 我们可以借用邓正来的观点来分析当代中国社会转型。新时期以来的经济改革,促进了商品经济的繁荣,尤其是90年代之后社会主义市场经济体制的确立,更是为市民社会在中国的形成提供了经济前提。市民社会的重要特质,即契约性关系,对中国社会深层基础的变革则更加深刻和深远。传统中国社会属于宗法制,一直到现在,这种宗法制性质的社会关系在乡村仍然具有相当的影响力。然而,契约性关系与此不同。它意味着"市民社会内部每一方在为获取他方所有而自己又需要的一部分权益时,必须让渡自己的部分权益;换言之,在获致这一部分的权益的同时,也就承诺了对这部分权益所必须履行的义务"。[4] 这种新型社会关系,完全不同于宗

---

[1] 苏桂宁:《20世纪中国市民形象与市民文化》,中国社会科学出版社2013年版,第2页。
[2] 邓正来:《国家与社会——中国市民社会研究》,北京大学出版社2008年版,第6页。
[3] 同上。
[4] 同上书,第8页。

法制下的血亲关系，也不同于中华人民共和国成立后所形成的垂直指令性的行政关系，它的出现，深刻改变了当代中国社会和传统观念。

孙立平则从中华人民共和国成立后社会结构的变革来考察当代社会转型和市民社会的出现。他指出，社会结构具有三个基本结构因子：国家、民间统治精英和民众。"国家"简单而言，是指国家机构。"民间统治精英"则属于社会精英中的一个特殊类型，"身在民间（或者说处于国家机构之外）、行使统治职能是民间统治精英的两个基本特征"。[①] 这里的"统治"是取其宽泛义，不是指政治统治，而是指管理、协调、仲裁、整合、组织等，它处于民众和国家之间，是二者的中介与纽带。民众则是三个因子中处于社会结构中最低层次的一个。新中国成立后，由于国家管理体制的变化，中国的社会结构变成只有民众和国家两层，由国家颁布政策直接下达到民众阶层，缺少了民间统治精英这一中介和缓冲地带。但新时期之后，国家实行了经济体制改革，政府将部分管理权出让，出现了部分"自由流动资源"和"自由活动空间"，这些因素促成了民间精英阶层出现，从而使中国社会的结构具有总体性特质。

无论是邓正来从市民社会勃兴的历史前提以及概念内指的论证来审视，还是孙立平从实践维度对社会结构历史性区分的考察，他们的结论都表明，新时期以来，中国社会发生了深刻变化，进入前所未有的市民社会。这种社会和文化形态，必然会对传统意识形态和社会文化造成冲击，带来后者的阐释边界及有效性的危机。

二 "市民文化"与"大众文化"的概念

在新的社会形态，即市民社会中，必然会出现与之相适应的新文化

[①] 孙立平：《改革开放前后中国国家、民间统治精英及民众间互动关系的演变》，载邓正来主编《国家与市民社会：中国视角》，格致出版社2011年版，第81页。

形态，即市民文化和大众文化。对于这两个概念，虽然很多学者试图给出答案，但至今尚未形成一致的见解。本书的主旨并不在于对这些概念的辨析和论证，而是试图以之为背景，论述当代文化、艺术方面的变迁，以及它们在艺术的终结这一命题生产的视野下所能获得的意义，因此，我们只是简单对此做出描述。

有论者指出，尽管市民文化是一个容易引起歧义的概念，但就其一般意义来看，则是指"城市民众的文化，在工业化过程中，随着城市和工商业的发展，平民教育的普及和大众传播工具的发达而产生的平民文化"。①也有学者持与之相似观念："所谓市民文化，是由市民创造的，集中体现市民价值观念和行为方式的文化模式。这种市民文化从其内容来说，大致分为三个层次，即市民意识、市民生活方式和新型文化教育机构。"②以上理解相对来说比较侧重于市民文化中的"市""民"部分，强调市民文化与城市之间的关系。还有学者则侧重于"文化"部分，因而认为："所谓市民文化，广义地讲，就是市民社会借以表达自身种种价值观念并进行相互之间'身份认同'的一整套具有内在勾连性的符号体系，比如服饰、住房、娱乐等生活方式的选择；而以表现新市民意识观念和审美旨趣为主的文化产品（如以盈利为目的的报刊）、畅销书籍等文字读物，以及电影、电视或流行音乐等电子试听物），更是市民文化的核心领域。"③也有学者强调市民文化与传统文化之间的联系："所谓市民文化，反映在经济生活观上是讲实惠，重视物质利益；价值观上喜欢新事物；文学艺术观上则偏爱通俗性的、娱乐性的作品和表演。市民文化与商品经济的存在有关，它是从传统文化中走

---

① 陶鹤山：《市民群体与制度创新——对中国现代化主体的研究》，南京大学出版社2001年版，第123页。
② 郑大华、彭平一：《社会结构变迁和近代文化转型》，四川人民出版社2008年版，第479页。
③ 仲红卫：《社会转型与文化重构——当代中国市民文化研究》，兰州大学出版社2009年版，第159—160页。

出来的，却又没有割裂与传统文化之间的联系。"① 这些从不同侧面来理解市民文化的现象表明定义这一概念的复杂性和困难。我们可以将这多重理解结合在一起。市民文化，它具有历史性，是伴随着城市和商业发展而出现的新文化形态，它的承载主体是市民。因此，这种文化，如果依据孙立平所划分的社会阶层来看，它属于民众的文化形态，因此与国家和民间精英指向的文化形态存在差异。正如有学者指出的，它属于平民文化。另一方面，国家、民间精英和民众之间，虽然各有其文化诉求与文化形态，但这并不意味着三者之间完全无法沟通，即在一个共时的时空里，它们彼此间又会互相影响和渗透。更重要的是，随着社会形态的变迁，这三个阶层的文化会出现此消彼长的生长态势。虽然这种关系的讨论，从抽象的意义上来看，并不复杂，但具体落实在每种社会形态中，则会出现很多变化，并波及甚至决定那个社会的文化与意识形态。

"大众文化"同样是一个难以给出定义的概念。它的难以界定与这一概念内部构成有直接关系。无论是"大众"，还是"文化"，都是目前使用频繁却又很难给出确定指向的概念。英国学者斯道雷在《文化理论与大众文化》中总结了目前西方比较流行的"大众文化"的定义。具体包括：第一种是指被许多人广泛喜爱的文化；第二种是指除了高雅文化之外的文化，是一个剩余的范畴；第三种是把大众文化等同于"群氓文化"；第四种认为大众文化是来源于"人民"的文化；第五种来自葛兰西的"文化霸权"思想，认为大众文化是一个富于冲突的场所；第六种与近年后现代主义争论有关，它的特点是抹杀文化的高低之分。② 之所以会出现不同的定义，在斯道雷看来，其原因在于"缺席的他者"，即对大众文化的定义，总是存在一个潜在的对比项，无论这一对比项是高雅文化，还是群氓文化，甚或是民间文化等。这些对比项，

---

① 周伟林：《障碍与动力——文化经济学研究》，上海文化出版社1989年版，第166页。
② [英] 斯道雷：《文化理论与大众文化导论》，常江译，北京大学出版社2010年版，第8—16页。

体现出的是定义的不同途径和定义者的不同价值立场。

大众文化研究学者约翰·费斯克也指出：文化是一个活生生的、积极的过程，它不能是由外部强加，而只能是由内部生成。因此，大众文化，"是大众在文化工业的产品与日常生活的交界面上创造出来的"。并且，"大众文化是大众创造的，而不是加在大众身上的；它产生于内部或底层，而不是来自上方"。① 他的理解，很明显是在强调大众文化的民众性和自发性，是从民众内部自主生发，而不是外部力量的推动。但这种理解，没有注意到大众文化的命名本身的复杂性，即大众文化可能会由何者提出，是否确实是由大众提出？如果这一概念的提出者并不属于大众阶层，那么，这种关于大众文化的理解将会大打折扣。

赵勇在其主编的《大众文化理论新编》中，开篇就对大众文化的概念有所观照。他把大众文化概念的内涵变迁描述成"大众文化的概念之旅"。他总结说："大众文化的英文表达有两种说法：Popular Culture 和 Mass Culture，与其相近的表述还有 Kitsch（媚俗艺术）和 Culture Industry（文化工业）等。"在他看来，这些指向的内在流变线索是："Popular Culture→Kitsch→Mass Culture →Culture Industry→Popular Culture。"② 他的这种概念辨析非常有意义，对于中国学界了解大众文化，从知识清理层面，给出了非常清晰的勾勒。但是有意思的是，在整本书中，赵勇并没有给出明确的有关大众文化的定义，只是指出了大众文化在西方的流变，以及在这些流变中可能具有的价值指向等。在他看来，大众文化概念的流变之旅，实际上是西方学界在不同时期对大众文化的不同认识和价值判断的旅程。

王一川也指出，对于大众文化的定义，无法给出一个一劳永逸的定义。在指出大众文化的历史阶段性、世俗性、都市化之后，他提供了一

---

① ［美］约翰·费斯克：《理解大众文化》，王晓珏、宋伟杰译，中央编译出版社2001年版，第31页。

② 赵勇：《大众文化理论新编》，北京师范大学出版社2011年版，第1页。

个相对明确的定义:"大众文化是以大众媒介为手段、按商品规律运作、旨在使普通市民获得日常感性愉悦的体验过程,包括通俗诗、通俗报刊、畅销书、流行音乐、电视剧、电影和广告等。"① 在这个定义中,我们能够发现,他把关注点更多的放在了通俗性上,或者说,他更关注的是大众文化中的"大众"层面,这是一个与"精英"相对照的语词。它不追求理性哲思,而是诉诸感性体验,关注日常生活。

与上述学者的研究兴趣点不同的是,我们并不试图在大众文化的具体指向处徘徊,对于我们而言,大众文化是一种既成事实,是当代中国文化形态的主要表征之一。在我们看来,当代中国大众文化的出现,与新时期以来中国的经济发展有密切关系,是伴随着当代社会和经济发展,伴随着官方政策的调整,社会分层发生变化等而出现的具有历史具体性的现象。正如斯道雷所指出的,无论人们如何理解大众文化,它的出现都有着特定的历史条件,即"无论采用何种方式来为大众文化下定义,有一个前提都是毋庸置疑的,即大众文化只有在工业化和城市化的进程中才能出现"。② 因此,对中国当代大众文化的理解,其中内蕴的政治、权力、价值、社会分层等指向固然非常重要,但以之为背景,考察中国当代文化变迁则也不失为一种有效的维度。因此,我们认为,正是由于中国当代工业化、城市化程度的加深,大众文化才蔚为大观,成为透视中国当代社会的重要因素。

三 当代市民文化与大众文化的勃兴

丹尼尔·贝尔在分析当代社会时指出:"现代社会是一个城市社会。大城市生活的限定刺激与社交能力的方式,为人们看见和想看见

---

① 王一川:《大众文化导论》,高等教育出版社2004年版,第8页。
② [英]斯道雷:《文化理论与大众文化导论》,常江译,北京大学出版社2010年版,第16页。

(不是读到和听见)提供了大量优越的机会。""目前居统治地位的是视觉观念。声音和图像,尤其是后者,组织了美学,统率了观众。在一个大众社会里,这几乎是不可避免的。"① 贝尔的分析,为我们分析中国当代社会提供了很多思路。在他看来,首先,现代社会是城市社会,在这种社会里,人们的生活是一种城市化生活,生活受到局限,只能接受到城市提供的内容;其次,在大城市生活中,视觉占据优先和主导地位,这是这种生活的限定刺激所带来的结果;再次,由于视觉占据了主导地位,因此,它成为新的组织美学和观众的方式。虽然他的分析主要是针对资本主义社会,但其观点应该具有普遍性,因为他认为,这是在一个大众社会中不可避免的事。也就是说,这些文化新特质是大众社会的典型形态。在前文中,我们已经指出,当代中国由于经济的发展,城市化进程的加速,一定程度上已经进入大众和市民社会,因此,贝尔所指出的这些特质,也或多或少地在中国大地上存在。

在《大众文化导论》的开篇,王一川充满诗意地写道:"置身在当代都市的公众,每天都会与大众文化打交道,几乎生活在它无所不在的氛围中。你伴随着广播里的流行歌曲吃早点,出门便遇上路边的广告美人对你微笑,那辆车厢外装饰有'感受心灵的天然牧场'广告的公共汽车把你送到所去的学校、公司、商场或机关等,而并不宽敞的车厢内也张贴着五颜六色的广告标语⋯⋯。到了晚上,丰富多彩的电视节目、富有诱惑力的网络游戏、图文并茂的报纸杂志或充满悬念的畅销书,都可以成为你消遣的伙伴。"② 王一川的描述指出了一个当代文化事实,即大众文化已经无处不在。它不仅漫布都市,甚至也渗透到城镇乡村之中。乘火车穿行于大江南北、长城内外,常能够看到铁路边的广告牌,城镇的街道上常常传来时下流行的歌声,虽然从地域来看,城镇与乡村

---

① [美]丹尼尔·贝尔:《资本主义文化矛盾》,赵一凡译,生活·读书·新知三联书店1989年版,第154页。

② 王一川:《大众文化导论》,高等教育出版社2004年版,第1页。

并不处于文化的中心，但受各种因素的影响，在大众文化共享的很多方面，又存在同步性。

从王一川的描述中，我们还能够发现，大众文化包含的面向很广。在《大众文化导论》中，他把大众文化分成电影、电视、网络文化、流行音乐、通俗文学、图像文化、广告文化、时尚文化、青春亚文化等。这些新的文化形态，都与目前的艺术终结命题有着或直接或间接的联系。并且，它们某种程度上又具有双重性：一方面，它们的出现与繁荣是该命题在中国出现的现实语境；另一方面，它们有时又成为该命题在中国当代的具体体现。本部分我们主要是将其作为现实语境来考察。根据王一川的描述，我们发现，大众文化的亚文化群涉及面向众多，因此，从完成背景描述的任务来看，我们只重点考察其中的电视剧的发展部分。期待借助这种考察，来管窥当代中国的文化形态变迁。

根据相关资料，中国的电视剧诞生于1958年，当时的北京电视台（今中央电视台前身）于6月15日播出了《一口菜饼子》，这是中国第一部电视剧。这部时间长度只有50分钟的电视剧，虽然故事情节还是配合当时国家意识形态的忆苦思甜的内容，但它却标志了中国电视剧迈出了历史第一步。继北京电视台向北京市民播出电视剧之后，上海、广州、天津、西安、武汉、长春等地也先后筹建了电视台，播出自己制作的电视剧。总体而言，自1958年到"文革"结束的1976年，中国的电视剧并不发达，还处于草创时期，一共制作了180余部电视剧，尤其是"文革"十年期间，只有三部。这一时期的电视剧题材比较狭窄，主要来自通讯和小说，长度不一。《一口菜饼子》是50分钟，《焦裕禄》是100分钟，并且编选的内容主要是配合党和政府的政策和工作宣传，娱乐消闲的功能并不凸显。然而，也是在这一时段，电视剧由于受到电视技术条件的限制，"现场直播、声画同步、多机拍摄的直播形式""为艺术创作积累了宝贵的经验"。[①]

[①] 仲呈祥、陈友军：《中国电视剧历史教程》，中国传媒大学出版社2009年版，第2页。

但总体来说，由于受技术等各方面条件的限制，当时的电视剧制作还是比较落后。新时期伊始，情况就发生了巨大变化。自 1978 年到 1982 年，中国电视剧就在复苏中迈开发展的脚步。从题材上来看，有对英雄人物的书写，也有对普通百姓的人生、爱情以及家庭伦理的关注，有对古典名著的改编，也有对民间故事和传说的演绎等。从电视剧类型来看，有小品剧、短剧、单本剧、连续剧等。而在政策上，国家也进行了相应调整。1979 年 6、7 月间，文化部实行电影放映体制改革，中国电影发行放映公司停止向电视台提供新的电影，其目的是让电视"断奶"，"学会自己走路"。危机同时也意味着契机，中国广播电视局提出了"大办电视剧"的号召。到了 1980 年，一批优秀的电视剧涌现，而观看人数也激增。到 1981 年底，全国拥有的电视机超过 1000 万台，观众数量每天在 5000 万到 1 亿。① 这些发展为 80 年代之后，尤其是 90 年代以来电视剧的繁荣奠定了坚实基础。

刘萍、李灵在《中国电视剧》一书中认为，在中国电视剧的历史发展中，1983 年是具有转折意义的一年。在这一年，中国广播电视部委托《电视文艺》、《中国广播电视》杂志和《电视周报》联合主办了第三届全国优秀电视剧评奖活动，正式设定全国电视剧的评奖项目为"飞天奖"。这一年 3 月份，浙江《大众电视》杂志主办了第一届"大众电视金鹰奖"评选活动。"'飞天奖'和'金鹰奖'犹如车之两轮，鸟之双翼，共同为中国电视剧的艺术发展起到了重要的促进作用。"② 80 年代中后期，一些经典电视剧出现，如蔡晓晴导演的《蹉跎岁月》、谢晋导演的《高山下的花环》、王扶林导演的《红楼梦》、杨洁导演的《西游记》、林汝为导演的《便衣警察》、周寰导演的《末代皇帝》、孟烈与李文岐导演的《雪城》等。而 80 年代之后，日本电视连续剧《血

---

① 以上资料主要参考刘萍、李灵编著《中国电视剧》，湖北美术出版社 2005 年版，"绪论"部分和仲呈祥、陈友军《中国电视剧历史教程》，中国传媒大学出版社 2009 年版，"绪论"部分。
② 刘萍、李灵编著：《中国电视剧》，湖北美术出版社 2005 年版，第 3 页。

疑》《阿信》，巴西电视连续剧《女奴》等风靡全国。90年代之后，更多优秀电视剧涌现，如1990年第一部长篇室内剧《渴望》曾经让万人空巷。此后，脍炙人口的作品不断涌现，《编辑部的故事》《皇城根儿》《北京人在纽约》《雍正王朝》《大宅门》《士兵突击》等都曾掀起观看的热潮。

在这些电视剧中，一个具有标志性的事件是《渴望》的播出。这部以家庭伦理为观照对象的电视剧，引起人们对很多社会问题的反思，如中国传统伦理道德、知识分子自身弱点、爱情的基础、夫妻之间的文化差异等。应该说，这部剧在当时有着深刻的思想厚度和沉重感。除此之外，这一电视剧还有另外一重意义。钟艺兵、黄望南在其著作中指出："《渴望》的播出为我国通俗电视剧争取到了一张合情、合理、合法的拍摄伦理道德题材电视剧的'通行证'，一时间，'室内剧'三字成为这类剧目的代称。"[1] 也就是说，《渴望》标志了通俗电视剧在中国具有了合法性。而它能够引起万人空巷的轰动效应，也与这种通俗性，与大众生活之间的贴近直接相关。从90年代起，通俗剧逐渐走进老百姓的视野，成为他们日常消闲的重要内容。除《渴望》外，同时期还有《公关小姐》《外来妹》《爱你没商量》《风雨丽人》等。这些剧目推动了中国电视剧进一步走向通俗化。这种通俗化恰好体现了大众文化的价值取向。

在电视的发展过程中，电视广告也是一个重要面向。它充溢在大众的生活空间，也是电视市场化的突出表征。在我们看来，它也是大众文化在当代中国的一个标志。根据相关文献，新中国第一条电视广告是1979年1月28日上海电视台播出的参桂养荣宝的广告。同年3月15日，中国首条外商电视广告"瑞士雷达表"也在上海出现。[2] 同年，中央电视台也在两套节目中开办电视广告业务，随后各个地方电视台纷纷

---

[1] 钟艺兵、黄望南：《中国电视艺术发展史》，浙江人民出版社1994年版，第222页。
[2] 王诗文：《电视广告》，中国广播电视出版社2001年版，第4页。

效仿,中国电视广告如雨后春笋般发展起来。中国的电视广告经历了自身的发展历程。最初的电视广告是以生产观念为核心,展示的重点是生产厂家的荣誉、主要生产的产品、联系方式等,某种程度上属于厂家的"自我表现",缺少对消费者的关怀。随着改革深入,一些专业广告人慢慢出现,进入了以推销为主导理念的电视广告阶段,这一阶段的广告,主要模式是利用名人效应进行推销,例如李默然为"三九胃泰"代言的广告曾经家喻户晓。90年代之后,随着市场经济体制的确立,中国的电视广告进入了一个新阶段,其突出特征是以营销理念为导向。在这个时候,现代营销观念广泛被接受,"顾客就是上帝"等以消费者为市场主体的理念得到越来越多生意人的认同。电视广告成了争夺消费者的有效途径。[1] 在这一过程中,电视广告的美学特质得到凸显。有论者指出:"电视广告创作是一种重要的美学实践活动。它通过高度的艺术概括和科学抽象,从具体的感性因素中提取其本质加以浓缩,用概念和信息组合的形式表达商品本质。"[2] 现在每天电视中播放的广告,不再是苍白、简单的产品推销,而是融合了画面、音乐、情感、情节等多重因素一体的审美盛宴,触发了消费者无限的遐思。不仅如此,当下的电视广告也充分体现了大众文化对现代社会的操控功能。王一川在《大众文化导论》中对广告有过一段值得我们深思的勾勒:"当满大街的广告铺天盖地地拥挤进我们的视野、信箱中塞满了花花绿绿的广告、电视频道上换来换去的就只有广告时,我们的感觉就不是'方便'而是被支配了。"[3]

从产品的推销手段,到对大众想象力的操控,电视广告的性质也在悄然发生着变化。这些变化同其他发生在电影、文学、时尚文化、流行音乐等领域中的变化一样,都是当代大众文化彰显出来的特质,也是后

---

[1] 以上分析主要参考了刘平《电视广告学》(四川大学出版社2003年版)"第一章 电视广告的发展简介"部分。
[2] 周安华、陈兴汉:《电视广告美学》,江苏文艺出版社1998年版,第19页。
[3] 王一川:《大众文化导论》,高等教育出版社2004年版,第161页。

者给当代思想界制造的"麻烦"。这是在中国大地上几千年来未有之文化变局！面对这种变革，如何解释，是摆在学者们面前的任务，也是艺术终结命题可以被中国学界接受的现实背景。我们愿意把对艺术终结在中国旅行的考察从这里起步。

第二章　当代文学转型与文学的终结

在下编第一章中，我们简单扫描了当代中国的社会语境，在我们看来，正是这种政治、经济、文化语境的变迁，才出现了可以接受艺术终结命题的土壤。而也是由于这种土壤的本土性与特殊性，决定了中国学者在接受西方这一命题时有所保留和选择。从中国学者的接受中能够发现，在艺术终结命题的多层面指向中，中国学者更加关注的是文学的终结与日常生活审美化现象的出现。在本章中，我们重点探究中国学者对文学终结现象的理论思考，而在接下来的一章中，我们则对日常生活审美化问题的中国讨论做相应分析。

希利斯·米勒在其论文中指出，由于当代社会已经进入电信时代，因此传统以印刷为主要手段的纸质文学面临危机。他的这一观点犀利地道出了当代文学危机的深层根源，即文学对传统技术的依附。随着技术革新，文学也自然会随着它所凭附的技术一起走向消亡。他的这一观点给中国学者以深深触动。然而，深究中国学者对文学终结的思考，技术层面只是其焦虑的一个方面，甚至还不是他们最初焦虑的面向。在他们的世界里，文学的终结更多表现为文学的边缘化。这种边缘化，主要是指它的社会介入功能的弱化。从这个角度来说，对文学终结的思考，更深层次的是其本土指向，因为对于中国文学传统而言，注重文学的社会功能，强调它的社会关怀立场，是其千百年来的正统观念。而这种观念，却在当代中国，由于多种原因，逐渐边缘化。这种边缘化处境与固有的文学观念信仰之间所产生的沟壑，才是中国学者忧虑的最初生发点。因此，在本章中，我们将重点讨论两个方面的问题：其一，文学介入功能弱化及其边缘化危机的形成；其二，技术革新带来的纸质媒介，主要指传统文学危机的出现。并且在我们看来，前一种危机才是中国知识界关注的核心所在，因而也是中国式艺术终结内涵的关键所指，至于后一方面，是一个相对具有普遍性的话题，它不仅出现在中国，也出现在世界各个角落。因此，在本章中，第一个方面才是我们论述的重点。

第一节 90年代文学转型状况扫描

20世纪90年代之后，当代文学发展出现了新趋势和新格局，这与上一章中我们所讨论的中国社会转型直接相关。在本部分中，我们希望对这种文学转型现象做简单扫描，借此引入学者们对这种转型的回应与阐释，进而感受和反思当代中国文艺理论知识生产。

当代文学转型是一个非常复杂的问题，可以从很多角度来描述。例如，学者赖大仁是从文学与其外部因素、自身形态、书写题材等方面来综观这种转型①，陈晓明从现代性视角进入，考察中国文学的现代性变迁和转型②，欧阳友权这些年一直致力于网络文学研究，他对文学转型的考察则是以媒介为坐标。这些考察都自有其合理性。本章的考察，则是以文学的终结为归宿，即只关注其中引起中国学者从终结维度思考文学转型的内容。

---

① 参见赖大仁《当代文学及其文论——何往与何为》（江西高校出版社2007年版）"关于90年代文学转型"一节。
② 陈晓明主编：《现代性与中国当代文学转型》，云南人民出版社2003年版，"导论"部分。

一 文学商业化倾向的出现

文学的商业化，是指在商业比较发达的社会条件下，文学活动不再具有自身独立性，而遵循商业运作规律，产生新的与之相伴随的特征。马克思曾经指出在资本主义时代艺术成为生产部门，也是发现了艺术在具体历史时期的商品化倾向。有学者试图在文学商业化方面作出进一步细分。如学者昌庆志指出："文学的商业化创作与文学创作的商业化，是两个完全不同的概念。文学创作的商业化，是以文学作品作为独立的商品为标志的；文学的商业化创作，则是以文学作品附属于综合文艺、实物商品或色情服务为标志的。"① 他的这种区分对于我们进一步明确文学商业化非常有帮助。但在我们看来，随着我国社会主义市场经济的确立，社会阶层逐渐模糊，大众文化勃兴等，已经很难简单地将文学的商业化创作与文学创作的商业化从实践层面区别开来，因而在本文中，我们将会做模糊化处理。

需要补充的是，文学的商业化并非当代产物，在历史上很多朝代，在社会稳定、商业繁荣的时期，都曾经出现过这种商业化倾向。目前有很多学者在研究唐代、宋代以及明清时期的文学商业化情形。然而，与历史上任何一个时期都不同的是，90年代以来的文学商业化趋势，是具有颠覆性的，它的社会基础发生了变化，是建立在社会主义市场经济体制之上的，并且它真正在改变着千百年来中国文学的正统观念。

90年代文学商业化倾向在中国大地的蔓延，体现在很多方面，其中最突出的表现是生产模式的产业化、市场化、注重广告性以及以经济效益为准的等。在传统文学活动中，作家的创作往往属于"私人化"写作，书写个人情怀，抒发心中块垒，其作品不是为了投放市场，供更多的人阅读，并进而获得经济效益。虽然作品留传后世是很多创作者的

---

① 昌庆志：《唐代商业文明与文学》，黄山书社2010年版，第285页。

心愿，但这取决于作品自身呈现出的雅致高情，取决于作者的高超创作技巧，与市场和商业运作没有关联。"酒香不怕巷子深"，藏之深山、束之高阁等说法能够折射出传统文学观念中重视作品质量，不事炒作的价值取向。当时的创作者基本上没有把个人创作当作谋生的手段，因此除某些特殊的短暂历史阶段，如中晚明时期等之外，中国的职业文人并不多，因而其正统文学观念与士大夫家国情怀联系紧密。并且中国传统文学和艺术观念非常排斥职业化艺术，认为后者不是一种艺术，缺少审美性和自由。然而商业化的文学活动，则完全选择了另一条发展道路。当下的文学活动，差不多都被产业化、市场化了。产业化和市场化是伴随着资本主义机器化大生产出现的概念，产业指一种集合生产，市场则是商品交换的场所，它以消费者需求为旨归。文学的产业化和市场化是一个很大的课题，需要严密的论证。我们在这里着重想强调的是，在当下社会语境中，文学活动已经差不多变成了生产部门，而文学作品也已经差不多成为一种商品，被投放市场，待价而沽。作家成功与否，已经不单纯取决于他作品的好坏，而是取决于市场占有的份额，消费者是否买账等外在商业性因素。

　　这种商业化取向是由多重因素共同促成的，有顶层设计的推动，也有社会风尚变迁的倒逼，还有参与者的主动选择等。从顶层设计来看，文学走向产业化和商业化是国家文化体制改革带来的结果。文化体制改革是新时期体制改革的重要组成部分。与我们的讨论有关的是出版业发生的变化。王关义对这些年出版业改革做过描述："改革开放30年来，我国新闻出版业的管理体制发生了显著变化：总体上基本实现了从高度集中的计划经济体制下的以行政管理手段为主向依法管理为主，辅之以必要的经济和行政手段的管理方式的转变；……在运行机制方面，着重重塑市场主体，推动经营性出版单位。"[①] 从他的这些话中我们可以了解到，新时期以来，出版业最重要的变化，集中体现在市场化上，从管

---

① 王关义：《中国出版业改革：理论思考与探索》，中国财政经济出版社2009年版，第2页。

理手段到运行机制，都已经向市场转轨。这种变化与新时期以来国家的政策调整有直接关系。20世纪80年代中期，鉴于当时媒体出版机构管理和经营的滞后，国务院下发了《关于加强出版工作的决定》，其目的是改革束缚出版业发展的生产关系，由此形成了出版业"事业单位、企业运作"的二元身份，而国家也逐渐不再或减少向出版机构提供财政补助，出版业被推向市场。这种趋势在21世纪之后更加明晰，大部分国家和地方出版单位都实现了转制，由依靠国家财政到自负盈亏。这种由国家事业单位向企业的转型，使出版业某种程度上出现质变。作为事业单位，它需要向政府负责，因此，在这种体制下，出版业承担着的是国家意识形态宣传和社会道德方向的引导等责任，但变成企业后，虽然它仍然具有意识形态方面的约束，但左右它的对象却已经变成了市场，它需要遵循市场规律。表面上看来，出版业的转型属于它自身体制的变迁，然而，这一变迁却深深波及出版物，如文学书籍、期刊、音像制品等文化产品的发行与挑选。出版单位为了自身生存和经济效益，极易选择迎合消费者趣味，因此，相对来说，符合大众口味的书籍和精神产品就会成为出版业竞相追逐的东西。并且为了占有市场，出版社也会特别关注文化产品的策划、包装、促销等，从产品形式上吸引眼球，甚至刊印低俗出版物来迎合大众。

从社会风尚和审美取向转变来看。一般来说，当代社会风尚和审美趣味的转变，并非自90年代才开始。从文学转型来看，学界一般将其锁定在80年代中期，即1985年前后。那是因为借助改革开放的春风，中国社会在短短数年之间就发生了巨大变化。但在本文中，我们则重点讨论90年代之后。因为相对于实践发展，理论上的回应以及人们的认知感觉总会有些滞后，发现80年代中期在文化和文学上的意义，是在80年代末和90年代之后。并且在90年代中期，中国出现了更具标志性的事件，即社会主义市场经济体制的确立，进一步巩固了改革开放的成果，也将中国社会和文化转型推向更深处。基于此，我们才把研究目光集中在90年代之后。这个时候，文化上是大众文化及其审美趣味开始占据绝对优势地位的时候。有关大众文化的论述，在前一章中我们已经做了比较详细的分析。在这个地方，我们只是想指出，在大众文化的背后，隐含着精英与普通民众、高雅与通俗的分野，暗示出民主意识在文化领域中的新倾向。然而，在这种氛围转变中，中国文化与文学固有的精英、高雅取向，迅速被与之相对的后者取代。有论者指出："大众文化是我们今天格外风光的产业，不但带来滚滚商业利润，就是在它的精神内涵方面，也早已挺直了腰杆，不但扬眉吐气，敢于向对它压迫已久的高雅文化叫板，而且差不多反客为主，一跃成了背后有政府大力推动的主流文化。"[1] 这差不多指出了当下国内文化景观实景，即大众文化和品味成了时代的新宠儿。这种社会风尚与审美趣味的变迁，很容易使其与传统审美风尚之间构成紧张，带来文化领域精神上的焦虑。

从参与者的主动选择来看。在短短的十几年间，中国经济的快速发展，取得了令世人瞩目的成就，市场和商业活跃带给这个国家物质领域日新月异的变化，也深深影响了国人的文化观念和价值选择，对利益的追逐成了社会运转和人们生活的中心内容。对经济效益和金钱的追逐不仅体现在物质生产领域，也体现在精神文化领域。很多从事文化和文学行业的人把追逐经济效益视为尺度，主动参与到社会的商业化和市场化潮流之中。我们并不否认，在经济大潮当中，个体的抗拒似乎像螳臂当车，很难取得实际效果，但从目前国内的文化领域来看，人们的选择更多时候是主动的，主动参与到利益追逐之中，把经济效益和"钱途"视作文化活动的标的。不仅普通民众做出这种主动选择，包括很多知识分子在内，也成了这股潮流的拥护者。90年代一个突出的文化事实是，知识分子内部开始分野，出现分层，只有极少数知识分子还在坚守精英立场，而更多的人则成了社会中精致的投机者。这带来一种景观：一方

---

[1] 陆扬：《后现代文化景观》，新星出版社2014年版，第325页。

面，有些知识分子谴责商业化带给文学的戕害；另一方面，却又有大批知识分子投身于文学商业化方面的设计、规划、创作等，主动选择向大众和通俗靠拢。

正是在这种错综复杂的文化语境中，中国文学和文化领域出现了前所未有的新景观，变成了创作者、出版人、文化商人等群体的合谋。作家不仅要靠自身实力，甚至与娱乐明星一样，需要包装和商业打造。周娜曾提到出版业对作家郭敬明、张悦然的成功包装："2003年1月，郭敬明的《幻城》出版，……该书一出版便为郭敬明赢得风光无限，2003年、2004年连续两年高居全国文学类畅销书榜首，发行量超过百万，郭敬明也因之成为目前最走红的青春写手，拥有像当红明星一样的追星族，直接被称为出版社的'印钞机'。紧随其后，与郭敬明一道被包装为'金童玉女'作家的张悦然，以才情折服读者，以实力征服市场，……其冰清玉洁、空灵飘逸的'忧伤玉女'形象为她争得纯文学的一席之地，并得到了评论界的首肯。"[①] 这种经营模式和营销理念是目前文学活动的典型模式。不仅对当下流行的作家作品如此，甚至对经典作品的营销也有类似手段。现在很多作品在装帧方面都会有腰封，写上某某名人推荐，或者其他广告式语言等。

在商业化大潮中，文学发生了很多变化。从文学的出版来看，它变成了一种生产活动，这种生产活动是面对消费者的，因此是以消费市场的需求为准的。在这种情况下，文学的特质也会发生变化，它不再仅仅是作家灵性的书写、智慧的凝结，同时也是一件待价而沽的商品。而作家也不再单纯是一个只面对自己内心的封闭个体，同时也可能会是商人，他出售自己创造的产品，即作品。目前为止，文学活动成为文化产业链条中的一部分，很多作品从创作到发行，再到影视改编，往往是一条龙式营销，影视改编会引起某部作品大热，或某部作品大热而会被导

---

① 周娜：《边缘化文学风景——新世纪文学热点览要》，电子科技大学出版社2011年版，第261页。

演相中，进行影视改编，继续它的热度。"畅销书""排行榜"都成了商家的推销手段。文学成为一种经济，在今天不再是需要论证的理论，而是活生生的现实。

二 文学娱乐化倾向的出现

伴随着商业化大潮，当代文化整体出现娱乐化走势，文学身处其中，也无法逃离这一宿命。所谓娱乐，就是使人快乐，获得精神上的放松和愉悦，而"化"在此处，主要强调的是一种发展趋向及其动态过程。娱乐原本是人生活的一部分，如果只是忙碌工作，缺少适当的放松与休闲，对人的身心健康并没有好处。因此娱乐的存在具有天然合法性。正是因为这样，文学的娱乐功能历来受到理论家们的青睐，也被视为文学的基本功能之一。但是，我们这里所言的文学娱乐化，并非指这一传统内涵，更多的是指过度娱乐，消解了文学应该有的严肃性和社会责任。波兹曼在讨论"娱乐业时代"时指出，电视具有娱乐性是一个苍白的文化事实，并不值得他花费力气来写作和研究，他想指出的是这种娱乐性已经成为当下社会的形式，电视只是传达这种形式的工具而已。"电视把娱乐本身变成了表现一切经历的形式。我们的电视使我们和这个世界保持着交流，但在这个过程中，电视一直保持着一成不变的笑脸。我们的问题不在于电视为我们展示具有娱乐性的内容，而在于所有的内容都以娱乐的方式表现出来，这就完全是另一回事了。"[1] 波兹曼对娱乐化的考察是从媒介，即电视的视角进入的，然而基于娱乐化时代文化的同步性，这段话也非常有助于我们理解目前文学的娱乐化。波兹曼指出，存在两种娱乐化，一种是呈现充满娱乐性的内容，另一种则是娱乐地呈现一切内容。他认为，后者才是娱乐化时代的特质。我们可以将他的这些观念延伸进文学中，即目前文学娱乐化包含两个方面，其

---

[1] [美]尼尔·波兹曼：《娱乐至死》，章艳译，中信出版社2015年版，第106页。

一是指挑选轻松娱乐的内容来表现，其二则是指消解一切严肃性，将对象做娱乐化呈现。后者是目前文学娱乐化取向中最被人诟病也是研究者最为关注的部分。

不可否认，文学具有娱乐性，是人剩余精力发散的副产品，因此文学的娱乐功能并不单纯是人有意识性地构建出来的理论，而是文学能够诞生的客观基础。然而无论是在西方传统文学观念中，还是在中国古代文论里，娱乐性从来都不是文学的唯一属性。除了娱乐功能，还有教育、审美、认识等功能的存在。几种主要功能之间互相牵制，共同确保了文学对社会的正面价值，以及文学自身的半自律性。从文学理论史的一般状况来看，在文学的主要社会功能中，人们一般更加重视的是教育功能、审美功能等，娱乐功能往往从属于它们。例如贺拉斯认为，文学应该"寓教于乐"，虽然教与乐共在，但其中教育功能才是核心，娱乐是达到教育的有效手段而已。在这种理论框架中的娱乐功能，有其制约因素，这就是审美性和教育功能，它们确保了文学和艺术不能是一种单纯的娱乐。正如儒家诗教所主张的，是"乐而不淫"，是不过度的享乐主义。然而目前文化与文学领域出现的娱乐化倾向，则有以娱乐为文学唯一功能的嫌疑，换句话说，用完全娱乐化的内容和纯粹娱乐化的表现形式来取悦和娱乐大众成为当下文学活动的核心旨归。

这种文学的娱乐化，从理论上来看，表现为由审美向单纯娱乐转化，出现了以娱乐阐释审美，弱化甚至取消文学的社会责任以及教育功能属性的态势。从知识传统来看，娱乐与审美有相通性，二者都能给人带来愉悦。但审美从其构建之初起，就与高雅趣味相连，因而与单纯娱乐、过度娱乐保持距离。康德在规定审美理论时，曾对美感与快感做过明确辨析，指出前者是一种精神愉悦，而后者往往与生理快感相连，与现实利害有直接关系，因此二者存在质的区别。叔本华，他的美学观念是对康德的一种继承。有关审美与娱乐之间的关系，他的说法，无论是在当时，还是在今天，都具有很强的代表性。他曾提出三个范畴，壮美、优美和媚美,壮美是康德意义上的崇高,"媚美却是将鉴赏者从任何时候领略美都必需的纯粹观赏中拖出来,因为这媚美的东西由于〔它是〕直接迎合意志的对象必然地要激动鉴赏者的意志,使这鉴赏者不再是'认识'的纯粹主体,而成为有所求的,非独立的欲求的主体了"。① 媚美激起的是人的欲望,把人变成没有独立性的欲望主体。他还指出媚美常与优美混为一谈。"至于人们习惯地把任何轻松一类的优美都称为媚美,这是因为缺乏正确的区分而有的一个过于广泛的概念。"② 根据他的观点,媚美不能与优美视为同一,过度娱乐化与审美之间存在严格区别。优美虽然包含适度娱乐,但并不是所有轻松的东西都属于优美,如果它只是放纵人的欲望,甚至会引起人的反感,那么它就不是优美,更不是艺术。无独有偶,在中国传统文学观念中,也强调批判"郑声",理由是"郑声淫",反对仅以娱乐为目的的文学,强调文学的教化功能。然而目前文学中出现的娱乐化走势,则是用娱乐来解释或填充审美的内容,有意把二者混淆,或是借用后者为其正名,提供合法性,甚至直接用娱乐性取代审美,并且还有意忽略甚至放弃文学的社会责任担当和教育属性。这打破了传统文学和美学理论中的教育、审美、娱乐平衡的构架,使传统理论在面对这一新的文化现象时显得手足失措,使秉持传统文学价值观念的学者在情绪上产生极大抵触。传统文学价值观中摒弃或打压的部分,在目前的文学实践中成为主流取向,这无疑是向传统知识范式提出了挑战。

从实践领域来看,这种娱乐化也体现在多个层面。从作家角度来看,很多严肃作家选择转型,开始与市场、大众传媒合作,创作面对大众、娱乐休闲性比较强的作品。赖大仁先生曾经从实际的经济效益角度分析过作家的这种转型:"这种商业化写作及其市场策动效应,对比较

---

① [德]叔本华:《作为意志与表象的世界》,石冲白译,商务印书馆1982年版,第289—290页。

② 同上书,第290页。

高层次的创作乃至所谓'严肃文学',也必然会带来一定的影响,甚至形成某种程度的诱惑,使得一些作家的创作也难免包含某些商业化动机与谋略在内,比如写作内容与方式迎合取悦市场消费的欲望,作品内容与形式的商业化包装,作品出版发行过程中以及文学评论中的商业化炒作等等。其结果既可在文坛引起轰动效应,又能极大的刺激市场消费欲望,带来作品畅销,给出版者和作家带来可观的经济效益。想当初贾平凹的《废都》《白夜》,梁晓声的《浮城》等,都莫不如此,如今这种情况更是司空见惯了。"① 赖大仁在这段话中提醒我们,文学的娱乐化倾向是与商业大潮紧密联系在一起的,是文学在商业发达时代的突出特质。并且,他还强调了,在这种商业运作中,一些作家会受到利益蛊惑,主动选择迎合市场和大众。而相对于精英文学,大众文学总是倾向于娱乐轻松通俗型,为了商业利益,很多作家就会有意识地选择具有娱乐性的内容来呈现。老作家选择向娱乐化、商业化转型,而新生代作家娱乐化倾向更加明显。新成长起来的作家,例如所谓的"70后""80后"作家,他们本身就成长于商业化环境之中,远离了革命浪漫主义的激情岁月,20世纪80年代的文学,对于他们而言,是文学史教材中阅读到的内容,很难感同身受。而商业大潮中中国经济日新月异的变化,他们自身物质生活的不断变迁才让他们更熟悉,对利益的追求本身就是他们的生存环境,他们很难对此提出反思,因而相对于老一辈严肃作家的有意转型,他们连转型都谈不到,直接与商业接轨,无论是他们进入文坛的方式,还是他们笔下的世界,都是当下商业社会的色彩斑斓。在作家主动选择,出版商有意策划等合谋运作下,中国文学出现了前所未有的景观。有论者对90年代以来的当代文学转型做出过描述:"90年代的文学……开始了'转场'的历程。这个过程中有两个向度引人注目。一是文学的娱乐性大大膨胀,使文学从以往神甫式的'饭前

---

① 赖大仁:《当代文学及其文论——何往与何为》,江西高校出版社2007年版,第383—384页。

祈祷'变调为大众化的'饭后消遣'。金庸小说的盛行，正是这个变化的一个侧面。二是'蹲下来看世界'的写作姿态悄然兴起，作品的兴奋点由人的思想降低到人的下半部，从原欲、情欲角度窥视人生，并将所见所思毫无顾忌地倾泻到社会公共空间。"[1] 其实所引文字中谈到的这两点都是当代文学娱乐化的突出表现。文学在当代社会的位置已经发生了变迁，它不再是社会变革的晴雨表，也不再是精英知识分子对大众启蒙的有效手段，而仅仅是大众生活的文化佐料。更有甚者，为了凸显这种娱乐性，所谓的通俗变成了低俗，很多作家作品关注的是私人生活，人的下半身，将人性狭隘地理解成人的原欲。于是在当代文学转型中出现了令传统文学观念无法接受的现象：很多作品选择放弃文学的道义担当，变成庸俗、低俗、无意义的狂欢聚集的场所，用波兹曼的话来说，确实已经达到了"娱乐至死"的地步。以娱乐为名，颠覆、恶搞、反叛成风，严肃、崇高成了不合时宜，经典不断遭遇消解，文学成为只供娱乐的游戏。正如周娜指出的："文学失去了固有的庄重和典雅，表现出从未有过的青春艳丽、平庸和性感……文学被炒作、被戏玩：有人打美女品牌，有人刮青春旋风，有人炒'肉身写作'，还有人以恶搞为趣、以戏说为乐。"[2] 这种文学，以娱乐轻松为名，解构经典与神圣，例如恶搞《西游记》《红楼梦》《三国演义》等，戏说历史，玩时空穿越等，不尊重历史事实，不顾及生活逻辑，单纯娱乐，使中国当代文学沉溺于欲望狂欢与感官享受之中。

三 意识形态色彩淡化

20 世纪 90 年代的文学转型还表现为文学的意识形态色彩淡化。"意

---

[1] 徐俊西：《世纪末的中国文坛》，上海文艺出版社 2002 年版，第 109—110 页。
[2] 周娜：《边缘化文学风景——新世纪文学热点览要》，电子科技大学出版社 2011 年版，第 257 页。

识形态"是一个与马克思主义哲学、美学有着深刻渊源的术语,但这并非意味着,在马克思主义诞生之前,就不存在意识形态问题。从普泛的意义上来讲,它主要是指一种成体系的思想,这种思想体现了一个时代或"社会集团的总体世界观"①,即"这一时代或这一集团的整体思维结构的特征和组成"②。具体到我们正在讨论的问题,就是将文学视为体现时代或社会集团的世界观和价值观的形态之一,即将文学看作是具有意识形态性的上层建筑,它直接服务于统治阶级的意志。而意识形态色彩淡化,就是指在文学作品的价值关怀、主题选择、书写技巧、评价标准等方面,官方意识形态逐渐淡出,文学不再是党派政治的附庸,开始从后者中松绑出来,探索其他的发展路径。

文学与意识形态之间的紧密联系在中国自有其传统。就历史渊源而言,它与中国文学工具论取向直接相关。工具论一直是中国传统文艺理论的核心价值观念之一,它与士大夫意识、儒家传统等紧密相连。宇文所安在《剑桥中国文学史》中指出,"中国文学传统中最为持久的一个倾向是不看重赞美之词,而看重对作家真情实感的令人信服的再现,以及作家对社会和政体问题强烈而且通常是批判性的关怀"。③ 他对中国文学传统的描述十分准确。中国的诗学传统,一方面强调抒情,另一方面强调作家对社会的责任与关怀,尤其是批判性、教育性的入世情怀。并且这两方面也存在紧密联系。余英时曾谈到中国知识分子的特点,那就是"过问凯撒的事"④,即文人士大夫普遍关注社会政治秩序的建设。这一特质决定了他们创作活动的独特性,即这种创作活动不是一己悲欢的书写,不是个人私情私欲的展露,而是一种个人性与社会性的统一,

---

① [德]卡尔·曼海姆:《意识形态与乌托邦》,黎鸣、李书崇译,商务印书馆2000年版,第60页。
② 同上书,第57页。
③ [美]孙康宜、宇文所安:《剑桥中国文学史》上卷,刘倩等译,生活·读书·新知三联书店2013年版,第334页。
④ 余英时:《中国知识分子论》,河南人民出版社1997年版,第9页。

是将个体命运与整个国家民族的命运联系在一起。用《毛诗序》中的话来说,"是以一国之事,系于一人之本"①。徐复观对此曾作出阐发,进而来归结中国文学精神:"诗人是'揽一国之意以为己心','总天下之心、四方风俗以为己意'。即是诗人先经历了一个把'一国之意'、'天下之心'内在化而形成自己的心,……所以,一个伟大的诗人,他的精神总是笼罩着整个的天下、国家,把国家、天下的悲欢忧乐凝注于诗人的心,以形成诗人的悲欢忧乐。"②把个体转变成一个"集体人",在个人情感的文字呈现中彰显家国天下,这种文学就不是指向内在的,而是指向外在。具体说来,由于传统文人士大夫一向将自身归为统治阶级的一部分,积极参与国家秩序的建设和管理,因此在他们的文化想象中,个体与社会、家与国都是统一在一起的,进而他们的家国情怀就与统治阶级的利益、价值关怀紧密联系在了一起,使文学很自然地成为传达统治阶级意志的工具。

进入现代社会,尽管知识分子的社会角色发生改变,不再是统治阶级的合作者,迅速职业化,但由于内忧外患,文学的工具理性依然没有发生变化。只是文学由教化工具变成了启蒙的工具,由"庙堂"走向了"广场",其意识形态色彩依然浓重。新中国成立后,这种将个人情感与家国意识融为一体的文学观念,也被注入了新的内容,即对新国家、新制度的热爱与讴歌。新政权也特别重视文学的意识形态属性和工具性,强调文学为革命和社会主义建设服务。《在延安文艺座谈会上的讲话》这篇经典文献中对文学及其性质等各种问题的基本思想一直是新中国文艺政策所奉行的圭臬,在《讲话》中,毛泽东指出,"如果连最广大最普遍的文学艺术也没有,那革命运动就不能进行,就不能胜利"。③ 文学艺术,关乎革命事业,没有它们,甚至连革命运动都无法

---

① (西汉)毛亨、(东汉)郑玄笺,(唐)陆德明音义:《毛诗传笺》,中华书局2018年版,第2页。
② 徐复观:《中国文学精神》,上海书店出版社2004年版,第2页。
③ 《毛泽东选集》第3卷,人民出版社1953年版,第868页。

进行,这种对文学的重视,与曹丕所言的"经国之大业"遥相呼应。佛克马在评价毛泽东文艺思想时说:"在西方很难找到一个对文学期望值这么高的政治家。"① 毛泽东在中国的特殊地位,使他对文学的期许,既是时代对文学的期待,也是作为领袖者,代表官方对文学的时代定位。因此,他的这种理解,一直到 80 年代,对中国的文学都有着深刻影响。然而,也正是从 80 年代开始,经历了"文革"伤痛的人们,反驳了历史,选择了让文学远离意识形态的操控。这种趋势在 80 年代中期之后,变得异常清晰。陈晓明对这一时段历史的描述是:"尽管八十年代初期以来,文学界一再表示寻求文学的独立自主性品格,但实际上,文学与时代的意识形态关系依然非常密切……在八十年代中期以后,思想解放运动告一段落,意识形态反反复复的斗争也逐渐失去了绝对的支配功能,更重要的也许在于,这一时期中国社会开始把重心转向经济实践,文学艺术原来赖以存在的广博的意识形态根基开始弱化,文学必然退回到更为有限的'文学的'领域,而新时期文学一直寻求的艺术创新突破,在八十年代后期,就变得更加突出。"② 陈晓明的这段话差不多分析出了文学意识形态色彩淡化在 80 年代的细节。就总体而言,80 年代是中国文学意识形态色彩非常浓厚的时期,尽管当时从作家到文艺理论工作者,都在呼吁文学摆脱政治的束缚,回归到文学自身,强调文学的审美特质,但由于这种呼吁本身面对的就是"左"倾政治语境,因此当时的文学创作与文学活动都有着强烈的政治性和意识形态色彩。然而变化也恰好从那个时候开始。随着新时期以来,知识界对走出"左"倾政治,文学回归自身的呼唤,并在文学领域身体力行,经过一段时间的积累,到了 80 年代中后期,文学实践和观念领域都出现了变化,出现了意识形态弱化的现象。这种现象的出现,与文学原有

---

① [荷]佛克马:《中国文学与苏联影响(1956—1960)》,季进、聂友军译,北京大学出版社 2011 年版,第 7 页。
② 陈晓明主编:《现代性与中国当代文学转型》,云南人民出版社 2003 年版,第 226—227 页。

的浓厚的意识形态基础弱化有关，即无论是党和政府，还是创作者，甚至整个社会氛围，都有意识地不再过分强调文学应该承担的意识形态责任。更重要的是，这一时期中国社会的重心转向经济建设，意识形态斗争不再是这个国家的主旋律，文学也无须再成为意识形态的附庸，因而具有了回归本位的现实条件。

当然，在这些原因的背后，还有一点是我们希望补充的，那就是，长时间文学与政治意识形态的联姻，带来创作者与阅读者的审美疲劳，因此在相对宽松的政治语境里，对意识形态的回避也会成为人的自然反应。尤其是随着国家把建设重心转移到经济上来之后，经济效益成为社会价值衡量的杠杆，人们会很愿意选择将文学与经济结合，因为它同样也是规避走向意识形态的一种手段。正是由于多重因素，文学在80年代中后期开始，尤其是进入90年代，逐渐走出了意识形态所规定的价值诉求，与意识形态之间千丝万缕的联系也慢慢松弛。90年代后，王朔成了文学领域的"顽主"，如果说他笔下的故事，还需要意识形态的依托，才能够理解其意义，那么21世纪之后，像郭敬明描绘的世界，则完全没有了政治意识形态的踪迹，他塑造的就是一个"小时代"，一个物质与欲望消费的时代。在他那里，历史本身的那种厚重和压迫人的东西，全部被消费主义的浮华取代。

新时期以来的中国文学变迁，可以从很多视角来审视，以上的三个方面既是比较突出的面向，也是目前被学界密切关注的几个方面。这些面向，一定程度上都与传统中国文学观念之间有冲突，因而构成了与后者之间的断裂，也正因此，它们才能够被统一到文学的终结的命题下，作为一种总体现象而被当代学者命名和思考。

第二节　知识界对文学转型的及时回应

文学领域的转型，既给知识界带来理论上的深深困惑，同时也带来挑战。然而尽管如此，美学和文艺理论领域的知识分子仍然迅速对这一新现象做出回应，希望能够通过自己的努力，解释它，并给出相应的价值判断。由于这次转型对社会的影响广泛而深刻，对整个知识界触动很大，因此，自 20 世纪 90 年代至今，学者们从不同视角进行了多维解读，从各个领域和层面对之做出回应。在这当中，我们主要挑选的是文学理论领域和美学界的回答，通过对它们的考察，来反思当代文艺理论和美学知识生产。

20 世纪 90 年代以降思想领域的很多争论、尝试，都与社会和文学的转型直接相关，然而如果从如此宽泛的维度进入，我们将会淹没于各种文献的海洋里，因此在本书中，我们希望从比较有代表性的两个文化思潮或事件进入——20 世纪 90 年代前中期的"人文精神大讨论"和差不多同时的审美文化研究的兴起，借助它们来管窥中国知识界在文学和美学领域所做出的努力。在这两个文化事件中，"审美文化"所属范围较明确，就是美学范畴，但"人文精神大讨论"则不同，它是 20 世纪 90 年代思想界一次重要的论争，差不多贯穿了整个 90 年代，也吸引了大批从文学、美学到哲学、历史等多个领域学者的参与，因此并不能用文学思潮来简单定性。然而深入其中争论的内容就会发现，这次事件是从文学领域发起，参与讨论者绝大多数具有文学或美学知识背景，因此，我们有理由认为，这是一场从文学领域介入社会问题的尝试，是学者对社会转型下的文学转型的回应，也是他们期望通过对文学转型的回应，进而实现对社会转型回应的一次尝试。

一 "人文精神大讨论"对文学危机的关注

人文精神的讨论，学界一般将之溯源至王晓明与其四个学生间的对话。这次对话的文字形式发表于 1993 年《上海文学》第 6 期，名为《旷野上的废墟——文学和人文精神的危机》，参与人除王晓明外，其他四人为张宏、徐麟、张柠、崔宜明。在对话中，参与者不约而同地对90年代文学在商业化潮流中的沦陷表示了担忧和批判。讨论伊始，王晓明就明确指出："今天，文学的危机已经非常明显，文学杂志纷纷转向，新作品的质量普遍下降，有鉴赏力的读者日益减少，作家和批评家当中发现自己选错了行当，于是踊跃'下海'的人，倒越来越多。"[1]王晓明的这段话，既为他们那次的讨论定下了调子，同时也指出了当时文学的现实境遇。在他看来，文学已经出现危机，具体表现在如下几个方面：其一，文学杂志转型；其二，文学作品质量下降；其三，读者鉴赏能力降低；其四，很多作家和批评家纷纷改行，转战商海。这些现象，在20世纪90年代，确实是比较突出的问题，也是90年代之后学界关注和讨论的焦点。

除王晓明指出的这些现象外，在对话中，其他学者还对文学危机的当代呈现做了补充，例如在对西方理论接受过程中的食洋不化，文学创作缺乏想象力，转向一种"形式"创作，"王朔现象"等。在众多文学危机的表征中，他们认为，最集中体现是当时文学已经出现了商业化、娱乐化、媚俗、自娱等倾向，它们是人文精神缺失的症候。在对话差不多结尾的地方，参与者崔宜明表明了自己对当代文化的价值判断："说得夸张一点，今天的文化差不多是一片废墟。"[2]

从大讨论发生的整个始末来看，王晓明五人的对话并不是争论中出现最早的篇什。早在1993年上半年，张炜就在《文汇报》上发表了《诗人，你为什么不愤怒》，张承志在《十月》上也发表了《以笔为旗》，这些文章与王晓明等人的对话持相同价值立场，对文学的商业化、世俗化、拜金主义等倾向也表明了自己鲜明的反对和批判态度。张炜在文章中说："现在的好诗越来越少，是因为纯粹的诗人越

---

[1] 徐俊西：《上海五十年文学批评丛书·思潮卷》，华东师范大学出版社1999年版，第335页。

[2] 同上书，第347页。

来越少。""文学已经没有了发现,也没有了批判。""文学已经进入了普遍的平庸状态,不包含一滴血泪心汁。在这种状态下,精神必然枯萎。"① 张承志也在文章中指出:"几十年纠缠在稿纸卷头却意在高官流水账的人,因不逞和无才而小心翼翼但求人和的人,高喊冲锋可是不见流血的人以及种种这棵树上附庸寄生的人——都在几个月里蜕壳现形,一下子溜了个空荡荡。所谓'三春过后诸芳尽,各自须寻各自门',不过一股脑儿都涌向了商人门了……未见炮响,麻雀四散,文学界的乌合之众不见了。占据着这儿的已是视此地为商场的股民——他们进场就宣布过没钱就撤,毫不遮羞","我没有兴趣为解释文学的字典加词条,用不着论来论去关于文学的多样性、通俗性、先锋性、善性及恶性、哲理性和裤裆性。我只是一个富饶文化的儿子,我不愿无视文化的低潮和堕落。我只是一个流行时代的异端,我不爱随波逐流。"② 张炜、张承志,两位在中国当代文学史上占据了重要位置的作家,用他们直观的感受,激情的笔墨,对文学放弃社会关切、沦为消遣的工具、商业的宠儿,表示了强烈愤慨。

同样地,在人文精神讨论中持不同意见的论文也早于王晓明等人对话的出现。在这里我们指的是发表于1993年第1期上王蒙的《躲避崇高》。这篇文章其实是对"王朔现象"做出的评论。与很多精英知识分子不同的是,王蒙对王朔创作的意义给予了充分肯定。在他看来,"读他的作品你觉得轻松地吸一口香烟或者玩一圈麻将,没有营养,不十分符合卫生的原则和上级的号召,谈不上感动……但也多少地满足了一下自己的个人兴趣,甚至多少尝到了一下触犯规范与调皮的快乐,不再活得那么傻,那么累"。③ 王朔普遍被认为是"痞子文学""玩文学"的

---

① 张炜:《诗人,你为什么不愤怒》,原载《文汇报》1993年3月20日,本文引自孔范今、施战军等选编《中国新时期文学思潮研究资料》(下),山东文艺出版社2006年版,第67—68页。
② 张承志:《以笔为旗》,原载《十月》1993年第3期,本文引自孔范今、施战军等选编《中国新时期文学思潮研究资料》(下),山东文艺出版社2006年版,第16—17页。
③ 王蒙:《躲避崇高》,《读书》1993年第1期。

代表，因而受到当时主流话语的拒斥。然而王蒙却认为："承认不承认，高兴不高兴，出镜不出镜，表态不表态，这已经是文学，是前所未有的文学选择。"① 对"顽主"王朔的肯定，以及文章选取的标题都已经显露了王蒙个人的价值立场，即"躲避崇高"。他肯定王朔，关节点也恰好在于此。王朔不再把文学创作看作一件严肃神圣的事情，而变成了一种"玩"和"侃"。王蒙的肯定，恰好与前文中我们提到的张炜、张承志，以及王晓明等人对话中坦露的观点相反。这也表明，人文精神大讨论的出场之初，就存在着两派针锋相对的观点。

客观而言，王蒙、张炜、张承志等人的文章虽然也属于"人文精神大讨论"中的重头文章，但真正起到一石激起千层浪式的发酵效应的却是王晓明与其学生的对话。自这篇对话发表之后，知识界迅速做出回应。《上海文学》《读书》《东方》《文学自由谈》《文艺争鸣》《中华读书报》《文汇报》等报纸期刊纷纷发表相关对话和文章，使这场讨论变得热闹异常。两年之后，王晓明在《人文精神寻思录》的"编后记"中介绍说："'人文精神'的讨论已经持续两年多了。这两年间，讨论的规模逐渐扩大，不同的意见越来越多，单是我个人见到的讨论文章，就已经超过了一百篇。进入90年代以来，知识界如此热烈而持续地讨论一个话题，大概还是第一次吧，这本身就显示了这个话题对当代精神生活的重要意义。"② 从这段话中我们大概可以知道当时讨论的盛况。这种空前的理论热情，使人文精神讨论成为90年代思想界最亮丽的一道风景。同时，也由于众多学者的参与，因而讨论范围十分广泛，触及了该问题的多个面向，其中主要的问题大概如下：即何谓"人文精神"？中国有没有人文精神？人文精神如何重建？目前的文学状况是否表征了人文精神的危机与困境等。

我们对讨论的关注，重点在于其中有关文学危机论的部分。尽管在

---

① 王蒙：《躲避崇高》，《读书》1993年第1期。
② 王晓明：《人文精神寻思录》，文汇出版社1996年版，第270页。

讨论的过程中，很多学者抛开文学问题，直接辨析人文精神，但还是有大批学者将人文精神危机奠基于文学的危机，将二者放在一起来讨论。正如我们在前面介绍人文精神讨论出场时就存在两派一样，对文学是否存在危机问题也存在两种对立观点。其中主张文学出现危机的，除了以上我们已经提到的学者外，还有洪子诚、陈思和、郜元宝、蔡翔、张汝伦等人。如洪子诚指出："提出当代文学的'理想'，是因为痛切感觉到，我们'当下'的文学，精神性的因素、力量越来越薄弱，……不过这并非问题的全部。最主要的恐怕是这样的现实：一种讨好、认同'流俗'、贬低精神探求的思潮，在我们的文学界上空，长期以来是一股难以驱散的浓雾。"[①] 王岳川指出："在市场经济大潮迭起之时，文化问题却逐渐游离于大众视野之外。在物质日渐丰富之时，人们的精神生活却开始显出贫乏。在'一切向钱看'的社会心态怂恿下，社会上出现了一种顽主式的潇洒：纵欲拜金，急功近利；短期行为，权钱交易；人性沦丧，冒险投机。人文精神的失落，使人敢于牺牲道德情怀而只为金钱活着。"[②] 张汝伦认为："我们大家都切身体会到，我们所从事的人文学术今天已不止是'不景气'，而是陷入了根本危机。"[③] 成复旺也指出："当前我国的审美文化是倾斜的。一方面是追求感官愉悦的大众审美文化的畸形发展，另一方面却是追求精神价值的高雅艺术的严重萎缩。而且，当前的大众审美文化带有一种明显的甚至是自觉的思想倾向：就是否定一切人生意义的关怀，嘲笑一切高尚的追求。"[④]

另外一种声音，则反对文学危机论，为文学的通俗化、大众化摇鼓助威。王蒙等一批作家和学者则是这种声音的代表。在王蒙看来，中国文化里从来就没有过人文精神，因此并不存在失落和重建的问

---

① 洪子诚：《文学"转向"和精神"溃败"》，《中华读书报》1995年5月3日。
② 王岳川：《文化衰颓中的话语错位现象》，《山西发展导报》1994年7月1日。
③ 张汝伦：《人文精神：是否可能和如何可能？——人文精神寻思录之一》，《读书》1994年第3期。
④ 成复旺：《呼唤失落的人文精神》，《中国人民大学学报》1994年第3期。

题。同样地，目前文学的发展态势，也并不意味着危机。"问题固然不容忽视，但更要看到我们今天文化生活、精神生活的全貌。严肃的学术、文学刊物并不是没有人看。在商品大潮、市场经济冲击了文学冲击了精神生活的叫喊中，我们看到许多严肃的刊物、作品越来越受到读者的欢迎。"① 王朔的观点也是针锋相对："我经常看杂志，也经常看作品，我觉得目前小说创作的艺术水平、文字水平，可能是历史上最好的一个阶段，个人的水准和整体的水平都相当不错。"② 刘心武也认为要"直面俗世"③。张颐武则指出："我们不能拒绝今天……'人文精神'里并不存在拯救。"④

程光炜曾经发现了人文精神讨论中的地域密码，以上海为中心的南方学者往往认同文学危机，以北京为中心的北方学者则往往会持相反意见⑤。这一观点当然有过于绝对的地方，但主张文学危机的学者主要在南方，而持反对意见的学者主要在北方却是事实。在此基础上我们想进一步指出的是，这种区分背后存在不同的话语背景。表面上看来，两派观点尖锐对立，但实际上二者对危机态势的判断标准完全不同。否定危机存在的作家和学者，他们的思想来源是 80 年代的启蒙任务，即走出"左"倾政治对文学的工具性规定。因此，在文学通俗化、商业化浪潮中，他们看到的是文学沉重政治负担的卸载，是摆脱政治束缚的自由。王蒙说："我们的政治运动一次又一次地与多么神圣的东西——主义、忠诚、党籍、称号直到生命——开了玩笑……是他们先残酷地'玩'了起来的！其次才有王朔。"⑥ 陈晓明也认为："对感官快乐的寻求，对一种放松的、没有多少厚重思想的消费文化的享用，压抑太久的中国

---

① 王蒙：《当代中国文学的新话题》，《民主》1996 年第 2 期。
② 白烨等：《选择的自由与文化态势》，《上海文学》1994 年第 4 期。
③ 刘心武：《直面俗世》，《中华读书报》1995 年 4 月 5 日。
④ 张颐武：《人文精神：最后的神话》，《作家报》1995 年 5 月 6 日。
⑤ 程光炜：《引文式研究——重寻人文精神讨论》，《文艺研究》2013 年第 2 期。
⑥ 王蒙：《躲避崇高》，《读书》1993 年第 1 期。

民众，即使有些矫枉过正也没有什么值得大惊小怪。"① 文学不再关注宏大叙事，不再把严肃和神圣背在自己的肩上，是文学获得自由的一种信息。对人文精神的呼吁，让这批学者非常警惕，他们担忧文学因此又会回到沦为政治工具的老路上去，所以他们才会视人文精神为陈旧观念的还魂，而文学通俗化、商业化、大众化是一种进步，而不是危机。

相反，持文学危机论的学者，他们的话语资源是中国传统士大夫家国意识和80年代的启蒙立场。其实就80年代的启蒙诉求而言，90年代出现的文化现实是80年代启蒙理想的重要组成部分，只不过这一实现与当初构想之间存在错位。正是这种错位，为文学危机论者继续坚持启蒙立场提供了理由。所谓启蒙，是精英知识分子对大众的启蒙，是他们借助文学、审美等手段启发民智，提升心灵。而文学在商业大潮中的肉身化、沦为感官享受的工具等倾向与启蒙立场背道而驰，这自然会引发精英知识分子的抗拒。文学危机论由此而生。

因此，表面上看来，两种关于文学命运的观点针锋相对，然而从其内在思想理路来看，则迥然不同。所以看似热闹的人文精神讨论，却并没有构成真正的交锋。但毕竟文学商业化、世俗化，对正统文学观念冲击很大，因此，对文学危机论表示同情的学者更多，危机的描述、道德的呼唤等都让很多坚持精英立场的学者感同身受。然而商业化、世俗化潮流已经难以遏止，如何建构新的话语形态，使之符合新的文学实践，在这次热闹的讨论中，却是最遗憾的缺席部分。

二 审美文化研究的理论突围

审美文化研究引起知识界的关注与人文精神的讨论差不多同时，然而命运却与之大不相同。后者虽然贯穿了整个90年代，却最终在商业大潮中黯然离场，审美文化研究却在理论突围中成功转型，带来美学发

---

① 陈晓明：《人文关怀：一种知识与叙事》，《上海文化》1994年第5期。

展的新一轮复兴。

"审美文化"一词,朱立元、肖鹰等学者认为,最早的使用者是席勒①。而中国学者是从苏联学者的研究中接触到这一话题的,如金亚娜对苏联审美文化研究的引介②。席勒在《审美教育书简》中将人性分成三大冲动,每种冲动对应不同的文化状态,其中游戏冲动对应的是审美文化。这种对"审美文化"的理解,重点在文化,是将文化分成三个领域,审美是其中一部分。苏联学者对"审美文化"的理解,则是将其视为"人们在生命活动中创造和消费的审美价值的总和",重心是在审美。然而正如金亚娜指出的,这种观点"初看起来,这里把审美文化的概念理解得十分宽泛,其实对审美文化所做的不过是非常抽象而狭隘的诠释"。③ 据笔者查证,目前国内学者最早使用"审美文化"一词的,是潘一的论文《青年审美文化研究纲要》,发表于《上海青少年研究》1984年第11期。在这篇论文中,作者重点讨论的是青年审美文化特质。但在这篇论文中,作者并没有有意识地将"审美文化"作为一个独立概念提出,而只是将其与青年的年龄特质等联系在一起,把青年审美文化看作文化的一个亚类。这与90年代兴起的审美文化研究的理论指向存在很大距离。学界一般认为,90年代兴起的审美文化研究,其概念较早由叶朗使用。他发表在1988年《北京社会科学》第3期上的《审美文化的当代课题》④一文,标题就使用了"审美文化"一词。1988年底,叶朗主编的《现代美学体系》出版,在第五章"审美文化"中做出了明确定义:"所谓审美文化,就是人类审美活动的物化产品、观念体系和行为方式的总和。"⑤ 这个定义有将整个审美活动纳入审美文化范畴

---

① 朱立元:《"审美文化"概念小议》,《浙江学刊》1997年第5期;肖鹰:《审美文化:历史与现实》,《浙江学刊》1996年第5期。
② 金亚娜:《苏联的审美文化研究》,《国外社会科学》1991年第3期。
③ 同上。
④ 该文是当年出版的《现代美学体系》中"第五章"第四节内容,做了压缩之后发表在刊物上。
⑤ 叶朗:《现代美学体系》,北京大学出版社1988年版,第259页。

的嫌疑,但在第四节中,作者从审美文化的当代性课题进入,重点讨论了当代审美文化中非常重要的几个方面,如严肃艺术与通俗艺术,艺术的传统与反传统以及科技与审美的关系等,这就把90年代审美文化研究讨论的范畴基本上纳入该书视野,开启此后审美文化研究之先河。

对于何谓"审美文化",90年代以来,中国学者做过很多探讨。有的学者认为,"审美文化是现代文化的主要形式,也是高级形式,它把超功利性和愉悦性原则渗透到整个文化领域,以丰富人的精神生活"。① 而有的学者则主张:"审美文化,我认为,指的是从建筑外观、室内布置、人体服饰、新区布局、旅游景观到文学艺术等多层面审美领域的总和。"② 还有的学者认为,"'审美文化'指的是人们的文化生活与'审美'相连的那些方面"③。总体而言,到目前为止,国内学者对于审美文化的定义、研究范围等的探讨,还存在诸多分歧。但在这些分歧中,也显示出了一些共同特质:其一,在定义过程中,都具有整体性倾向,即都把审美文化定义得比较宽泛;其二,都认同审美文化是一种高级文化形态,是文化发展到一定程度才可能出现的新生文化现象;其三,都非常注重其当代性,即无论将审美文化的范围规定得如何广泛,但着眼点却都放在了当下,放到了通俗文艺和大众文化的兴起上;其四,都注重这种文化形态的实践品格,即所有学者都认同审美文化与现实生活之间的紧密联系,是审美向生活领域的渗透。

在争议和各种思想资源的交流碰撞中,审美文化研究在90年代获得了长足发展,至今方兴未艾,出现了大批理论成果,甚至被一些学者认为是"第三次美学热"④ 和"第三次理论转向"⑤。我们在此简单列举比较有影响的著作如下:夏之放、刘叔成主编的"当代审美文化书

---

① 聂振斌:《什么是审美文化?》,《北京社会科学》1997年第2期。
② 张法:《审美文化:范围、性质和操作方式》,《上海社会科学院学术季刊》1994年第4期。
③ 王一川:《审美文化概念简说》,《上海社会科学院学术季刊》1994年第4期。
④ 姚文放:《新中国的三次"美学热"》,《学习与探索》2009年第6期。
⑤ 高建平:《"美学的复兴"与新的做美学的方式》,《艺术百家》2009年第5期。

系"，这套书包括夏之放的《转型期的当代审美文化》、李军的《"家"的寓言——当代文艺的身份与性别》、邹跃进的《他者的眼光——当代艺术中的西方主义》、陈刚的《大众文化与当代乌托邦》、肖鹰的《形象与生存——审美时代的文化理论》等，由作家出版社1996年出版；林同华的《审美文化论》，东方出版社1992年出版；周宪的《中国当代审美文化研究》，北京大学出版社1997年出版；姚文放的《当代审美文化批判》，山东文艺出版社1999年出版；陈炎主编《中国审美文化史》，山东画报出版社2000年出版等。

　　审美文化研究的勃兴，是文化全球化趋势的重要组成部分，同时也是中国当代文化现实变迁的产物，然而在此处我们想强调的是它带来美学在理论视野方面的突破。做出这种判断，是与美学的现代传统以及中国传统相较而言的。现代美学观念和体制的价值取向，是审美、艺术与生活的二元对立，自康德为美学立法，美和艺术就成为与生活无关的绝缘体。在康德的理论构想中，现实生活充满了欲望和功利主义，审美要超越的，就是这种包含了各种欲望的功利主义，成为现实之外的一种虚空，没有自己的真实领地。20世纪初，西方美学进入中国，无论是较早的王国维，还是后来的朱光潜，他们所受影响以及所倡导和践行的都是康德主义美学观念。因而在很长一段时间，康德主义在中国的美学领域影响甚深。中华人民共和国成立后，马克思主义作为官方意识形态，成了各门学科建设的指导思想。在美学领域，马克思、恩格斯倡导的是一种功利主义美学，强调艺术对社会的介入作用，从学术史传统来看，他们是走在反康德主义的道路上。新时期到来时，党和政府迫切希望思想上"破冰"，为改革开放搭桥建路。美学和文学艺术因而成为时代的报春花，成了走出"左"倾思潮的重要理论资源。那个时候，康德主义的审美与艺术自治的思想再次获得广泛认同，成为艺术与政治保持距离的有力思想武器。然而历史的吊诡之处在于：康德主义的美学立场是80年代"美学热"的重要元素，也是80年代后期美学走向沉寂的祸首之一。这是因为，过于强调美学的自律，它与生活之间的分裂，也造成美学越来越成为象牙塔内学者们的智力游戏，距离生活越来越远。尤其是新时期之后的中国大地，数年之间，沧海桑田，已经发生翻天覆地的变化。美学的自治和不接地气，使其与时代之间的隔膜越来越深，如果不转型，它只能逐渐变成学院体制内少数人的思维操练，越来越从社会中退隐。审美文化研究的兴起，某种程度上正是这种沉寂之后美学的突围，是其试图重返中心的一种策略。与传统的康德主义价值立场不同，审美文化研究强调美学进入当下，介入生活，不再把目光只集中在空玄的形上思辨，而是阐释当代文化现象，干预社会。很多学者注意到了审美文化中美学与生活结合的部分，看到了它的"反美学"意义。例如潘知常指出："审美与生活的对立，是传统美学的基本特征。然而，在当代审美文化之中，对审美的生活化与生活的审美化的强调却成为其不可抗拒的历史进程的两个方面。审美的生活化意味着审美被降低为生活，生活的审美化意味着生活被提高为审美。而审美的生活化与生活的审美化的集中体现，则是当代审美文化的诞生。"[1] 当美学不再囿于象牙塔之内，而是开始关注和阐释当代社会生活，例如广告、电视、游戏机、MTV、都市文化、青年文化、快餐文化等，某种程度上让人感觉，这门像康德刻板的人生一样，将自己封闭在书斋里的学科，已经摇身一变，成了社会的新时尚。

审美文化的理论突围，不仅体现在对审美与生活二元对立关系的重新阐释上，同时也体现在雅俗传统的逆转上。美学和艺术，自其诞生之日起，就与高雅品位联系在一起。高建平曾经在他的一篇论文中，勾勒了西方美学发生的历史线条，在这道线条上，他提到了休谟、洛克、哈奇生、巴图、狄德罗、鲍姆嘉通等，尤其提到了夏夫兹博里，他谈到，正是这位哲学家较早探讨了审美无利害的命题。这位世袭贵族，把上流社会的文化品位夹杂进美学思考里，为后来的康德继承，成了现代美学的核心思想。[2] 把贵族

---

[1] 潘知常：《审美与生活的同一》，《浙江学刊》1998 年第 4 期。
[2] 高建平：《"美学"的起源》，《社会科学战线》2008 年第 10 期。

品位从理论层面进行论证，这意味着美学在其酝酿的过程中，就与高雅品位和精英取向联系在一起。在中国的艺术传统里，也存在类似的情况。儒家美学从一开始就注重雅俗的划分，对俗文艺持排斥和警惕态度。孔子曾言："恶紫之夺朱也，恶郑声之乱雅乐也。"五四时期，艺术观念现代转型，俗文艺取代诗歌成为新的主流艺术样式，然而，雅俗观念在有所颠覆的同时，也保持了一定连续性，即小说等俗文艺尽管成为新的文学正宗，但价值取向仍然是精英立场，俗文艺获得认可与精英的诉求直接相关。因而"五四"艺术和美学传统，虽然把目光投向民间和大众，但与媚俗、商业化等现代性问题之间联系并不紧密。当然，这并不意味着五四以来的艺术活动中完全没有商业化取向，只是在国难当头的危急时刻，商业化的艺术及观念一直没有能够成为时代文化主流。因此，独领历史风骚的艺术样式虽然发生了变化，但观念却保持了一致性，仍然是精英主义立场。然而，90年代的审美文化研究，在雅俗二元取舍中真正发生了实质性变化：它既不是像传统美学观念那样，将士大夫主要的艺术活动，即诗学创作视为正宗，也不是像五四时期的新传统那样，将俗文艺吸收进精英文艺中来，将俗文艺的价值追求收编成精英理念的延续，也不像西方现代美学那样，坚持精英立场，把美学和艺术从现实生活中剥离出来；它选择了新的美学范式，将大众文化与通俗文艺作为研究对象，肯定后者的美学意义，翻转了传统的美学价值追求。

审美文化研究在理论上的突围，相对于传统美学研究而言，具有太多的挑战性，是重新回归象牙塔，固守美学的纯洁，还是走出象牙塔，走向世俗化，以此换得美学新的生命力？相关争议一直伴随着审美文化的发生发展。然而这些问题并不是本书的关注点，本书试图考察的是审美文化研究的兴起，既是社会和美学转型的结果，也是其重要表征。在这一话题的背后，与艺术的终结话题之间，存在着千丝万缕的联系。甚至可以说，审美文化研究的兴起，本身就是艺术终结的一种征兆。

三 从艺术的终结视域审视 90 年代文学转型

在《共产党宣言》中，马克思和恩格斯曾经提到过："资产阶级在它的不到一百年的阶级统治中所创造的生产力，比过去一切世代创造的全部生产力还要多，还要大。"① 在这段话里，马克思和恩格斯强调的是资本主义给社会物质方面带来的巨大繁荣。但在我们看来，这种物质生产力繁荣的背后，必然会带来观念和精神领域的巨大变迁。从西方思想发展的实际情况来看，19 世纪也是哲学、美学、艺术等发生重大转折的关键时期。活跃于当下的很多思想观念，都是 19 世纪的产物。我们希望能用这段话及其暗含的哲学感悟来同理推导新时期之后中国的物质变迁与文化、精神变迁的历史脉络。新时期之后的中国，某种程度上来说，也处于中国历史上从未有过的大变革时期。改革开放、经济繁荣、社会稳定，都是亘古未有。虽然中晚明时期，由于社会承平以及城市繁荣，在个别地区，社会上开始出现资本主义生产关系萌芽以及与之相适应的市民文化，但是，晚明的社会经济发展，与改革开放以来中国社会的昌盛局面不可同日而语。新时期以来的社会发展，是面向世界的大发展，是全球经济一体化、中国的世界地位越发凸显的语境下的大发展。从这个意义上来说，新时期之后的中国经济和文化变迁，是我们本土历史经验未曾遭遇过的大变局。

正是从这个意义上来说，我们讨论当代中国文化和社会，试图用"转型"来描述它，就显得有些微弱，还无法充分体现这种变动带给国人在思想、文化以及心理层面的巨大冲击。所以我们希望能够用"终结"来描述，这一语词本有的革命和振聋发聩的意蕴庶几可以描述当下中国的文化与文学重大转折。

"终结"，就其英文内涵而言，包含了两个方面的内容：结束和开

---

① 《马克思恩格斯选集》第 1 卷，人民出版社 1972 年版，第 255 页。

始。这指示了一个时间段两端,如果我们只执其一端,对终结的理解将是片面的。艺术的终结命题刚刚传入国内时,很多学者往往直觉性地将其理解为"结束"和"死亡",因而对这一理论表示否定和怀疑,但随着研究的深入,更多的学者发现和认同了艺术的终结命题中包含的理论反思和建设性向度。在我们看来,用艺术的终结,更具体地来说,文学的终结,来表述当代中国文学的境遇,有其合理性。

这种表述,在此处并非着眼于艺术终结命题在西方来源地的意义指向,而是着眼于当代中国文学转折的独特内涵,因而是取法于艺术终结命题的深层理论基础。具体而言,正如前几章我们对西方艺术终结命题谱系梳理中所指出的,这一命题虽然含义多重,但可以归结为几个维度:哲学维度、技术维度、日常生活审美化维度以及史学维度等。对于日常生活审美化维度,我们将在接下来的一章中重点考察,应该说,这一维度是艺术终结命题旅行到中国后最亮眼的生长点。文学的终结,属于艺术的终结的子命题,在西方目前的讨论主要是着眼于技术维度,这一部分内容我们将在下文中重点讨论。在此处,我们将围绕着中国本土文学终结的独立内涵与西方命题之间可以存在的逻辑联系来考察。

正如我们前文中所指出,中国目前的文学变局,用转型来表述,将无法凸显这种文化观念激荡以及带给人们意识领域的冲击,也正因为这一点,当艺术的终结命题舶来时,才能够使本土学者从心理上认同这一命题,纾解这种文化变局带给人们的焦虑感。

就内在逻辑理路而言,艺术的终结建立在断裂性思维的基础之上。这可以从两个方面来理解:首先,艺术终结论暗示了每一种观念范式仿佛一个生命体,有其生,有其死,当其理论包孕性的潜在可能全部被发掘出来,就是其终结之点;其次,它强调文化或观念在此一阶段与此前阶段之间的断裂,并将这种断裂视为历史发展的必然,或者说,当某种理论不断被发掘,耗尽其发展可能性,走向终结时,就需要新的理论来接力。无论是远隔将近两个世纪的黑格尔,还是刚刚故去的丹托,在讨论艺术的终结时，他们在达到各自结论之外，其实都传达给我们一个重要信息，对终结的理解，其内在基础是对时间的断裂性理解。一般说来，时间是人类感受世界的一种直观。用康德的话来说，时间是先天直观形式，是人类认识世界的一种先天条件和能力。然而时间并不是康德所规定的静态形式，花落花开，月圆月缺，冬去春来，它们充实了时间，使之具有了丰富内涵。并且时间仿佛水流，是一个连续体。每一分每一秒，前后相续。这是人类对时间的直观感受。然而，在这种对时间连续性理解之外，我们还能够体会到变，日出日落是变，春华秋实是变，是这种变才使我们对时间有了感知。于是一个问题出现了，如何诠释和捕捉这种变？黑格尔与丹托提供给我们的信息恰好是在这一方面。在他们看来，对事物的解释需要结合时间，将时间看作断裂的，分成不同的阶段，方能获得对事物本质的恰当理解。在《美学》中，黑格尔把艺术分成象征型、古典型和浪漫型三种，它们分别对应了不同时间段。艺术的终结，也是终结于具体的时间，终结于某一时段的尽头。因此，时间不仅仅是连续的自然时间，同时还是标志变化的断裂性时间。丹托也是如此。在他看来，时间是分阶段的，有属于艺术探究自我本质发展的历史时间，也有艺术完成自我本质探寻、终结之后的新的时间。因此在认识艺术的过程中，对时间展开的断裂性思维非常关键。这种思维既在一定程度上尊重了时间自身的连续性，同时也把握住了"变"在时间中的重要意义，而且规避掉了"变"可能带给我们认知方面的杂乱无序。对文学的历时性理解，需要确立这种断裂性思维，而对艺术终结命题的中国式阐发，也需要借鉴这种思维。

新时期之后的文学状况，与传统文学的观念和实践形态相比，其最大特质就是"变"，具体说来，就是颠覆传统，与传统决裂。这可以从如下两个方面来看。首先，文学商业化、娱乐化取向对工具论传统的颠覆。在中国传统文艺观念里，存在两条发展线索，其中一条就是工具论传统。这种观念强调文艺对社会的介入，对人民的教化，把文学提升到

"经国之大业"的显著位置。从《尚书·尧典》提出的"诗言志"、孔子提出的"兴观群怨"到《毛诗序》中"风,风也,教也;风以动之,教以化之"、王逸的"善鸟香草,以配忠贞",再到刘勰"诗者,持也,持人情性"、陈子昂"兴寄"说、白居易"文章合为时而著,歌诗合为事而作"、周敦颐"文以载道"等,文学一直被当作儒家政教之道传递的工具。这种工具论传统自近代以来虽然被转换了内在指向,但工具属性并没有出现实质变化。也就是说,自近代王国维"诗歌者,描写人生者也"[1]、梁启超"欲新一国之民,不可不先新一国之小说"[2]、周作人"文章者,人生思想之形现也"[3]、鲁迅"盖世界大文,无不能启人生之閟机"[4]等,虽然这些观念不再主张对儒家政道的传输,但是却转换成对人生和社会的反映。因此,虽然从历史阶段上来看,古代、近代以及现代的划分,是基于不同的社会经济基础和历史责任,但是从文化价值取向上来看,文学观念仍然存在内在的一致性。这也是近些年学界普遍关注新文化传统与晚明以降的传统文学观念之间联系的深层原因所在。然而,新时期以来的文学实践,真正突破了文以载道的工具论传统,文学的商业化、娱乐化时代真正到来,而这对于还停留在工具论记忆的学者们来说,无疑是十分陌生的文学体验。这也是90年代人文精神大讨论中很多学者有着强烈的情绪反应的理论语境。从这个角度来说,人文精神大讨论,是工具论传统与新的文学价值取向的交锋,是知识分子试图用传统文学观念作为思想支撑来对抗文学商业化、娱乐化潮流涌现的一种表现。

其次,这种颠覆性还体现在文学由精英立场向通俗化和大众化方向的逆转。中国正统文学传统,其承担者是文人士大夫。这种特质与先秦"士"的社会角色担当有直接关系。余英时对此做过详细分析,他说:

---

[1] 洪治纲主编:《王国维经典文存》,上海大学出版社2003年版,第155页。
[2] 洪治纲主编:《梁启超经典文存》,上海大学出版社2003年版,第77页。
[3] 钟叔河编:《周作人文类编·本色》,湖北文艺出版社1998年版,第12页。
[4] 洪治纲主编:《鲁迅经典文存》,上海大学出版社2004年版,第22页。

"中国古代知识分子直接承三代礼乐的传统而起。春秋战国是一个'礼崩乐坏'的时代；礼乐已不再出自天子，而出自诸侯……统治阶级既不能承担'道'，'道'的担子便落在了真正了解'礼义'的士的身上。"① 也就是说，对整个社会秩序的管理与建设，本属于统治阶级履行的职责，但由于春秋战国时代社会秩序混乱，以诸侯为代表的统治阶级不再承担这一任务，而士，作为曾经的贵族底层，主动接过了这一道义责任。这即是"王官之学散为诸子百家"。当士接过了文化道统的责任，他们的社会角色以及心理认同就发生了重大变化。余英时认为，士"'突破'以后"，"不但已摆脱了'封建'身份的羁绊，并且其心灵也获得了空前的大解放。他们已能够超越个人的工作岗位（职事）和生活条件的限制而以整个文化秩序为关怀的对象了。"② 在余英时看来，士的转变在中国历史上是一件非常重大的文化事件，"士"的最初构成，是没落贵族，贵族中没有继承权的子弟以及平民中偶尔有机会得到教育者，为了谋生，他们往往充当诸侯或贵族家的司事人员，逐渐成了四民（士农工商）之首。但随着礼崩乐坏，政统和道统分离，文化传统改由士来承担，由此带来士自身的转变，即变成了社会秩序文化层面的制定者和阐释者。并且这种身份地位也逐渐获得了社会尤其是统治阶级上层的认可。在这种情况下，士对自我的心理认同也发生了显著的变化。"自'哲学的突破'以来，知识分子即产生一种身份的自觉，于出处辞受之际十分注意……士与王侯在政统中可以是君臣关系，但在道统中则这种关系必须颠倒过来而成为师弟。"③ 也就是说，随着道统与政统的分离，文化逐渐掌握在了士的手里，这时候在社会秩序中，除了君臣的政统关系，父子的血亲关系，又出现了新的秩序关系，即师生关系。当师与天、地、君、亲并列在一起时，师所特有的优越感会自然而

---

① 余英时：《中国知识分子论》，河南人民出版社1997年版，第5页。
② 余英时：《士与中国文化》，上海人民出版社1987年版，第98页。
③ 同上书，第103页。

然地凸显出来，它既非权力关系，也非血缘关系，但却获得了与之相等的地位。士阶层的文化优越感，以及对社会政治的关心，成就了中国文化、文学等领域的精英主义立场，这种价值取向在历史的某些瞬间虽然有所松动，但在新时期之前，并没有遭遇到实质性挑战。无论是晚明时期，还是"五四"新文学传统，都不同程度地出现了文学观念的转折，然而，前者没有突破儒家正统观念，后者仍然由精英知识分子推动，所以文学与文化的价值导向，仍坚持了精英主义立场。与之不同的是，新时期之后的文学与文化走向，却不是知识分子主导和主动选择的产物，而是他们被迫面对和解释的对象。文学的大众化、通俗化是伴随着改革开放、商业社会、市民社会的形成而出现的，是社会发展、民众教育普及、文化提升之后自主选择的结果。因此，这必然会带来文化、文学与传统之间的真正断裂。

不可否认，这种断裂，是与改革开放后社会发展和经济繁荣状况直接相连，也与文学、文化自身的发展、内在对抗等直接相关。如何面对和阐释这种断裂，是摆在文学和美学领域研究者面前的历史任务。上文扫描的"人文精神大讨论"与审美文化研究都是对这一任务的回应。但是这种回应，都有其自身局限性，因而也都带来学界不少的争议。"人文精神大讨论"，持人文精神缺失论者，试图用传统文学工具论观念和西方人文主义精神来遏制文学商业化、市场化潮流，最终证明是一场失败。而审美文化研究，虽成一时之盛，但毕竟是以反美学的姿态出现，如何在传统美学架构中获得其立论资源，在学理层面还有很多环节需要进一步论证。饶有兴味的是，"人文精神大讨论"某种程度上是借用各种理论资源，包括传统与西方，试图完成对文学商业化的对抗，实现道德上的超越。审美文化研究则主要借用西方理论资源，顺应了文学和文化的商业化发展趋势，试图在新的文化、文学现象中，寻找到美学发展的道路。我们可以这样认为，这是在中国语境中艺术的终结的两种选择态势，无论效果如何，都是学者们的努力。然而，问题的关键在于，无论哪种理论，都需要与实践结合，如果脱离了实践，或者拒绝现实，都不是最佳选择，都会导致理论的无效。让我们回到艺术终结的内在建设性指向，它不仅意味着结束，同时还意味着新的开始。当文化、文学以及艺术的商业化时代已经到来，仅仅指出这种商业化取向，选择或认同或拒绝的简单姿态，都还不是学理上的建设。中国当代文艺理论建设，在终结了之后，应该怎样继续？如何在文学艺术与市场、商业之间搭建桥梁，走出一条新的文学理论与美学道路则势在必行。

并且，考察此时的知识状况，我们能够发现，中国学者对终结问题的关注，有其独特内涵。具体而言，它包括如下三个方面：其一，是文学的商业化与娱乐化走势，它相对于传统文学、艺术的工具论传统而言，是一种新选择；其二，文学的工具论传统是与文学道德性直接相连，只有认同和选择文学作为政治、教化等工具的观点和做法才被认为是道德的。如今的文学却选择了经济效益，沦为一种商品，从传统文学伦理观来看，这是一种道德上的堕落；其三，在中国传统文化中，士大夫阶层一直存有文化优越感，然而，新时期文化主体变为大众，文化、文学的繁荣，不再取决于精英阶层的引导、评价，而是取决于市场，取决于大众的喜恶，这带来精英阶层话语权方面的边缘化，与之相伴的是精英文学观念和作品的边缘化。

第三节 网络文学的勃兴与文学的终结

用文学的终结表述新时期以来的文学发展，在我们看来，它包含两个方面的内涵：一方面指的是传统价值观念、创作活动的衰落，创作质量的下降，这在上文中我们已有阐述；另一方面指的是网络文学的勃兴。这种借助于新兴媒介的文学样式，与传统文学样式存在诸多不同，随着互联网的普及，网络阅读而不是纸质阅读成为新的阅读方式，网络文学也逐渐在人们的消闲中占据一席之地。并且年轻人成长于斯，因而这一群体的阅读习惯往往是网络阅读，某种程度上他们的选择又代表了时代风向，所以，伴随着网络文学的盛行，传统文学样式迅速边缘化。对于这一种文学现象，学者们多有描述。例如近些年一直在从事网络文学研究的欧阳友权就指出："自20世纪90年代文学走进互联网，我国文学大家族便迅速产生出一种新的文学形态——网络文学。短短十几年间，伴随互联网的快速普及，网络文学风生水起，如今已经是渐成气候，并蔚为大观，不仅日渐改变着汉语文学的整体面貌和发展格局，还对传统的文学观念和创作与传播体制形成强烈的冲击，进而带来了当代文学的数字媒介转型。"[1] 欧阳友权可谓一语道地，网络文学蔚为大观，带来的是当代文学的数字媒介转型。这正是我们将之归入文学的终结视野内考察的立论根基所在。

一　网络文学的兴起与界定

网络文学依托于互联网技术，因此，对网络文学兴起的描述，需要从互联网的诞生说起。互联网诞生于20世纪60年代，美国国防部"国防高级项目研究署"计划部署一种能抵御核攻击的电脑网络。研究人员则希望，当一部分网络在受到攻击功能丧失时，另一部分网络仍能维持正常的工作状态。1969年11月21日，研究人员把加利福尼亚大学洛杉矶分校的一台计算机与数百英里之外的斯坦福大学的另一台计算机进行数据传输和交换实验，获得成功，开启了网络传播新纪元。20世纪70年代，网际协议（Internet Protocol，IP）与传输控制协议（transmission Control Protocol，TCP）诞生。1980年前后，阿帕网上所有计算机开始了TCP/IP协议的转换工作，80年代计算机网络发展迅速，但当时主要用于科技界相互交流和通信。80年代末90年代初，互联网开始用于商业运作，一批提供上网服务的公司应运而生，从而实现了互联

---

[1] 欧阳友权：《网络文学概论》，北京大学出版社2008年版，第1页。

网发展的第二次飞跃。① 与之相关的还有两个事件，一个是万维网（World Wide Web）的发明和使用，另一个则是"超文本"概念的出现。万维网最终取代了阿帕网，成为全球互联网的主干网。"超文本"是特德·纳尔逊1965年提出的一个构想，根据这个构想，创建一个大文档，它的各个部分，可以分布在不同的服务器中，通过激活链接，实现内部跳转。中国的互联网发展晚于西方20年左右，起步于80年代，但到了90年代中后期，基本上已经与世界保持同步。"我国网络传播的历史可以分为三个阶段：第一个阶段是80年代初期开始筹划至1994年4月正式接入国际互联网；第二阶段是1994年至2001年'三网融合'目标的提出；第三阶段为'三网融合'的实施和发展阶段。"②

伴随着互联网技术的发展，依托于网络的新文学样式开始出现。欧阳友权对此做过梳理：最早的网络文学出现于欧美等互联网发达的国家，萌芽状态是70年代的网上写作。相比较而言，网络音乐、网络绘画等出现更早。1987年迈克尔·乔伊斯发表了超文本小说《午后，一个故事》。这一较早的网络小说，创造性地运用了超文本技术，也为后来的超文本小说与网络对接奠定了基础。乔伊斯之后，美国作家史都尔·摩斯洛普（Stuart Moulthrop）的超文本小说《胜利花园》以网络版和磁盘版的形式发布，开启了后来网络超文本小说创作的潮流。原创性汉语网络文学与美国超文本小说的出现差不多同时。1991年全球第一家中文电子周刊《华夏文摘》诞生于美国，同年王笑飞创办了海外中文诗歌通讯网（chpoem-1@listserv.acsu.buffalo.edu），迄今可见的第一篇网络原创作品是署名张郎郎的杂文《不愿做儿皇帝》，发表于1991年4月16日《华夏文摘》第3期，第一篇网络原创小说是《鼠类文

---

① 以上论述参考了杜骏飞《网络传播概论》（福建人民出版社2009年版）"第一章 互联网的发展历程"、雷跃捷、辛欣《网络传播概论》（中国传媒大学出版社2010年版）"网络传播发展的历史"、欧阳友权《网络文学概论》（北京大学出版社2008年版）"绪论"等相关章节内容。
② 雷跃捷、辛欣：《网络传播概论》，中国传媒大学出版社2010年版，第7页。

明》（佚名），发表于1991年11月1日《华夏文摘》第31期。随着1994年互联网进入中国，国内网络文学迅速发展，1997年我国最大的原创网络文学网站"榕树下"成立，随后，"天涯虚拟社区""原创广场""莽昆仑"等数十家文学网也相继产生。① 根据中国互联网络信息中心2014年1月发布的《第33次中国互联网络发展状况统计报告》，网络文学用户2009年1.63亿，2010年1.95亿，2011年2.03亿，2012年2.33亿，2013年2.74亿②，其发展的迅猛势头，确实令人瞠目结舌。

随着网络文学的蓬勃发展，一系列问题出现了，网络文学是文学吗？如果是，那么何谓"网络文学"？该如何评价这个新生事物？到目前为止，虽然有关网络文学的研究很多，也出现了一批非常优秀的学者，然而关于网络文学到底是不是文学，其边界范围又应如何界定等，学界至今仍存争议。明确否定网络文学为文学者，如李洁非，他认为网络文学是"机会主义的权宜之计"，"强烈主张撇开'文学'一词来谈网络写作。网络文学根本不是为了'文学'的目的而生的。"③ 李夫生也感慨网络文学对传统文学观念的挑战，文学本体被空置，作者死亡，"在一个'大家'都'死'了的世界里，文学的主体性在哪里？文学还成其为文学吗？"④ 据《中华读书报》报道，学者肖鹰与陈晓明在一次讨论中指出："所谓'网络文学'是'前文学'，没有经过准入程序，不能称之为'文学'，'网络文学'本身就不存在。"⑤ 在这种质疑声中，网络文学还是发展了起来。很多学者也给出了"网络文学"的定义。但由于定义众多，因此有的学者便做了进一步归类，将目前网络文学的定义分为三个方向：认同取向、质疑取向和技术取向⑥，还有

---

① 欧阳友权：《网络文学概论》，北京大学出版社2008年版，第20—22页。
② 该数据转引自邵燕君《网络文学的"网络性"与"经典性"》，载黄鸣奋主编《新媒体时代艺术研究的新视野》，中国文联出版社2015年版，第90页。
③ 李洁非：《Free与网络文学》，《文学报》2000年4月20日。
④ 李夫生：《网络对文学本体的挑战及对策》，《理论与创作》2000年第5期。
⑤ 转引自欧阳文风《网络文学大事件100》，中央编译出版社2014年版，第279页。
⑥ 蓝爱国：《网络文学的概念考察》，《文艺争鸣》2007年第3期。

的学者将其分为"外延"、"内质"以及"作品实际状况"等三个方向①。但在我们看来,这种归类都存在不清晰之处,三个层面之间也并非基于同一标准。比较简单明了的方式,还是回到"网络文学"这一语词。到目前为止,对于网络文学的理解,学者们或是将重心放在"网络"上,或是将"重心"放在"文学"上,或者是试图在"网络"和"文学"之间达到一种平衡。不同的落脚点,注定了他们对网络文学的不同理解。

网络作家李寻欢给出的定义是"网络文学就是网人在网络上发表的供网人阅读的文学","如果从内在的特质研究,我觉得网络文学最有价值的东西是它来自'网络父亲'的精神内涵"。②很明显,这一对网络文学的理解,重在"网络",是"网络父亲"赋予网络文学新的特质。杨新敏对网络文学的理解,也是重在"网络"。"网络文学与别的文学不同,正在于其定义'网络'上,网络文学即与网络有关的文学。"③文学网站"榕树下"主编朱威廉认为:"我觉得网络文学就是新时代的大众文学,Internet 的无限延伸创造了肥沃的土壤,大众化的自由创造空间使天地更为广阔。"④在这里,虽然朱威廉意识到了网络的技术性带给文学的新机遇,但很明显,他是将网络文学视为文学在网络上的延伸,因而其重心放在了文学上。网络提供给文学前所未有的空间,让文学更自由,瞬间走进千家万户,这恰好是传统文学价值诉求的体现。谢有顺的观点就更加明了:"网络文学就像一个浓妆艳抹的小姐,谁都可以说三道四,网络文学吸引人的地方也许正在于此,它有更多的消遣和表达自我的成分。"⑤在这种感性表达的背后,是言说者对网络能够带给文学新局面的期待。范玉刚的观点则走向了一种折中,在

---

① 欧阳友权:《网络文学概论》,北京大学出版社2008年版,第2—3页。
② 李寻欢:《新的春天就要来临》,《文学报》2000年2月17日。
③ 杨新敏:《网络文学刍议》,《文学评论》2000年第5期。
④ 朱威廉:《文学发展的肥沃土壤》,《文学报》2000年2月17日。
⑤ 谢有顺:《需要深度和精美》,《文学报》2000年2月17日。

他看来，网络文学生成于文学和技术之间，它具有"之间"性，"游走于技术与文学'之间'，现实和虚拟'之间'"，正是这种"之间"，成就了网络文学①。

随着网络文学越来越多地参与到人们的日常生活，以及研究者们对此的思考越来越深入，一些逻辑上相对比较严密、更容易获得大家认同的网络文学的定义开始出现。例如许鹏曾经根据调查研究，给出他对网络文学的定义："网络文学是指采用网络思维的形式，语言上具有网络特征，依赖网络进行传播的网上原创文学。"② 欧阳友权的定义比较宽泛，在他看来，"所谓网络文学，是指由网民在电脑上创作，通过互联网发表，供网络用户欣赏或参与的新型文学样式"。③

在我们看来，网络文学作为一种新兴文学样式，对它的理解，需要在"网络"与"文学"之间来寻找，既然是文学，那么它就需要具备文学的基本素养和规范；依托于网络，那么，它的特质就应与之相连，因网络而具有与此前文学不同的特质。它是文学与网络技术的交互体。从网络技术层面看，"它的存在依托的是技术和计算机语言，数码即'bit'（数位）和 byte（字节）的转换和解码，经由键盘鼠标的'bit'叙事，把基于原子物理的二位存储挪移到数字虚拟的'赛博空间'"④，因此它是在一种全新的媒介传播手段支配下形成的新的文学样式。从文学层面来看，网络文学属于大众文化的组成部分，它不是一个孤立体，不能全然从技术层面得到考量，而是当代社会文化和文学的重要表征。作为一种文学样式，它承继了传统文学对理想、自由等价值的追求，也拓展了大众文化和文学对平等、自由等价值的内在意义的探究。

---

① 范玉刚：《网络文学——生成于文学与技术之间》，《文学评论》2008 年第 2 期。
② 许鹏：《新媒体艺术论》，高等教育出版社 2006 年版，第 20 页。
③ 欧阳友权：《网络文学概论》，北京大学出版社 2008 年版，第 4 页。
④ 范玉刚：《网络文学——生成于文学与技术之间》，《文学评论》2008 年第 2 期。

二　网络文学的特质

对网络文学特质的考察，可以有很多维度，目前学界探讨者也甚多。我们的讨论，将结合上文对网络文学的理解来考察，并希望借此凸显出网络文学对传统文学观念的挑战，进而引出文学的终结在本节的表征与现实意义。

在上文中，我们认为，对网络文学的理解，需要从"网络"和"文学"两个方面进入，不能有所偏废。网络文学的特质，也需要从这二者及其关系的角度来思考。首先，网络文学依托于网络技术，其存在形式是互联网的虚拟空间。尼葛洛庞蒂曾经对数字化技术做过描述。在他看来，传统媒介属于原子模式信息传输，而数字化时代则是比特模式传输。原子是事物的最小单位，它有重量，占据体积和空间，而比特不同，"比特没有颜色、尺寸或重量，能以光速传播。它就好比人体内的DNA一样，是信息的最小单位"。[1] 它其实是数字化计算的基本粒子，一串比特一般代表的是一系列数字信息。尼葛洛庞蒂举了很多日常生活中的例子来说明这种数字化技术的编写过程。例如黑白照片的呈现，当全黑的值为1，全白的值设为255，"那么任何明暗度的灰色都会介于这两者之间。而由8个比特组组成的二进制位组就正好有256种'1'和'0'的方式，也就是从00000000到11111111。用这种严格的格子和细致的明暗度层次，你可以完美地复制出肉眼难辨真伪的图像"。[2] 这也就意味着，在一个数字化时代，我们通过电脑所看到的一切图片、音像、文字等，其实质都是数字的排列组合，与纸媒的呈现方式全然不同。用尼葛洛庞蒂的话来说，纸媒的传播方式属于原子式，我有一本

---

[1] ［美］尼古拉·尼葛洛庞蒂：《数字化生存》，胡泳、范海燕译，海南出版社1997年版，第24页。

[2] 同上书，第25页。

书，借给别人，如果那个人不还，那么那本书具有的信息我就不再拥有；反之，借用数字化技术，我把信息分享给了别人，同时我依然拥有，并且我可以无限地分享给其他人，而其他人还可以在我复制给他的信息的基础上再加工，使之更加完善等。这种传播方式相对于纸媒，更方便，更迅捷。同理，网络上的文学，就有了在此基础上的新质。就其本质构成而言，虽然它呈现出来的与纸媒类似，都是文字形态，但却是借助于数字化，换句话来说，它不是汉字字模印刷出来的，不是用笔写出来的，而是数字化虚拟出来的仿真图像。它借助的工具是鼠标和键盘。正如马克·波斯特所言："与笔、打字机或印刷机相比，电脑使其书写痕迹失去物质性。"[①] 就其传播而言，它比传统的纸媒传播速度快，容量更大。"最近的研究表明，利用光纤，我们每秒几乎可以传送1万亿比特。也就是说，像一根头发丝那样细的光纤在不到一秒钟的时间里，可以传送《华尔街日报》创办以来每期报纸的全部内容。"[②] 这一特点具体到网络文学上来，我们就能够理解，为什么现在的网络小说很多动辄数百万字，而很多网络写手可以一夜成名。并且更重要的是，借助于网络和数字化技术，出现了电子超文本，这是网络文学最具其技术特质的部分。"所谓'超文本'，指的是相互链接的数据。"[③] 超文本只有借助网络技术才能充分发挥其优越性，而网络文学之所以是网络文学，在很多学者看来，正是由于这种超文本的出现。

其次，网络文学属于大众文化的组成部分。虽然网络文学的生成与科技发展直接相关，但从文化层面来看，它具有强烈的当下性，即属于当代大众文化的有机构成。这可以从很多方面获得解释。自1994年中国加入国际互联网以来，国人通过上网获得信息的人数迅速增长，根据

[①] [美]马克·波斯特：《信息方式——后结构主义与社会语境》，范静哗译，商务印书馆2014年版，第156页。

[②] [美]尼古拉·尼葛洛庞蒂：《数字化生存》，胡泳、范海燕译，海南出版社1997年版，第35页。

[③] 黄鸣奋：《超文本诗学》，厦门大学出版社2002年版，第10页。

中国互联网络信息中心发布的《第34次中国互联网络发展状况统计报告》显示，截止到2014年6月底，中国网民数量为6.32亿，而在《第35次中国互联网络发展状况统计报告》中显示，到2014年底，网络文学用户为2.93亿[1]，那么，中国的网络文学用户几乎占了网民总数的一半，庞大的阅读群自然可以证明阅读的广泛性与大众化程度。更为重要的是，网络文学在发展的过程中，一直存在强烈的大众价值取向，并与商业紧密联系在一起。周志雄在分析网络文学大众接受情况时指出，"网络小说是'流行'的，它及时、敏感地捕捉到了生活的时代变化，读者能从网络小说中读出当下感，读出一些'实用'的东西，这是文学的基本功能，即小说的认识功能"。[2] 网络文学是否仅仅因其认识功能而被阅读者喜爱，这一点还需要进一步论证，但周志雄指出的，网络文学贴近时代生活，往往是阅读者的"生活指南"的这种情形，确实是目前网络文学流行的实况，也是目前网络文学被广泛接受的主要原因。《杜拉拉升职记》，阅读者津津乐道的是职场经验，甚至《后宫甄嬛传》，虽以宫斗为外衣，但阅读者往往从中得出的也是一些"办公室哲学"之类的职场指南。《蜗居》反映的是当下高居不下的房价，《双面胶》讲的是"婆媳过招"等，这些内容，与传统文学的宏大主题相隔甚远，但却是目前所谓"80后""90后"的工作、家庭生活的重要内容，因而非常容易引起这一群体的共鸣。当然，从目前调查情况来看，网络文学阅读群体也主要是以"80后""90后"等年青一代为主。虽然网易在举办首届网络文学大赛时对网络文学曾有过如下描述："网络文学使文学真正成为人的文学。它完全超越了制度化的藩篱和商业气息，在网上，作家希望的应该是更多的欣赏而不是更多的稿费。自由、理解、宽容、共享才是网络文学得以存在的土壤和内在的精神。"[3] 但

---

[1] 数据来源引自邵燕君《网络时代的文学引渡》，广西师范大学出版社2015年版，第352页页下注①。
[2] 周志雄：《网络文学的发展与评判》，人民出版社2015年版，第4页。
[3] 转引自欧阳友权《网络文学概论》，北京大学出版社2008年版，第3页。

实际的情况是，很多网络写手，收入不菲①，游走于网络、纸媒出版、影视等多领域。网络文学第一部有影响之作——《第一次亲密接触》，1998年出现于网络 BBS，2000 年拍成电影，2004 年改编成电视剧——这一系列的改编活动，遵循的是当前消费社会的市场运作逻辑。并且它不是特例。当年明月的《明朝那些事儿》自网络走红后，很快由纸媒出版，至今还在畅销书系列之中，《蜗居》《后宫甄嬛传》登上电视荧屏后，曾引起当年收视热潮。从这些现象中能够发现，网络文学虽然依托于新的媒介技术手段，但并没有因此就成为一种文化上的孤立绝缘体，它仍然属于当代文化的一部分，并且，由于是新生事物，因而它的当下性越发明显。在价值取向上，它摆脱了传统文学观念的精英取向，而直接诉诸于大众需要，认同大众生活和价值观念，从个体情绪宣泄走向实用的"经验教训总结"，没有对现实的提升和哲性反思，更多的是大众日常人生的絮语。它也没有传统文学与商业结盟时的勉强和羞羞答答，而是赤裸裸地与商业、市场走在了一起。从这个角度来说，它表征了文学当下的优势，也突出了文学在当下的一系列问题。

再次，网络文学独有的自由观念和体验。欧阳友权在其论文中曾经写道："文学本来就是自由精神的产儿，它源于人类对自由理想的渴望，满足人类对自由世界的幻想，又以'诗意的栖居'为人类精神打造自由的精神家园。"② 这种表述充满诗意，然而文学与自由确实关系密切，自现代哲学、美学发轫之初，就受到哲学家、美学家以及文学家们的重视，文学和艺术往往被视为自由的领地。例如席勒，将这种自由与人的本质联系在一起，认为在艺术中，人类能够达到自己的自由本质，从而实现救赎，从工业社会带给人的束缚中摆脱出来。马克思继承

---

① 邵燕君《网络时代的文学引渡》中谈到网络写手的生存状态时，曾谈到他们的收入，2014 年发布的网络作家榜，排名前三位作家，"唐家三少""辰东""天蚕土豆"，版税（包括通过网络连载、纸质图书版税加上游戏、影视改编授权、"打赏"收入总和）分别为 5000 万元、2800 万元和 2550 万元。

② 欧阳友权：《比特世界的诗学》，岳麓书社 2009 年版，第 16 页。

了席勒的这一思想,也认为在审美和艺术活动中,人类能够超越异化,实现自由本质,因而人的自由与艺术的自由紧密联系在一起。而在中国传统文学观念中,文学的自由性体现在文学自身的审美特质上,是一种"精骛八极,心游万仞"、"观古今于须臾,抚沧海于一瞬"的自由翱翔的境界。新时期之后,当时对文学自由的理解,与走出"左"倾思潮相关,因而所谓的文学自由,是指文学相对于"左"倾政治的独立性。然而,进入到网络空间的文学自由,具有了新内涵。作家余华曾经充满感情地描述了网络文学带给文学界的新变化:"在今天的中国,网上的文学受到了空前的欢迎……我指的是那些在传统的图书出版中还没有得到机会的作者。我阅读了一些他们的作品,坦率地说这些作品并不成熟,让我想起以前读到过的中国的大学生们自己编辑的文学杂志,可是这些并不成熟的文学作品在网上轰轰烈烈,这使我意识到了网络的意义和价值。因为人们在网上阅读这些作品时,文学自身的价值已经被网络互动的价值所取代,网络打破了传统出版那种固定和封闭的模式,或者说取消了作者和读者之间的界限,网络开放的姿态使所有的人都成为参与者,人人都是作家,或者说人人都将作者和读者集于一身,我相信这就是网络文学的意义,它提供了无限的空间和无限的自由,它应有尽有,而且它永远只是提供,源源不断地提供,它不会剥夺什么,如果它一定剥夺的话,我想它可能会剥夺人们旁观者的身份。"[1] 余华从一个作家的亲身感受出发,表达了网络文学带给传统文学的冲击力。他这里所言及的很多方面,实际上也是最近一些年网络文学研究者们在讨论的面向。在这里,我们所关注的是他对网络文学对自由含义的新开拓的表达。网络带给文学的自由,集中体现在它的开放性上。由于这种开放性,文学作品在网上发布,并不需要特殊的文学机构,如出版社、杂志社等相关人员的审核,不需要带有"官方"性质的机构的认可,因此人人都有了成为作家的可能性,人人都可以在网上发表自己的作品。网

---

[1] 余华:《没有一条道路是重复的》,上海文艺出版社 2004 年版,第 122 页。

络不仅解放了作者,也解放了读者,读者不再是面对文字,只能被动接受作家提供的信息的旁观者,他也可以参与到作品的创作中来,通过自己的干预,改变作者的意图,甚至根据自己的想法重新改写、编排发表在网上的作品,以飨其他读者。这种网络上的互动和交流,使作者和读者的身份互相转换,每一个人都可能集作者与读者于一身,借助网络空间,在作品中自由出入。这些对自由的新诠释,是在传统文学活动中完全无法获得的经验。

三 网络文学勃兴对传统文学观念的挑战

网络文学,自出现时起,就被视为对传统文学的挑战,这种挑战往往又与文学终结的论调联系在一起,构成 90 年代末以来中国知识界艺术终结种种和声中的一部。我们的讨论从学者们对文学(艺术)终结的关注进入,这样能够使我们更加清晰地看到网络文学兴起对传统文学观念挑战的内指和意义所在。当然我们也认为,这种挑战本身就暗示出了传统文学观念的危机,故而属于文学(艺术)终结的重要内容。

学者陈定家早在 20 世纪末的一篇文章中就指出:"科学技术的革命带来的艺术生产的革命将真正成为古典艺术终结的标志:昔日艺术家独立特行的多少有些神秘的创造精神的万丈光芒将会变得更加黯淡,传统的以单个主体为创作核心的艺术生产劳动的低吟将会被创作群体的精细的分工合作的'大拼合'的'众声喧哗'彻底淹没。"[①] 从网络文学的此后发展来看,这篇文章非常具有预见性,作者在当时就已经感觉到了网络技术将会带来文学观念的深刻变迁。从"知人论世"的角度来看,当时的陈定家正沉浸在自己博士论文选题——有关艺术生产问题的思考之中,因此,他在这篇文章中所关注到的艺术观念变迁,也主要是生产

[①] 陈定家:《电脑高科技的兴起与古典艺术的终结》,《广西右江民族师范高等专科学校学报》1999 年第 2 期。

方式上的变革。黄鸣奋认为："在崭露头角的新媒体艺术冲击下，旧媒体艺术显示了某种颓势，'艺术的终结'也因此重新成为理论界的热门话题。不过，事实上几乎没有人会相信作为整体的艺术气数已尽，真正可能被终结的只是变得过时的艺术观念、艺术史的某个阶段，或者某种具体的艺术样式。"① 黄鸣奋的观点总体比较中肯，艺术的终结命题，原本也并不是在宣布艺术的气数已尽，而是试图通过这种危言耸听的论调唤起人们对当代社会与传统观念之间断裂的重视。在黄鸣奋看来，新媒介带给旧媒介艺术的冲击，主要是在艺术观念和艺术样式上，一些艺术观念和样式被判定为过时的，同理，也会有一些新的观念、样式诞生。欧阳友权也在其著作中提到："在不到20年的时间里，当代中国文学即遭遇了两次大的变革，一是始于20世纪80年代末的'边缘化'退缩态势，二是在世纪之交出现的'数字化'媒介的冲击。"② 在其文章中，欧阳友权没有用"终结"一词，而是用了"转型"。他认为，前一次变革如今已经归于平寂，但后一种冲击则方兴未艾。"随着互联网的迅速普及和手机等数字通信工具的广泛使用，网络文学、手机小说、博客书写、电脑程序创作、赛博朋克小说、多媒体和超文本文学实验等纷纷在文坛浮现。这些依附于数字化技术的新媒介作品，对文学的嬗变形成了强大的推力，也对文学传统的赓续造成了新的变奏。"③ 从这段话我们能够发现，网络文学的勃兴，仅仅是新媒介技术所推动的一种艺术样式，随着数字化技术的普及，生活中也会出现更加多样的阅读形式，如手机小说、博客书写、赛博朋克小说等，这些新的艺术样式会占据人们的日常时间，成为主流的阅读方式，进而带来与文学传统的断裂。并且，在欧阳友权的这些文字中，他还指出了非常重要的一点，早在网络文学勃兴之前，传统文学在80年代末就已经开始呈现了"'边缘化'

---

① 黄鸣奋：《新媒体与艺术的终结》，《艺术百家》2009年第4期。
② 欧阳友权：《比特世界的诗学》，岳麓书社2009年版，第4页。
③ 同上。

退缩态势",数字化媒介的冲击是第二波浪潮,但在我们看来,这二者之间已形成合围之势,一定程度上宣告了传统文学及其阅读方式的式微。

总体而言,学者们普遍认为,网络文学的兴起,对传统文学观念与实践都有着强烈冲击,这种冲击将带来文学存在方式的变革。这是文学终结的当下内涵。对于这种冲击的具体指向,学者们的目光往往集中在媒介技术的新质、超文本、大众化、商业化、网络文学整体艺术水平等方面。本文试图跳出这种阐释,从文学观念的立论基础来考察,期冀通过这种更为宏观的思考,能够更深层次揭示传统文学根基的松动。

网络文学对传统文学的挑战,就立论基础来看,突出体现在两个方面:其一,是反本质主义向本质主义提出的挑战;其二,是空间性思维向时间性思维的挑战。所谓的本质主义,从哲学上来讲,是指"每个事物的存在都具有一个基本的或根本的元素;事物的本质,或者说没有这个东西,这个事物就不可能是它所是的。一个事物在其不再存在之前不可能丧失本质,一个有本质的东西的本质,例如水或金子,就是没有它这个事物就会不存在的那种属性"。[①] 艾耶尔也对本质主义做过讨论,在他看来,"那些起初因为表现出高度相似性而被归为一类的对象,后来我们发现它们具有一种共同的基本结构;不仅如此,我们还发现,正是因为它们共同具有这种结构,才解释了早先它们被划分为不同种类的现象"。[②] 艾耶尔的定义有着明显的语言哲学倾向,他把这种本质转换成某些语词对对象的特定描述。但无论是从语言哲学出发,还是从其他方面来理解,所谓的本质主义都意味着事物具有确定性。回到文学中来,传统文学同样具有确定性,它是在本质主义的思路下建立起来的观念。作品是具有物质形式的精神产品,创作者借助签名等方式,确立自己对作品的所有权,读者根据物质性文本获得信息,在此基础上进行二次创造。然

[①] [英] 西蒙·布莱克波恩:《牛津哲学词典(英文)》,上海外语教育出版社 2000 年版,第 125 页。

[②] [英] 艾耶尔:《二十世纪哲学》,李步楼等译,上海译文出版社 1987 年版,第 304 页。

而网络文学，由于技术媒介差异，却出现了完全不同的情况。我们将之描述为反本质主义。所谓的反本质主义，来自维特根斯坦后期的哲学。在《哲学研究》中维特根斯坦指出，"我们的认识是，我们称为'句子''语言'的东西不具有我前面想象的形式上的统一，而是或多或少具有亲缘的家族"。[1] 这是维氏的著名观点——"语言游戏"和"家族相似"。具体说来，这一观点是指事物，例如艺术、语言、美学等，它们内部成员之间，并没有一个统一的本质，用维氏的话来说，就是不能用一个语汇来描述它与其他事物之间的区别，也没有一个语汇能够归结这些内部成员共有的特质，那么如何来描述它们之间的关系呢？在维氏看来，那就是"家族相似"。就像每一个家庭内部成员一样，他们并没有完全一样的长相，而是孩子的眼睛像爸爸，鼻子像爷爷，眉毛像妈妈等，他们彼此构成的是网状交叉关系。维特根斯坦这一观点，在 20 世纪后半期的哲学思潮中占据显著位置，影响了此后哲学、文学、艺术、美学等领域的走向。这种反本质主义价值立场，在文学理论中也有诸多呈现，如女性主义诗学中就有强烈的反本质主义倾向，近年来有关互文性的研究亦是如此。在我们看来，以网络文学为代表的新兴文学样式，虽然是借助技术手段，但却恰好走在反本质主义的道路上。艾布拉姆斯在《镜与灯》中自信满满地为艺术品确定了四个要素：作品、艺术家、世界、欣赏者[2]，这一提法对于中国当代文艺理论工作者来说，非常熟悉。然而网络文学出现之后，这四个要素之间的关系变得不那么确定了。在网络文学里，文学首先被取消了重量，它不再是厚厚的一本书，而是虚拟空间中的虚拟存在，并且它的开放性，使其一直处于"在路上"的状态，永远是未完成式，这也就意味着其完整性也被消解了。关于作者、读者，在前面的论述中我们也一再指出，网络文学由于依托互联网，读者与作者之间的互动，

---

[1] [英] 维特根斯坦：《哲学研究》，陈嘉映译，上海人民出版社 2005 年版，第 54 页。
[2] [美] 艾布拉姆斯：《镜与灯》，郦稚牛等译，北京大学出版社 1989 年版，第 5 页。

使彼此的确定性和独立性都变得模糊。痞子蔡就曾经说过，在 BBS 中写作《第一次亲密接触》时，网友们感觉最终会是一个悲剧结局，给他提过很多建议，让他改变了很多最初的想法。从作品到创作者、阅读者，其身份都没有了确定性，坚固的本质主义外壳都被互联网技术敲碎了，这也就是为什么那么多的学者认为网络文学是后现代主义文化现象的原因。

从时间性思维走向空间性思维，是传统文学向网络文学嬗变的线索之一，它与从本质主义走向反本质主义有着紧密的逻辑联系。所谓时间性思维，是指一种线性思维。传统文学主要是依据线性思维展开，从文本存在形式来看，是语言文字按一定规则依次排列，从叙事逻辑来看，往往或以情感为线，或以具体事件发生发展顺序为线。传统文艺理论也是在这一观念下构建起来的。如亚里士多德的《诗学》认为："悲剧是对一个严肃、完整、有一定长度的行动的摹仿"[1]，"完整"与"有一定长度"都是线性思维式规定。网络文学的出现，打破了传统文学的这种线性思维传统，使之向空间性转型。我们这里所言的空间性，指的是非线性或多线性创作和阅读模式的出现。集中体现这一文学实验的是超文本。超文本的前瞻者尼尔森对其定义如下："关于'超文本'，我指的是**非序列性的写作**（加黑字体为原文所有）——文本相互交叉并允许读者自由选择，最好是在交互性的屏幕上阅读。根据一般的构想，这是一系列通过链接而联系在一起的文本块，这些链接为读者提供了不同的路径。"[2] 陈定家曾对目前学术界对超文本的流行定义做过归结："定义一：超文本是用超链接的方法，将各种不同空间的文字信息组织在一起的网状文本"；"定义二：一种按信息之间关系非线性地存储、组织、管理和浏览信息的计算机技术"；"定义三：超文本是由若干信息节点

---

[1] ［古希腊］亚里士多德：《诗学》，陈中梅译，商务印书馆1996年版，第63页。
[2] 转引自［芬兰］莱恩·考斯基马《数字文学：从文本到超文本及其超越》，单小曦、陈后亮、聂春华译，广西师范大学出版社2011年版，第13页。

和表示信息节点之间相关性的链接构成的一个具有一定逻辑结构和语义关系的非线性网络"。除此他还提到《牛津英语词典》上的定义等。[①]很明显,这些定义只有细微差别,都是在尼尔森提出的构想下展开的。在尼尔森的定义中,关键语词就是"非序列性",其他定义将之表述为"非线性""超链接"等,这种网状结构就像尼尔森曾经在其著作中绘制的图例一样,是一种立体空间式的结构。相对于传统文学中的线性呈现,这是一种全新的文学审美体验。尽管在本书中考察"超文本"的发生历史并不是必须完成的任务,但我们仍需指出,超文本写作并不是在网络时代才出现的新生事物,在传统文学文本中,也曾经出现过类似情形。曾有学者对此做过研究。"通常总认为超文本写作应该是在后现代时期,或众多文学流派之后才产生的写作现象,其实不然。超文本写作实际萌芽于19世纪末。和一切文艺流派共同汇入20世纪。"[②] 作者在这里所理解的"超文本"主要是基于小说写作形式的变迁,如他将超文本理解成"片断写作和图案拼贴""多文体融合""语言革新"[③] 等。陈定家则将超文本与互文性联系在一起,指出,"超文本作为网络世界最为流行的表意媒介,它以'比特'之名唤醒了沉睡于传统文本之中的'互文性'即唤醒了书面文学的开放性、自主性、互动性等潜在活力与灵性"。[④] 这意味着,超文本是网络时代互文性的另一种呈现形式。超文本无论是作为传统文学观念中互文性的延伸,还是后现代社会技术革新出现的新事物,问题的关键在于,它标识的是另一种文学创造方式,使文学从时间走向空间。在这种情形下,传统的线性理论观念必然会捉襟见肘。

网络技术变革,自然会带来文学观念变迁,从艺术和文学的终结视角来看,这是该命题的当代含义。可是仅仅指出它意味着传统文学观念

---

① 陈定家:《文之舞——网络文学与互文性研究》,社会科学文献出版社2014年版,第18页。
② 刘恪:《耳镜:刘恪自选集》,河南大学出版社2008年版,第400页。
③ 同上书,第402—403页。
④ 陈定家:《文之舞——网络文学与互文性研究》,社会科学文献出版社2014年版,第4页。

的终结远远不够,对于今天的文学来说,如何更新话语体系,使之适应新的文学现实,却是当务之急。诚如邵燕君指出的:"对于当代文学研究者来说,理解网络文学,积极参与'主流文学'的建构,是时代向我们提出的新任务。"①

---

① 邵燕君:《网络时代:"新文学"传统的断裂与"主流文学"的重建》,《南方文坛》2012年第6期。

第三章 日常生活审美化的中国式呈现

日常生活审美化现象是自 20 世纪末开始被学界热切关注的话题,这一话题的理论资源虽然也是由异域传入,但却与中国社会文化现实息息相关。改革开放以来,尤其是 90 年代市场经济体制确立以来,中国社会持续发生着翻天覆地的变化,文化领域的发展也是日新月异。从都市面貌到日常生活,审美化似乎是俯拾即是的文化现象。在本章中,我们尝试着做专题式梳理,不再纠缠于对日常生活审美化与艺术的终结之间的关系论证,而是从当下中国这一领域的研究入手,探索其中几个核心问题,以期通过这种方式,达到对其中国式发展俯瞰的目的。

第一节 何谓"日常生活审美化"

日常生活审美化是一个当代命题,用目前的流行话语来说,是后现代社会的产物。然而这一话题的缘起却需要从更早的时间,即现代美学的浪漫想象说起。中国美学是参照西方,并结合本土社会实践、文化语境等多方面因素,经过王国维、梁启超、蔡元培、朱光潜、宗白华、蔡仪、李泽厚等几代美学家的努力才逐渐建立起来的。在这一过程中,中国美学家们的参照系和思想来源也主要是现代美学发端的德国古典美学,因此对这一命题的考量,就不能仅仅考察其横向来源,即当代西方学者对审美文化的思考，也应该考察其纵向来源，即西方现代美学及其中国式转换。

一 艺术与生活的关系

艺术与生活的关系，是西方自古希腊时代的哲学家们就在思考的问题。当时主流观点是摹仿说，即艺术是对生活的摹仿。正因为如此，所以否定现实真实性的柏拉图也没有否定这一观点，他只不过是将其延伸成艺术是一种幻象的有力证据而已。亚里士多德的很多哲学观念是对其老师的颠覆，他提出了"第一实体"和"第二实体"的观念，认为"第二实体"不能离开"第一实体"而存在，从而肯定了"第一实体"的真实性。所谓的"第一实体"，就是具体的对象，而所谓的"第二实体"就是指概念。现实是概念与具体对象、共相与相的结合体，这就承认了现实的真实性。在这一基础之上，亚里士多德指出："诗是一种比历史更富于哲学性、更严肃的艺术，因为诗倾向于表现带普遍性的事，而历史却倾向于记载具体事件。"[1] 这是一段常被征引的话，用来证明艺术真实高于生活真实，因为它描写的是按照可然律和必然律可能发生的事，而历史事件虽然是真实发生的事，却会带有偶然性和个别性，反而是艺术更具有普遍性。在这种思路的背后，我们发现，亚里士多德预设了一个框架，即艺术高于生活，生活是偶然的、个别性的，艺术则是有秩序与有逻辑的。艺术不是向生活看齐，而是生活向艺术看齐。在这种思路的背后，埋下了艺术与生活在思想领域互相竞争的种子，同时也为生活确立了一个标准，那就是像艺术一样生活。

近代美学面对的是工业化情境中的社会和人性。这一时期的人和社会失去了古典时代的和谐与恬静，因而哲学家、美学家们在艺术和审美方面的思考，就有了更多情感上的激荡。康德从博克那里继承了崇高思

---

[1] [古希腊]亚里士多德：《诗学》，陈中梅译，商务印书馆1996年版，第81页。

想，并将之放在《判断力批判》中，作为与美并立的审美范畴。而相对于美的和谐性特质，崇高体现的是冲突，是人与自然之间的对抗，是主体对庞大神秘的自然的超越。这种需要借由冲突走向和谐的审美体验，是近代美学才可能具有的美学特征。在艺术与生活的关系上，康德主张将二者严格分开，分属于不同的领地，换句话说，在康德那里，艺术、审美就像柏拉图的"理想国"一样，是被放逐的部分。他指出："被称之为利害的那种愉悦，我们是把它与一个对象的实存的表象结合着的。"①"每个人都必须承认，关于美的判断只要混杂有丝毫的利害在内，就会是很有偏心的，而不是纯粹的鉴赏判断了。我们必须对事物的实存没有丝毫倾向性。"② 这是康德对审美的一个著名论断，学界一般将其归结为"无利害感"。也即是说，生活是与利害相连的，它是充满功利性的实在，而艺术和审美不同，它们是非功利的，因为只要它们与功利相连，就不能做出无偏私的判断。在这种思路中，艺术和审美实际上是被悬置起来的，在现实生活逻辑之外。也是在这种思路中，暗示了艺术的救赎功能。当现实被利害捆绑，人们需要超越这种功利性时，艺术和审美就成为有效途径。因此，一个吊诡的事实是，康德通过"无利害感""无目的的合目的性"等命题，试图实现艺术的自律自主，使之与生活分离，却可能产生另一种效果，即为了规避或跳出现实的牢笼，艺术和审美成了最有力的武器。

沿着这一思路，德国古典美学的另一位重要人物席勒，开始了自己的思考。席勒延续了康德的二元立场，预设了感性与理性的分裂，在感性冲动和形式冲动之外，他提出了游戏冲动。在他看来，"只有当人是完全意义上的人，他才游戏；只有当人游戏的时候，他才完全是人"。③ 人只有在游戏中才能实现感性与理性的和谐，才能达到自由。"游戏"

---

① [德] 康德：《判断力批判》，邓晓芒译，人民出版社2002年版，第38页。
② 同上书，第39页。
③ [德] 席勒：《审美教育书简》，冯至、范大灿译，北京大学出版社1985年版，第80页。

在这里不是日常话语中的含义,而是与自由相通。席勒的美学观念一定程度上突破了康德艺术自律法则,把康德美学中暗含着的艺术对生活的救赎明确表达了出来。在上引观点间隔几行处,席勒说:"我可以向你保证,这个道理将承担起审美艺术以及更为艰难的生活艺术的整个大厦。"① 社会的和谐落实在人性完整,而后者又落实在审美意义的游戏上。由此可见,审美和艺术就担当起了救赎社会的重任。康德为审美、艺术立法,将之从现实中剥离出去,成为一个独立的自由王国,同时也使之成为虚空之所。席勒一定程度上则反其道而行之,将审美和艺术转变成最后一块自由自留地,是人类自我拯救的手段。工业化时代带给人类越来越多的束缚,使人类不断异化,与自身分裂,摆脱这种现实状态的途径是经由审美教育,使人变成一个审美的人,"通过美人们才可以走向自由"②。

席勒哲学的这条发展线索,被后来的马克思等人继承,成为美学工具论和救赎论传统的重要篇什。这条线索最为明确的诉求是强调艺术对现实生活的改造。由此,从亚里士多德到康德,再到席勒、马克思,一条有关艺术与生活关系的历史链条就凸显出来了:从艺术高于生活到艺术与生活无关,再到艺术改造生活,在这背后,艺术成为生活的参照系,暗示了艺术是生活发展的方向和目标。德国美学家韦尔施敏锐地发现了西方哲学和美学的这一特质,在《重构美学》中,他多次提到西方思想具有审美性。"审美对于思想不仅仅是偶然的、外在的补充,……相反,审美因素必然隶属于哲学的核心,必然是它内部与生俱来的东西。"③ 他还指出,西方的认识论本身就具有审美特质,它是目前日常生活审美化的理论根基。"认识论的审美化起步于两百多年前的康德。"④ 韦尔施的观点一定程度上证明了我们的认知,只不过在这种

---

① [德]席勒:《审美教育书简》,冯至、范大灿译,北京大学出版社1985年版,第80页。
② 同上书,第14页。
③ [德]韦尔施:《重构美学》,陆扬、张岩冰译,上海世纪出版集团2006年版,第39页。
④ 同上书,第46页。

以艺术为生活发展目标的缘起，我们比他所认为的康德要推得更远，我们认为，在现代西方哲学和美学运思中，一直存在着一种生活向艺术靠拢的期待。相应地，20世纪后半期，在资本运作下，艺术、审美与日常生活之间界限的消弭，日常生活走向艺术等，某种程度上也是西方美学家们曾经希望到达的地方。

二 生活艺术化的中国期待

像许多现代学科一样，美学也是由西方传入中国。学界一般认为，国人最初使用"美学"来指称这一学科的是王国维，他从日本学者那里接受了这一翻译，在自己的著作中频繁使用，使之逐渐获得学界认同。但在新近一些学者的研究，如黄兴涛的一篇论文中，这些观点受到质疑。黄兴涛考证，最早用"美学"来对译"Aesthetics"的，是德国传教士花之安（Ernst Faber）。在写于1875年的《教化议》一书中，出现了"美学"一语。[1]"救时之用者，在于六端，一、经学，二、文字，三、格物，四、历算，五、地舆，六、丹青音乐（二者皆美学，故相属）。"[2] 这差不多是中文中最早出现"美学"二字的文献。然而这时候的美学并没有引起太多重视。它得到关注，并被知识界寄予厚望，还是在20世纪之后。王国维、梁启超、蔡元培，以及20年代之后的朱光潜、宗白华等人是其中的推动者，也是生活审美化、艺术化的信奉者。

中国学者最初接触美学时，基本上接触的都是以康德为代表的现代美学体系。例如王国维，他曾经在书稿的"自序"中言，自己的兴趣在康德美学，然而在研读过程中遇到困难，因此转道叔本华，借由叔本华来理解康德。这自然会使他对康德的理解，充满了叔氏色彩。但从他

---

[1] 黄兴涛：《"美学"一词及西方美学在中国的最早传播》，《文史知识》2000年第1期。
[2] 转引自吴泽泉《二十世纪中国美学史》第1卷，江苏教育出版社即将出版。

很多的论述中还是能够看出,他对美学的基本框架的解读是遵从了康德主义的。"吾人之意志,志此而已;吾人之知识,知此而已。"[①] "唯美之为物,不与吾人之利害相关系,而吾人观美时,亦不知有一己之利害。"[②] 从这些话语中能够发现,他所论述的是康德的知、情、意三分,是审美无利害命题。康德主义美学在中国的传播,不仅仅是在中国现代美学的发端时期,即20世纪初期,并且一个重要事实是,在20世纪中国思想和文化领域每一次重大变迁出现时,都有康德主义美学的身影,换句话说,康德主义美学都充当了非常重要的角色。20、30年代,朱光潜的美学着眼点在审美态度理论方面,"心理距离"和"移情说"是他心仪的审美观念。70年代末80年代初,思想解放是时代主旋律,审美自律性、艺术自主性等价值立场也是当时重要的思想支撑。

高建平对20世纪中国美学发展历程做过一个描述,即它经历了"美学在中国"和"中国美学"两个阶段,前一个阶段是中国学者通过传播和接受西方美学思想,逐渐了解这一学科的对象、内容、边界、问题域等,而后一个阶段则是以已经获得的美学知识为基础,对中国传统思想和文化进行整合,构建具有中国特质的美学体系的过程。虽然从学理上能够区分出这二者之间的区别,然而在美学的中国发生发展历程中,很多时候这二者同时进行。因此,康德主义美学在中国的发展,某种程度上也具有双重性:一方面,它是西方美学在中国传播过程中的重要一环;另一方面,由于它在中国几代美学人中占据了十分显要的位置,因而也成为中国美学构建时的重要理论资源。也就是说,康德主义美学参与了中国现代美学的建构。在前文中,我们提到,康德美学设置了艺术与生活的二分,将艺术从现实中分离出去,成为自由的虚空领地。然而,吊诡的是,他的审美乌托邦也暗示出艺术是生活救赎的场所,生活只有像艺术一样,才是理想状态。这意味着,生活的发展方向

---

① 王国维:《王国维学术经典集》上卷,江西人民出版社1997年版,第37页。
② 同上。

是艺术，即生活艺术化。这种价值取向深深影响了借此构建中国美学的一代代美学人。

蔡元培在20世纪初的美学领域扮演了重要角色。他的美学观念，走的恰好是康德美学暗示出的那条生活走向艺术和审美的道路。蔡元培对知识的划分，也是由康德的知情意三分出发。他曾提出一个响亮的口号，"以美育代宗教"。在他看来，人的精神作用分为三种：知识、意志和情感，最早之宗教，这三种作用兼而有之。但随着社会发展，知识逐渐归于科学，意志则归入伦理学，都与宗教相分离。情感即美感，它则分为两种，一种与宗教相关，一种则从宗教中分离出来。他指出："美育则附丽于宗教者，常受宗教之累"①，因而他提倡用纯粹美育来代替宗教。在他对美育的理解中，出现了一个非常有趣的逻辑：他所谓的纯粹美育，立足于康德的审美无功利命题，认为这种美育是无私人性的、因而具有普遍性，"美以普遍性之故，不复有人我之关系，遂亦不能有利害之关系"②。然而这种康德主义立场，并没有使其坚持康德的艺术与生活之二分，反之，他却把这种无利害转换成公共性和共享性。他指出，"隔千里兮共明月，我与人均不得而私之。中央公园之花石，农事试验场之水木，人人得而赏之"。③ 正是基于这种观念，蔡元培认为，应该在社会上普及美育。所谓的美育，包括了家庭、社会和学校教育，其具体内容包罗万象，其中如校园环境应有山水可赏，校舍要有造像之点缀，家庭中居室不就大，但要有杂莳花木，街道应有广场，广场需有花坞，设植物园，以观四时植物之代谢，设动物园，以赏各地动物之殊状……④从他的这些观点我们就能够直接感受到，他由康德美学的基本立场出发，最终走向的却是生活艺术化、艺术生活化了。

与蔡元培不太一样，朱光潜对生活艺术化的理解，着眼点在人，是

---

① 《蔡元培美学文选》，北京大学出版社1983年版，第70页。
② 同上书，第71页。
③ 同上书，第70—71页。
④ 同上书，"美育"一章。

人生的艺术化和人生态度的艺术化。在康德主义美学潮流中,朱光潜先生情有独钟的是审美态度理论。出版于20世纪30年代的《文艺心理学》,"心理距离说"是他关注的一个重点。这是康德主义审美态度理论的代表观点之一,出自英国学者布洛的论文《作为艺术要素和审美原则的"心理距离说"》。这一观点坚持了康德的审美无利害观点,并把这种无利害关系的形成转换成心理学问题,即转换成人对对象的一种心理态度,也即实现心理超越,超越实用关系,代之以无利害的态度。朱光潜把这种审美态度又转变为一种人生态度。在对"心理距离"说的引介中,他指出:"从前人称赞诗人往往说他'潇洒出尘',说他'超然物表',说他'脱尽人间烟火气',这都是说他能把事物摆在某种'距离'以外去看。"[1] 这种心理距离,已经不是特定的心对物的审美静观,而是人对现实生活采取的一种态度了。在《谈美》中,朱光潜说得更明白:"我们把实际人生看作整个人生之中的一片段,所以在肯定艺术与实际人生的距离时,并非肯定艺术与整个人生的隔阂。严格地说,离开人生便无所谓艺术,因为艺术是情趣的表现,而情趣的根源就在人生;反之,离开艺术便无所谓人生。"[2] "人生本来就是较广义的艺术。每个人的生命史就是他自己的作品。""过一世生活好比做一篇文章。完美的生活都有上品文章应有的美点。"[3] 康德认为艺术与生活是二分的,这确实很容易使后学将艺术与生活理解成分离的两个方面,然而朱光潜却认为,艺术与实际生活二分,这并非指艺术与整个生活分离,人生是广义的艺术,每个人的人生都是一个作品,好的人生是好作品,糟糕的人生是差作品。好的人生就仿佛好的艺术品,它具有艺术品的美。在这种观念中我们发现,人生与艺术二者是可以合一的,并且,美好的人生就是一件艺术品,或者说,人生的理想就是艺术化的生活。

---

[1] 朱光潜:《文艺心理学》,复旦大学出版社2009年版,第14页。
[2] 杨辛、朱式蓉:《朱光潜选集》,天津人民出版社1993年版,第32—33页。
[3] 同上书,第33页。

蔡元培与朱光潜对美学的这种理解方式，并不是20世纪之后美学传入中国后的学人个案，某种程度上可以说，他们代表了中国美学普遍的价值取向，接受了康德主义，但并没有将美变成非及物的孤立体，而是将之与生活联系在一起，追求的是一种现世的生活艺术化，用艺术烛照现实。周小仪发现一个有趣的现象，20世纪20年代中国文艺界有所谓的"人生派"和"艺术派"，在之后的艺术道路发展中，他们却实现了有趣的互换。两派最初争论的焦点围绕着艺术至上，然而"数年之后，风流水转，原来文学研究会的成员，朱自清、俞平伯，特别是倡导'为人生而艺术'最为努力的周作人，都钻进了象牙之塔，成为彻头彻尾的'艺术派'"，"同样令人惊奇的是原来创造社的主要成员——郭沫若、郁达夫、田汉、成仿吾，当时异口同声赞颂唯美主义，倡导艺术无用论，反对艺术功利性……所有这些艺术至上主义者全部走向革命。"[1]这是艺术发展历史的吊诡之处。但也证明了一点，艺术与人生，并不是天平的两端，它们之间也并不存在竞争，而是完全可以相融于一个人的人生之中，也可以相融于群体社会之中。这种现象也意味着，中国学者在接受以康德为代表的现代美学体系并将之中国化的过程中，并没有囿于康德主义的字面意义，而是结合了中国社会实际，将康德美学中暗示出的生活发展方向发掘了出来，成为中国美学的一道风景。从这个角度来说，我们可以认为，中国在接受康德主义美学的历史线索中，其实最终是从席勒的视角进入的。

并且，从以上分析中我们还能够发现，从美学体系在中国的构建之初，艺术与生活的关系就是重中之重，生活艺术化是中国美学人的世纪期待，他们希望能够在现实生活中实现艺术化，这是他们理论探索的目标之一。从这个角度来说，世纪末出现的日常生活审美化现象是他们当初构想的一种现实化，是他们审美理想部分程度的实现。这是日常生活审美化出现于20世纪末的中国的一个潜在话语背景，是我们分析当下

---

[1] 周小仪：《唯美主义与消费文化》，北京大学出版社2002年版，第151—152页。

日常生活审美化现象一个不能忽视的知识要素。

三　"日常生活审美化"的当代指向

关于日常生活审美化，西方学者已经做过很多探讨。在本书的上编中，我们曾对此做过专门论述。在本部分，我们主要观照的是中国学者的讨论。在这些讨论中，很大一部分属于对西方学者思想的引介，对此我们将会略去，这是因为本部分的任务是研究中国学者对本土问题的讨论。

中国学者开始明确讨论日常生活审美化问题，是在2001年前后，提出者为周宪和陶东风。很快，这一话题引起了学界争论，围绕着中国社会是否出现日常生活审美化现象而分成两派。认同存在者除以上两位学者外，还有金元浦、王德胜等，否定者包括童庆炳、杜书瀛、赵勇、鲁枢元等。前一派观点认为，中国社会目前正在经历着深刻变革，出现了日常社会审美化现象。"与西方社会相似，当今中国的社会文化正在经历着一场深刻的生活革命：日常生活的审美化以及审美活动日常生活化，它对于传统文学艺术与审美活动的最大冲击是消解了审美/文艺活动与日常生活之间的界限，审美与艺术活动不再是少数精英阶层的专利，也不再局限于音乐厅、美术馆、博物馆等传统的审美活动场所，它借助现代传媒，特别是电视普及化、'民主化'了，走进了人们的日常生活空间。"① 而与之对立的观点则认为，日常生活审美化是西方发达国家进入后现代社会的突出表征，它并不符合对中国社会现实的描述。赵勇指出："当陶东风等学者借用这一概念来指称中国当下的现实时，却没有对这个概念进行必要的清理和鉴定，于是，在这个事实判断的背后就遗留下了一系列的问题：什么地方的日常生活审美化了？谁的日常生活审美化了？如果这是一个全称判断，那么，我们的日常生活又在多

---

① 陶东风：《日常生活审美化与新文化媒介人的兴起》，《文艺争鸣》2003年第6期。

大程度上审美化了？西方学者谈论日常生活审美化的依据是其背后的社会形态，我们谈论它的依据又是什么呢？如果是社会形态，那么这将会引来更为麻烦的问题：我们进入到一个后现代社会了吗？"①虽然他文章中用的是一系列反问，但很明显，他不同意中国社会具有日常生活审美化的文化特质的观点。并且他还引用童庆炳先生的说法，认为陶东风所研究的是"二环以内"的美学。这两派观点在21世纪之初，聚讼不断，在《文艺争鸣》《河北学刊》《浙江社会科学》《文艺报》等刊物上打了不少口水仗，甚至还曾以此为论题，召开学术会议专门争论。

本书无意在这一方面着墨太多，因为它们并不是我们关注的重点，我们关心的，是这一话题属于艺术终结命题，更重要的是，在这一话题下中国学者都在思考些什么。换句话说，虽然否定的声音一直存在，但这并没有影响这一话题在中国的知识生产，并且反观21世纪以来的这十几年，这一话题带来的学术活力，却是学界最亮丽的一道风景。

陶东风、周宪、王德胜、金元浦等学者都认为日常生活审美化现象在中国已经出现，但他们的理论视角还是存在些许差异，因而带来对这一话题含义的不同理解。陶东风的立足点在文艺学研究边界和研究范式方面，因此他提出的日常生活审美化，主要还是在文艺学范畴内的一种思考。"不管我们是否承认，在今天，审美活动已经超出所谓纯艺术/文学的范围，渗透到大众的日常生活中。占据大众文化生活中心的已经不是小说、诗歌、散文、戏剧、绘画、雕塑等经典的艺术门类，而是一些新兴的泛审美/艺术门类或审美、艺术活动，如广告、流行歌曲、时装、电视连续剧乃至环境设计、城市规划、居室装修等。艺术活动的场所也已经远远逸出与大众的日常生活严重隔离的高雅艺术场馆（如北京的中国美术馆、北京音乐厅、首都剧场等），深入大众的日常生活空

---

① 赵勇：《谁的"日常生活审美化"？怎样做"文化研究"？——与陶东风教授商榷》，《河北学刊》2004年第5期。

间。可以说，今天的审美/艺术活动更多地发生在城市广场、购物中心、超级市场、街心花园等与其他社会活动没有严格界限的社会空间与生活场所。在这些场所中，文化活动、审美活动、商业活动、社交活动之间不存在严格的界限。"① 这是陶东风先生文章中常被提起的一段话。我们可以将之视为他对"日常生活审美化"的一种描述：其一，日常生活审美化是审美、艺术进入日常生活空间；其二，它属于大众文化范畴；其三，它是文化、审美、商业等交织在一起的新文化形态；其四，它包含了很多新生的泛审美或艺术门类；其五，它不以传统艺术门类为主要内容等。从他的描述中我们能够看出，他所言的日常生活，主要在城市，并且主要指城市公共生活空间，如购物中心、城市广场、超市、街心花园等，与之相应的文化类型则主要是指广告、时装、电视剧等通俗文化。这在某种程度上构成了他理论的基点。

周宪对日常生活审美化的理解，是从视觉转向视角进入。在他看来，"在这个通常被称为'消费社会'、'后工业社会'或'后现代社会'的文化中，似乎一切特权和区分都被消解了，高雅与通俗、艺术与生活、艺术品与商品、审美与消费，传统的边界断裂了。一种新的视觉文化已经崛起。其显著的特征乃是我们的日常生活越来越趋向于美化，视觉愉悦和快感体验成为我们日常生活的重要因素"。② 他的观点受到韦尔施、杰姆逊、奥尔特加等西方学者影响，他将这种日常生活审美化归结为从时间性体验转向空间性体验，即从语言文字转向图像视觉。"随着现代性进程的展开，都市化浪潮正在被人局限在愈加人为化的视觉情境之中。从城市规划到建筑设计，从居室装饰到形象设计，从影视娱乐到广告形象，人为化的视觉环境造就了新的视觉生态。较之于我们的前辈，我们越发地感受和追求视觉的快感，也越发地体验到外观

---

① 陶东风：《日常生活的审美化与文化研究的兴起——兼论文艺学的学科反思》，《浙江学刊》2002 年第 1 期。

② 周宪：《日常生活的"美学化"？——文化"视觉转向"的一种解读》，《哲学研究》2001 年第 10 期。

的视觉美化成为主流。"① 他的这些描述表明，日常生活审美化是一种视觉美化，它追求的是视觉快感，这种审美化主要是人工化，是人为设计出来的美学。

除陶东风、周宪两位学者外，金元浦、王德胜等也对日常生活审美化予以关注，金元浦先生的定义更加强调文化转向和文化研究，王德胜则与周宪相近，强调视觉快感。总体而言，国内学者对日常生活审美化的研究，还是遵循了这一话题的字面意义，认同其中所包含的日常生活与审美之间的连续性，主张日常生活审美化是一个双向过程，即艺术、审美向生活渗透，生活向艺术、审美生成，并将日常生活主要定格在都市，审美化主要是指一种人工性和形式化。虽然很多学者认为，对日常生活审美化现象的认同，有一种新贵意识在里面，但其实相对于传统美学规范，我们又不得不承认，在提出这一话题之时，还是包含一种理论上的锐气和前卫性。这也就是为什么金元浦先生曾经对笔者说过，虽然这些观点在学界有争议，但还是有很多学者尤其是青年学者愿意接触这一话题，希望借此来理解当代中国文化一个很重要的因素。当然这也是我们试图绕过对这一话题的内在分歧，而从它带给知识界灵感的角度来考察它的一个重要原因。

第二节 日常生活审美化与审美文化、文化研究

从本节开始，我们将依次考察目前与日常生活审美化纠缠在一起的几个话题，借此来管窥这一话题在国内的知识衍生状况。诚然这些话题彼此间联系十分紧密，甚至重叠，分开论述存在困难。然而如果不分开论述，我们又很难厘清学界在这一话题中所寄予的理论期待。因此，我们还是选择将它们分而论之。

---

① 周宪：《日常生活的"美学化"？——文化"视觉转向"的一种解读》，《哲学研究》2001年第10期。

一　何谓"文化研究"

日常生活审美化研究的兴起，是伴随着文化研究在国内勃兴而出现的。在我们看来，虽然日常生活审美化体现出的理论诉求，是艺术终结的一种表征。但从另外一个视角来看，对日常生活以及通俗文化的关注也是文化研究的重要内容。因此一个有趣的现象是，中国学者其实是从文化研究的角度引入日常生活审美化，但在具体阐释中，却又发掘出了它内含的艺术终结维度，并赋予这种终结以本土内涵。基于此，在这一节中，我们需要从文化研究的视角来审视日常生活审美化问题。

"文化研究"是一个特别复杂的概念。这种复杂体现在"文化"这一概念本身包含的内容十分广泛，很难一语道明，将其提取出来，上升成一种"研究"，自然会存在太多理论论证和划界方面的困难。有论者甚至指出：文化研究"没有固定的边界"，它将各个学科的理论、知识提取出来，然后改变其状态，并进而影响对学科自身的思考。[1] 乔纳森·卡勒在谈到这个问题时，也引用了其他同行的观点，认为文化研究是"跨学科的、超学科的、有时甚至是反学科的领域，它运作于文化所包含的广义的人类学的和狭义的人文研究的不同趋势之间的张力"。[2] 而这一定义，在卡勒看来，实在难以明确其指向。这些论述表明，文化研究其实很难给出一个没有争议的定义，它无法被归类成一个学科，也很难被简单界定为一种方法。因此，到目前为止，对于文化研究，无论是国外，还是国内，大家对其界定的方式往往是描述性的，即描述其主要兴趣点，描述其理论来源等。

中国学者对文化研究的边界及背景爬梳，较早的文献出现在1994年《读书》杂志上汪晖与李欧梵的访谈。在访谈里，汪晖与主持费正

---

[1] Brain Longhurst, *Intruducing Cultural Studies*, Pearson Education Limited, 2008, p. 23.
[2] ［美］乔纳森·卡勒：《什么是文化研究》，金莉、周铭译，《当代外国文学》2007年第4期。

清研究中心"文化研究工作坊"的李欧梵探讨"文化研究"与"地区研究"的问题。李欧梵介绍说，美国的文化研究受到20世纪70年代以来的英国伯明翰学派的影响，也受到法国后结构主义和后现代主义等理论的影响，主要关注点在同性恋、女性主义、少数民族、后殖民主义等问题。① 对文化研究的讨论，世纪之交才进入热潮期。周宪认为，文化研究并不是一门学科，而是一种策略，它反对制度化和学院化，强调文化与社会实践之间的关系，关注文化实践及其对社会的干预性。周宪还指出，文化研究是一种不同于传统文学研究的新范式，它不强调文学性，而是把目光放得更加远阔，关注文化政治。② 赵勇指出，文化研究的理论来源是法兰克福学派的文化工业理论、英国伯明翰学派的文化理论、法国结构主义、解构主义等，其内部出现过两次范式转换，一次因阿尔都塞的理论，一次则因葛兰西的思想。这些思想资源决定了文化研究自诞生之日起，就与传统文学批评分道扬镳，积极参与政治运动。③ 在赵勇看来，中国的文化研究，立足于本土文化现实，是在文学研究和批评领域生长出来的一种批评话语，因此它是西方理论与本土实践之间的一种融合。盛宁认为，文化研究是西方左翼知识分子在各自特定历史条件下所采取的一种文化立场。具体说来，有三种不同的文化研究：其一与马克思主义批判传统一脉相承的法兰克福学派对垄断资本主义社会文化工业的批判；其二是承袭了左翼思想传统的英国式文化研究；其三是美国式文化研究。④ 这三种文化研究尽管都涉及大众文化、流行文化或通俗文化问题，但理论预设等存在差异，因此对文化的理解也不尽相同。

以上观点只是90年代以来学界对文化研究讨论的冰山一角，但借此我们能够发现一些基本上达成共识的东西。从知识来源来看，文化研究主要有三方面来源，法兰克福学派，英国伯明翰学派，法国结构主

---

① 李欧梵、汪晖：《什么是"文化研究"》，《读书》1994年第7期。
② 周宪：《文化研究：学科抑或策略？》，《文艺研究》2002年第4期。
③ 赵勇：《关于文化研究的历史考察及其反思》，《中国社会科学》2005年第2期。
④ 盛宁：《走出"文化研究"的困境》，《文艺研究》2011年第7期。

义、后结构主义等。从关注重心来说，文化研究主要关注性别、族群、文化殖民等，关注大众文化、通俗文化与精英话语之间的张力。从价值立场来说，文化研究普遍持批判立场，试图用文化介入社会与政治，它试图发掘文化内在的革命潜能和批判性。这种批判性体现在多个层面。首先它体现在对学科体制的一种反驳。从学科归属来说，文化研究并非一门学科，而是一种跨学科或反学科，它并不致力于架构一个学科的完整体系，而是以这种跨界性来彰显自身特质。其次这种批判性体现在实践层面。文化研究的魅力，并不在其理论的精巧性和完备性，而在其直接介入社会，通过对社会文化、阶层、族群等多侧面分析和实地调查，达到认识和变革社会的目的。

　　盛宁在文章中曾经批判中国学者，对文化研究的研究过于停留在对其内涵指向、理论渊源的讨论上，"不可否认，当时文化研究作为一种外来学术思潮和研究方法刚刚引入中国，国内学界对它不明就里，因此请一些比较了解的学者做一些介绍是完全应该的。然而，让人没想到的是，这样一种介绍，一做起来竟然没完没了"。[1] 在盛宁看来，这是文化研究在中国发展出现瓶颈的重要原因。他之所以提出这一观点，是因为在他看来，文化研究最主要的品格是实践，仅仅停留在理论层面的探讨，是背离了文化研究基本精神的。这种观点并非盛宁一人所持，国内外很多学者认同这一观点。乔纳森·卡勒、李欧梵、赵勇在介绍文化研究时也提到过类似观点，认为文化研究主要是一种实践方法。在此强调这一点是因为，不能将文化研究单纯视为一种理论或者思潮，而应该关注其实践品格，并身体力行，将其运用到实践中去。这才是文化研究的灵魂。与盛宁主张不同的是，在我们看来，很多中国学者其实做了一些身体力行的工作，运用文化研究理论来分析当代文化和文学现象。正是由于这一点，赵勇、周宪等学者才认为，中国文化研究虽然受西方影响，但已经开始与本土文化实践结合，生长出属于中国当代文化特性的

---

[1] 盛宁：《走出"文化研究"的困境》，《文艺研究》2011年第7期。

新质。

除此之外，文化研究在中国出现，还有一个理论渊源，即美国文化研究。与欧洲文化研究传统不同，文化研究在美国的发展，是从传统文学研究领域突围。美国学者非常注重文本研究。我国学者较早接触到这些知识是源于杰姆逊80年代在中国的演讲，这些演讲后来结集出版，即国内影响巨大的《后现代主义与文化理论》。但当时引起学界关注的是其后现代主义理论。当历史指针指向90年代末，他思想中的"文化转向"得到中国同行的开掘。美国文化研究从文学出发到走出文学的发展路向给中国学界以灵感。因为总体而言，中国从事文化研究的学者，差不多都是文学专业出身，文化研究给了学者们离开文学、并通过离开文学来为文学及其理论寻找发展机遇的充分理由。这带来文化研究在中国的特殊表征。但与之相伴随的是，文学研究者从文学中出走，这势必会带来文学边界的模糊、文学反本质主义浪潮的兴起以及文学的终结。

二 审美文化研究与文化研究的联系及视域分野

审美文化研究兴盛于20世纪90年代，文化研究则紧随其后，二者又共享着相同的语词"文化"，这些都意味着这两者之间存在着内在联系。但是另一个明显的事实是，二者毕竟有着先后次序，文化研究大行其道之时，却也恰好是审美文化研究逐渐消隐之日，这种时间上的错位，又使我们可以认为它们有着并不完全相同的理论视域。

从二者之间的内在联系来看，主要体现在如下方面。

首先，二者共享相似的话语背景。尽管审美文化研究与文化研究有时间上的更迭现象，但其实它们也存在时间上的重叠。90年代中期，文化研究开始在国内传播之时，审美文化研究正方兴未艾。从社会和文化语境来看，它们都出现于90年代中国社会转型期。在这一阶段，社会转型带来文化转型，大众文化、通俗文化独领风骚，成为社会文化主流，审美文化研究与文化研究都是对这种新文化现实的一种理论应对。这些是我们在本书其他章节中多次强调的内容。从知识语境来看，二者都受到西方的影响。某种程度上可以说，新时期之后的中国美学、文艺学发展，都是在与西方思想的碰撞交流中完成的。这是改革开放的一个必然结果，也是全球化时代世界文化领域的突出表征，同时也是一百多年来内忧外患带来的特有的民族文化不自信心理的折射。在审美文化研究与文化研究的背后，都有着程度不同的西方相关理论支持。文化研究的背后，是法兰克福学派、英国新马克思主义以及美国文化研究等，审美文化研究的背后，同样有大量西方理论的身影。夏之放在讨论审美文化时指出："吸收语义分析、心理分析、结构主义、符号学派的分析方法以及西方学者关于社会学、文化人类学、民族学、宗教研究等方面的理论成果，从不同的角度审视当代中国审美文化的变化多端的种种现象必然会给我们的研究带来许多新鲜的成果。"[1] 从他的这段话里，我们就可以发现，审美文化研究背后的西方理论，范围十分广泛，差不多新时期以来旅行到中国的西方理论都可以转换成审美文化研究的理论资源。还有值得注意的地方，那就是文化研究与审美文化研究一定程度上共享理论资源。在《当代中西审美文化研究》一书中，作者分析大众文化时，大量引用了贝尔《资本主义文化矛盾》、杰姆逊《后现代主义与文化理论》中的观点，也辟专节来讨论后殖民主义、文化帝国主义等后现代主义思想。[2] 而周宪等学者在讨论审美文化时，也会大量援引法兰克福学派、后殖民主义等。[3] 这些思想，其实也是文化研究的西方理论来源，这种理论话语的共享，都表明了文化研究与审美文化研究之间存在交叉。

---

[1] 夏之放：《当代审美文化》，作家出版社1996年版，第7页。
[2] 参见夏之放、李衍柱、赵勇、李建盛《当代中西审美文化研究》，山东教育出版社2005年版。
[3] 参见周宪《中国当代审美文化研究》，北京大学出版社1997年版。

其次，二者共享一致的研究对象。由于审美文化研究与文化研究在中国的勃兴，都是伴随着文化市场化、商业化浪潮而出现的，因此它们研究的对象，也有一致的一面，即都研究当代主流文化，即大众文化。这种大众文化，用李春青的话来说，就是"与'传统文化'和'精英文化'相对应的概念，主要指在现代科技的推动与商业运作的牵引下被批量生产出来的、可以无限复制的文化产品"[①]。它的主要特点是当代性、可复制性、反精英化、数量意义上的民主化等。国内参与审美文化研究与文化研究的学者，无论持何种立场，精英主义的，还是反精英主义的，面对的对象，都是当下的大众文化现实。

再次，二者有着相似的价值追求，即它们都是美学、文艺学走向世俗化的一种表征。有论者认为，中国当代审美文化的发展方向是世俗化。"审美文化的世俗化也将成为文化演进过程中的一个必然趋势和最终归宿。"[②] 并且在这些学者看来，这种世俗化的形成有其多方面原因，其一是"中国传统文化中有着浓郁的实用理性精神和世俗文化品格"，其二是"很多学者把改革开放的过程看作是一个不断世俗化的过程"，其三是"当代的世俗文化现象，""需要考虑到中国的城市化进程"，其四是"大众文化同样是当代文化世俗化的一个重要因素"。[③] 这些分析用来描述审美文化研究的世俗化倾向自有其成立理由。同样地，这些植根于中国本土或传统或现实的文化语境，其实也是文化研究在中国生成的土壤。因此，相对于传统文化的精英主义立场，当代的审美文化研究和文化研究，其价值取向是走向一种世俗化。

最后，从日常生活与审美、艺术的关系来看，二者存在相通性，它们都关注生活与艺术的连续性，都主张理论的实践品格，呼吁理论对现实的介入。审美文化研究的出现，是美学走出象牙塔，重新融入生活的

[①] 李春青：《从贵族审美到大众审美——论中国主流审美意识的历史演变》，载张晶、范周主编《当代审美文化新论》，中国传媒大学出版社2007年版，第85页。
[②] 夏之放、李衍柱等：《当代中西审美文化研究》，山东教育出版社2005年版，第149页。
[③] 同上书，第151—154页。

一种姿态；文化研究，正如我们在上文中提到的，实践性是其重要特质，它并不追求理论的博大精深，而是呼唤学者进入民众日常文化生活，即使进行文本解读，它也是实践的方式，而不是单纯的智力游戏。这种对实践的强调，对艺术、审美与生活之间联系的强调，是这两股潮流的重要内容。也正是着眼于这一点，我们才认为，它们都是艺术终结的本土表现形态。

然而，审美文化研究与文化研究并不是同一种事物，它们在理论视野方面存在很大分歧。我们可以从如下几个方面来具体分析。

首先，审美文化研究范围更加广泛，而文化研究则相对狭窄。到目前为止，审美文化研究主要在三个方面开拓：关注中国传统文化与智慧，试图从审美文化层面对其进行重新发掘和整合；着眼于本土特质，在中西比较的视野中确立审美文化的民族性；面向大众文化与消费文化，在全球化视野中开拓审美文化的当代品格。审美文化研究之所以可以有如此宽阔的视野，是与其自身特性紧密相连的。审美文化，其实属于文化的亚类，它是文化中与审美相连的部分。这也就意味着，它能够超越时间、地域等限制，把触角伸到文化的各个角落，挖掘各种文化现象的审美意蕴。但文化研究不同，它兴起于西方20世纪之后，伴随着晚期资本主义发展的历程，是文化发展到一定程度才会出现的一种历史现象。换句话说，文化研究的当代性十分明显，因而它的视野主要集中在当下，是对当下文化现实的观照。这会限制它的理论视野。

其次，审美文化研究本土性明显。它生长于本土，是美学自律性理论发展出现瓶颈、美学自我救赎、寻找理论突围的一种表现，是80年代中后期文化热的延续。文化研究，虽然与本土文化状况有一定联系，但它更多的是在西方思潮提示下生长出来的理论。相比较而言，审美文化研究不同，它与中国社会与文化状况联系更加紧密。在前文中我们已经提到，审美文化研究的出现，与80年代美学普遍持审美自律的康德主义信念有关。这种对不及物性的强调，导致美学逐渐被封闭于象牙塔之内，与社会发展越来越脱节，于是在美学出现热潮的数年之后，很快抵达低谷。为了走出瓶颈期，很多美学研究者选择了走出象牙塔，把美学的目光投向生活。这是审美文化研究能够在国内出现的直接原因。并且，选择从文化角度把美学带回生活，也与80年代的社会语境息息相关。80年代，是思想界的一个黄金时代，产生了一浪接一浪的思想热潮。"文化热"也是当时差不多贯穿始终的一股热潮。整个思想界，从文学到史学再到哲学，各个领域都在以不同视角对中国传统文化进行反思与探寻，炮制了一系列话题，如"中体西用""儒学复兴""综合创造"等。这种思想氛围自然会影响到当时及在当时正处于成长期的学者。在这里我们要特别提到李泽厚，某种程度上来说，他的美学思想本身就具有浓郁的文化意蕴，而他在80年代的影响有目共睹，因而他思想中的文化因素，也很容易被其后来者所发扬。从这个角度来说，审美文化研究深植于本土思想。

再次，文化研究一定程度上奠基于审美文化研究，它是后者在文化领域的进一步推进。虽然我们认为，文化研究在中国的勃兴，更多地是受到外来思想的触发，但一个不能忽略的因素则是，审美文化研究的文化转向以及将日常生活纳入美学研究视野，这些为文化研究在中国植根做了相应地理论上的准备。而文化研究，则在一定程度上将审美文化研究中对日常生活的兴趣推向纵深，摆脱了"审美"一词对其研究对象的精英主义限制，直接从"文化"进入，探究当下文化实践。

最后，我们还能够发现一个有趣的事实，即从事审美文化研究与文化研究的学者，他们往往基于不同的出发点。审美文化研究是美学再出发，是美学发展到一定阶段，自身出现困局后的自救手段。文化研究是文学、文艺学再出发，是文学及其批评在发展中出现危机，文学研究者试图走出"文学终结"预言的一种体现。

三　日常生活审美化作为文化研究的实践

日常生活审美化内含对一对关系的处理，即日常生活与审美、艺术之间的关系。一般说来，这种关系可以由两个维度来体现，即日常生活审美化和审美的日常生活化，前者是生活向艺术生成，后者是审美向生活延伸。无论是哪一种，它都具有普遍化的潜在条件。也就是说，虽然日常生活审美化是20世纪末才被中国学界广泛讨论，但就其理论诉求来看，这并不必然意味着它是一个被封闭于特定时代的审美文化现象。学者薛富兴也持这种观点。在他看来，"'日常生活审美化'并不只是一种当代社会才具有的特殊审美现象"，"而是古已有之"。"在美学史上，'日常生活审美化'的实现表现为三种历史形态：早期审美之工艺化、古典审美之精致化与现代审美之大众化，每一历史阶段'日常生活审美化'均有其独特历史内涵。"[①] 这也就是说，日常生活审美化虽然是一个当代命题，但回溯性审视，就能够发现，其实在日常生活与审美之间寻找平衡点，努力拉近二者之间的距离，是人类一直努力的方向。只是在不同时代，这种努力的内涵会存在差异。

之所以强调这一点，是因为中国学界对日常生活审美化的关注，与文化研究同时兴起。最早明确提出这一说法的，是在陶东风《日常生活的审美化与文化研究的兴起——兼论文艺学的学科反思》一文中。在这篇文章的第一部分，陶东风指出，"在今天，审美活动已经超出所谓纯艺术/文学的范围，渗透到大众的日常生活中"。[②] 随后他以韦尔施、鲍德里亚等人的理论，试图证明日常生活审美化现象已经纳入后现代主义理论的视野之中。然而吊诡的是，随后在论文的第二部分，他指

[①] 薛富兴：《"日常生活审美化"的三大历史形态》，《美育学刊》2015年第6期。
[②] 陶东风：《日常生活的审美化与文化研究的兴起——兼论文艺学的学科反思》，《浙江社会科学》2002年第1期。

出:"无可否定的是,日常生活的审美化以及审美活动日常生活化深刻地导致了文学艺术以及整个文化领域的生产、传播、消费方式的变化,乃至改变了有关'文学'、'艺术'的定义。这不仅仅是发生在西方发达资本主义社会的现象,我们在中国的许多大城市中分明也可以感受到这种审美的泛化或日常生活的审美化趋势。"① 他的这一观点很快在学界引起争议,既有支持者,也有否定者。然而我们的关注点并不在于此,而是文章中接下来的论述。"这应该被视作既是对文艺学的挑战,同时也是文艺学千载难逢的机遇。90年代兴起的文化研究/文化批评,在我看来就是对这种挑战的回应。"将这两段话连起来看就能够发现,陶东风认为,90年代兴起的文化研究是对日常生活审美化现象的回应。那么问题就产生了:日常生活审美化与文化研究之间,是不是现象与理论回应之间的关系?

前文中我们指出,日常生活审美化存在可被普遍化的潜在拓展空间,因此,并不能完全将其视为当下的文化现象,当然指出这一点,并非想否定这一话题提出的当下性,而是对将日常生活审美化仅仅局限于当下的思路和做法感到忧虑。同样地,从前文我们讨论文化研究时就能够看出,它也并不能单纯理解为对日常生活审美化的回应,也不是20世纪90年代才兴起的新思想。陶东风先生提到的两位作者,韦尔施的《重构美学》确实出版于90年代,且其中收录的文章也是写于1990—1995年之间,这在《重构美学》中有所交代。但鲍德里亚对消费社会的文化思考却是自60年代写作博士学位论文《物体系》之时就已经开始了。这些知识性偏差尚且不论,问题的关键在于,日常生活审美化不能与文化研究画等号,但是,从中国日常生活审美化话题的讨论来看,从陶东风先生这里,二者就被捆绑在了一起。如果是这样,那么我们接下来要讨论的问题则是,当日常生活审美化被视为文化研究的内容,即

---

① 陶东风:《日常生活的审美化与文化研究的兴起——兼论文艺学的学科反思》,《浙江社会科学》2002年第1期。

被视为文化研究的组成部分时,它们能够在何种意义上成立?又或者,这种捆绑会给它们彼此带来哪些新特性?

在我们看来,从文化研究维度来看,日常生活审美化为文化研究的实践提供了方向,或者说,前者成为后者的演习场。很多学者强调,文化研究讲求实践性。这种实践性意味着对现实的关注,对生活与社会的介入。霍尔在回顾20世纪70年代前后在伯明翰大学当代文化研究中心时的岁月时说:"文化研究在那里,而且自那时以来一直是一种结合形势的(conjunctural)实践行动。"[1] 而回顾他的著作也能够发现,如《做文化研究:索尼随身听的故事》《仪式抵抗:战后英国青年亚文化》《文化、媒介与语言:文化研究工作报告(1972—1979)》等,都有极强的现实关切。同样地,旅行到中国的文化研究,其实践性品格在一定程度上得以保持。陶东风曾经谈到他和其他学者在这方面做的一些工作。"比如王晓明、陈思和等人关于'成功人士'的讨论,包亚明关于上海酒吧的解读,倪伟关于城市广场的分析,等等。笔者(指陶东风本人)则尝试从文化批评与意识形态批判的角度对广告进行了研究。"[2] 陶东风也承认,目前这方面的实践水平参差不齐,但我们还是认为,这种实践本身就具有意义。从陶东风所举的实例还可发现,酒吧、城市广场、广告等,其实都属于日常生活审美化中常被谈及的文化实例。从这个角度来说,日常生活审美化现象其实是为文化研究提供了操练场所,正是生活中的审美化现象,让文化研究有了用武之地,确保了它的实践性有的放矢。

而从日常生活审美化维度来看,文化研究固有的批判性一定程度上能够起到纠偏的作用,使日常生活审美化不会陷入自身的泥淖。从学理上来看,日常生活审美化有着自身无法逃避的悖论。现代美学体系中,

---

[1] 斯图亚特·霍尔:《文化研究的兴起与人文学科的危机》,孟登迎译,载陶东风、周宪主编《文化研究》第20辑,社会科学文献出版社2015年版,第233页。
[2] 陶东风:《日常生活的审美化与文化研究的兴起——兼论文艺学的学科反思》,《浙江社会科学》2002年第1期。

艺术与生活分属两个领域，无论是艺术向日常生活延伸，还是后者向前者高歌猛进，它们之间的鸿沟并没有因之抹平。横亘在它们之间的，有技术方面的限制，也有精英主义立场和贵族意识等，但20世纪不同，这是一个颠覆和反叛的世纪，它翻转了很多价值观念。从事艺术的人一直在努力拉近艺术与生活的关系，将艺术推向生活。以杜尚等为代表的先锋艺术如是，以包豪斯等为代表的技术美学亦如是。在多种合力的共同努力下，艺术与生活真的变得难以辨认。这种消融，颠覆的是艺术、审美与生活的二分传统，但同样地，它忽略了一个东西，那就是艺术为何存在。艺术应该是一种幻象，一种批判，一种理想，用理想来照亮现实。当艺术已经世俗化，它的理想光晕就有着荡然无存的危险。在这种情况下，艺术的发展应该走上另外一条道路，不是与生活合一，而是成为生活的清醒剂，不能让人们一直沉浸在表面的浮华之中。高建平曾指出："日常生活审美化，美被滥用，结果是负面的。处处皆美，也就无所谓美。艺术的使命，是对这种社会进行救赎。在一定程度上，我也同意这个观点，艺术应该是生活的解毒剂，而不是迷幻药。"① 本文认同高建平的价值立场。在我们看来，如果艺术和审美在一个日常生活审美化的时代，仍需坚持其生活解毒剂的立场，那么文化研究的批判性在此恰好能够发挥作用。文化研究，充满魅力的地方在于两点：实践性和批判性。这种批判从理论层面来看，是对人文学科的总体反思，批判其封闭性以及与现实的脱节，从实践层面来看，是坚持价值立场，对现实生活进行批判和干预。无论是哪种批判，对于日常生活审美化作为一种现实状况来说，都具有价值。尤其是后者，它会让我们对日常生活浅层的审美化现象保持一份清醒，而不是沉溺其中，不会陷入自身诉求导致的陷阱，即在美的滥用中取消美学。

当然我们还是应该看到，日常生活审美化与文化研究毕竟是两种不同的事物，它们有着各自的理论来源和价值立场，二者在20世纪末的

---

① 高建平：《美学的当代转型：文化、城市、艺术》，河北大学出版社2013年版，第28页。

中国相遇，有其历史机缘。在我们充分意识到二者为彼此提供视角和思路的同时，也需要注意到这些差异。文化研究的政治意味十分浓郁，日常生活在其理论视野中，是充满政治性和革命性的文本，而在日常生活审美化之中，日常生活是散文化的、是琐碎而具有女性气质的，它需要被提升和改变。审美在文化研究那里，是实现政治意图的手段，而在日常生活审美化中，它是天平的一端，与日常生活之间存在博弈。这些深层分歧是我们在探讨它们之间的关系时不能忽视的地方。

第三节 日常生活审美化与文艺学危机

日常生活审美化在中国的提出，是与文艺学的危机联系在一起的。在倡导者眼中，将日常生活审美化现象纳入文艺学研究视野，是拯救文艺学的有效手段，而文艺学领域的学者选择日常生活审美化，是文艺学自我救赎的一条出路。这种说法近十几年不绝于耳。在本节中，我们将观照这一话题，进而反思这种说法的合法性与边界。

一 学界对文艺学危机的讨论

在前文中我们谈到，90年代之后，随着社会转型与文化变迁，相对于五四以来文学在社会中的地位与影响，90年代之后的文学显得寥寥，不再是社会关注的中心，代之而起的是新媒介文化，如网络文化、电视、电影等。这是中国学者接受西方艺术终结命题的现实语境。20世纪末，伴随着日常生活审美化话题的中国勃兴，有关文学及文艺学危机的讨论再次引起关注。

这次讨论与90年代"人文精神大讨论"中对文学危机的争论不同。后者争论的焦点在于当时的文学状况是否昭示了一种危机？讨论背后道德审判的意味比较浓重。而20世纪末开始的这场讨论，则把矛头对准了文学的理论,即讨论文艺学的危机问题。与90年代讨论有正方有反方的情形也不同,此次讨论有些"一边倒"的倾向,参与者差不多都认同文艺学的当代发展出现瓶颈,大家的分歧点只是在于这种危机的严重程度以及解决途径等方面。

挑起这一话题的,仍然是陶东风。在发表于2001年《文艺研究》《文学评论》等刊物的文章中,他对文艺学体系、大学教育等进行了反思。在他看来,流行文化发展与其学理研究之间出现脱节,这种脱节是由于讨论流行文化的学者,大部分来自文艺学领域,这些学者的知识土壤是80年代的艺术自律性理论。这种理论具有精英主义色彩,用这种自律性理论来研究流行文化,从范式上来看并不适合,因而无法有效地与流行文化进行对话。① 在这篇文章中,虽然陶东风没有对流行文化做详细界定,但借助一个括号补充式说明,他做了简单界定:"我在本文中把'流行文化'界定为主要流行于现代都市社会的、以电子传媒为主要载体的商业性文化,以区别于传统中国社会的'俗文化'以及'文革'时期的'革命群众文化'。"② 在另一篇文章中,他指出,当代大学文艺学学科教育与现实脱节,不能有效阐释当代审美文化和艺术现象。③ 从这些论述中我们能够看出他关心的主要理论视域和基本观点:他的关注点在流行文化,或者说都市文化中比较偏商业化的部分;认为80年代文艺学主流价值取向是康德主义的艺术自律性;文艺学传统研究范式对流行文化的阐释并不适合,不是有效的方式——基于此,他得出结论说:"这门历史悠久人员拥挤的学科,目前却已显危机迹象并引起业内人士的反思。"④ "对于文艺学的学科反思正在引起业内人士的关注。引发这种反思的根本原因在于人们对于文艺学的现状并不满意,而

---

① 陶东风:《流行文化呼唤新的研究范式——兼谈艺术的自主性问题》,《文艺研究》2001年第5期。
② 同上。
③ 陶东风:《大学文艺学的学科反思》,《文学评论》2001年第5期。
④ 同上。

这种不满又集中表现在文艺学研究与公共领域、社会现实生活之间曾经拥有的积极而活跃的联系正在松懈乃至丧失（即大家所说的文学研究的'边缘化'）。"① 从他的观点中我们可以得出结论，他所认为的文艺学危机，其表征主要表现在两个方面：其一是文艺学的自足性阻碍其视野与发展；其二是文学基本理论无法解释当代文化，与当代社会文化现实严重脱节。而他所言的文化现实，主要是指新媒介主导下的商业文化。

他的观点得到一些学者的认同。黄应全的呼应注重的是文艺学理论体系的自足性方面。在他看来，目前文艺学发展状况堪忧，国内文艺学学科体系看似完备，实际是一种"和稀泥"和"大杂烩"，若想走出这种令人沮丧的困境，则需有立场意识。② 魏家川指出，随着科技文化、商业文化等文化上霸权的建立，文学艺术已经面目全非，作为文艺学重要分支的文学理论，当务之急是理论联系现实，彰显学术个性。③

与陶东风等从商业文化勃兴、日常生活审美化等维度来指认当代文艺学危机进而提出文艺学扩容问题不同，朱立元等学者对此态度更加审慎。在朱立元看来，当前文艺学确实存在危机，但他并不认同陶东风等人对危机程度的判断。"他们对文艺学存在危机或严重问题的判断我们是赞同的，但是，他们认为文艺学的危机是全局性的，乃至关乎学科存在的合法性问题，则令人难以苟同。"④ 他对目前文艺学危机做了细化：其一，与中国当代文学发展现实疏离；其二，与世界文学新发展、新潮流隔膜；其三，对信息时代的大众传媒文艺、网络文学等新文学形态和体制研究不够；其四，与文学批评理论脱节；其五，对当代大众文

---

① 陶东风：《日常生活审美化与文化研究的兴起——兼论文艺学的学科反思》，《浙江社会科学》2002年第1期。
② 黄应全：《立场意识》，《文艺报》2001年7月17日。
③ 魏家川：《文艺学学科定位与文学理论教改》，《福建论坛》2002年第1期。
④ 朱立元：《关于当代文艺学学科反思和建设的几点思考》，《文学评论》2006年第3期。

化中的通俗文艺相对忽视等。① 王纪人也认为，理论应该具有实践品格，然而当代文艺理论与我们的生活与艺术实践脱节，理论与语境错位，许多观点只是在"圈内"热闹非凡，一出圈子就无人问津。② 这些观点应该说十分切中要害，指出了文艺学基础理论在当代的尴尬。但也很明显，朱立元、王纪人等的部分观点，其实与陶东风等人是一致的，他们真正的分歧，除了程度上不同之外，再有则是为这一危机开出的药方。

正如我们在前文中提到的，对于文艺学危机的认同，学界差不多是"一边倒"，但这并非没有例外。例如童庆炳先生对此并不认同。在他看来，当前文艺学确实边缘化了，但这并不意味着危机，而是回归到本位。"我反复说过，文学的确已经边沿化，并认为这种'边沿化'与中国上一个世纪50、60、70、80年代相比，恰好是一种常态，那种把文学看成是'时代的风雨表'，看成是'专政的工具'的时代是一种'异态'。"③ 童先生的这一观点，与90年代中期"人文精神大讨论"中很多学者的观点一致。在那些学者看来，自晚清以来，中国知识界在文学身上寄予了极大的政治意愿，这种期待使文学承载了过多的社会担当，使其沦为政治的附庸，一定程度上丧失了本性。90年代之后文学从中心退出，是回归其本位、恢复自身属性的过程。然而20世纪末，文学的发展确实出现了很多新情况、新态势，文学理论无法与这些新的现实产生有效结合，应该说是非常明显的事实。正是因为这一点，学界才会产生相对"一边倒"的看法，即认为文艺学相较于目前文学的发展状况，确实相对滞后，需要做出调整。但关于如何调整和更新，学界的分歧则十分明显。

还需指出的是，陶东风等学者指出文艺学危机，其目的在于引入文

---

① 朱立元：《关于当代文艺学学科反思和建设的几点思考》，《文学评论》2006年第3期。
② 王纪人：《对当代中国文论有效性的质疑与分析》，《天津师范大学学报》2005年第2期。
③ 童庆炳：《文艺学边界三题》，《文学评论》2004年第6期。

化研究与日常生活审美化,这是为文艺学扩容和重新划界做理论上的准备。除了这种立场外,世纪之交还出现了一些从普遍意义上反思文艺学危机的著作与论文。如赵志军在《理论的繁荣与文学教育的困难》一文中指出,文学理论越来越理论化、抽象化,变得自负而傲慢。"现代众多的文学理论不仅不能帮助我更好地阅读文学作品,而且还妨碍我直接感受体会文学作品。"这种情况带来理论的繁荣,却也使其陷入现实的危机之中。[①] 李春青则认为,自 90 年代"人文精神大讨论"之后,文艺学学科就面临着解体的尴尬,[②] 文学理论的基本功能在于对各种文学现象做出解释。在历史长河中,中西方主要形成了两大解释传统,偏重认知性的解释与偏重评价性的解释。文学理论若试图走出目前的危机困局,只能从这两个解释传统基础上寻找新的生长点。[③]

就文学理论与现实之间的关系而言,学者们普遍认为二者存在脱节,文学理论缺乏阐释力的论断是成立的。80 年代,是思想激情的时代,文学与理论都是某种思想的凝结。然而 90 年代之后,文学与理论之间开始分道,理论沉浸于逐新猎奇,醉心于宏大体系的建构,文学走向了多元化,走向了感性的狂欢。二者书写着完全不同的旨趣。世纪末的反思,是一次回潮,它提醒我们对二者之间关系的重新建构。因此,即使抛开陶东风等人在这一话题中寄予的理论诉求,我们发现,文艺学危机的提出仍然是一个有意义的话题。

二 日常生活审美化作为文艺学扩容的论争

尽管文艺学的发展在 20 世纪末出现危机,但学者们关注并解释这一现象,却是自有其理论诉求。因此,这一危机才被有些学者有意识地

---

① 赵志军:《理论的繁荣与文学教育的困难》,《文艺报》2005 年 11 月 24 日。
② 李春青:《对文学理论学科性的反思》,《文艺争鸣》2001 年第 3 期。
③ 李春青:《文学理论还能做什么?——关于新世纪文学理论生长点的思考》,《北京师范大学学报》2003 年第 3 期。

诠释成理论与商业文化现实之间的脱节。既然文艺学发展出现危机，那么接下来该思考的就应该是如何摆脱危机，既然文学理论与实践出现脱节，那么就需要改变研究范式，实现与后者的结合，或者调整研究视野，将后者纳入自己的思考范围中。当所谓的实践是商业文化现实，那么面临的问题则是，采用怎样的理论话语，才能够把它合理地纳入研究视域中来呢？正是在这些思考中，日常生活审美化、文化研究等话题开始登场。这是日常生活审美化和文化研究倡导者整体理论预设的话语逻辑推演。然而，问题的关键在于，日常生活审美化如何能够合法地进入文学理论？在论证这一问题时，文艺学扩容和越界的话题诞生了。与对文艺学危机的认同态度不同，对于陶东风、金元浦等倡导的文艺学重新划界，学界出现了非常激烈的交锋。

为了引援日常生活审美化进入文艺学，陶东风、金元浦等学者主张文艺学越界和扩容。他们从多方面因素来寻找对这种观点的理论支持。从他们的论述中，我们可以归结为如下三点：其一是文学理论与当代文化现实之间的隔膜；其二是 80 年代的文艺学自足模式阻碍了自身发展；其三则是文学的反本质主义特质。第一方面是他们要解决的问题，第二方面是他们寻找到的文艺学危机产生的根源，而第三方面则是他们主张文艺学扩容的理论基础。因此在讨论文艺学扩容时，学者们基本上是从文学的反本质主义立场进入。陶东风指出："其实文艺学的学科边界也好，其研究对象与方法也好，乃至于'文学'、'艺术'的概念本身，都不是一成不变的，而是移动的变化的，它不是'客观'存在于那里等待人去发现的永恒实体，而是各种复杂的社会文化力量的建构物，不是被发现的而是被建构的。"[①] 金元浦也认为，学科建制是人们把握对象的需要，它是一种主体假设，一种框架的设定或到达对象的途径。"从长远的发展过程看，历史上从来没有过边界固定不变的文学。而独立的文学学科则是在 18 世纪以后随着现代大学教育的建立才逐步完善起来的。

---

① 陶东风：《移动的边界与文学理论的开放性》，《文学评论》2004 年第 6 期。

同样，文艺学内所包含的文学的体裁或种类也从来不是固定不变的。文学的边界实际上一直都在变动中。"① 两位学者对文学观念形成的分析，是符合历史事实的。我们今天使用的"文学"一词，是现代社会的产物，是随着资本主义市场以及大学学科建立、图书馆建制等多重因素而兴起的现代概念。对于中国知识界来说，它同样是一个外来术语，本土观念中，存在的只是泛文学观念，文学指的是"文章学术"。而"文艺学"，也并非出自本土，而是来自苏联。虽然这种历史发展容易导致文学的反本质主义倾向，但并非必然产生这一后果。自18世纪以来，关于文学的定义很多，但并没有引起人们对文学具有本质的怀疑，只是在20世纪50年代之后思想领域反本质主义浪潮兴起，文学的本质才成为一个受到质疑的问题。应该说，陶东风、金元浦等用文学观念的历史游移、文学观念的建构性等理由来说明文学的非本质化，这种论证方式有合理性，但并不充分确凿。

在文学的反本质主义话语逻辑中，陶东风、金元浦等提出，既然文学从来就没有一个固定的本质，而是随社会与时代的变迁而变化，那么当代文化实践也发生了重大变迁，文学调整边界，文艺学扩容，应该是顺理成章的事。陶东风指出，中国目前的文艺学危机，与文艺理论研究者坚持认为文学具有永恒的、普遍主义的自足本质有关，这种观念束缚了学者对文学与文学理论的思考，当务之急是改变这种思路。"事实上，当代的消费社会及其文化与艺术活动的新变化、生活的审美化与审美的生活化等已经迫切地要求我们修正、扩展关于'审美'、'文学'、'艺术'的观念，大胆地把街心花园、城市广场、购物中心、商品交易会、美容美发中心、健身中心、流行歌曲、广告、时装等新兴的场所与现象（它们常常是日常生活与审美活动交叉的地方）吸纳到自己的研究中（至于它们是否属于文学艺术则大可不必急于下结论，许多在当时不被视作'文学'的文本在日后获得认可的事例比比皆是）。"② 陶东

---

① 金元浦：《重构一种陈述——关于当下文艺学的学科检讨》，《文艺研究》2005年第7期。
② 陶东风：《日常生活审美化与文艺学的学科反思》，《现代传播》2005年第1期。

风的意思很明确，文艺学需要扩展，应大胆地将街心花园、城市广场、购物中心、商品交易会、美容美发中心等新兴场所纳入研究视野中。并且他还认为，无须去论证这些究竟是否是文学，不必急于下结论。他还暗示，也许将来有一天这些新文化现象的文学身份都会得到"追认"。金元浦也指出："现实向我们提出了要求，文学必须重新审视原有的文学对象，越过传统的边界，关注视像文学与视像文化，关注媒介文学与媒介文化，关注大众文学与大众流行文化，关注网络文学与网络文化，关注性别文化与时尚文化、身体文化，而文艺学则必须扩大它的研究范围，重新考虑并确定它的研究对象，比如读图时代里的语言与视像的关系，全球化条件下网络文学与文化中的虚拟空间，媒介时代的文学与传播，时尚时代文学的浪潮化、复制化与泛审美化，全球化时代的大众流行文化、性别文化、少数族裔文化以及身体文化。"① 从他们的论述中我们发现，对于文艺学扩容，金元浦与陶东风立场一致，他们都主张将流行文化纳入文艺学研究视野之中。但其实他们还是存在着视野上的差异。陶东风更关注的是日常生活审美化，尤其是物质文化层面。金元浦的主张与文化研究之间的关系更加密切，因而他对流行文化现象的例举，基本上与西方文化研究的研究对象保持一致。

陶东风、金元浦的观点得到了一些学者的赞同，但也引起了一批学者的坚决反对，尤其是老一辈学者对此质疑的声音非常强烈。童庆炳先生认为，目前一些学者提出的文艺学扩容的观点是"怪诞"的，他反对将文学扩容到城市规划、环境设计、街心花园、居室设计等所谓的日常生活审美化领域。在他看来，文艺学的边界确实一直在移动，但并不能移动到咖啡厅、健身房、美容美发中心等领域，它只能够在文学现象内部移动。"文学的边界只能是根据文学的事实、文学的经验和文学的问题的移动而移动。"② 朱立元的观点与童先生相类似。他指出，中外

---

① 金元浦：《当代文艺学的"文化的转向"》，《社会科学》2002年第3期。
② 童庆炳：《文艺学边界应该如何移动》，《河北学刊》2004年第4期。

文学史上出现过两次文学边界的变动，一次是为文学"定性"，确立了文学的审美属性，一次是出现了新的文学类型，如手机文学、网络文学等。这两次文学边界变动有质的区别，前者是对文学"质"的规定，移动了这一边界，就会从文学走向非文学，后者则是"量"上的增减，并没有导致文学边界的模糊或消失。由此他得出结论说，"文学的边界就是文艺学的边界"。到目前为止，文学的审美边界虽然有张有弛，但仍然稳定，并没有被突破。对于陶东风等人提出的日常生活审美化式扩容，他明确反对，"如果把广告、流行歌曲、网上游戏之类与文学大异其趣的文化现象一股脑儿地往'文学'这个筐里塞，那么，文学就丧失了自己的特性与身份，就会异化为非文学，最终消失在非文学文化现象的汪洋大海中"。[1] 除了童庆炳、朱立元外，陈太胜[2]、陈雪虎[3]等学者也纷纷提出质疑，反对将日常生活审美化纳入文艺学研究视野。

学者们在交锋过程中，有两点需要澄清，即他们的分歧主要体现在两个方面。其一，尽管双方都承认文学和文艺学的概念是历史性的，在不断的移动之中。但陶东风、金元浦代表的一方，将这种现象导入文学的反本质主义，而与之相对一方，则坚持文学的本质主义，只是这种本质并非恒久不变。钱中文先生的观点比较有代表性："面对这些现实问题（指文艺学危机），文艺学应该敢于面对，有必要拓展文艺学学科的一些概念，对之重新界定、规划、调节。但在这一过程中仍然必须强调坚持文艺学的本体性，虽然我们反对本质主义但本质还是需要的，应该将本质看成是多样的、流动的、改变的。"[4] 承认文学和文艺学概念的历史性，就为文艺学的当代调整提供了合法性，但坚持它们的本体性，就为调整设定了限度，调整不能是颠覆，不能从文学走向非文学。其二，由于双方都认为文艺学现状堪忧，需要做出积极调整，需要重新确

---

[1] 朱立元：《文学的边界就是文艺学的边界》，《学术月刊》2005年第2期。
[2] 陈太胜：《文学理论：不断扩展的边界及其界限》，《河北学刊》2004年第4期。
[3] 陈雪虎：《文学性：现代内涵及其当代限度》，《河北学刊》2004年第4期。
[4] 钱中文：《文艺学的合法性危机》，《暨南学报》2004年第2期。

立边界,要与新的文化现实联系起来,因此他们的分歧不在文艺学的扩容上,而是在扩容的对象上。他们对新的文化现实的理解并不相同。陶东风等学者认为,应该把日常生活审美化现象列入文艺学研究视野。但童庆炳、朱立元等学者则认为,陶东风、金元浦等学者列举的商业文化现实进入文艺学,就是文学自身的一种消解,使文学走向非文学。但同时他们也提出了对扩容的建议,即把通俗文学与流行文化等纳入文艺学视野中,承认传统文艺学对这些方面研究的薄弱,也认为需要寻找新的理论范式来支持对它们的研究。从双方的观点来看,能够使我们意识到,目前学界对文艺学的发展状况不满,都在试图寻找新的路径,使之与当代文化现实结合。因此,从这个方面来说,双方的目标又是一致的。

三 日常生活审美化救赎限度的反思

关于学界提出的文艺学扩容,把日常生活审美化现象列入文艺学研究中,童庆炳在其文章中说:"那么,这种'文学性'在哪里蔓延呢?是在日常生活的审美化中蔓延,在城市规划、购物中街心花园、超级市场……健身房、咖啡厅蔓延。如果文艺学还要'苟延残喘'的话,那就去研究城市规划、购物中心、街心花园、超级市场……健身房、咖啡厅吧。这就是他们的逻辑。"[1] 这段话看起来有些情绪在里面,然而当我们抛开这种情绪时就会发现,如果把咖啡厅、健身房、街心花园、购物中心、超市等纳入文艺学研究视野,那么,文艺学将会变成什么呢?由此我们需要反思的一个问题是,日常生活审美化能否拯救危机重重的文艺学?如果可以,它可以解决哪些问题?在这里我们指的是日常生活审美化对文艺学的救赎限度。

日常生活审美化对文艺学的救赎,要从文艺学自身需要救赎的部分

---

[1] 童庆炳:《文艺学边界应该如何移动》,《河北学刊》2004年第4期。

说起。这涉及文学的观念。在一定程度上,我们同意朱立元的说法,文学的边界就是文艺学的边界。因此只有先确定了文学观念的缘起、它自产生之初就具有的先天不足等,才能够理解它在后来发展中遭遇的困局。而这些恰好也是文艺学将会遭逢的困境。在前面我们也曾经提到,目前使用的"文学"一词,是一个现代语汇,它形成于资本主义上升时期的18世纪。就其本义而言,英文的"文学"(literature)是指"字母"。"英语单词'Literature',无论是直接的还是借由法语同根词'littérature',都由拉丁文'litteratura'而来,词根是'littera',意思是(字母表里的)'一个字母'。因此这个拉丁语词和它的欧洲衍生词(例如西班牙语、意大利语和德语都直接来自这个同根词)都承载着相同的含义:'字母(literature)'意指我们今天的'书籍学习',对书本的熟悉和了解。"[1] 这种含义在18世纪发生了变化,范围变得狭窄,即出现了现代意义上的"文学"。这是随着资本主义市场的兴起、作家身份变化、大学学科建制、图书馆分类等多重因素而出现的新文化现象。具体说来,在资本主义市场条件下,作家改变身份,不再由教会、王室或贵族赞助,而是被投放到市场,靠稿酬谋生。为了使消费者购买文学作品,亟需一套新的话语体系确立文学独特性,使之成为值得购买的商品。在这种情况下,新的文学生产与消费模式诞生了,新的文学观念与体制也诞生了。这种新的文学观念体制主要特点是注重审美性与伦理性,是精英阶层价值观念在文学领域的折射。其优点在于与高雅品位相伴,注重文学精神性品质,挑选出很多典范性作品;其缺点则在于,这种高要求把很多一般性作品排除在外,尤其是大众通俗文化与文学,很难在现代文学观念和体制中占有合法地位。这就可以理解,为什么到了20世纪下半期,当通俗文艺占据社会文化核心位置的时候,现代文学观念体系如此捉襟见肘,对其阐释乏力了。

西学东渐后,中国接受了西方这一文学观念,重新整合本土资源,

---

[1] Peter Widdowson, *Literature*, Routledge, 1999, p. 31.

形成了本土纯文学观,即进入了中国文学现代性的建构历程。国内很多学者认为,中国80年代之后张扬的是西方的这种现代文学观念,它具有明显的康德主义色彩。这种观点有一定道理,但二者之间还是存在很多差异,这是理论旅行的宿命。笔者在一篇文章中探讨过80年代中国学界对文学自律性命题的理解和建设:"一方面,对文学自律性的强调是一个康德主义命题,它强调了文学的特殊性;但另一方面,这一特殊性又有本土特指,使其与康德主义产生疏离。在康德那里,艺术和文学的自足性,主要是相对于伦理学和认识论而言,因此首先是学科独立意义上的。但在中国学者的视野中,这种自律性所针对的是党派政治下的'左倾'思潮。因此,一切能够规避或反驳这种'左'的思想的文学和美学观念,都被吸收进对文学特殊性的理解中,因此都变成文学自律性的合理内容。于是,在80年代,不仅在西方知识界中被公认为属于文本中心论的一些观念被吸收进对文学特殊性的理解中,而且从苏联传入的'文学是人学'观念、从西方传入的文艺心理学思想等,也都被视为文学特殊性的重要组成部分。"[1] 引用这段话是想表明,单纯从文学自律性来解释中国目前文艺学危机值得商榷。我们所使用的文学观念与现代西方文学观念存在差异,一定程度上可以说,我们的文学观念并不是纯粹的文学自律性观念,一直都有着很强烈的现实关切。但是二者在对通俗文艺的定位和阐释的忽视方面,却是一致的。应该说,文艺学在今天出现危机,与现代文学观念的这一弱点有莫大关联。具体说来,现代文学观念主要依据的是精英理念,注重经典的打造,对于通俗文艺则相对缺少建构性话语体系,然而当代文化则主要属于大众文化和通俗文化,它们与精英理念之间存在差异,用精英价值观念来诠释或者判断它们的价值和意义,难免有隔靴搔痒、张冠李戴之嫌。因此,重建文论话语,实现文艺学扩容,确实是当务之急。

陶东风、金元浦等人提出的将日常生活审美化纳入文艺学研究视

---

[1] 张冰:《消费时代文学的生产与危机》,《文学评论》2015年第6期。

野，实现文艺学扩容的呼吁，从路径和方向上来看，是切中文艺学时弊的。日常生活审美化，无论是在世纪之交提出时，在中国大地的发展程度如何，最近几年，我们能够深切体会到，它已经越来越成为中国都市文化的突出表征，并迅速向市镇乡村渗透。它是商业化的一种文化符号，也是大众审美情感的物质性传达。因此，在日常生活审美化当中，不仅是精英阶层旧日理想的当代具象化，同时也是通俗文化的聚集所。抓住日常生活审美化现象，借此来重建文艺学与现实生活的联系，是一条有效的思路，因为它所捕捉到的，恰好是文艺学与通俗文化之间的连接纽带，是现代文艺学自诞生时起就薄弱的环节。但是问题在于，文艺学自有其传统边界，哪一部分的日常生活审美化可以进入它的研究视野，且不会带来它自身的解体？这就需要对日常生活审美化现象做进一步细化。费瑟斯通当年在规定日常生活审美化时，曾提出三个层面的定义，韦尔施也从深层和表层两个方面来审视审美化问题[1]，这些都表明，对日常生活审美化可以存在多层次解读。对于国内的日常生活审美化，从韦尔施的观点来看，就是表层审美化，即"人工天堂"和全球审美化。它是一种装饰性的时尚化，是技术给我们创造的新天地。在这一新天地里，哪些部分可以进入文艺学视野，则是我们需要进一步论证的东西。而这一点，恰好是在日常生活审美化的论争中，倡导者所忽略的部分。陶东风在其论文中为我们列举了一系列所谓的日常生活审美化现象：街心花园、城市广场、购物中心、商品交易会、美容美发中心、健身中心、流行歌曲、广告、时装等[2]。在这些新文化现象中，哪些可以进入文艺学，是需要提供参照系的。然而到目前为止，这是学界的一个盲区。在我们看来，当时持反方意见的学者们的意见具有参考价值。在本部分的篇首，我们引用了童庆炳的话，他对文艺学扩容持反对意见，认为不能去研究那些所谓的

---

[1] 参见上编"第四章日常生活审美化谱系"中相关讨论。
[2] 陶东风：《日常生活审美化与文艺学的学科反思》，《现代传播》2005年第1期。

日常生活审美化的东西。从最直观的感受去看都能够发现，如果文艺学研究者真的去研究美容美发中心、健身房、商品交易会等，那么无论是从哪一个层面去看，都已经距离文学过于遥远了。在日常生活审美化的诸种现实呈现中，文艺学能够研究的，还是具有文学性的东西。尽管文学性在今天也变成了一个令人怀疑的术语，但大体上大家还是能够清楚，它以文字文本为基础，带有审美性和修辞性。因此，能够进入文艺学中的日常生活审美化现象，需要以此为依据。目前现实的情况是，十年前学界的那场充满火药味的论争已经逐渐烟消云散，日常生活审美化进入文艺学的视野也已经逐渐转为常态，从这个角度来说，提倡日常生活审美化进入文艺学是一次比较成功的理论尝试。然而，反观目前文艺学发展的状况，却又会发现，进入文艺学的日常生活审美化，也并不是超级市场、美容美发中心、健身中心、城市广场等，学界基本上还是停留在对理论的一般讨论上，而不是对具体文化现象的操作分析。这些情况表明，学界采纳了当时提倡者的学术思路，但其实淡化了他们当时所提出的具体扩容内容。这种现象在一定程度上说明了，当时提倡者提供的是有效的思考方向，但并没有提供有效的研究对象。有效的对象，还需要以文学性为依据，只有这样，日常生活审美化才能够真正走进文艺学研究视野。

在我们看来，提倡文艺学扩容的学者们忽略了一个事实，这使他们提供的思路在有效性方面大打折扣。这一事实就是文艺学与美学之间的区别。日常生活审美化就其学科归属而言，是一个美学问题。日常生活与审美，是现代美学思考的核心命题之一。现代哲学与美学本身就暗含着思想的审美化，它指示了生活的审美化发展方向。今天的日常生活审美化是商业化的后果，是技术的后果，但为什么技术与商业会选择审美化范式发展而不是其他，它所反映的正是思想观念领域的审美化倾向。因此，日常生活审美化，就其学理脉络来看，是现代意义上的美学研究对象的扩容，美学从形而上哲思进入形而下的生活领域。从这个角度来说，日常生活审美化与精英主义的现代美学之间实现对接与反拨，从学理上更容易说得通。但在中国却有着特殊的语境。中国很多从事美学研究的学者是文学出身，对文艺学也非常熟悉，还有很多学者原本就是两个领域一起研究，这就使在中国的学科划分上，美学和文艺学之间总存在很多模糊地带。也许是由于这一知识背景，才会使学者们想到借日常生活审美化来化解文艺学危机。然而两个学科之间，毕竟存在差异，因此，借用日常生活审美化来跨学科解决文艺学问题，从理论储备到实践操作上，都有很长的路要走，倡导者没有过多地在这些方面思考，而是借着文化转向的"天下大势"，为文艺学危机开出一剂猛药急方，忽略了太多中间环节，这自然难以取得预期的效果。这也就能解释，为什么目前文艺学把日常生活审美化"扩容"进自己的地盘后，并没有实质性地开拓出新天地。

第四节　日常生活审美化与美学的复兴

我们认为，日常生活审美化是一个美学命题，尽管在中国学界，更多的讨论是在文艺学领域进行，但这并不意味着没有学者从美学视野来考察它。在美学领域，关于该命题的讨论差不多是与文艺学领域同时进行的。在文艺学领域，陶东风等学者提出，借日常生活审美化扩容文艺学，使之焕发新的生机，重建文学理论与文化现实之间的联系。而在美学领域，日常生活审美化带来的冲击，也引发了不同的声音。一些学者认为，这一命题带来了美学发展的新契机，美学可以借此获得复兴；另有学者认为，这一后现代文化现象带来了美学的泛化和解体。因此在本节中，我们将考察中国学者在这方面的思考。

一　美学"复兴"的含义

毛崇杰曾指出，"'复兴'既是一种相对于衰落而发的历史叙事，又是对某种现状包含一定价值色彩的描绘"。① 这种对"复兴"的理解可谓一语中的。所谓的复兴，此前一定经历过"兴盛"和"沉寂"，而判断此时为"复兴"，必然寄予着判断者的期待和思考，并对当下发展持积极态度。日常生活审美化所带来的美学复兴，需要在这多向审视中得到阐释。

20世纪的中国美学，伴随着政治和社会变迁而几度起落。姚文放曾指出在这段时间内出现过三次"美学热"：第一次是50年代的"美学大讨论"，第二次是80年代的"美学热"，第三次则是90年代开始的"日常生活审美化"。② 他的描述主要聚焦于中华人民共和国成立后的60余年，其实我们还可以另外的描述方式来俯瞰整个20世纪。20世纪的中国美学，同样经历过三次热潮：第一次是20世纪初以王国维、梁启超、蔡元培等为代表，他们的立足点主要在将西方美学引入中国，进而建设中国美学；第二次是50年代"美学大讨论"，形成了美学中的四派，这次主要是以马克思主义为指导思想，整合美学资源，进行美学意识形态层面的建设；第三次是80年代的"美学热"，这次美学热潮是以启蒙和思想解放为标的，开风气之先，完成了中国从思想层面走出"左"倾的历史任务，确立了实践美学的重要地位。21世纪之初提出的美学复兴，面对的"兴盛"是80年代的美学热潮，面对的"沉寂"是随后的90年代。高建平描述过这种沉寂："1997年，笔者从国外留学回来，想看看这些年国内出版了哪些美学书，于是，到了北京专门销售学术书的三联韬奋书店。在那里的'美学'类书架下，我只看到两本朱狄的书，一本是《当代西方美学》，一本是《当代西方艺术哲学》，还落满了灰尘。其他美学书一本也没有看到。在那些年，出版社不愿意出美学书，书店也不愿意进货，于是，形成恶性循环。结果是，想买美学书的人买不到，写出美学书的人出版不了。"③ 美学类书架下只有两本书，80年代颇有影响的

---

① 毛崇杰：《美学，应对复兴与学科性危机》，《文化艺术研究》2010年第1期。
② 姚文放：《新中国的三次"美学热"》，《学习与探索》2009年第6期。
③ 高建平：《"美学的复兴"与新的做美学的方式》，《艺术百家》2009年第5期。

美学刊物如《美学》《美学评林》《外国美学》《美学论丛》等都已停刊，出版社不愿意出版美学书籍等，这些情况与80年代美学热潮时期的情形完全不同，从这个角度来说，90年代末，美学确实出现了"沉寂期"。而学者们对美学复兴的理解，也从这个地方起步。

对美学复兴着力最多者，是高建平。在《改革开放三十年与中国美学的命运》《"美学的复兴"与新的做美学的方式》《后文化研究时代的美学》《美学的超越与回归》《美学在当代的复兴》等论文中，他不断地在表达一个观点：目前的中国美学发展，是一次复兴。他把新中国60余年的美学发展，总结为三次美学热潮。第一次是50年代的美学大讨论，第二次是80年代"美学热"，而第三次则是世纪之交美学的复兴。"新中国成立以来，从20世纪50年代起到今天，中国美学发展经历了三次热潮。我想将这三次热潮分别称为'美学大讨论'、'美学热'和'美学的复兴'。""发生于20世纪末年新的一轮美学热潮，我愿将它称为'美学的复兴'。"① 这种"复兴"体现于多个方面。首先，它是对前两次热潮的补正。在他看来，50年代的"美学大讨论"与80年代的"美学热"，集中于两个问题，美的本质和形象思维。有意思的是，"美学大讨论"始于对美的本质探讨，终于形象思维，而"美学热"则是始于形象思维，终于美本质的讨论。前一次热潮因美学超越现实的品格一定程度上规避掉了政治打压，在紧张的政治氛围中获得了难得的一丝自由呼吸的空间，后一次热潮用美学的超越品格完成了时代使命，即用非政治化的立场和观念完成了政治任务。因而对于中国当代美学的发展而言，这两次热潮的历史贡献巨大并影响深远。然而这两次热潮都存在一个问题，那就是美学与艺术批评的脱节，正是这一特质，才出现了"美学衰退"。第三次热潮则是一种介入，"介入到艺术的创作和欣赏，介入到艺术的发展之中，介入到城市、乡村的再造和环境的保护之中"。②

---

① 高建平：《"美学的复兴"与新的做美学的方式》，《艺术百家》2009年第5期。
② 同上。

这种"介入",是对美学康德主义传统的超越,是美学重新进入生活的一种积极姿态。因此他认为,这是一种新的做美学的方式,是日常生活审美化的具体指向。其次,这次美学复兴以超越文化研究为特征。在他看来,20世纪90年代的美学沉寂,知识界与之同时进行的是文化研究的勃兴。美学的沉寂与其自身脱离艺术批评和现实生活有关,而文化研究恰恰与之相反,"文化研究和美学的不同之处就在于它没有像美学一样扮演'新启蒙'的精英文化的角色"。"文化研究不再扮演这样一个角色,也不再具有一种文化精英主义的色彩。文化研究关注的更多的是社会的各个方面,包括各种亚文化群体的研究,关注下层社会,关注艺术和生活的关系。"① 不再扮演启蒙者,在一定程度上淡化精英主义色彩,并把目光投向社会生活,文化研究所具有的这些特质恰好是美学体系自身所缺乏的,也是它走向沉寂的重要原因,因此美学的复兴,需要吸收文化研究的立场与方法,走出传统美学狭窄的"无功利"圈子。但高建平又认为,美学不能因此变成文化研究,它是在吸收文化研究合理因素基础上的超越,它仍然需要有自己的定位和诉求,应该回到艺术,回到艺术批评。再次,这次美学复兴还以国际化视野为特征。出现这种情况,在他看来,是诸种合力的结果,有国内经济发展的原因,也有本土文化建设和民族意识增强的原因,还有国际文化语境的变化。这些合力共同带来了美学复兴新局面。从国际化视野方面来看,这集中体现在中国学者与西方学者的同步对话,以及中国学者越来越多地参与到国际美学活动中去等。如2010年世界美学大会在北京召开,中华美学学会全员加入国际美学协会。这种发展态势带来了20世纪美学其他阶段发展所没有的新视野。

除高建平外,金惠敏、刘悦笛等也讨论过美学的复兴。金惠敏认为,美学学科自其建立起,就存在着精英主义取向,其艺术和审美的定义过于偏狭。20世纪之后社会出现"文化化"变迁,"资本主义正在生产出一种反'文化'的工具主义、物质主义和科学主义的社会意识形

---

① 高建平:《后文化研究时代的美学》,《美育学刊》2011年第4期。

态，以及推动这一意识形态并构成其一个有机部分的流行文化形式"。[1]这是文化研究出现的土壤。

在金惠敏看来，美学的复兴需要处理好两个方面：其一是与其他理论之间的联系，具体而言就是与文化研究之间的联系；其二是它所面对的现实，具体而言就是已经"文化化"了的生活。基于这些，他提出，美学的未来是社会美学，这是美学复兴的途径。刘悦笛对美学复兴的思考更见激情。他是把文艺学和美学放到一起来思考的。在他看来，无论是文艺学还是美学，都出现了"生活论转向"。对于美学来说，这一转向"使美学和生活再度关联"，使美学试图超越"实践—后实践"的研究范式，"生活美学成为新的生长点"。[2] 他还指出，这种转向生活的美学，需要研究我们时代的文化。这个时代是"微时代"，微时代美学的症候是小、快、及时。这种微时代美学症候与生活化取向相结合，出现了今天美学的利弊并生的局面，因此对当代美学需要在注意其消极性的同时积极推动其发展。

二 日常生活审美化与"美学的泛化"

无论如何来界定美学的复兴，实际上当代美学发展都面临一个关键问题，那就是它与传统美学的研究对象以及范式都存在一定程度的断裂。美学从形而上哲思转到形而下生活，这无论如何都将是对传统美学的挑战。根据中国近几十年美学发展，提出美学复兴存在合理性；同样，转换思维，从现代美学体系的价值立场与研究对象这一视角进入，认为目前的日常生活审美化文化现实，以及立足于此的美学研究存在泛化倾向，同样也具有合理性。从知识界的讨论就能发现，很多学者恰恰认为，目前的美学研究是一种泛化。从学界的探讨情况来看，有一些学

---

[1] 金惠敏：《文化研究与美学的复兴》，《艺术百家》2009年第3期。
[2] 刘悦笛：《当今文艺理论：复兴于生活美学》，《文艺争鸣》2016年第5期。

者单纯讨论泛化，如陈中权《论日常生活的审美泛化》①，对审美泛化的表征、原因等做了分析，张奎志《审美的普泛性何以可能？》②，从学科性质维度对美学泛化做出学理分析，霍桂桓《"审美泛化"辨析》③则对审美泛化的真伪做出分析和判断，指出目前的所谓日常生活审美化现象是伪审美泛化等。由于本部分我们的研究重心在日常生活审美化带来的美学复兴问题，因而我们将以此为依据，考察学界对泛化的理解。

　　高建平在其著述中指出，新的时代需要新的美学，这种美学是一种超越了美学的美学。他对"超越"做了辨析："我们这里所说的超越美学，说的不是这个意思。这是原超越美学，是指'超出美学之外'，即所谓的对美学本身的超越。它不是以达到更加精神性来超越，而是超越人们对美学的既有理解。这是两种完全不同的超越：前者是 transcedent，后者是 beyond；前者是'向上'或者'进一步美学化'，后者是'走出'，走出传统美学；前者是'提纯'，后者是'掺杂'。这样建立的美学，不是更加'纯'的美学，而是'杂美学'。"④ 美学从传统美学框架中出走，不是进一步美学化，即进一步向形而上迈进，而是走向生活，掺杂进原来没有的物质化成分，成为一种杂美学。这就意味着，美学的泛化是从其传统视野中走出，向原本非美学的领域敞开。刘悦笛认为，审美泛化是后现代主义的美学特质，无论是在中国还是西方，这种审美泛化都具体表现为日常生活审美化。在他看来，日常生活审美化包含了双重逆向过程，审美的日常生活化与日常生活的审美化，前者是后现代艺术的大致取向，它不仅存在于后现代时期，也存在于前现代和现代主义，后者是后现代文化的基本转向，独属于后现代。⑤ 金惠敏也

---

① 陈中权：《论日常生活的审美泛化》，《中共浙江省委党校学报》2005年第1期。
② 张奎志：《审美的普泛性何以可能？》，《社会科学战线》2016年第4期。
③ 霍桂桓：《"审美泛化"辨析》，《社会科学报》2004年4月29日。
④ 高建平：《美学的超越与回归》，《上海大学学报》2014年第1期。
⑤ 刘悦笛、许中云：《当代"审美泛化"的全息结构——从"审美日常生活化"到"日常生活审美化"》，《西北师大学报》（社会科学版）2006年第43卷第4期。

对美学泛化做出了解读。最近一些年来，他一直在从事视觉文化方面的研究，因此他对美学泛化问题解读也是从视觉图像角度进行的。在他看来，艺术终结之后，我们迎来了一个泛美学的时代，这个时代的突出特征是所谓的日常生活审美化。这种文化现实出现的幕后推手是图像增殖。这条思想发展线索可以从鲍德里亚、费瑟斯通、波兹曼以及海德格尔等人的思想中看出。[1]

高建平、刘悦笛、金惠敏等对美学泛化的理解，基本上没有学科危机的焦虑气息。这与他们都把目前阶段界定为美学复兴的价值判断有关。可以说，在他们看来，目前美学的泛化正是美学复兴的契机。然而，美学的泛化，必然会带来对美学学科发展危机的紧张感与反思，因此还是有一些学者对这种泛化的美学表示了担忧。在毛崇杰看来，美学的泛化是"后学科"文化研究和实用主义带来的直接后果，这种泛化具有双重性：一方面它带来"复兴"；另一方面则是带来美学学科的"消亡"。他对此的判断是："边界突破之泛化给在学科性僵死封闭下的美学带来似是而非的生机，也隐伏着固有对象性消失的存在危机。"[2]刘成纪也认为，目前的美学状况，无论是中国还是西方，都陷入了一种自说自话的境地，走出这种困境的途径是建立一种多元一体的美学，这种一体性还是回到康德，以感性、形象、情感为基点，在美和美学的学科基础层面达成共识。[3]薛富兴认同刘成纪的观点，即目前美学的这种泛化体现在研究领域过泛，话题存在不可通约性。他指出："因此，当代中国美学如何自救于因'不可通约性'而导致的逻辑困境和职业信仰危机？也许，重新树立起普遍意识，以人类审美共性，而非审美的民族、时代特殊性为根本立足点，不失为一种有益之途。"[4]

---

[1] 金惠敏：《图像增殖与审美泛化》，《燕赵学术》2013年春之卷。
[2] 毛崇杰：《美学：边界与超越》，《郑州大学学报》2009年第6期。
[3] 刘成纪：《多元一体的美学》，《郑州大学学报》2009年第6期。
[4] 薛富兴：《普遍意识：中国美学自我超越的关键环节》，《江海学刊》2005年第1期。此段话还见于薛富兴《普遍意识：中国美学古今会通的现实途径》，《郑州大学学报》2009年第6期。

从学者们的讨论中能够发现一个特点,虽然他们都对美学的学科泛化发表了自己的看法,但在这些观点的背后,实际上存在着立足点的差异。总体而言,对美学泛化持乐观态度的学者的哲学出发点是反本质主义,而试图超越这种泛化的学者的哲学出发点是本质主义。刘成纪、薛富兴等在这方面尤其明显。刘成纪主张回到情感、形象与感性,这是回到现代美学的原点,他认为在这一基础上是能够实现美学一体化的。"感性、形象、情感,为美学提供了超越文化差异的基本学科限定,共同人性的存在则为跨文化的审美共享提供了心理基础。以此为背景可以看到,虽然目前学界对美学做出了诸多的分类,比如生态美学、环境美学、身体美学、实践美学和后实践美学,感性、形象、情感都构成了它们的共同本质。或者说,以形象为本体、以感性、情感为支撑的元美学,构成了一切具体美学门类的共有基础。"①

在刘成纪看来,目前所有的流行美学话语,之所以自说自话,是因为它们没有从美学元话语出发,放弃了美学的共同本质。这也就意味着,他本人是坚持本质主义立场的。薛富兴的研究兴趣在中国古典美学,因而他的思考也是由此进入的。在他看来,无论是古今会通,还是中西会通,都需要一种普遍意识。但目前学界的问题在于这种普遍意识的缺乏。"所谓普遍意识,是指中国美学史研究要超越本民族文化特色本位立场,自觉以人类审美意识发展共性为民族审美研究之根本指导与旨归,要以中华审美特殊材料研究人类美学普遍问题,融中华传统审美智慧入人类美学知识体系。"② 他的观点可以进一步商榷,但很明显,他所言的普遍性,其实就是一种本质主义的东西。毛崇杰的观点比较持中,他没有像刘成纪、薛富兴所主张的那样,带有强烈的回到原点的意图。他同意美学在边界游走,但又认为,"美学只有超越学科性束缚广泛介入社会批判才能与人的解放相关联,而美学要超越

---

① 刘成纪:《多元一体的美学》,《郑州大学学报》2009 年第 6 期。
② 薛富兴:《普遍意识:中国美学自我超越的关键环节》,《江海学刊》2005 年第 1 期。

自身就越是要把自身限制在严格科学的学科性之内，保持自身独有的'行话'"。① 这也就是说，美学可以出入于学科边界内外，但又有前提，"以人类审美活动为基本研究对象划定的美学边界的存在为前提，方谈得上进出。"这也即是说，如果没有边界，其实也就没有了进出的问题。从毛先生的这些说法能够看出，他相信美学具有本质主义，但又并非唯本质主义者。这种相对灵活的学术立场应该说对于当下的美学研究有借鉴意义。

三 美学在泛化中复兴

美国学者丹托在"9·11事件"后，撰写了他的代表性著作之一的《美的滥用》，在这本书里，他梳理了美的概念，指出美的概念的模糊性给其自身带来的困境。一个艺术博物馆，两个入口，一个可以从美的视角去观赏，另一个则可以从丑的视角去欣赏。同样的对象，不同的主旨意向，却并不妨碍我们对艺术品对象的审视，这表明，美的内涵在经过多次变迁扩容后，走向了自身的对立面。从这段话中我们似乎可以得出结论——美的定义在当代变成了一个无效的命题。然而这却并非丹托的本意。"9·11"事件爆发后，美国民众的整体反应以及用蜡烛哀悼逝者等，给丹托以深深的心灵触动。让他对美丑观念背后的道德内涵、20世纪先锋艺术实践对美的颠覆、当代社会美与美化界限的泯灭与区分等都做了全面反思。在此基础上，他深情地指出，在当代，我们依然需要美，需要美的精神，需要美的东西。他在这本书的扉页上引用了司汤达的一句话：美是幸福的承诺。这表明，一个曾经行走在当代艺术路上，曾经绕过美来为艺术下定义的哲学家，在新世纪之后选择了回归，回到传统对美的理解，回到美与艺术关系的认可和重建上。丹托的回归不是一个特例，而是21世纪以来西方美学领域的一种趋势。学者们逐

---

① 毛崇杰：《美学，应对复兴与学科性危机》，《文化艺术研究》2010年第1期。

渐发现，在反本质主义的道路上出走一段时间后，需要回来，就像一个远行的游子，家是一根线，永远牵绊着他。这种情怀是美学复兴的深层心理基础，这种思路的逆转是美学复兴的逻辑反拨。

周宪曾经在一篇论文①中总结目前探讨美学复兴的几种思路。第一种是"重归审美研究，回到康德关于美学的基本观念，重建美学关于美、审美和审美经验的研究"，"重新强调审美的优先性"；第二种是"重新肯定美的普遍性和价值，把被狭隘化（差异、地方性）和商业化了的美学重新在哲学上加以确证"。这两种都有着强烈的现代性，倾向于回归现代美学，回到理性价值观。除此还有第三种思路，即政治实用主义美学，这种美学"体现了对美学政治立场的坚守"，"与传统美学模式一刀两断""反对各种形式主义、审美判断至高无上和自主性的观念"，"坚持跨学科的方法"，一言以蔽之，这是充分吸收了 20 世纪下半叶哲学、美学等理论成果而形成的一种观念，它与前两种思路的相似点仅仅在于对美学复兴的目的诉求。周宪先生的总结主要针对的是西方美学的当代发展，然而细细考辨，它其实也是目前中国学界对美学当代状况出路思考的主要运思路径。然而，这三种思路范式，各有其逻辑上的困难。前两种属于现代思维的产物，一个经历过反本质主义洗礼的时代，如何还能够回到一个单一的本质主义思维范式？当代的学者如果试图坚持本质主义立场，他将如何说服自己与他人认同，存在着一种叫作本质或者说普遍性的东西？具体落实在美学领域，当美的本质、美的自足性等观念已经被一种逻辑话语证明为不可能，那么该如何再将其变成一种可能？这是前两种思路面临的理论困境。同样地，后一种思路汲取了后现代理论成果，试图与传统一刀两断，用一种与历史切割的方式再出发，从目前学界具体的发展情形来看，必然也是行不通的。因为目前美学发展中出现的困局，某种程度上已经证明了一种完全解构的、断裂的、碎片化的思维范式不能够引领今日的美学。而学者们呼唤美学的复兴，其实也恰恰是对这种

---

① 周宪：《美学的复兴或危机?》，《文艺研究》2011 年第 11 期。

现状不满。然而这三种运思路径似乎又可以给我们接下来的思考以启示，那就是超越这种本质主义与反本质主义、普遍与特殊、自律与他律等二元对立思维，寻找第三条道路。具体说来，就是当代的美学能否超越二元对立的思维，认为美、美学、艺术存在本质，而又不唯本质论，或者不坚持它们必然没有本质，因而也不唯反本质论，这样美学就既不会固守传统，成为专门人士的智力游戏，也不会变成一个没有边界的东西，漫天飞舞。如果能够这样，我们就会发现，所谓的泛化，就不会是一个令人担忧的事物，而美学的复兴，也是一个可以期待的未来。

在前面的讨论中，我们讨论的是学者们对美学泛化的思考，却一直没有正面回答我们对泛化指向的理解。在此我们做一补充。美学泛化面对的是"纯"美学，即有着明晰边界、研究对象与领域的美学。尽管有关这些方面学界一直有争议，但总体而言，"纯"美学指的是现代美学体系、观念和制度，它的主要研究对象是艺术美，价值立场是精英主义的，强调艺术与生活二分、艺术自律等。与之相对应，美学的泛化则是突破现代美学体系的对象与领域范围，走向现代美学传统研究对象之外的世界。从这个角度来说，美学的泛化其实是非常宽泛的，只要美学越出了传统范围，我们都可以将之视为泛化的表现。从中国美学的当代发展来看，对美学泛化的讨论也没有局限于20世纪末和21世纪，而是一直伴随着新时期美学的发展。80年代中期，潘知水对技术美学评介时，就曾经指出，当时美学有泛化倾向。"凡涂'美'字的都可以是一个艺术部门，凡是一个部门都可以有一种部门美学，大概这就是美学种类如雨后春笋般'泛化'的原因。"[①] 90年代初，徐宏力也著文指出，当时美学出现泛化倾向，"泛美学则是一种不太像美学的美学，具有较强的离散性，是美学宽泛化和非严格化的结果，它的研究对象不是纯粹的美学范畴与命题，而是美学与相关社会文化、科学知识的交互渗透关系"[②]。潘知

---

① 潘知水：《〈技术美学〉评介》，《国内哲学动态》1985年第3期。
② 徐宏力：《论"泛美学"》，《文史哲》1991年第5期。

水在他的论文中对美学泛化表示了质疑，但徐宏力则主张美学泛化，实现美学与实践的结合。从这些学者的论述来看，美学的泛化现象不是世纪之交的新事物，对美学与现实之间脱节的清醒意识与思考也并不是20世纪末或者90年代中期审美文化研究兴起后才开始的。然而我们面对的思考语境却是当下，即20世纪末以来的新文化现象，这种文化现象的集中表征就是日常生活审美化，因此目前学界对美学泛化指向定位主要是指这一文化现实。相应地，美学复兴的思考也需要从这里起步。

日常生活审美化，就其现象本身而言，是资本运作和商业化的结果。在一个消费社会里，商家不断地制造着需求和欲望，不断地制造出悦人耳目的东西来使你相信这就是你的需要。无论我们采取怎样的精英主义立场，在一个以数量多来理解民主的时代，在一个大众占据消费中心的时代，我们都无法摆脱这个时代的逻辑而生存，或者说，我们无法简单地用一种不合作姿态来阻挡日常生活审美化的纷至沓来。就其内在哲学理路而言，它是后现代逻辑的产物，是走出康德主义美学体系的后果，是反本质主义在美学中的具体体现。今天的美学危机，不仅是文化现实对它的追打，也是它自身逻辑现实演绎的必然结局。也就是说，美学泛化具有历史必然性。美学无法回到不泛化的时代，也无法拒绝当代来求得发展。因此美学的复兴只能够从已经泛化的当代美学中获得思路。

让我们回到前面提到的超越二元对立思维上来。在美学泛化之前，无论是在西方还是在中国，都曾经有过一段现代美学的构建过程。构建的结果是边界相对清晰的美学学科的出现。在多种思潮的合力作用下，20世纪的美学出现了从自身体系出走的现象。如果我们超越二元对立思维，那么美学的发展走向，就不会是单纯的"回去"，并且为了确保不再出走而搭建更加壁垒森严的体系和边界，也不会是走出去之后，自身消解，最终成了无根之木，无家可归。记得一位学者在一次学术会议上对美学的越界问题做出的回答：只能在里面待着，不能够走出去那是牢笼，可进可出才是家。因而一个学科范围的划定，本身就具有弹性，不能画地为牢，如果我们焦虑目前的美学发展会带来自身解体，从而倡导"回去"，那么就有作茧自缚的嫌疑。毛崇杰的说法也值得我们参考，如果没有边界，也就没有进进出出的问题。美学的边界尽管无须将其理解得僵化机械，但这种边界是需要的，没有了边界，就没有了参照系。因此，美学的复兴，不能是对现实的完全妥协，简单地将日常生活审美化纳入进来，由于关注了大众都在关注的现象，关注了大众的生活，因而它就能够再度引起人们的兴趣，再次走进人们的视野，于是就可以被认为是复兴了。这种观念的背后，缺少对学科自为的思考。而我们期待的情形是，它有自己的一个充满张力的边界，同时汲取其他学科营养成分，对当下文化现实，包括日常生活审美化等做出理论阐释和引导，发挥美学对现实的积极作用，真正做到美学与实践的结合。

第四章　艺术实践领域与艺术的终结

这里所言的艺术实践领域，包括两个方面，即艺术家的创作活动与艺术理论和批评，并以后者为主。并且我们强调，这里所言的艺术理论，不是空悬的、形而上的哲学讨论，而是结合艺术家创作活动所做的批评、评价和解释活动。做这种界定和划分的理由在于：其一，在我国，虽然文学、艺术和美学分属不同的学科，但就理论层面而言，三者之间又存在着千丝万缕的联系。尤其是文学与艺术二者之间，从现代艺术理念的意义上来看，前者属于后者的有机组成部分。但是由于当下特殊的知识语境，这三者之间虽然有紧密联系，但学科差异也带来了它们之间很大的不同，在前两章中，我们重点考察了艺术的终结命题在文学和美学领域的不同呈现，为使我们的思考完整，对艺术领域做出相应考察是必要的；其二，就艺术自身而言，其实践领域包括创作活动和批评活动等。我们重点考察的是艺术批评部分。这一方面是因为这部分与具体的创作活动联系紧密，借此可以触及正在发生的艺术现实；另一方面是因为这部分是对具体艺术活动的关注和理论提升，因此借助它，也会避免现象自身的琐碎芜杂对历史线索清晰度的干扰，让我们可以更加准确地把握当下艺术实践领域的主脉络。因此，在本章中，我们将结合这方面的知识，展开对艺术的终结在中国发生状况的思考。

第一节　艺术实践领域对艺术终结命题回应状况分析

易英在描述当代中国美术发展时指出:"从1978年的十一届三中全会确立改革开放的战略到1992年的邓小平南巡讲话,正好是中国现代艺术运动(或称前卫艺术运动,在80年代被称为'新潮美术')从兴起到衰落的一个历史时段。在这个时段,可以清楚地看到两条相互依存而又相互对抗的线索:……另一条线索是以青年知识分子为主体的思想解放运动,其中最为显著的是文学艺术领域内在西方现代文化思潮影响下的各种前卫或先锋的文化运动。"[①] 可以说,中国当代艺术是在西方文化强烈影响下发展起来的,这是知识界的共识。然而值得注意的是,在这一过程中,西方艺术终结命题产生的语境以及具体指向都曾作为西方文化思潮的内容被引入进来,但与文学和美学领域对此的回应相比,艺术实践领域的回应却有其特殊性,本节我们将重点分析这种独特性的表现及其原因。

一　西方艺术及观念在当代中国传播简述

此处的"当代",时间上是指"新时期以来"。虽然从历史分期上来看,一般是将中华人民共和国成立视为"当代"的开始,但由于当时特殊的社会语境和国家诉求,一直到改革开放之前,艺术的发展从视野到具体风格,都相对封闭,现实主义创作方法定于一尊。新时期以来,随着国家政策调整,国门再次打开,西方文化纷至沓来,各种艺术流派再次进入中国,迅速打开了国人的思路,改变和更新了中国艺术创作的格局。因此,这里将"当代"界定为新时期以来。

---

① 易英:《社会变革与中国现代美术》,载张祖英《新时期中国油画论文集(1976—2005)》,岭南美术出版社2005年版,第69页。

苏立文在描述"文革"结束后中国艺术发展的状况时指出，1977年的全国美展上的作品非常正统，主要还是配合完成当时的政治任务，但1978年，文化上的解冻却贯穿始终。"6月15日，小泽征尔在北京演出。这是自解放以来首次让一个外国人来指挥中国的乐团。3月号的《美术》杂志发表了比拉纳西的两幅铜版画。4月号发表了现实主义画家库尔贝和巴斯蒂昂—勒帕热的绘画，还有日本现代美术，以及宋元的古典山水画。"① 他的描述比较客观，并提供了一个信息，即从1978年开始，西方艺术开始再度走进国人的视野。相应地，美术批评领域也逐渐出现松动。"（19）79年以后，美术批评开始有了起色。许多在过去根本不能触及的理论禁区被打开了。诸如形式与内容的关系问题、表现自我与表现生活的关系问题、艺术的本质与功能的问题、现实主义与现代主义的问题、抽象与具象的问题、艺术个性与民族性的问题，以及形式美、抽象美、人体美的问题等等"②，这些问题在70年代末到80年代，得到了十分广泛的讨论。在这种讨论中，西方知识不断地参与进来，给讨论者以智力支持。这时国人对西方艺术的态度，可以1979年创刊的《世界美术》"发刊词"中的表述为代表："每一个民族都应该一方面向其他民族提供自己的经验，对人类作出应有的贡献，一方面虚心学习其他民族的长处，弥补自己的不足，使自己更加强大起来……和其他文化事业的发展相比较，我们对国外美术历史和现状的研究，应该说是落后的……在这种情况下，介绍外国美术的任务就显得更加迫切。因为只有了解世界，掌握丰富的资料，学习和研究国外美术发展正反两方面的经验，才能使我们的社会主义美术顺利地向前发展。"③ 他山之石，可以攻玉。引介国外的美术作品与理论，推动社会主义美术发展是当时国人的共同期

---

① ［英］苏立文：《20世纪中国艺术与艺术家》（下），陈卫和、钱岗南译，上海人民出版社2013年版，第349页。
② 方舟：《批评本体意识的觉醒——美术批评二十年回顾》，《美术》1986年第11期。
③ 本刊编辑部：《发刊词》，《世界美术》1979年第1期。

待，因此自那时起一直到现在，无论对西方思想和文化持有的态度发生了怎样的变化，对其引入一直是我国文化建设的重要内容。在《世界美术》创刊的第 1 期上，刊发了凡·高、马蒂斯等人著述的翻译，同时还刊登了邵大箴介绍西方现代美术流派的文章。该文分上下两篇，从 19 世纪后期的新印象派起，一直介绍到超级现实主义，作者用非常简洁的话语勾勒了西方现代艺术的发展历程，使封闭了很久的中国美术界对现代主义艺术有了最初的印象。《世界美术》后来一直秉持着发刊词中提到的宗旨，广泛刊登各国美术史家和理论家的著作文章以及国内学者撰写的介绍评述类论文，以开阔中国艺术家视野，繁荣我国美术事业。期刊方面，除了《世界美术》，《美术》《新美术》《美术译丛》等在当时影响也非常大，特别受到青年艺术家们的喜爱。

在书籍方面，1978 年前后，一些国外艺术家的作品陆续被介绍进来，如人民美术出版社出版的"外国美术介绍"系列，介绍了门采尔、凡·高、德加、伦勃朗、毕加索等，该出版社还出版了《外国美术资料译编》《外国美术选集》等。上海人民美术出版社也出版了"外国美术参考资料"系列以及一些国外艺术家素描等方面的画册资料。到了 80 年代，关于西方艺术方面的书籍更是俯拾即是，如《现代派美术作品集》《美国雕塑百图》《世界现代城市雕塑》，以及宗白华翻译的德国赫斯的《欧洲现代画派画论选》等。这些史论书籍和画册等对于当时中国艺术界来说，是急需的精神食粮。当时国内的艺术家，想走出国门，直接感受西方前辈或同行作品的机会极少，所以这些书籍画册成了他们了解世界、促进自我成长的一扇窗户。除了引进西方艺术家或艺术史家的作品画册、著作、论文等外，一些中国学者也积极致力于对西方美术发展的介绍，以邵大箴为例，他撰写出版了很多相关著作，如《现代派美术浅议》《传统美术与现代派》《西方现代美术思潮》等，这些对中国艺术家了解和认识西方，尤其是认识当代西方艺术发展起到了重要的作用。

在最初介绍国外美术发展状况时还有一个现象值得注意，即，虽然印象派、野兽派、立体主义、未来主义等所谓的西方现代派艺术也被介绍进来，但是当时介绍最多的仍然是现实主义或者社会主义国家的艺术，例如《美术丛刊》1978年第2期翻译和介绍了罗马尼亚的美术，《美术译丛》1981年第2期翻译介绍了捷克"人民艺术家"什瓦宾斯基等。尤其是苏联艺术家和艺术理论家的著述引进最多，并且最初对西方艺术的理解，苏联也是一个重要窗口。例如，新时期之初国内翻译了很多苏联学者对西方艺术的评述和研究类著作，如《美术史论丛刊》第1辑"外国美术研究"专栏中，名为"十八世纪末至十九世纪初的美国美术"，作者却是苏联的契格达耶夫。《美术译丛》1981年第2期《现代英国艺术》一文的作者是苏联的罗宾斯。这表明，虽然当时我国已经逐渐向世界敞开，但特殊的国情和学人知识视野的限制，很大程度上，中国知识界是通过苏联人的眼睛看西方艺术。当然这种局面很快就发生了转变，到了80年代中期前后，西方现代派艺术在中国同行这里已经耳熟能详，大概是在这个时候，中国本土的前卫艺术也逐渐形成气候。此后，西方的艺术理论、艺术史、艺术批评等著作在中国的传播变得比较顺畅，范围也变得越来越广。例如著名艺术史家贡布里希的代表著作《艺术的故事》《秩序感》《图像与眼睛》等在80年代全部翻译到了国内，其名著《艺术与错觉》甚至出现了多个版本。很多艺术家的作品不仅出现在美术类刊物中，其原作也逐渐在国内各大城市的美术馆和博物馆里巡展。这些对于中国艺术家了解世界，提升自己的理论素养和技法都有极大的帮助。

除了美术领域自身积极主动地引进西方艺术理论和介绍相关作品外，哲学和美学领域的翻译活动也对当时艺术创作的知识和视野更新产生了重要影响。哲学、美学和艺术理论三者之间，本来就是互相沟通、互相支持的关系。这在新时期以来的艺术和美学领域表现得尤为明显。一些引领了20世纪思想潮流的哲学家，如叔本华、尼采、弗洛伊德、海德格尔、萨特等，也启发了美学和艺术领域的思考或创作，受到艺术家们的普遍喜爱。例如画家钟鸣曾于1980年创作了一部有关萨特的绘画——《他是他自己——萨特》。20世纪80年代"美学热"的表征之一，就是"美学翻译运动"，国内学人翻译了大量的西方美学和艺术理论著作，对当时的思想界产生了重大影响。艺术与美学有着天然联系，在现代美学大家的眼里，美学本应叫作"艺术哲学"，其研究对象就是艺术。因此美学领域翻译的一些书籍，如阿恩海姆的《艺术与视知觉》、克莱夫·贝尔的《艺术》、苏珊·朗格的《艺术问题》《情感与形式》等对艺术家和艺术批评家们理解艺术的本质等有着非常重要的参考意义。

总体而言，新时期以来，西方艺术经验就成为中国艺术发展不可或缺的资源。在西方艺术理论和创作的启示下，中国艺术也发生了极大的变化，当然，这种变化并不是为了单纯地模仿西方，而是借此提出和解决中国自己文化领域中的问题。

二 中国艺术"当代性"的形成

西方现代派艺术在中国的传播，深刻影响了中国艺术的发展格局，赋予中国艺术以新的特质。众所周知，中华人民共和国成立后，由于特殊的国情，艺术创作与评论一直比较单一，现实主义，尤其是社会主义现实主义成为唯一的创作方法，也成了唯一的批评标准。新时期之后，国门打开，西方新的思想和新的艺术形式再度来到中国，因此它带给中国艺术的影响怎样评价都不过分。本书之所以将"当代"划定在新时期，就是基于西方思想的进入和吸收，同样地，本书所认为的当代艺术，其"当代性"的认定也与西方现代艺术观念在中国的传播直接相关，也就是说，在我们看来，中国当代艺术就是指新时期以来受到西方现代派艺术和观念影响的艺术。从范围来看，它包括所谓的中国现代派艺术和当代艺术等①。但由于中国现代派艺术是国内接受西方现代派艺术的初始形态，对它的研究，能够更为凸显我们在接受过程中的特质，因此我们将重点放在中国现代派艺术上，但同时需要补充的是，这些特质或现象在此后的当代艺术中仍然存在。

新时期伊始，从创作手法上来看，现实主义仍然是艺术家们的主要选择，这与历史的惯性有关，与艺术家们当时的知识视野有关，当然也与时代任务有关。十年浩劫，带给国人心灵太多的创伤，因此新时期的美术是从"伤痕美术"开始的。艺术家们刻画了很多创伤记忆场景，如沈尧伊的《血与心》、高小华的《为什么》等，但此时的现实主义，与以往的现实主义又有着内在差异。文学领域曾有学者指出，新中国伊始一直到"文革"结束，虽然主流的创作方法是现实主义和社会主义现实主义，但如果仔细推敲，就会发现其内里则是浪漫主义的。因为那时候所理解和规定的现实，并不是生活中正在发生的，而是典型的，是生活中应该有的样子，也即符合历史发展趋势的、理想的生活。② 这种情况同样适用于那一时段的美术领域。而新时期伊始的美术，其现实主义却是将目光真正投向了正在发生着的现实生活。并且这种目光由外及内，逐渐开始关注内心真实。有论者指出了这种变化："'伤痕'艺术

---

① 对中国当代艺术的理解，目前艺术评论界比较模糊，有的将 1989 年之前的中国现代派艺术和此后的艺术分开，将后者称之为当代艺术；有的则是将二者合并，统称为当代艺术。本书采用后一种提法。因为新时期以来，中国艺术的发展一直受到西方现代派的影响。不可否认，1989 年以及那一年春天中国现代艺术展在中国当代艺术史上都是非常重要的标志性时间和事件，但此后的中国艺术，不是在拒绝西方的道路上发展，反而是更深程度地受到西方现代派的影响，从艺术观念、创作到策展，实际的情况是，中国艺术更多地融入世界。所以，这两个阶段虽然有差别，但其内在的一致性远远超过了差异。并且还需在此补充的是，就时间而言，新时期以来出现的所有艺术活动、作品、观念、批评等都属于当代艺术的范畴，这就不仅包括了我们正在讨论的部分，借用高名潞等的划分，还应该包括学院派艺术、民间艺术、政治艺术等，但由于我们的议题是艺术的终结，它就是一个与西方现代派艺术直接相关的话题，所以我们只把讨论视域放到这一部分，并且我们还认为，虽然当代中国艺术活动呈多元化格局，但受到西方现代派艺术影响的这部分，一直是新时期以来中国艺术实践中最具有冲击力的部分。

② 参见钱竞《中国现代文艺学研究》（山东教育出版社 2009 年版）一书的相关论述。

是一个信号，它标明中国艺术在'文革'后重新开始找回属于自己的真实，所有被强加的教条开始一个个被破除。艺术家已经不再注意自然的事实、物质的真实，更不用说由政治目的构成的虚假的真实。艺术家开始注意内心需要的指向，遵循人性的基本要求，寻找相适应的艺术表现。"[1] 这段文字指出了新时期伊始艺术的变化。本书想借此进一步指明，正是由于这种对内心真实的关注，与西方现代艺术之间会达成一种默契，构成二者可以沟通的基础。具体说来，艺术家对内心的关注，迫切地需要新的风格来突破现实主义创作方法对内心表达的局限，而西方现代艺术恰好可以提供新的观念和方法，因此后者很快就在国内艺术圈中流行开来。

当回头去看20世纪70年代末到80年代中期，不到十年的时间，中国艺术发生了巨大变化，形成了我们所认为的当代艺术中的一个重要组成部分——中国现代派艺术。何谓中国现代派艺术？高名潞给出的定义是，"凡是提出了（或者未明确提出，但在创作中显示出来）不同于中国以往美术现象的新观念，且在美术界形成了一股潮流和运动者"[2]。这个定义实际上有些模糊，"不同于中国以往美术现象"究竟是指什么？如果是指中国传统艺术，例如传统文人画，那么自19世纪后半期西方艺术传入中国，被中国艺术界所接受，则根据高名潞的定义，从那个时候起，凡是接受了西方技法并自觉在其创作中使用者，都可以称之为中国现代派艺术。因此这一定义过于宽泛，无法真正起到区分边界的作用。在我们看来，成为中国现代派艺术，需要满足如下条件：其一，受到西方现代派艺术影响；其二，自觉运用西方现代派艺术观念和技法；其三，在借鉴西方技法的同时，又不是完全照搬，而是面对中国的现实问题，传达对中国现实的感觉和思考。

---

[1] 吕澎、易丹：《1979年以来的中国艺术史》，中国青年出版社2011年版，第31页。
[2] 高名潞等：《'85美术运动：80年代的人文前卫》，广西师范大学出版社2008年版，第444页。

根据这一定义，我们接下来结合高名潞的调查分析来考察中国现代派艺术的发展状况。高名潞及其合作者曾经做过自 1977 至 1986 年十年间有关中国现代派艺术的数据调查。他以《美术》杂志上发表文章的总数为个案，将美术类型分成学院派、政治美术、现代美术和民间美术等七类，发现在这十年中，《美术》上发表的文章，现代美术占比 21.2%，学院派占比 38%，政治美术占比 12.4%，他还做了每一年的具体分析，发现 1977 年有关中国现代美术的文章为零，现代外国美术占比 2.4%，政治美术占比最高，达到 56.1%，到了 1986 年，现代美术类则占比 45%，如果加上现代外国美术，则占比 53.6%。① 从这些数据可以发现，现代美术在中国总体呈上升趋势。虽然我们与高名潞等对中国现代派艺术的定义有差异，但他所做的数据分析基本上符合现代派艺术在中国的发展实际。

学界一般认为，中国现代派艺术到 1989 年就进入了退潮期，当历史走进 90 年代之后，中国当代艺术就开始了新的旅程，艺术与市场的关系成了艺术发展的主旋律。但是，一个不能否认的事实是，西方现代派艺术对中国艺术的冲击和改变，以及中国艺术界对西方现代派艺术的主动吸收和借鉴，已经在更深程度上改变了中国艺术的面貌。这种改变不仅体现在主动选择现代派表现风格的艺术类型上，也体现在对其他艺术风格的冲击和渗透上。

三 中国艺术界对艺术终结命题回应症候原因辨析

回到我们对艺术的终结的讨论。在接受西方现代派艺术影响的过程中，有几个突出的现象非常值得注意。首先，西方的现代派艺术是导致西方学者提出艺术的终结命题的直接诱因，例如，丹托提出艺术的终

---

① 高名潞等：《'85 美术运动：80 年代的人文前卫》，广西师范大学出版社 2008 年版，第 447—451 页。

结，发端于对安迪·沃霍尔作品《布里洛盒子》的评论，迪基的相关讨论，基于杜尚的《泉》带给他的启示。前者是波普艺术的代表，后者是达达主义的著名作品，而这两种艺术风格在当代中国艺术领域都有践行者，如以黄永砅为代表的"厦门达达"，以王广义、舒群等为代表的波普艺术，不仅如此，实际上，新时期四十多年来，西方现代派艺术中的多种风格，如表现主义、抽象表现主义、超现实主义、行为艺术、偶发艺术、概念艺术等，国内艺术界都有践行者，用批评者的话来说，现代艺术家们"将整个西方现代主义演绎了一遍"[①]，但他们的创作，从未引起批评界对其有艺术的终结式的质询与反思。其次，事实上，中国的艺术评论家们普遍了解西方的艺术的终结，但从未将这一话题实质性地与中国艺术的发展相连，也从未因为中国出现了现代派艺术而对艺术的边界有过西方同行相似的焦虑。例如，邵大箴在其著作中曾提到西方艺术界有现代艺术危机论的提法，在《痛苦的思考》一文中，他指出："现代派文艺的危机，在西方闹了快30年了。"[②] 而王端廷更以西方存在艺术的终结的提法来质疑中国现代派艺术的合法性。他说："必须指出，正当新潮美术盲目摹仿西方现代艺术时，西方思想界却在对其现代文化进行着深刻的反省，因为现代艺术自身已经陷入了山穷水尽的困境。"[③] 新潮美术是学界对中国现代派艺术的另一种提法。在王端廷看来，西方现代派艺术自身存在着重重危机，一个在发源地就已经走到了山穷水尽的艺术，不可能在中国有更好的发展，而中国现代派艺术以模仿西方为旨归，注定了不会有好的前途。王端廷本人一直否认中国现代派艺术的存在，也对新潮美术一味模仿的做法持否定态度，这是他本人的观点。我们在此关注的是，中国评论家和艺术家们事实上是完全了解现代派艺术在西方的现实境遇的，也了解艺术的终结在西方知识界造

[①] 吕澎：《中国当代艺术史 2000—2010》，上海人民出版社 2014 年版，第 283 页。
[②] 邵大箴、李松主编，郎绍君著：《中国现代美术理论批评文丛　邵大箴卷》，人民美术出版社 2011 年版，第 117 页。
[③] 《王端廷自选集》，北岳文艺出版社 2015 年版，第 10 页。

成的紧张氛围,但这些并没有引起他们相应的情绪。再次,还值得注意的是,在对中国当代艺术的评论中,批评家们大量使用了艺术的终结命题指向中的具体语汇,例如抽象化、哲学化、反艺术等,但在使用中,既没有对这些概念带给现代艺术观念的冲击有所警醒,也没有过多关注它们与我们正在使用的艺术观念之间的不兼容。这些现象总体带来了一种理论上的吊诡:当下的艺术领域正在践行的艺术活动,恰是西方提出艺术的终结的直接原因,但中国艺术界完全没有将自身活动与艺术的终结相连;艺术评论家们大量使用艺术的终结这一命题的语汇和理论,却完全不关注它们与艺术的终结之间的关联。这本身就构成了一个问题,值得我们深思。

在我们看来,可以从如下方面做出解释。

其一,从理论移植和传播的一般原理来看。一个理论的旅行,是从源发地到异域的移动和传播,源发地是理论生成的地方,有其发生逻辑与相应的情绪反应,但到了传播地即异域的时候,由于地域、文化等的差异,理论在其发生地的发生逻辑与情绪反应很可能被隔断,因为异域没有也无法提供该理论发生的文化土壤,并且还会用自身的思想和文化语境来消化它,如果没有这个过程,理论也无法从一个区域真正旅行到另外一个区域。具体而言,西方的思想和理论来到中国,需要与中国本土的文化相结合,这包括西方现代派艺术的各种风格,也包括我们正在讨论的艺术的终结命题。在西方,这二者之间存在着因果关系,某种程度上也是一种循环论证的关系:因为现代派艺术的出现,挑战了18世纪以来的现代艺术观念和体制,使流行了200多年的传统的艺术的定义变得捉襟见肘,不再具有解释效力,因此才有了艺术的终结的设想;而持艺术终结论的学者在论证这一命题时,其症候对象恰恰就是现代派艺术,也就是说,他们在用现代主义艺术创作和作品来确证自己提出的艺术的终结的合法性。但是在中国,这二者之间的逻辑关系被取消掉了,现代派艺术和艺术的终结都只是作为西方知识进入中国,它们之间的因果联系以及带给西方艺术界的震撼和紧张并没有随之进入中国的艺术领域，相应地，中国艺术评论家们也不可能对艺术的终结带给西方知识界的那种焦虑感同身受，故而对这一话题的反应十分平静，更多的是将之视为一个西方知识界的危机，而自身则完全可以置身事外。

其二，从中国移植现代派艺术的特殊性来看。中国艺术界之所以无法感受现代主义艺术带给艺术界的紧张氛围的具体原因在于，现代主义在西方并不是一个整体，存在着历史推进的线索，后出现的艺术风格往往是前面出现的艺术风格的对立面，但由于是在短短数年之内迅速传入中国，这种历史性和异质性被取消，而变成了并置的空间性存在。西方现代主义的发生，一般是从19世纪80年代凡·高的后期创作算起，一直到20世纪60年代，其间经历了20世纪第二个10年中杜尚为代表的达达主义对18世纪以来的现代艺术观念体系的冲击，20世纪50年代对抽象表现主义对新的艺术道路开拓的期待与失落，以及20世纪60年代波普艺术的商业化取向将艺术彻底世俗化。此后人们又经历了一个非常平庸沉闷的70年代，丹托在其著作中说："20世纪70年代这10年就其自身而言是和10世纪一样黑暗的。"[①] 正是艺术界发生的这些情况，才引起了西方艺术评论家们在80年代开始对过去将近百年的艺术状况进行深刻反思，并把这种反思一直持续到现在。我们无意描述西方现代主义的历史，但自19世纪80年代开始到20世纪60年代，艺术创作发生了极大的变化，艺术家们不断地在尝试艺术的各种可能性，冲击着艺术的传统边界。这种冲击带给西方理论和评论领域的挑战和压力以及这种冲击之后突然停滞所带来的沉闷，还有由此而来的紧张和焦虑，都是中国学人所无法感受到的。所有的现代主义风格，在中国都处于缺乏历史的状态，它们彼此之间的冲突与否定，由于自身历史的被取消而消失，只是成为并置的、不同的艺术风格而已。换句话来说，对于中国艺术家而言，它们都是既成事实，都是作为艺术的一种新的存在形式而摆

---

① [美] 阿瑟·A. 丹托：《艺术的终结之后》，王春辰译，江苏人民出版社2007年版，第16页。

在了大家的面前。如果我们假定，现代主义风格中只有一种进入中国，而不是全部，那么中国艺术界就有可能会根据这一种风格来理解艺术的边界和内涵，当这样一种观念被确立和固化的时候，与之对立的另外一种风格再度传播到中国的话，就很容易引起中国知识界的警觉，然而当所有的现代派艺术一起涌入的时候，它们根本没有提供中国知识界建构起这些风格之间理论逻辑链条的时间和机会。因此，中国艺术界对艺术的终结问题不敏感也就是可以理解的了。

其三，从西方知识在中国的特殊性来看。学者王德胜对西方思想在中国的特殊性做过描述："对于20世纪中国美学的发生、发展而言，'西方'有着某种既定性——它不只是思想活动的认识对象、思想的参照系统，更是一种已经被确认的有效知识体系，是中国美学在自己的现代路程上所寻找到的知识性根基。"[①] 虽然他的描述主要针对的是美学领域，但这种情形同样适合于西方艺术观念在中国的传播。就总体而言，接受西方知识的过程，是中国确立和建构自身思想的现代性的过程。在这一过程中，对待西方知识，主要任务不是反思和批判，而是借由西方知识对中国思想的参与与更新，改造中国思想，使之适应当代社会的发展。在这种情况下，西方思想存在的内在冲突与龃龉不在中国学人思考的主要范围之内。尤其是新时期以来，中国知识界迫切需要西方知识的介入，改变原来一元化的知识格局，在这种情况下，对西方思想不大可能做严谨论证。更重要的是，新时期以来，西方思想在中国有着特殊的位置，不仅仅是它山之石，更是作为"一种已经被确认的有效的知识体系"，因此它的全部，包括西方现代艺术体系和现代主义各流派的艺术观念，都因为这种"确定性"和"有效性"而作为真理性知识被中国知识界所吸收，所以西方现代艺术观念体系与现代派艺术之间的冲突，以及现代派艺术内部的冲突都被省略，而与之有关的所有知识、概念术语都被中国学者借用过来，用而不疑。这也就可以解释，为

---

① 王德胜：《百年中国美学：知识背景及其他》，《锦州师范学院学报》2001年第1期。

什么中国艺术评论家们既使用现代艺术观念的语汇,又使用现代主义艺术的语汇,甚至还使用后现代主义艺术的语汇,但基本不关注它们彼此之间的本质区别,当然也不会去关注与之相关的艺术的终结命题。

在我们看来,中国艺术界对艺术终结命题的反应与美学和文学理论领域对其的回应,就其原理而言,都是一致的,即当一个西方的话题有利于讨论我们自己的问题时,我们就会对此有所回应,并反应热烈,相反,则反应寂寥。艺术的终结在艺术界回应寥寥,最主要的原因,其实仍然是中国艺术界不需要用这个话题来解释中国的艺术实践。甚至,这一话题与中国艺术界正在从事的活动之间存在激烈的冲突。当我们试图用舶自西方的新的知识来更新我们的既有体系,并试图借此获得艺术界的勃勃生机之时,如果这个时候来论证新知识本身也是危机重重的话,实在是不合时宜。

第二节 中国画危机论

虽然对于西方的艺术的终结命题,中国艺术界并不感兴趣,但如果从艺术的终结的视角来反观当代中国艺术的发展,我们发现,有两个话题非常重要,其一是中国画危机论,其二则是市场化趋势对艺术的冲击,这是中国当代艺术发展中不得不面对的两个问题,本节我们讨论中国画危机论,第二个问题将留到下一节来讨论。

自新时期以来,关于中国画的前途与未来的争论,集中体现在两个命题上,一个是80年代的"中国画穷途末路论",一个是90年代到世纪之交的"笔墨等于零"所引发的笔墨之争。本节我们将从这两个命题来考察中国画危机论中学者们的关注点及其表征。

一 中国画穷途末日论的提出与争论辨析

这一话题在20世纪80年代提出,其中最引人瞩目者是李小山。他在《江苏画刊》1985年第7期发表了《当代中国画之我见》一文，引起了美术界极其热烈的反应，当年的7月份，就在镇江举行了理论讨论会，《江苏画刊》《美术研究》等刊物也不断刊发相关讨论，将这一话题推向深入。后来有学者描述了当年的盛况："各种传媒、专业刊物上竞相报道，界内与周边人士广为传阅，议论……各种意见的辩论会和文章层出不穷，传播区域从南到北，由国内到国外，真可谓烽烟四起、激烈非凡。"①

李小山的观点，主要集中在他同时期的三篇文章，除了《当代中国画之我见》外，其他两篇分别是《中国画存在的前提》和《作为传统保留画种的中国画》。在《当代中国画之我见》一文中，他开宗明义："'中国画已到了穷途末日的时候'，这个说法，成了画界的时髦话题。"在他看来，中国画之所以到了"穷途末日"之时，一是因为受到封建保守因素的影响，二是因为中国画理论的薄弱。他历数了晚清到当代的国画大师，指出："传统中国画发展到任伯年、吴昌硕、黄宾虹的时代，已进入了它的尾声阶段"，"纵观当代中国画坛，我们无法在众多的名家那里发现正在我们眼前悄悄地展开的艺术革新运动的领导者"。他的意思是说，从历史发展来看，到了黄宾虹等民国大家那里，传统绘画已经到了终结之时，当代已经没有能承担起艺术革新重任的国画大师，因此他认为，中国画已经到了穷途末日。在此基础上，他呼吁要对中国画进行革新，这种革新不是修修补补式的改良，而是彻底的革新。在《中国画存在的前提》②和《作为传统保留画种的中国画》两文中，他补充了自己的观点：意识形态是经济基础的反映，观念不能超越其时代范围。中国画生长于封建社会，这一社会基础已经不存在，这就表明传统中国画存在的前提已经不再存在。而一些画家，如齐白石、黄宾虹等，他们将自己的创作与其他样式拼贴在一起，组成一个大杂烩，

---

① 周彦文：《改革20年焦点论争·缪斯骚动酒神烂醉》，广州出版社1998年版，第459页。
② 李小山：《中国画存在的前提》，《美术思潮》1985年第7期。

这伤害了中国画的纯洁性,因此这不是发展中国画的有效途径。他最终得出的结论则是:"中国画只能作为整个中国现代绘画内的保留画种而存在。"①

从今天的眼光回头来看,李小山的观点存在着太多漏洞,甚至对最基本的几个概念,如"中国画""现代绘画观念""当代绘画"等都没有做严格的界定,甚至他最著名的论文《当代中国画之我见》一文的标题本身都存在歧义,究竟是指当代中国绘画,还是指在当代的传统中国绘画?从其标题中我们至少可以理解出这两种来。当然,李小山的文章,其意义不能简单地由其逻辑来论定,而是他对传统中国画危机的判断,触动了美术界最敏感的神经,因此激起了强烈的反应,围绕着中国画是否日薄西山的问题,美术界进行了广泛的讨论。

周彦文主编的《改革20年焦点论争》丛书艺术部分关于《当代中国画之我见》一文观点的论争所做的总结中指出,关于这个话题的争论,各路辩文的观点可以分为八种:其一,认为中国画长期存在危机,但未必到了穷途末路;其二,中国画现状的逆境有望逆转;其三,认为当代中国画正在繁荣时期,穷途末路说是杞人忧天;其四,对中国画的全盘否定是虚无主义的"无知"表现,是存心不良;其五,在上述意见基础之上,强调"越是民族的,越是世界的",并直言"与其贩卖洋货的创新,不如推销国货的保守";其六,不必在中国画中提出"创新"的口号,只有美丑之分,不以新旧别高下;其七,对传统绘画,重在取其精华,吸收西方养分,中西合璧;其八,只有大破才有大立,只有背弃传统,导入现代绘画观念,方使中国画步入新天地。② 从这八种观点就可以见出当年争论的激烈。据统计,发表于《江苏画刊》上的论文就有数十篇,相关论文集也出过多部,例如《美术论集》第四辑

---

① 李小山:《作为保留画种的中国画》,《江苏画刊》1986年第1期。
② 周彦文:《改革20年焦点论争·缪斯骚动酒神烂醉》,广州出版社1998年版,第459—460页。

是中国画讨论专辑，1990年，江苏美术出版社出版了《当代中国画之我见讨论集》等。一些美术界著名的评论家和中青年评论家，如王朝闻、王宏建、邵大箴、皮道坚、贾方舟、卢辅圣等都参与了进来。

由于相关论文非常多，所以本书愿意从已经归结出的这八种观点入手。在我们看来，这一话题关系到对中国文化和传统的再认识，因此很多讨论者对这一话题充满情感，在讨论中也就难免带有情绪。例如侗廑在讨论中说："我反对紧跟西方潮流转。人之可贵，在于能够独立思考。最没出息，且有损于中国人民的志气与骨气的家伙那种不动脑筋、没有立场、一味趋时，昨天跟苏联，今天跟日本，明天又跟美国，人尽可夫，就遗忘一个自己。"[①] 刘龙庭说："少数人无视中国画的光明前途和得之不易的繁荣局面，不去考虑如何为人民服务和为社会主义服务，……在艺术观点和行为上拜倒在形形色色的西方现代派艺术的脚下。"[②] 这些话里，虽然表达了观点，但更多呈现的是一种情绪。李小山本人的很多论述，也同样可见出他本人愤激而焦虑的情绪。

抛开这种浓烈的情绪化语汇，我们发现，虽然学者将这一争论归结出八个方面，但其实进一步归结则只有两种观点，一种是赞同中国画危机论者，一种是反对者。这背后深层的基础是不同的历史观。认同危机论者所持的历史观是断裂式的，而否定者所持的历史观则是连续性的。这从李小山等人的论述中就可以见出。李小山说："大家知道，历史的发展是连续与间断、渐进与革命的辩证统一。当社会渐进的积累到了飞跃的阶段，就需要出现全新的、划时代的理论。"虽然他指出历史的发展是连续和间断、渐进与革命的辩证统一，但其实他想呼吁和强调的是后者，是间断和革命，只有这样，才能够支持他自己的论点："中国绘画理论在我们今天的历史条件下，不是修正和补充的问题，而要来一个

---

① 侗廑：《从〈当代中国画之我见〉说开去》，《江苏画刊》1986年第5期。
② 刘龙庭：《发展中国画要排除干扰》，《美术论集》第四辑，人民美术出版社1986年版，第276—277页。

根本的改观。"① 修正和补充,是在旧有基础上进行的,这意味着一种连续,但李小山认为,中国绘画需要的是一个根本改观,是量变积累到一定程度上的质变和飞跃。而坚持传统的人则认为:"任何艺术门类都无法摆脱传统而发展,……艺术在人类的两次文明革命——农业革命和工业革命之中,也始终遵循着它的延续性和继承性。""中国画现状中存在的弊端,正是违背中国画传统精神的恶果,那种企图不留一点传统的形骸,把抄袭外来艺术中现成的东西当作创新,显然十分可笑。"② 从这些意见中可以看出,坚持传统的人认为历史是连续的,甚至中国画今日之危机,正是背离传统的恶果。所以不是抛弃传统的革新,而是回到传统。

并且,当我们从历史观差异的角度来审视这次争论时,就能够发现其中存在着一个非常重要的现象。在这次争论中,虽然有很多学者批驳了李小山的观点,如王宏建③、万青力④等,但也有很多学者在自己的文章中声援了李小山。王朝闻在全国美术理论会议上的一次发言中指出:"李小山同志在文章中说:'现在的艺术革命的趋势已经发展到了冲破一切僵化、保守和小修小补的关键时刻',我很赞成这句话所表达的基本要求。"⑤ 刘海粟夸赞李小山"敢想敢说,大胆直言,不用套话,将美术理论批评方面的一潭死水搞活了",但他同时也指出:"中国画要发展,要创新,离不开对传统的研究。"⑥ 表面上看来,王朝闻、刘海粟等认同了李小山所主张的中国画要革新的观点,但实际上,从深层历史观来看,他们说的与李小山的观点并不是一回事。因为李小山所持的革新,是基于历史断裂论,这种革新,是与传统决裂的全新出场,而

---

① 李小山:《当代中国画之我见》,《江苏画刊》1985 年第 7 期。
② 《〈当代中国画之我见〉来稿摘登》,《江苏画刊》1986 年第 7 期。
③ 参见王宏建《美术新思潮与理论的价值》,《美术研究》1986 年第 4 期。在这篇文章中,王宏建指出李小山的文章逻辑上有问题。
④ 参见万青力《也谈当代中国画》,《美术研究》1986 年第 2 期。在这篇文章中,万青力认为,艺术的创新只能是在继承的基础上创新。
⑤ 王朝闻:《无古不成今——在全国美术理论会议上的发言》,《美术研究》1986 年第 4 期。
⑥ 丁涛:《刘海粟谈〈中国画之我见〉》,《江苏画刊》1986 年第 3 期。

不是在传统基础上的革新。而王朝闻、刘海粟等所持历史观属于连续性的历史观，因此在他们的视野中，革新不是抛弃传统，而是在保留传统中国画之精华的基础上，结合时代需求的创造。由此我们可以知道，在中国画问题的讨论中，虽然大多数学者赞同传统中国画存在当代发展困境，也认同对其革新，但他们所理解的革新，与李小山所持观点之间存在质的不同，这也就可以解释，为什么即使是对李小山观点表示支持的学者，也会对其观点有很大程度上的保留。简言之，当时更多的人所持的革新是一种改良，而李小山所呼吁的，是对中国画的革命。

二 "笔墨等于零"与笔墨之争

"笔墨等于零"是著名画家吴冠中在其同名文章中提出的观点。据他本人描述，这篇文章写于1978年以前。[①] 据万青力的描述，这一观点来自1991年他们之间席间的一场口头辩论。[②] 吴冠中的这篇文章很短，不到一千字，最早发表于香港《明报月刊》1992年3月号，1997年11月13日《中国文化报》重刊此文，《中国画研究院通讯》1998年第2期全文收录，2010年吴先生仙逝，《美术》杂志重刊此文以表纪念。耐人寻味的是，2002年吴先生出版其文集《画里画外》一书时，将这篇文章收录进去，标题改为了"绘画岂止笔墨"。

在《笔墨等于零》这篇短文中，吴冠中的观点大概可以归结为如下几个方面：第一，脱离了具体画面的孤立的笔墨，其价值等于零；第二，笔墨是奴才，处于从属的地位，从属于视觉美感和情感表达；第三，媒介材料都在演变，笔墨也需变化。至于"零"的意思是指什么？在接受《光明日报》的采访中，他指出："零是标准。没有统一标准来

[①] 吴冠中：《关于"笔墨等于零"——吴冠中教授在南艺美术学院所作学术报告（第一部分）》，《南京艺术学院学报》（美术及设计版）2001年第1期。

[②] 万青力：《关于"笔墨等于零"的争论》，《画家与画史》，中国美术学院出版社1997年版，第90页。

代替，没有共性的价值等于零。"①

吴冠中的观点于 1992 年发表后，虽然也引起了其他学者与之争论，但影响并不大。1997 年该文在《中国文化报》重刊后，1998 年 11 月，在中国美术馆举办的"现代绘画中的自然——中外比较艺术学术研讨会"上，张仃提交了《守住中国画的底线》的论文，对"笔墨等于零"的观点公开批评，由于吴冠中与张仃两位前辈的学界影响，这一争辩迅速发酵，一时间又被称为"张吴之争"。

这次论争中，基本上围绕着以下三个论题展开。

其一，何谓"笔墨"？在吴冠中看来，笔墨是在绘画中表达情思的一种手段，具体表现为点、线、黑、白、屋漏痕等。而在张仃看来，笔墨是中国书画艺术的要素甚至是本体，所以"笔精墨妙，这是中国文化慧根之所系，如果中国画不想消亡，这条底线就必须守住"。② 吴、张二人对笔墨的理解，代表了两种意见：前者将笔墨视为手段，后者将笔墨视为本体；前者是从较为质实的工具论视角来立论，后者是从较为空灵的文化论立场来着眼。如果从争论的角度来看，两个人争论的不完全是一个东西。这一点很多学者注意到了。例如赵绪成就认为，"你说东，我说西，吵的是本不在一个范畴内的东西"③。赵时雨也说："引发的广泛探讨和争论由于大家对其论断的实质内涵理解不一，对中国画的'笔墨'的概念和内涵也缺乏共识，因此也很难得出有价值的历史性结论。"在他看来，张仃所要守住的那条底线，吴冠中连碰都没有碰到过。④ 除了张、吴两位先生的意见外，很多学者对"笔墨"是什么也做了多方面的讨论，甚至很多学者还追溯了它的历史由来，如郎绍君《笔墨问题答客问——兼评"笔墨等于零"绪论》等。总体而言，美术界对"笔墨"的理解，一般是综合了张吴两位前辈的观点，认为笔

---

① 韩小蕙：《我为什么说"笔墨等于零"——访吴冠中》，《光明日报》1999 年 4 月 7 日。
② 张仃：《守住中国画的底线》，《美术》1999 年第 1 期。
③ 赵绪成：《戏说"笔墨等于零"》，《美术观察》2000 年第 7 期。
④ 赵时雨：《剖析吴冠中"笔墨等于零"的"笔墨"概念》，《书画艺术》2001 年第 6 期。

墨既指一种技法，也是中国画之精髓，并且基本上认为不能单纯地从技法的角度来理解"笔墨"。郎绍君在《论笔墨》中认为："笔墨乃由传统水墨画工具材料性能所规定，在长时间的技巧训练中形成的造型、写意、表趣方式和手段，是唯水墨画才有的'话语'。""作为传递绘画内涵的媒介与手段，它本身也具有文化符号性——作为特殊的传达方式和接受方式，它凝聚着中国文化独有的意味与气质。"① 邵洛羊也认为，"'笔墨'一词向被视为中国画的艺思和技法的总称，甚至视为'中国画'的代名词……'笔墨'本身就是艺术，有相对的独立性的美"。② 由于对笔墨的这种理解，因此美学界普遍对吴冠中单纯从技法角度定义笔墨持反对意见，认为他没有真正理解笔墨的含义。陈传席就直截了当地指出："吴冠中先生并没有弄明白什么是'笔墨'。"③

其二，与何谓"笔墨"相关的一个话题是笔墨在中国艺术中的地位问题。从争辩的情况来看，学者们基本上认为笔墨是中国绘画的核心要素。正如张仃说的，笔墨是"中国画的底线"。关山月老先生在访谈中也说："中国画是建立在笔墨之上的，没有了笔墨哪里有中国画？"④ 潘絜兹老先生表达了同样的意思："离开笔墨就不成中国画了。"⑤ 但我们也发现，主张笔墨是中国画的根本的画家，基本上是从事传统绘画创作的。张仃、关山月、潘絜兹等老一辈画家是这样，稍微年轻的万青力、陈传席等，虽然是评论家，但主要从事的也是中国传统绘画的批评和研究。所以在他们看来，笔墨绝对是中国画的核心，吴冠中对笔墨的理解是错的。但还有一批画家和学者，他们主要从事的工作不是中国画，因此虽然他们也认为中国画的核心是笔墨，但并不因此就认为吴冠

---

① 郎绍君：《论笔墨》，《美术研究》1999年第1期。
② 邵洛羊：《摒弃"笔墨"，何异泯灭"中国画"!》，《美术》1999年第1期。
③ 陈传席：《笔墨岂能等于零——驳吴冠中先生的〈笔墨等于零〉之说》，《美苑》1999年第1期。
④ 蔡涛：《否定了笔墨中国画等于零——访关山月先生》，《美术观察》1999年第9期。
⑤ 赵权利：《坚守笔墨，变中求存——潘絜兹先生谈笔墨》，《美术观察》1999年第9期。

中的论断是错的,且往往声援吴冠中的立场。丁宁指出,"今天的大量中国画作品并没有太多的当代性的力量。无论是图像本身,还是所透露出来的意绪,都似乎不乏贫血的症状"。"笔墨存在的目的绝不应该成为全部艺术使命的托辞。将潜养和底气与创造的雄心相呼应,现实与文化的视野才有挑战的意义:如何既升扬艺术语言的内在气质,同时又将'入画性'延伸到非古典的、生气勃勃的现当代的领域里——这是当代中国画磨砺自己生命力的必然道路。"[1] 很明显,他认为中国画目前呈贫血状况,因此不能固守传统的笔墨,而应以此为契机,摸索磨砺出一条发展路径。尚辉爬梳了20世纪山水画的演变线索,指出:"以笔墨个性为终极判断的传统山水画在不断失缺历史的空间,价值观念的重构实意味着对笔墨个性的疏离、扬弃或叛逆",在他看来,图式个性已经取代笔墨个性,成为20世纪中国画新的语言范式和价值判断标准。[2]

其三,在笔墨之争中,还有一个话题引起了争论者普遍的兴趣,那就是对"笔墨当随时代"这一命题的理解和辨析。这一话题是笔墨之争走向深入时必然的逻辑延展:笔墨是传统中国画的核心要素,但时代在发展,那么笔墨是否也存在一个发展的问题?这是讨论笔墨很自然的一种追问。"笔墨当随时代"是清代画家石涛在《画语录》中提出来的,近现代绘画一代宗师黄宾虹则提出"笔墨精神,千古不变"[3]。从文字本身呈现出来的意义来看,这是两种相反的观点。在笔墨之争中,笔墨是否随时代变化也存在两派意见。一种认为,笔墨当随时代变化而变化,这种观点差不多是主流观念。如华天雪在采访徐冰时,徐冰说:"'笔墨当随时代'的道理我想不论在我们这边还是西方

---

[1] 丁宁:《笔墨问题》,《美苑》2001年第3期。
[2] 尚辉:《从笔墨个性走向图式个性——20世纪中国山水画的演变历程及价值观念的重构》,《文艺研究》2002年第2期。
[3] 黄宾虹:《与傅雷》,载黄宾虹、王中秀《编年注疏:黄宾虹谈艺书信集》,人民美术出版社2016年版,第148页。

那边都是适用的吧？时代在变，个人的文化环境在变，艺术当然也要变，说得通俗一点：'艺术要反映时代精神'道理就是这么简单。"① 范瑞华也在其著作中对"笔墨当随时代"做了自己的解读："'笔墨当随时代'不仅在艺术形式上要有变化，在其'笔墨'的运用与变化中，也都要与所表现出的时代气息和风貌相符合，这样才能够从理论到实践都达到'随时代'的目的。"② 正如这两位艺术家所体现出来的态度和观点，主张"笔墨当随时代"者对"笔墨"的理解往往是从极为宽泛的意义上来看的，"笔墨"往往成了中国画的代称。并且对"随时代"的理解，也是一般意义上的，即依据一般的时间发展观和进步观来认定的，比较抽象。而认为笔墨难随时代的学者，对此的思考则更深入一些。河清指出，进步观念是西方现代思想的一个重要表征，代表了一种时间崇拜，"笔墨当随时代"这句话非常符合现代西方的这种价值观念，但是问题在于，这种观念先验地否定了"旧"和"传统"。我们应该做的是，抛开这种观念，以一种平等的价值观念来看待古与今、旧与新，如果是这样，艺术就不仅有时代性，也具有超时代性，因此不能简单地说"笔墨当随时代"。③ 王福才则指出，笔墨其实难随时代，"笔墨在当今画家中过于神圣的位置，致使不少画家由笔墨崇拜而弄不清中国画笔墨与画家和绘画关系，甚至画家本体也失去真正审美情趣变为没有情感的空壳。这正是笔墨在当代难随时代，甚至也经不起当代世界文化潮流冲击的根本原因"。④ 就在美术界在广泛的意义上认同"笔墨当随时代"的观点并大声疾呼的时候，类似于河清和王福才等人的观点更值得我们深思。这是因为，河清在提醒大家，从时代本身来判断事物优劣，这只是一种西方现代观念而已，我们之所以会

---

① 华天雪：《笔墨当随时代——徐冰访谈》，《美术观察》1999年第11期。
② 范瑞华：《中国画向何处去——对中国画艺术发展的研究与探讨》，国际文化出版公司2002年版，第145页。
③ 河清：《笔墨未必随时代——破除时间崇拜》，《美苑》2002年第4期。
④ 王福才：《笔墨当随时代与笔墨难随时代》，《齐鲁艺苑》2002年第3期。

如此地认同笔墨应该随时代变化而变化，其实认同的是西方的现代时间观念而已。这只是审视艺术发展的一种角度，并不因此必然带有真理性。王福才则从美术界对吴冠中提出的笔墨问题的争论和否定来着眼，在他看来，这种否定中，正好说明了笔墨难随时代，很多讨论者仍然站在传统立场来审视这场争论，这是理论的吊诡，也是笔墨问题讨论的复杂性所在。

三 对中国画危机论的进一步思考

关于"笔墨之争"与中国画穷途末日论之间的关系，早在前者方兴未艾之时，就有学者指出了："笔墨问题是有关中国画讨论的分支"[①]，"从综合效果上看，此次的论争进展不大，……基本上还是十几年前中国画大辩论的旧话重提"[②]。我们也认为，笔墨之争和中国画穷途末日论都是中国画危机论的组成部分，都是在中西交汇的大背景下对中国画出路思考的一种理论表达。

事实上，对中国画的命运和未来的探讨，并非自新时期始，早在西方文化强势进入中国的晚清，这一问题就已经被历史性地提了出来，第一次中国画危机论的集中讨论，是在"五四"前后。康有为在《万木草堂藏画目》中指出："中国近世之画衰败极矣，盖由画论之谬也。"[③]他的一些观点，在《当代中国画之我见》中被李小山继承。徐悲鸿在《中国画改良论》中言："中国画学之颓败。至今日已极矣。凡世界文明理无退化。独中国之画在今日。比二十年前退五十步。三百年前退五百步。五百年前退四百步。七百年前千步。千年前八百步。民族之不振可

---

① 郎绍君：《笔墨问题答客问——兼评"笔墨等于零"绪论》（上），《美术观察》2007年第7期。
② 顾丞峰：《把"笔墨"还给笔墨》，《美术观察》2001年第5期。
③ 康有为：《万木草堂藏画目》，孔令伟、吕澎：《中国现当代美术史文献》，中国青年出版社2013年版，第16页。

慨也夫。"① 这种愤激的话当时并非徐悲鸿一人之感。当时还有一个重要口号，叫作"美术革命"，吕澂、陈独秀二人曾有通信发表在《新青年》杂志上，以此为题，倡导美术革命，改良中国画。吕澂说："窃谓今日之诗歌戏曲，固宜改革；与二者并列于艺术之美术，尤亟宜革命。"② 陈独秀言："要改良中国画，断不能不采用洋画写实的精神。"③ 无论是康有为、徐悲鸿，还是陈独秀、吕澂，他们的观点即使今天听来，也并不陌生。新时期之前，还有一次关于中国画的讨论，是在20世纪50年代，李可染、傅抱石等人都曾参与过。可以说，关于中国画前途和命运的思考，贯穿了中国美术的现代化历程，虽然是处于不同的语境，但思考的问题就是一个，甚至解决的途径也一直纠结于一点，那就是学习西方还是坚持传统？

如果我们进一步追问，为什么会出现中国画危机论？对于今天来说，这似乎是一个自明的问题：由于西方文化的强势入侵以及国人选择了对这种强势文化的认同，于是以西方文化为参照系，重组了中国文化与之相对应的领域。在这种重组中，只有符合以西方话语为内核的领域和内容才能进入现代化进程，即顺利获得现代转型，而无法适应现代社会需要的部分，则逐渐被历史淘汰。传统中国画危机论的出现，就产生在这一话语逻辑和事实发展之中。具体说来，国人接受了西方绘画的观念，以之为历史发展唯一合理的方向，并借此来反观和评判中国传统艺术及其观念。而中国传统艺术观念与西方艺术观念之间恰好走的是相反的两条路。西方传统艺术追求形似，中国传统绘画追求神似，当以形似为绘画的正路，那么传统艺术观念必然要招致否定。然而对传统的否定

---

① 徐悲鸿：《中国画改良论》，孔令伟、吕澎：《中国现当代美术史文献》，中国青年出版社2013年版，第48页。
② 吕澂：《美术革命》，孔令伟、吕澎：《中国现当代美术史文献》，中国青年出版社2013年版，第18页。
③ 陈独秀：《美术革命》，孔令伟、吕澎：《中国现当代美术史文献》，中国青年出版社2013年版，第19页。

无论是在情感上还是在学理上都是一个艰难的历程，很容易引起捍卫者的反驳，由此就会产生两派的争论，这种争论，知识界常用古与今、中与西、传统与现代之间的冲突来表述。

不能否认，西方思想对中国文化和艺术产生了重大而积极的影响，在民族危亡之际和全球化时代，借助西方知识进行中国文化和艺术的现代转型都具有充分的合理性，我们希望在认同这一点的前提下继续讨论。事实上，有关中国画是否存在危机，从不同的标准来看，会得出不同的结论。持危机论者，是以西方艺术为当下艺术之价值选择。那么我们的讨论就可以以此为切入点，将之分化为两个问题：其一，跳出西方知识和艺术观念，再来审视中国传统绘画，是否仍然存在目前危机论者所指认的问题？其二，从西方知识和艺术观念入手，能否跳出这种危机论思路？

从上文分析中我们发现，一百多年来，知识界中的一部分人对中国画危机论的认定，其理由差异不大，因此我们将其放在一起来讨论。在他们看来，传统中国画存在的问题在于：其一，产生于封建社会，是封建社会意识形态的组成部分；其二，技法十分纯熟，但处于静止状况，已经无法继续发展；其三，无法达到形似；其四，重表现自然，很难表现现代社会；其五，画论薄弱，往往是一些有关技法的创作经验谈。这些差不多是目前持危机论者否定中国画在当代的价值和意义的主要论点。然而，一个很明显的事实是，这些观点背后的理论支撑都是西方知识——西方的时间观和历史观，以及西方的艺术观念。西方的时间观问题，放在下文中讨论，此处先讨论与西方的艺术观念有关的内容。前文提到，西方艺术观念与中国传统艺术观念行走在两条不同的道路上，以西方艺术观念为参照标准，那么中国传统艺术必然问题重重。打一个比方，一个是鸭子，一个是鸡，以鸭子为标准，鸡哪里都会成为问题。走在两种价值诉求道路上的中国传统艺术和西方艺术，以后者为视角来审视和批判前者，其实是不公平的。这种审视，由于跳出了既有思维的局限，因而确实可以获得对前者更为清晰的认识，但以西方艺术所具有的特点为真理，以此来否定没有这些特点的中国传统艺术，从逻辑上应该是说不通的。

但还有后续问题需要解决，即中国传统艺术是否真的不符合当代现实的需要？是否真的只能成为民族记忆的保留画种？首先，到目前为止，对传统中国绘画的争论，主要集中在文人画，而传统绘画本身也是一个集合概念，包含了众多画种，例如风俗画、界画等。如果是文人画以山水为题材，突然在江畔山间出现个高楼大厦实在是不伦不类，但风俗画、界画等则未必就不可以呈现当代生活。张择端的《清明上河图》呈现的就是当时东京汴梁城的市井生活。其次，西学进入中国后，知识界对"表现生活"的理解，也变得狭窄，仅仅成了"再现"或者"复制"的另一种表达。如果将之理解成一般意义，即再现生活和表现心灵，那么无论是中国文人画，还是其他的人物画、花鸟画、风俗画、界画等，未必没有用武之地。再次，对传统中国画及其观念的质疑，是自西方文化强势进入中国时起。当时选择借鉴西方文化模式的一个重要理由是"救亡"和"启蒙"。在这一理由下，国人开始选择认同西方，走上现代化道路。在这种新的观念下，传统绘画及其观念受到质疑。但回顾历史，明清易代之际，对于汉族人而言，同处于民族危亡之际，当时曾出现了以石涛、八大山人等为代表的中国绘画史上的高峰。因此以"救亡"或"启蒙"为依据，认为传统中国画无法表现这种新的生活状态、无法介入现实生活的说法应该也是很难立得住脚的。我们想借以上分析表明，目前对传统中国绘画危机论的认定，当取消了以西方艺术为参考系的这个逻辑前提之后，所有对中国画的指责都是立不住脚的，换句话说，除了因为我们选择了西方艺术作为艺术正宗这一点之外，目前我们还无法从中国传统绘画的内在逻辑和诉求中发现它必然走向危机的理由。这一点的确值得引起当下的我们进一步思考。

接下来我们将讨论分化出来的第二个问题，即从西方的知识和艺术观念入手，能否跳出这种危机论思维框架？前面我们还曾提到，在对传统中国绘画的否定理由中，就有对西方时间观和历史观的采纳和应用。

此处将这两个问题放到一起来讨论。事实上，五四时期，对西方文化的接受，有一个非常重要的内容，就是对西方时间观的接受。这种历史观是一种线性进步观，并具有非常强烈的黑格尔主义色彩，它认同社会的时间延展是一种进步，强调事物只有代表历史前进方向才具有意义和价值。正是基于这种历史观，产生和成熟于封建社会的文人画才被否定，因为它已不再代表历史发展方向。进步观萌生于15、16世纪的欧洲，18世纪开始流行，19世纪确立其主导地位，到了20世纪初，在西方就已经开始被质疑（这恰与我国思想上的先行者将其引入国内差不多同时[1]）。在否定了这种今必胜昔的线性进步观之后，西方代之而起的是并置性的，对时间的空间性理解，即目前所称之为的"多元化"，这种观念亦是所谓的后现代主义的主要表征。

运用这种时间观念来解释西方艺术，美国美学家丹托是值得我们关注的一位。本书上编讨论丹托的艺术终结观时曾提到，他的艺术的终结试图完成的是两个任务，一个是当代艺术的哲学化取向，一个是多元化格局的形成。丹托论证的基本逻辑是：哲学化取向是艺术的终结的标志，而多元化格局是艺术终结之后艺术的存在形态。这种多元化意味着一切都可以，因为历史已经没有了方向。"一切都可以的含义是指对于视觉艺术品可以像什么样子，没有任何先验的限制，这样任何的视觉东西都能够成为视觉作品。这就是生活在艺术史终结后的部分真实含义。它尤其意味着艺术家可以挪用过去的艺术的诸多形式，为了他们的表现目的，可以用洞窟绘画、祭坛画、巴洛克肖像画、立体派风景画、宋代风格中国山水画或任何的东西。"[2] 抛开丹托这些思想背后本质主义与反本质主义的后现代主义博弈，他对艺术在我们这个时代风格的多样化的理解值得深思。他所例举的这些风格分属于不同的国度，不同的历史

---

[1] 乔治·索雷尔的名著《进步的幻觉》发表于1908年。
[2] [美]阿瑟·A. 丹托：《艺术的终结之后》，王春辰译，江苏人民出版社2007年版，第215页。

时期，但是在一个多元化时代，它们都是"我们的形式"。处于这个时代的我们需要做的，不是将哪一种风格踢出去，否定其存在的合法性，而是"我们必须仍然用我们自己的方式涉及它们"①。"我们自己的方式"就是将产生于不同时代和地域的这些艺术风格打上"我们"的烙印。所以，传统中国画作为一种艺术风格，完全可以以我们的方式来呈现它，而不必仅仅作为一个保留画种而存在。

当今时代，无论是思想观念还是社会生活，都处于急剧变动之中。对于一些话题的思考，引入更多的知识范式，找寻更恰当的诠释和解决方式，而不是陷在非此即彼的二元对立思维模式的窠臼之中，实在是一件非常必要的事。

第三节 市场化对艺术观念的冲击

艺术与市场的关系，并不是一个新话题，但在新时期以来，尤其是20世纪90年代中国社会转型，市场经济模式成为社会经济运行的主轴以来，这就成为艺术领域面临的新的理论和实践课题。

何谓市场？斯坦利·杰文森曾在其著作中为其下过定义："所谓市场，是指市镇上的公共处所，那里有各种物品陈列着以待售卖。但这个名辞已经普遍化了。任一群有商业关系并在某商品上经营广阔交易的人，皆可用市场一辞表示之。一大都市，有多少种重要的交易，便可以有多少市场；这种市场，可以有地址，亦可以没有。"② 根据杰文森的理解，市场最初是一个物质性场所，那里陈列了很多待售的物品。它体现的是买卖关系。所以当这一语词被普遍化后，就不一定必须有一个物质性处所，而更关键的是这种买卖关系，即交易，只要有交易存在，就

---

① ［美］阿瑟·A. 丹托：《艺术的终结之后》，王春辰译，江苏人民出版社2007年版，第215页。

② ［英］斯坦利·杰文斯：《政治经济学理论》，郭大力译，商务印书馆1984年版，第81页。

构成了市场。

艺术与市场关系的形成,有一个基本前提,就是艺术品成为商品。只有艺术品成为商品,才有买卖关系的存在,才会有市场的产生。因此,在本节中,我们将艺术的商品化和市场化作为同一个话题来看待。而商品化和市场化,则是指在市场经济时代艺术活动运转的主旋律是市场,是在新的市场语境中出现的艺术发展新趋势。这种趋势,不仅改变了传统的艺术品流通和交换方式,也冲击了早已定形的传统艺术观念。

一 从艺术的终结视角审视艺术市场转型的合理性辨析

艺术成为一种商品及走向市场化,从实践层面来说,并不是一种新的现象,从理论的层面来看,也不是新话题。但在中国,这确实是一个受到多重挑战的新现象。这可以从中国艺术的古代传统和现代五四传统的梳理中得到解释。

从中国艺术的古代传统来看。中国传统艺术的价值取向历来排斥艺术家职业化、艺术品商品化的行为和观念,排斥和否定职业艺术家的作品。在中国古代艺术中,占据主流地位的是绘画和书法。书法原本就与文人士大夫的日常生活直接相连,而绘画方向的改变,与文人的参与直接相关。中国的绘画一般分为职业画家或画匠的画作、宫廷画和文人画,就发展历史而言,绘画应该是从职业绘画开始的,但当文人参与进来之后,文人画很快占据了主流,主要的绘画观念和价值立场,也是基于文人画。宋代郭若虚的观点代表了文人画家的基本理念:"窃观自古奇迹,多是轩冕才贤,岩穴上士,依仁游艺,探赜钩深,高雅之情,一寄于画。人品既已高矣,气韵不得不高,气韵既已高矣,生动不得不至。所谓神之又神而能精焉。凡画,必周气韵,方号世珍。不尔虽竭巧思,止同众工之事,虽曰画而非画。"[①]"轩冕才贤"、"岩穴上士",都

[①] (宋)郭若虚著,俞剑华注释:《图画见闻志》,江苏美术出版社2007年版,第23页。

是文人士大夫的理想人格，即隐逸的世外高人，他们因人品高而作品气韵超拔，因此他们的作品可以称之为"世珍"。如果气韵不高，作品虽然构思精巧，也只是与职业画家即"众工"的制作一样，虽然也称之为绘画，但却不是文人眼中真正意义上的绘画。从郭若虚的这段话可以知道，职业画家的作品，虽然也叫作画，但不是士大夫所认可的绘画。职业画家的画与文人画之间的区别，就在于前者以作画为职业，因此他们的画作是实用性的，主要用于买卖，画家靠作画为生。而文人画家，是业余画家，他们不必以画谋生，也反对将绘画变成赚钱的工具。绘画于他们而言，是自我性情的书写。文人是中国文化的承担者、书写者和塑形者，他们的审美趣味会直接影响着中国文化的主流取向。就艺术而言，尤其是绘画，中国传统观念中排斥职业绘画，强化绘画中的雅俗划分，否定将绘画作为谋生的工具的合理性，这一文人士大夫的价值立场，对整个中国艺术观念的影响十分深远。这种观念，用现代表述来说，就是否定艺术的商品化，反对将艺术推向市场。

从现代五四传统来看，李泽厚曾经将五四以来的中国现代思想的历程总结为启蒙与救亡的双重变奏。启蒙的目标是批判旧的封建传统，推广西方的民主、科学等新文化，救亡则是因为严峻的反帝政治任务和使命。这两者之间复杂交错的联系，构成了现代中国思想领域的运动，亦对中国现代化进程产生了深远影响。[1] 五四以来文化领域的发展方向与基本状况可以从这两个主题中获得解释。艺术也是如此。新文化运动伊始，对美术进行革命的呼声就不绝于耳。蔡元培倡导"以美育代宗教"，培养民众美的情操，这是美育启蒙和救亡的直接体现。如何践行美育？艺术教育和熏陶是其中最为有效的途径。所以吕澂在倡导美术革命时，立足点就是美育。在他看来，当人们了解了美术的范围和实质，"知美术正途所在，视听一新，嗜好渐变；而后陋俗之徒不足辟，美育之效不

---

[1] 李泽厚：《中国现代思想史论》中"启蒙与救亡的双重变奏"，东方出版社1987年版，第7—49页。

难期矣"。① 黄卓然在《为甚么要研究图画?》中指出，图画是"开通智识的导线"，"现在国民学校的教科书，都是图多字少，一边可以引起儿童的欢心，一边可以开导他的智识"。② 从这些观点可知，"五四"以来所形成的新的艺术观念是把艺术视为救亡和启蒙的有力武器。这种强调艺术积极介入社会、对社会发展起积极作用的艺术观念与近现代以来中国的民族危亡的现实状况有关，但就其价值取向而言，又与中国古代艺术观念一脉相承。中国古代艺术观念大体存在两条发展线索：一条可称之为"为艺术派"，强调艺术远离社会和世俗，书写性灵，如倪瓒等人所认为的"自娱"说；另一条则可以称为"为人生派"，强调艺术家通过自己的创作，有补于世。如东汉王延寿说："图画天地，品类群生……恶以诫世，善以示后。"③ 曹植也曾言："存乎鉴戒者图画也。"④ 在这两条线索中，"为艺术派"逐渐占据主导。徐复观曾指出，中国艺术精神是道家精神，这种精神体现的就是远离社会和人生的隐逸精神。但是，"为人生派"的价值取向并没有完全消失，一直存在于中国艺术的历史发展之中。中国第一本画论史《历代名画记》中，张彦远给绘画下的定义是："夫画者：成教化，助人伦，穷神变，测幽微，与六籍同功。"⑤ 后世强调绘画有补于世的言论代不乏人。宋代米芾认为："古人图画，无非劝戒"；明代宋濂认为，"图史并传，助名教而翼群伦"；清代松年指出："古人左图右史，本为触目惊心，非徒玩好，实有益于身心之作，或传忠孝节义，或传懿行嘉言。"⑥ 这种从儒家积极入世的视角对艺术的规定在近现代中国以新的表达形式留存了下来，与启蒙和救亡的

---

① 吕澂：《美术革命》，孔令伟、吕澎：《中国现当代美术史文献》，中国青年出版社 2013 年版，第 18 页。
② 黄卓然：《为甚么要研究图画?》，孔令伟、吕澎：《中国现当代美术史文献》，中国青年出版社 2013 年版，第 35 页。
③ 俞剑华：《中国历代画论大观》第 1 卷，江苏凤凰美术出版社 2015 年版，第 19 页。
④ 同上书，第 23 页。
⑤ （唐）张彦远著，俞剑华注：《历代名画记》，江苏美术出版社 2007 年版，第 1 页。
⑥ 周积寅编：《中国画论辑要》，江苏美术出版社 2005 年版，第 72—77 页。

时代任务融汇到了一起。无论怎样，这种艺术介入社会，匡正社会的观念与艺术沦为商品，走上市场化道路是格格不入的，前者强烈的道德立场和工具理性对市场化充满了戒心。

从以上追溯可知，无论是中国古代艺术观念中的文人画传统，还是另外一条线索的以儒家思想为内核的"为人生派"，以及五四以来形成的新的文化传统，都对艺术的商业化和市场化趋向持否定或批判态度。特别是五四传统中对艺术的工具论取向，由于特殊的国情，得到社会的广泛认可。甚至直到市场经济已经渗透到社会各个角落的今天，认同艺术工具论，强调艺术介入社会，反对市场化的声音仍然十分有力。

对于艺术应该走向市场还是坚持艺术的社会工具论立场的争论，我们将在下文中继续分析。在此我们试图想说明的是，艺术被抛入市场，成为文化产业的重要组成部分，对于秉持五四传统的艺术工作者来说，是一个新现象。尤其是中华人民共和国成立以来，艺术领域被纳入计划经济体制之内，从事艺术活动的艺术家、批评家基本上处于文化机关或者相关事业单位内，艺术运行机制的转轨，带来的是他们文化身份的转变，这从观念和实践方面都缺少相应的准备。相对于这种情形，艺术的市场化是一种中断，是对固有观念的挑战，正是从这个意义上，我们认为，这可以视为艺术的终结的一种中国语境中的表现。

二 有关艺术商品化和市场化的当代争论

尽管关于艺术与市场关系的争论集中于20世纪90年代，因为那个时候出现了典型的社会语境，即中国社会从国家层面向市场经济体制转型，但相关争论却很早就出现了，它与改革开放是同步的。从政治和经济层面来看，90年代的市场转轨是改革开放基本国策实施的结果，是将改革开放推向进一步深入的必然选择。因此，除了经济体制的差异外，80年代与90年代之间并不是完全断裂的，很多文化现象之间存在着内在的连续性和一致性。在 80 年代，学界对这一问题的讨论，从名目上来看，并不叫作艺术与市场，而是艺术的商品化现象，但正如我们在前面所提到的，这其实是一个问题。

在艺术商品化和市场化的论争中，主要存在两种声音，一种是反对的声音，一种是赞同的声音。他们论争的主要问题也是三个：其一，艺术是否是商品？其二，艺术是否应该商品化？其三，艺术的市场化、商品化与其社会责任担当之间是否冲突？但由于这些问题本身就很大，很复杂，因此在讨论中又会出现很多观念上的差异。

关于艺术是不是商品的问题，李允豹主编的《新时期文学探索与论争》[1]中对争鸣的观点做了归结。第一种观点认为，文艺是商品，这是客观存在，应予以理直气壮的承认。第二种观点认为，社会主义文艺不是商品，这是坚持社会主义文艺的方向。第三种观点认为，文艺作品具有商品属性，可将之视为一种特殊的商品。第四种观点认为，文艺作品具有商品属性，但不是商品，它是精神产品，与一般商品生产分属不同领域。第五种观点认为，不加分析地说艺术不是商品或者是商品，都是不准确的，有的艺术作品是商品，有的则只具有商品属性，但不是商品。这些复杂情形不能混淆。第六种观点认为，艺术产品既是商品又不是商品，说其是商品，是就其经济效益而言，说其不是商品，是就其审美价值而言。[2] 在这些争论中，马克思主义关于精神生产和物质生产、艺术生产、商品等方面的理论成为讨论者最大的立论支撑。如边平恕《艺术生产与商品生产》一文，全篇用的就是马克思主义政治经济学原理。[3] 冯宪光的《试论社会主义文艺产品的商品性》亦是如此，全篇几乎都是用马

---

[1] 在我国，文学和艺术有差别，但很多时候二者又是被放在一起来考虑，因此很多关于文艺的争论本身就包含了对艺术的思考。
[2] 李允豹：《新时期文学探索与论争》，河南大学出版社 1990 年版，第 172—173 页。
[3] 中国艺术研究院马克思主义文艺理论研究所《马克思主义文艺理论研究》编辑委员会编：《马克思主义文艺理论研究》第 11 卷，文化艺术出版社 1989 年版，第 3—20 页。

克思主义论艺术方面的思想来解释文艺的商品属性的存在和表征。①

关于艺术是否应该商品化和市场化问题的讨论,存在相反的两种声音。赞同者认为,"艺术的商品化,就是说在精神食粮橱窗里,哪个具有引人入胜的魅力,哪个能给人以精神上最大的快慰和满足,哪个才能成为畅销品,获取最大的经济效益"。"如果社会主义文艺不以强大的竞争力开路,就不会显示出社会主义事业的强大威力。""社会主义文艺商品的竞争力,只有在商品化的条件下,才能最终地完成。"②吕澎的说法更加值得关注:"艺术走向市场也就是走向秩序。没有市场的艺术环境实际上是有害于艺术发展的蛮荒之地,艺术随时可能被粗暴的行政意见或即兴的电话指令给'毁容'。"③从这些论述中可以看出,赞同者主要强调的是商品化和市场可以使艺术获得更大的自由度,使之发挥更大的社会作用。他们还认为,虽然经济效益不是决定艺术价值的唯一因素,没有经济效益仍然无损于艺术的价值,但经济效益一定程度上也能反映出作品的价值和影响程度。而反对者则认为,"'一切向钱看'把自己的作品和表演当成了商品,当成了牟取名利的手段……不但侮辱了观众,也侮辱了自己"。④"人们批评文艺商品化倾向,是指某些文艺工作者忘记了自己的责任,为了捞钱,不顾社会效果,用有害的或者低劣的作品去污染和腐蚀群众。"⑤从反对的声音来看,很多人其实是担心商品化和市场化会带来艺术自身的堕落,变得"一切向钱看",迎合大众的需求,甚至是迎合低级趣味,忘记了艺术自身的社会职责。这其实就涉及市场化和商品化对艺术的影响,以及商品化、市场化后,艺术将会产生怎样的社会效果的问题。

关于艺术商品化和市场化与其社会职责之间关系问题的讨论,反对

---

① 冯宪光:《试论社会主义文艺产品的商品性》,《当代文坛》1985年第2期。
② 李允豹:《新时期文学探索与论争》,河南大学出版社1990年版,第173页。
③ 吕澎:《吕澎自选集》,北岳文艺出版社2015年版,第15页。
④ 本刊评论员:《必须克服戏剧艺术商品化的倾向》,《戏剧报》1983年第7期。
⑤ 林默涵:《文艺商品化倾向亟须克服》,《光明日报》1983年7月4日。

商品化和市场化者认为,"社会主义的文学艺术不能消极地适应欣赏的需要,而要积极能动地陶冶人们的思想道德感情等。'文艺商品化'势必削弱社会主义文艺的崇高使命,使其成为赚钱的工具,产生出危害人们身心健康的作品,不利于建设社会主义精神文明"。① 还有学者认为,目前市场化和商业化虽然有其合理性,但不能够将之视为百利而无一害。文化艺术市场具有双重性,"就可能发生这样的消极作用,使某些粗制滥造的多产作家财源茂盛,而精益求精、十年一剑的作家却清贫穷困,进而导致拜金主义对文化艺术生产的侵蚀和破坏"。② 赞同者则认为,市场会给艺术带来更大的自由发展空间。"把艺术推向市场不是促进艺术发展的最好方式,但在当前,市场无疑会给艺术带来广阔的空间。""人们担忧艺术家为市场而创作会导致艺术的没落。事实上,从艺术的发展历史来看,人们不必高估外因对艺术的影响,不应当将艺术创作的外在诱因与艺术的创作过程混为一谈。"③ 有学者对 90 年代美术市场做了相应的调查后指出:"商品化也带来了一些消极因素,其中有不少是人为现象。这既不是商品化本身的过错,也不能由美术市场负责。""要进一步解放艺术生产力,必须要促使美术作品进入市场,把美术家推向市场。"④

对于这些问题的讨论,在今天依然继续,而艺术的市场化,也已经成为常态。很多曾经有的对市场的消极因素的担忧在一定程度上依然存在。如何规范艺术市场,是国家决策层与艺术界都需要去思考的问题。

三 对艺术与市场关系问题的进一步思考

到目前为止,艺术的商品化,被推向市场已经成为既成事实,作为文化产业的重要组成部分,其表现也一直非常抢眼,中国的当代艺术,

---

① 李允豹:《新时期文学探索与论争》,河南大学出版社 1990 年版,第 177 页。
② 严昭柱:《谈文化艺术"市场"与"市场化"》,《哲学研究》1994 年第 6 期。
③ 卢虎、章莉:《传统艺术资源与市场化》,《美与时代》2003 年第 3 期。
④ 张学颜:《艺术商品化的冲击与思考》,《美术研究》1992 年第 3 期。

由于市场化，在全球化语境中影响越来越大，也越来越得到国际的认可。对艺术是否具有商品属性，是否该走向市场的争论已经失去了现实意义。但是，在艺术与市场的关系中，尤其是在中国当代语境之中，还是有一些问题值得继续探讨。

首先，艺术与市场之间是否构成对立，市场是否必然带来艺术的没落？这其实是一个到目前为止都没有讨论清楚的话题。前面我们从中国传统艺术观念出发，梳理了中国艺术观念中对艺术的定位，指出文人价值立场使中国艺术否定职业化，排斥市场，强调艺术的社会工具理性。其实，从我们今天所接受的西方现代艺术观念来看，同样也存在着拒绝艺术市场化的指向。西方现代艺术观念属于康德主义传统。康德对美和艺术的规定，其核心由四个命题构成，即无利害感、无目的的合目的性、没有概念的普遍性和没有概念的必然性。其中无利害感是核心中的核心。所谓的"利害感"，是"与对象的实存的表象结合着。所以一个这样的愉悦又总是同时具有与欲求能力的关系，要么它就是这种能力的规定依据，要么就是与这种能力的规定依据必然相联系的"。① 利害产生的愉悦是与对象的实存联系在一起，这必然与对象的功用价值相连，是一个对象满足人们的现实需要而获得的愉悦。但艺术产生的愉悦恰恰不同，作为审美愉悦，它与对象的实存没有关系，是一种与对象的现实功利没有关系的愉悦。这一规定意味着艺术的自足，艺术是不及物的，只指向自身。在这种康德主义美学引领下，现代美学形成了艺术与现实二元对立的传统。这种理论预设，规定了艺术与现实和社会无关，它是一个自足的世界，自然也不会与市场产生关系，为了保持自身独立性，甚至与市场完全对立。然而耐人寻味的是，现代艺术观念就诞生于资本主义市场形成的时代。18世纪之前，艺术家主要靠皇室、贵族或教会的赞助进行创作，到了资本主义上升时期，艺术家被抛入市场，需要靠自己的作品为生。在这种情况下，才诞生了现代艺术观念体系，也带来了18世纪以来的艺

---

① ［德］康德：《判断力批判》，邓晓芒译，人民出版社2002年版，第38—39页。

术辉煌。从这一点可以看出，艺术与市场并不是对立的，市场并不必然将艺术引向低俗和堕落。但更加耐人寻味的是，18世纪以来艺术的发展，是在艺术观念上保持和市场的疏离与在实践运作层面又与之保持紧密联系的张力中找到了自己的空间和道路，带来的是艺术和市场的双赢。它是用自己的观念开拓出了市场，而不是被市场所左右，迎合和依附市场。由此我们认为，18世纪以来西方艺术的发展至少给中国艺术市场化发展道路提供了两方面的经验：第一，艺术与市场不是必然对立的关系，艺术的庸俗化、质量不高并不是市场造成的，更多的是艺术家个人选择的结果；第二，在艺术与市场的关系中，市场虽然是运转的主轴，但关键的还是艺术，艺术要引领市场，而不是成为市场的附庸、市场的奴隶。法国当代著名社会学家鲍德里亚对消费社会有过非常著名的分析，他指出，消费社会的运行逻辑是消费逻辑，而不是生产逻辑，产品已经脱离其使用价值，变成一种符号。人们为了消费而消费，不是为了生活中的实际需要。他批判这一现象，并提醒人们警惕这种消费社会制造人的欲望的逻辑。而在我们看来，他的这一思想表明了一点，市场并不是一个纯粹客观的存在，人们只能消极地顺应它，相反，市场是由人来引导的，甚至是人们根据自己的吁求来创造的。因此在这里面，最关键的不是市场，而是人的吁求，是人的选择。在市场环境中，艺术的运行不应该是消极的，完全被动地受市场支配，而应该是艺术家通过自己的主动行为，介入市场，培养精品意识，引导艺术市场良性循环。

其次，市场化究竟对当代中国艺术产生了怎样的影响，这也是需要回答的一个重要问题。在我们看来，这种影响至少体现在如下几个方面。其一，这次市场化深刻地改变了我们对艺术的理解。无论是传统的中国艺术观念，还是近现代以来我国接受的西方艺术观念，对艺术的理解，都将市场排斥在外，并且由于中国在现代化进程中各种复杂的情况，对艺术的工具理性规定一直是主导观念。艺术被投入市场，就改变了既有的一元主义思路，艺术多样化时代真正到来，这无论是对于充分理解艺术的本质规定，还是全面理解艺术的功能，都是非常有益的。其二，承接前一个方面，在既定的一元化思路里，我们对艺术的理解非常具有局限性，因此当艺术来到市场化时代的时候，在理论和观念上，我们的准备还十分不充分。前面提到的有关艺术商品化和市场化的争论，一方面有其历史和理论合理性，但另一方面也表明，对这一问题的认识，至今理论界还停留在表层，很多问题有待进一步深入。也就是说，理论界不应该再停留在是否应该商品化、市场化的争论上，简单地指责市场化带给艺术的消极性等方面，而应该以市场带给艺术的深刻转型为契机，更深层次地理解艺术和艺术活动，重新构建我们的艺术观念体系。其三，从现实角度来看，市场化真正成就了中国当代艺术，使之具有了"当代性"。中国古代艺术传统，以书法和绘画为核心，近现代以来，随着西方艺术的进入，以雕塑和油画为代表的造型艺术逐渐成为主要艺术样式，80年代后，现代艺术虽然产生了巨大影响，但一直未能获得合法地位，更多的现代艺术家及其作品属于地下或民间状态。但是90年代之后，随着市场化时代的到来，现代艺术从地下走到了历史前台，深刻改变了中国艺术的格局。漫步于"798"、宋庄等艺术区，画廊林立，我们能够强烈感受到今日中国艺术之活跃，样式之多样化。这种多样化，不定于一尊，才是当代艺术该有的面貌。

从以上的分析可以看出，虽然艺术的市场化已经成为既成事实，然而对于这种新的艺术生存形态，理论上的阐释还存在太多不足。如何跳出简单的二元思维，客观评估市场带给艺术的变化，以及在这种新形势下如何建构新的适应时代需要的艺术观念体系，在这些方面，我们还有很长的路要走。

结　语

艺术的终结，从西方到中国，经历着话语转型，同时也存在内在诉求的赓续。在本书中，我们详细考察了艺术终结的西方知识谱系，也分析了在中国语境里学界对这一话题的关注、论争，以及在此基础上本土的文艺理论和美学的知识生产状况。可以这样说，20世纪末以来文艺理论和美学的繁荣，艺术终结命题积极参与了这一进程，并且也是其中最重要的内容之一。这一命题既开拓了我们考察目前文学和美学的视域，也在一定程度上为我们整合自80年代以来的文艺理论和美学知识提供了思路和角度。因此，溯源和反思这一命题，并以其为视角来审视中国当代文艺理论建设都是有意义的。在本部分中，我们将在前面两编论述基础上，做一简单小结。

一　艺术的终结——从西方到中国的话语转换

从前文知识谱系的梳理中能够发现，对终结的思考在西方是一个复合命题，不同的哲学家或美学家的立场和关注点并不相同，因而这是一部多音部合奏曲。其中凝结着不同时空、不同领域的哲人和理论家的智慧共振。黑格尔提出艺术终结的预言是在近200年前，本雅明的思考是在70多年前，麦克卢汉、列斐伏尔、鲍德里亚的思考发生于半个多世纪之前，而韦尔施、丹托等则剑指当下。身处不同的时空一定程度上决定了他们研究对象的差异。为了梳理简便起见，我们在书中将他们分成多个维度：哲学的、技术的和日常生活审美化。这种划分当然存在着一些逻辑上的困难。例如，马克思是当之无愧的伟大哲学家，但在讨论中，我们将其放在技术维度之中，这并非为了否定他的哲学家地位，而是从他思想中，我们能够引申出来的艺术终结话题，与技术之间关系更加紧密。而本雅明、列斐伏尔、鲍德里亚等，他们的思想同样充满启发性，哲学思辨意味极强，然而我们把他们分别置于技术、日常生活审美化等维度下，同样也无法将其面貌全然展示，只是理由与对马克思的归类相近，是在这种划分下，能够最靠近他们与艺术的终结的话语主题。除了这种分类外，我们还有意忽略了对艺术终结命题的史学维度的梳理。在这一知识脉络中，瓦萨里、贡布里希等都是非常重要的理论家，尤其是汉斯·贝尔廷，这位当代德国著名的艺术史家，当丹托在美国重新挑起了艺术的终结话题时，同一年他在德国，也提出了类似观点。对他的忽略，某种程度上注定了我们的谱系梳理是不完整的。但是这样做我们自有理由。本书并不是一个对西方艺术终结命题梳理的全息透视，而是面对中国当代文艺理论语境的一种思考，我们所关注的，并不纯然是这一命题的西方谱系，而是中国学者在这一话题下的本土思考和建构。所以从对这一命题的知识清理伊始，我们的立足点就在本土，是新时期以来的中国文艺理论知识生产，是在这种生产中，我们关注了哪些西方理论资源？又或者，哪些理论家的观念参与了我们当代的文艺理论建设？正是基于此，我们选择了上编中的三个维度来论述。这种选择所表明的，恰好是艺术终结命题在中国语境的话语转换。

在我们看来，艺术的终结旅行到中国之后，其发展态势呈现如下三大特征。首先，发展的路向恰好相反。具体说来，西方艺术的终结命题发展路径总体而言，是由理论领域开始，然后才在实践领域出现；中国的发展则是由实践领域开始，随后才有理论领域的讨论。在西方，黑格尔率先在哲学领域提出这一命题，他依据的，并不是当时艺术领域的发展状况，而是自己的哲学体系。在他的哲学中，艺术是绝对精神回到自身的中途，只在某一特定阶段代表着历史，最终历史会抛弃艺术继续前行，进而引发艺术的终结。黑格尔在19世纪20年代提到的这一说法，与当时艺术的实际发展关系不大。从艺术历史的进程来看，无论是在他宣布艺术终结了的时代，还是他故去之后的几十年里，一直是艺术的辉煌时期，产生了一大批有影响的艺术家和作家，如库尔贝、德拉克洛瓦、莫奈、雨果、巴尔扎克、狄更斯、左拉等。实践领域出现艺术终结的直感，差不多是20世纪之后的事情，19世纪照相技术的发明，一定程度上改变了绘画传统的再现发展路向，这种变化在20世纪变得日益明显，先锋艺术的实验，不断挑战现代美学和艺术观念体系的边界。是在这些情况出现后，黑格尔的预言才被知识界不断提起。反之，中国对危机的感受，最初是在文学领域出现。先是文学从政治话语中心消隐，文学活动的道德关怀意识淡薄，随后又有网络文学的冲击等，正是这些实践领域出现的新情况使学者们意识到需要新的理论来阐释，进而推动了艺术终结命题在中国的传播。中国的接受路径表明，这一命题在中国的播撒，不是一般意义上的对西方理论的求新追逐，而是立足于本土实践，是我国文化现实的需要，才是该命题走进我们的学术视野的主因。

其次，对于艺术终结命题的哲学谱系，中国学者的兴趣往往只在引介，与中国本土话语结合并不紧密，这与哲学谱系的价值诉求与中国本土需要之间存在差距有关。在哲学维度谱系下，我们重点讨论的是黑格尔与丹托的艺术终结观。在前文中我们也一再表明，黑格尔的相关观点是其哲学体系的逻辑推衍，某种程度上他只是预言了20世纪以来的艺术哲学化倾向。而丹托面对的艺术现象，主要是美国受杜尚等影响的先锋艺术。很多学者都曾经提到，丹托感兴趣的是波普艺术家安迪·沃霍尔的《布里洛盒子》，他的艺术哲学是建立在一个盒子上的哲学，有启发性，但却无法囊括20世纪下半叶美国的艺术发展。但无论怎样，黑格尔说的是哲学的事，丹托说的是艺术领域的事，然而在中国，我们对艺术终结的感受，却是在文学领域和都市文化生活，由此能够发现，二者之间貌合神离。学者钱翰曾经在其论文中指出，"日常生活审美化"在中国是一个文学问题[1]，我们可以将其延伸，艺术的终结在中国的讨论，其实也是一个文学问题。然而一个与我们本土实践关系并不密切的哲学维度谱系，为什么我们没有像对待史学维度谱系那样，直接忽略呢？本文的考量是，黑格尔是艺术终结论的发起者，丹托则是当代发起人，他们的思想在艺术终结的知识谱系中非常重要。虽然他们的讨论与我国实践之间的关系并不紧密，但中国学者能够从艺术的终结视角来审视本土文化与文学，他们的提示作用还是非常明显的。在下一小节中，我们将以丹托思想在中国的传播为例，具体阐述中国学者在接受过程中的理论转换，通过这种示例来展现丹托在中国的特殊意义。

再次，对于文学的终结和日常生活审美化的讨论，中国学者也转移了它们在西方语境的重心，实现了对本土知识生产的观照。关于文学的终结，西方比较有代表性的理论家是希利斯·米勒。前文中我们已经指出，他重点论述的是在一个全球化时代文学能否继续存在。对于他而言，使文学出现危机的，是新媒介技术的发展。同样地，中国学者也注意到了技术因素对文学的冲击，但关注重心却不仅在于此。中国自有其文学传统，这种传统观念在90年代之后遭遇前所未有的危机。具体而言，就是文学道德关怀和社会关怀的消解，文学沦为一种娱乐工具。这种现象令知识界普遍担忧。网络文学与技术关系密切，但中国知识界之所以否定和警惕网络文学，仍然是因为其艺术水准不高、普遍缺乏高尚的人文情怀等。因此对于文学终结的理解，我们的视角、内指都与西方学者不尽相同。日常生活审美化谱系也是如此。从列斐伏尔、鲍德里亚到韦尔施，他们对日常生活审美化都保持了一份警惕，鲍德里亚的批判立场尤其明显，韦尔施反思思想的美学化倾向，主张美学在当代应该成

---

[1] 钱翰：《"日常生活审美化"是一个文学问题》，《贵州社会科学》2007年第12期。

为"解毒剂",而不是"迷幻药",强调美学对当代文化应有所作为。但中国学界对这一话题的讨论,正如我们在前面所指出的,是日常生活审美化与文化研究的杂糅,试图解决的,是文艺学困境和美学的复兴问题,与西方同行们的关注点存在很大差异。正是这些差异,让旅行的理论焕发出新的魅力。

二 丹托与中国——艺术终结旅行个案示例

一个理论旅行到中国,必然会涉及与本土的结合问题。在艺术的终结命题的当代阐释中,丹托具有比较特殊的位置。在本小节里,我们希望以他的思想在中国的传播为个案示例,来进一步阐发艺术终结命题在中国转换的复杂性和特殊性。

丹托的名字对于中国知识界来说,是一个耳熟能详的名字。21世纪以来,学界对其思想给予了充分关注。但实际上,他进入中国却需从更早的时间说起。1990年李心峰翻译的《美学的方法》一书中就介绍了丹托的思想。1991年《国外社会科学》第9期在介绍域外书讯时,提及他的名字,指出他是尼采研究的当代代表。3年后,同样是在这一刊物的第6期上,刊发了王德胜翻译的丹托短文《美学的未来》。同年,朱狄撰写《当代西方艺术哲学》中提及丹托的"艺术界"和艺术终结的思想,但这些文献在当时都没有引起学界注意。2001年9月,欧阳英翻译的《艺术的终结》由江苏人民出版社出版,很快,朱立元、何林军在《博览群书》2002年第5期发表书评,对其艺术终结观念做出评述。自此,丹托正式走入中国学者的视野。随后,江苏人民出版社又组织翻译了他的三本艺术哲学代表作:《艺术的终结之后》和《美的滥用》由王春辰译,于2007年出版;《寻常物的嬗变:一种关于艺术的哲学》由陈岸瑛译,于2012年出版。这些著作的引进,为学界研究其思想提供了文献依据。从2002年起,研究丹托的文章以及硕博论文不断涌现，这些都表明他在国内的受重视程度。

当然，正如我们在前文中一再表明的，艺术终结命题能够进入中国，是与中国本土美学和文艺理论出现新变直接相关。面对这种新变，自90年代起，中国知识界已经开始有意识地从危机维度对此作出判断和回应。当时著名的"人文精神"讨论的代表性文献《旷野上的废墟》副标题即为"文学和人文精神的危机"，并且在开篇，王晓明等就指出"今天，文学的危机已经非常明显"①。90年代，以文学危机为主题或讨论语境的文章著述俯拾即是。例如，1993年《文学自由谈》上温儒敏的《文学走向死亡？》，同年《文艺争鸣》在"争鸣风"栏目中争论当代文学危机，《当代文坛》第5期"编后记"中指出当时文学危机论不时见诸报端，1994年出版的张韧的文学评论集《文学的天空》其中一章题为"商潮冲击中的文学：危机与机遇"等，这些表明，自20世纪90年代起，从危机角度来审视当时文学新变已经是一种共识。

我们在此要讨论的是中国本土文学危机与丹托终结思想之间的关联，其关节点正在于此。艺术终结命题的实质，是一种具有建设性向度的危机意识，而中国学界也从危机维度来解释当前的文学新变，这与西方以丹托等人为代表的艺术终结论暗合。也就是说，中国学界讨论的文学危机，可以很自然地被纳入艺术终结的全球大背景之中。当丹托的思想传入中国之后，中国有关文学危机的美学和文艺学思考就发生了变化。首先，关于文学危机的命名。在90年代，对文学危机的命名，除"危机"外，还有"困境""尴尬""死亡""消亡""衰落""边缘化"等，却几乎不见使用"终结"一词。反之，时间跨入21世纪之后，这些词语虽然也还被使用，然而学界使用最多的却是"终结"。这与丹托思想的引入有直接关系，因为21世纪以来，国内学界引进的第一本艺术终结方面的书籍就是丹托的《艺术的终结》。虽然这本书原名为"艺

---

① 王晓明等：《旷野上的废墟——文学与人文精神的危机》，载王纪人《上海五十年文学批评丛书：思潮卷》，华东师范大学出版社1999年版，第335页。

术的哲学剥夺"（*The Philosophical Disenfranchisement of Art*），但译者为了配合这本书所属的丛书系列——"终结者译丛"——而采用书中收录的丹托最著名论文之一，即"艺术的终结"之名来冠以整本书。其次，这种命名的统一，对中国学者的相关讨论非常重要，它在总体上提升了论题的视界。把艺术的终结明确提出来，就在一定程度上提醒了中国知识界，目前学界正在讨论的文学危机，实际上具有世界性意义，属于当下全球终结语汇的一部分。当中国学者修正和统一对文学危机的命名，将其理解成艺术终结的一部分之后，一定程度上也就促成了中国学者的相关讨论被吸纳到一个更加具有普遍性的世界性命题之中。与之相呼应，这个世界性命题正在讨论的内容也在一定程度上拓宽了中国学者的视野。新世纪之后，除对文学危机进行讨论外，在该命题的名目下，艺术的终结、日常生活审美化、西方艺术的终结、城市美学等话题，中国学者都进行了观照，因此也开拓了中国知识界对该命题的认识。

然而另一个值得关注的现象是，虽然新世纪之后，有关艺术终结的讨论在中国如火如荼，丹托也是一再被提起的名字，然而他的思想却一直未能像韦尔施、费瑟斯通等人的思想那样，直接参与到中国当代文艺理论和美学的知识生产进程之中。这是我们目前正在讨论话题的关键，需要给出解释。在我们看来，这主要源自两方面原因。首先，从艺术家族成员构成来看，艺术包含文学，但无论是西方，还是中国，艺术及其理论构建，主要基于视觉艺术，如绘画和雕塑，因此，当我们提及艺术时，首先想到的是视觉艺术，而非文学。丹托作出的终结论断，主要是基于20世纪下半期艺术中心纽约城里艺术的发展和变化，与文学关系并不直接。然而在中国，却是在文学和文艺学领域率先出现重重危机。因此在中国，艺术的终结主要是以文学终结的形式表现出来。这种现象的出现，与参与讨论的中国学者的学科背景有关。一般说来，中国从事美学与文艺学的学者，大部分出身于中文系，学科背景规定其学术兴趣和指向，因此，他们的研究重心自然会放在文学领域。但很显然，更为直接的原因是由于当代中国文艺学、文学领域正在发生的转型与巨变，这种变化使文学领域出现的新现象与既有的文学观念之间发生断裂，亟须得到有效解释。因此，以文学危机以及学科重构为论述重心的知识自然会更容易进入中国文艺理论构建进程，而丹托思想与中国文学当下关切之间却存在疏离。这能够解释一种现象，即在中国学者的笔下，常会出现一种情况：谈艺术的终结，总是会先提到丹托，然后话锋一转，开始讨论中国文学的终结问题。这种现象的出现，恰好说明了丹托思想与中国问题之间的隔膜。这种隔膜造成了二者之间的断裂，使他的思想与其中国语境之间若即若离。

其次，丹托研究的主要对象是艺术，但在中国艺术实践即美术领域，相比较而言，对于艺术终结话题的兴趣，远远不如文艺学和美学领域。这与该领域独特发展有关。新时期伊始，中国的美术运动与现实政治和文学尚处于同步状态，当文学中出现"伤痕"、"反思"潮流以及美学中出现人性、人道主义等思潮时，美术领域也沿着类似的轨迹向前发展。这与当时的社会潮流一致。但1985年之后，美术则走上了独立发展的道路。高名潞指出，1985年之前美术领域的探索，为之后的美术运动奠定了基础。"1985年开始，新一代艺术家经过对人道主义美术的反思，试图将他们的人性探索引向艺术家本体的领域。"[1] "人性问题在这批画家那里已经上升到哲学甚至宗教的层次。"[2] 他指出，1985年之后的美术运动，其人性探索与之前并不一样，之前的探索还是时代浪潮的反映，注重自我与社会的关系，有关人的尊严和价值层面的讨论，往往停留在直观感受层面，但1985年之后的探索，则更加强调人类学意义上的个体价值。从他的分析中我们发现，在上一世纪80年代中后

---

[1] 高名潞等：《'85美术运动：80年代的人文前卫》，广西师范大学出版社2008年版，第469页。
[2] 同上书，第470页。

期，当中国文学领域开始出现文化转向，逐渐走出康德主义的审美自律时，中国的美术领域则沿着人性探索的轨迹向纵深发展，直至人性在画家的笔下被提升到"哲学甚至宗教的层次"。很显然，这一层次意味着此时的美术已经走上理论化道路。理论化倾向是 20 世纪西方现代艺术的主流趋势，在开放的语境中，中国当代艺术的理论化倾向受到外来影响是不争的事实，可以这样说，中国当代艺术是在接受中与西方同行保持同步。但耐人寻味的问题是，当代西方艺术的理论化倾向，给其艺术哲学界带来长时间困扰，理论界至今争论不休，以丹托为代表的当代西方艺术哲学家提出的艺术终结观念，试图解决的正是这种理论化倾向的出现及其合法性。然而，中国美术领域却没有产生过西方理论家们的困惑。当代西方艺术内在的逻辑和语言断裂，都因时空距离而被有效隔离，他们接受的，是西方前卫艺术家们的花样翻新，借助其成果形式来实现在本土的发言。所以，在他们那里，没有西方传统艺术体系与当下艺术实践之间的紧张，也没有艺术终结的危机气息。

这就带来当代中国对丹托思想接受的特殊情形：一方面，丹托对艺术的思考，主要集中于艺术的理论化倾向上，这一点虽然在中国当代艺术中也普遍存在，但对于中国艺术界而言，它并没有被视为危机，而被看作是艺术独立发展的表现与契机，因此并没有遭遇合法性被质疑的问题；另一方面，在文学和文艺学领域出现的转型，又与丹托艺术终结论的价值诉求和问题域有错位之处，这必然会限制丹托思想对中国问题的参与度，因此虽然他的观点对中国目前知识界有提示和统一作用，但却未能得到进一步阐发。

然而，这是否意味着丹托的思想对于当下中国文艺理论建设注定是一个过客？当然不是这样。实际上，丹托很多思想，对于当代中国文艺理论建设是非常有参考价值的。首先，他的艺术终结观中内含的断裂性历史观值得我们借鉴。艺术终结观，其历史哲学基础是进步观。对一种进步观的考察，可以有两种维度，一种是站在进步链条的中段，此时所作的历史判断是进步,是此时相对于过去的一种发展;另一种维度是站在进步链条的终端,此时得出的历史判断是终结。站在中段,立足点在于连续性,而站在终端,立足点则在于断裂。丹托的艺术终结观属于后者。在他那里,艺术的终结,意味着终结之后的艺术与此前艺术之间从观念到表现形态上的断裂。这种断裂性并不是消极意义的,而是理论阐释的一种积极方式。丹托曾经从断裂和终结的视角审视过中国艺术,认为鸦片战争之后,中国艺术出现终结迹象。在他看来,传统的中国艺术,塑造的是一个"实质是纸、丝绢和墨的、与真实世界相并立的创造出来的世界,是一个逃离不确定性和恐惧、个人的、政治的和身体上的灾难的审美避难所"。[1] 也就是说,传统中国艺术,并不追求对世界的模仿,而追求创造一个独立的审美世界和精神世界。然而,鸦片战争之后,由于西方艺术的进入,中国艺术家开始吸收新的再现策略,艺术呈现出新气象。"这些绘画与他们自己的传统是断裂的,仅仅是因为西方的再现语汇的侵入给了每个中国艺术家一种创作选择方式的眼光,以至于第一次,中国艺术家真正地按照某种艺术的自我意识作画。"[2] 丹托在这里注意到两个方面,其一,由于西方再现艺术观念的进入,中国艺术家们开始吸收再现画法,这与其传统的重精神特质呈现、轻再现与模仿的创作技法截然不同;其二,当再现法进入中国,中国艺术家就具有了创作方法上的选择意识,这是对中国传统艺术自然发展态势的打断,无论是选择哪一种技法,都是艺术家的有意识行为。这也是对艺术家们传统的自发行为的中断。从这个地方我们可以看出,丹托的断裂性历史观具有方法论意义,可以使我们清晰地意识到中国艺术的新发展。目前,中国文学和文艺学领域发生了很多新变,如何解释它们,这种断裂性历史观无疑是有参考价值的。

---

[1] Danto, "Ming and Qing Paintings", in Danto, *Embodied Meanings*, The Noonday Press, 1994, p. 33.
[2] Danto, "Later Chinese Painting", in Danto, *Encounters & Reflections*, University of California Press, 1997, p. 182.

此外，丹托的艺术终结观实际上具有双重性，一方面它是对当代艺术的理论化倾向的哲学阐释，另一方面，它是对当代艺术的批评。前者展示的是其理论构建性，后者体现的是其理论的实践品格。在当代美国，丹托不仅被看作是重要的哲学家，也被看作是一位具有代表性的艺术评论家。自1984年以来，他一直担任《民族》（Nation）杂志特约艺术评论人。有论者指出：中国当代艺术批评，"与中国当代思想史、学术史的其他领域比较"，"明显处于滞后的位置"，"直到今天除了大多是臆断地使用其它领域各类大词外，它几乎还没有一套属于学科自身的公约性的理论语汇，更谈不上专业的分析方法和学理逻辑"。[1] 丹托的艺术哲学思想，不仅是对当代艺术命运的宣判，而且包含了一整套话语体系，从艺术定义、艺术发展史到艺术体制、艺术意义等，丹托都有所关注。尤其是，他本人的艺术理论奠基于当代艺术，对现代艺术发展状况非常具有说服力。当代中国艺术在展示民族特质的同时，也越来越国际化，与世界审美取向一定程度上具有同步性，因此，它们与丹托思考的问题之间必然有很多相通性。吸收他思想中的有效成分，对于构建本土艺术话语体系，必然会有一定参考价值。

从丹托思想的中国接受过程就能够看出，一个理论能否在另外一种文化土壤中生根，与那种文化土壤的实际需要是紧密联系在一起的。因此任何一种接受都不是消极的，单向度的。艺术的终结在中国传播、生长十几年，一定程度上与本土文艺理论结合，成为中国当代知识生产的有机部分。但在这种结合中，我们还是需要看到其中存在的各种情况，这样我们才能对当代中国的知识状况有更加完整深入的体察。

三 走出艺术的终结——中国当代文艺理论建设的断想

新时期以来的四十年，中国文学和社会文化的发展经历了前所未有

---

[1] 巫鸿：《作品与展场：巫鸿论中国当代艺术》，岭南美术出版社2005年版，"编者序"。

之变局,学者们用"艺术的终结"来描述这一现象,试图借此来阐释变化。正是在这种诉求中,艺术的终结以一个复合姿态走进中国知识视野,逐渐与本土文化和文学实践实现结合。随着我们逐渐适应了这种变化,认同了艺术终结的说法,一个新的问题出现了:终结之后的文学和艺术,该往何处去?或者换一种说法,经过了艺术的终结诸种理论洗礼的中国当代文艺理论和美学,该如何发展?

在我们看来,目前国内文艺学和美学领域若想走出艺术的终结,它所面临的任务是如何超越二元对立思维,整合各种思想资源,实现理论与文化实践之间的有效结合,使美学和文艺学真正介入社会,发挥其应有效能。

首先,我们认为应该转变一种观念,即市场与文学、艺术和美学的二元对立。当我们仔细考察现代美学、艺术和文学观念体系的形成,很容易发现,市场是其形成的潜在要素,或者说,正是由于资本主义市场的形成,才有了我们目前持有的美学、艺术和文学观念。在前文中通过分析艺术与市场的关系我们已经表明,文学、艺术与市场不是对立关系,这从现代美学、艺术和文学观念的确立的18世纪可以证明。伍德曼西在介绍18世纪对文学和艺术的特殊意义时说:"18世纪见证了艺术在生产、分配和消费方面的重大变化……在经历这些变化的各门艺术当中,文学首当其冲……在18世纪的欧洲,兴起的中产阶级令人瞩目地扩大了对阅读物的需求。为满足这种正在增长的需求,各种新机构出现了:新的文学形式如小说、评论、期刊,有助于分配流通的图书馆,以及职业作家。这一发展的结果之一是,以笔谋生具有了现实可行性。"[1]这段话描述了18世纪文学和艺术发展的一些状况:在当时的艺术变迁中,文学的变化是最早的,也是最突出的;新的文学样式开始形成;出现了文学和书籍的新形式和机构;职业作家产生,他们通过创作来谋生,等等。伍德曼西说的这些变化,实际上构成现代文学观念的重要内

---

[1] Martha Woodmansee, *The Author, Art, and the Market*, Columbia University Press, 1994, p.22.

涵。而促成这些变化的，正是中产阶级的兴起和市场的形成。中产阶级的审美需求形成了巨大市场，从而促成文学的现代转型。由此可见，文学与市场并不必然对立，相反，今天正在发挥作用的文学观念和体制，是市场的产物。同样地，目前我们认为体现了精英主义立场的艺术、文学自律观念也是在这一历史阶段成形的。这在前文中我们已经论述过。

在我们看来，艺术的高雅趣味和自律性法则的确立，某种程度上都是市场催生的产物。这就意味着，市场并不必然导致艺术和文学精英趣味的消解。自20世纪90年代以来，我们把文学娱乐化、道德"堕落"归咎于市场，归咎于人们对利益的追逐，应该说这种观点值得商榷。市场的出现，并不必然导致文学和艺术的审美水准降低。将目前文学和艺术的生态恶化单纯指向市场，是值得反思的；同样地，以市场为理由，认为目前文学和艺术普遍缺少精品具有正当性的观念，也是值得商榷的。因此，在我们看来，艺术、文学和美学与市场之间的关系并不必然是此消彼长的关系，完全可以和平共处，甚至正如现代美学和艺术观念体系形成过程自身所暗示的，在市场条件下，应该是文学、艺术的繁荣，精品不断涌现。

其次，吸收文化研究的理论成果，对现代美学和艺术观念体系做出适度调整和补充，超越自律与他律的二元对立。现代美学和艺术观念体系，其核心命题是自律性。这种自律性对新时期以来的中国美学发展，产生了重要影响，在促进繁荣的同时，也在一定程度上带来了90年代美学和文艺理论领域的诸多问题。在重建理论与生活之间联系的过程中，中国学者从文化研究中汲取了不少理论营养，试图借此来为走出艺术自律在理论和方法上提供思路。文化研究中很大一部分内容是对工业社会出现的新文化现象的关注，尤其是英国文化研究，对当下社会中的亚文化群体、大众文化等都积极参与和介入，提供了很好的思路和方法。我们当下的文艺理论和美学，经过了文化研究阶段，自然与既有的强调自律的象牙塔内的学问有区别，在一定程度上纠正了自律观念的封闭性，把研究目光重新投向社会和生活。这是 90 年代以来中国美学和文艺学研究方面的突出成绩。但是我们也需要看到，在这一过程中，也出现了一些问题，如一些学者放弃了文化研究的批判立场，不加辨析地肯定日常生活，把批判看作是精英主义立场在作怪。这些思路和做法也是需要进一步反思和论证的。并且更加关键的问题是，吸收了文化研究成果，并不是要把美学或文艺学变成文化研究的变种，而是要把文化研究的思路方法与现代美学和艺术观念体系结合，超越前者，也超越后者，这才是我们所言的"走出艺术的终结"。

在近十几年的美学和文艺理论论争中，一个问题一直纠缠不清，那就是精英主义的问题。文化的精英主义立场是否需要保持，保持是否就意味着丧失了日常生活领地，意味着冥顽不灵、保守主义，这些都不是简单可以一语概之的。但一个事实需要正视：无论人文知识分子认为自己是持有怎样的文化立场，他都无法改变自身的社会分层，即社会对其的定位——社会精英层，这与其经济收入无关，而是与其掌握的知识有关。有些学者认为，研究日常生活审美化，是对大众文化趣味认同的一种积极姿态，仿佛与大众站在一起，就具有了天然合法性。这表面上看来是向大众生活靠拢，但逻辑的吊诡在于，替大众发言者，从来就不是大众，而是知识分子精英主义情怀的一种表现。所以在我们看来，精英与大众也是一个可以超越的二元对立。不对立场设限，不简单贴标签，而是面对文艺学和美学的具体状况，并坚持理论向现实敞开，是理论具有生命力的前提。让我们回到钱中文先生的一段话来作为本书的结尾："面对这些现实问题（指文艺学目前的危机），文艺学应该敢于面对，有必要拓展文艺学学科的一些概念，对之重新界定、规划、调节。但在这一过程中仍然必须强调坚持文艺学的本体性，虽然我们反对本质主义，但本质还是需要的，应该将本质看成是多样的、流动的、改变的。同时文艺学学科属于人文科学，它需要有人文精神。人文精神是对人的关怀，对人生存状态的关怀，除此之外，我们有必要对现实保持批判意识和反思精神。如果没有这种精神，我们这个学科就无法提升，无法走向完美。"① 艺术终结了，不是让学人止步于此，而是在这一基础上重新出发。如何走出艺术的终结，重建文艺学和美学的理论自信，是时代对当下学人提出的课题。

---

① 钱中文：《文艺学的合法性危机》，《暨南学报》2004年第2期。

后　记

　　这本书开始撰写是在2013年，到现在，终于到了写后记的时候，没有想到，时间的指针居然定格在了2020年清明这一天。几个月前突发的疫情，举国黯然，十四亿国人因新中国成立以来从未有过的全国封城的举措而被封闭在各自的房子里，等待着病毒的离去，浏览着网络上铺天盖地的各种消息。在这场尚未结束的疫情中，很多家庭支离破碎，甚至出现了"灭门"惨剧，国务院发布公告，决定今日为全国哀悼日，哀悼那些被留在了这个冬天和春天的人们。早上起来打开各大网页，一片黑色的界面，似乎在倾诉着无法言说的国之殇痛。

　　这本书稿缘起于2011年国家社科基金项目的申报与获批，题目为"艺术终结的旅行——从西方到中国"。还记得立项公示那一天，我正在成都参加中外文艺理论学会年会，朋友发短信告诉我这个消息时正值茶歇，三十多岁的我居然蹦跳着跑到导师高建平先生身边，告诉他我的开心。高老师后来笑眯眯地和其他同门说我当时高兴得像个小孩子。也是在这次会议上，我邂逅了后来的博士后合作导师张永青教授，他也为我高兴，并鼓励我把这个课题做好。第二年，即2012年9月，我再次背起行囊，返回北京，来到人民大学，投师张门，开始我将近三年的博士后学习生涯。临行的前一晚，一切收拾妥当后，多年养成的习惯，我坐在桌前，胡诌了一首《木兰花慢》：

后 记

  新物是故物，捡衣奁，思天远。人忙情却闲。梦中还见，依旧从前。山上雪、云间月，白头吟里道决绝。班姬泪滴团扇，应悔那年初见。

  雨过巴山又一年。几度萧索后，今秋旧时天。转蓬频现，独倚栏杆。凉相送，西风紧，孤鸿万里伴霜寒。振羽南北浩瀚，可记故都古园？

  工作几年后，再次回到学生的生活，但日子不再是原来单纯的学生的日子，人民大学这边有教学和科研方面的任务，工作单位四川外国语大学那边也有相应的教学和科研考核要求，于是那三年，我辗转于北京、重庆两地，其中之艰辛，难于一语道尽。深深感激的是，张永青老师极为体谅，建议我以申请到的国家课题中的章节为博士后出站报告，一举而两得。所以这本书稿，不仅是一个国家课题的最终成果，其中的"上编"也是我的博士后出站报告。

  书稿的写作一直不是很顺利。最初动笔时，由于两地奔波，教学之余挤时间写作，我非常疲惫，一直脑供血不足。至今还记得当时每日头昏昏，眼难睁，在一片混沌迷离中敲着键盘，码着我的书稿。博士后出站后，琐事缠身，一直没有完整安静的时间来撰写书稿的下编。当回过神来，发现课题结项已经到了最后期限，无论如何都得下笔了，这已经是 2016 年。那一年，我房子装修，自己又动了一个小手术，身体虚弱到在操场上散步走不完一圈。身体和精神不停在打架，晚上经常睡不着，找了一个老中医调理身体，结果吃中药，失眠解决了，但白天也犯困，不吃中药了，失眠又让我白天继续没精神。幸运的是，即使这样，我还是在 2016 年底，在最后期限到来之前提交了结项申请。将这段经历写在这里，不是"卖惨"，而是因为它伴随了我写作书稿的全过程，它承载了那几年我身体的极限，也承载了我笔力和视野上的各种不足。记得我的第一本书出版时，我曾在《后记》中写道：摆在面前的这部书稿，并没有让我发自内心地感到满意。如今，这本书稿要付梓了，我依然无法让自己满意。

结项后，书稿一直寂寞地待在我的电脑里，一晃又是三年。距离我与好友郭晓鸿女士相约出版也已是两年。2019年隆冬时节，我下定决心，把它从电脑里翻了出来，开始修改，准备改好后交给出版社。在修改的过程中，我和所有人一样，不断地听到有关疫情的坏消息，直到被封闭在家里。前一段时间，网上流传着一个段子：不求三月下扬州，但愿三月能下楼。如今确实可以下楼了，只是人人还戴着口罩，路上相遇时，也都有意无意地保持着距离。而疫情已经席卷全球，在世界大大小小的角落里恣意肆虐。

2020年春天的花儿一定感到寂寥，即使绽放在繁华热闹的都市，也仿佛开在深山幽谷。我常常望着窗外，看着风雨中散落的花瓣，伤悼着错过的这个春天。如果人生可以满百，我能够拥有的也只是一百个春天，然而这百分之一，我却不得不错过了。但与那些永远没有了春天的人们相比，我仍然是一个幸存者。

行笔至此，已是晚上，我想起了鲁迅曾经说过的话：夜正长，路也正长。而我也曾经，并且还将继续在很多个夜晚，翻开一本本我爱的书籍，去触摸过去，并借助它们，去想象我无法相遇的未来。

2020年4月4日清明于缙云山下寓所